英雄年代

张卫平 著

作家出版社　北岳文艺出版社
BEIYUE LITERATURE & ART PUBLISHING HOUSE

那是个英雄辈出的年代!

——题记

目 录

第一章　哑巴的家事 ……………… 001

第二章　寻找吴子谦 ……………… 028

第三章　磨石村的秘密 …………… 057

第四章　火烧转角楼 ……………… 084

第五章　智夺石印机 ……………… 115

第六章　举办金展会 ……………… 147

第七章　保卫宽嶂山 ……………… 177

第八章　流动印钞厂 ……………… 205

第九章　高捷成之死 ……………… 231

第十章　太行群英会 ……………… 255

第十一章　代印中州票 …………… 281

第十二章　设计人民币 …………… 307

第十三章　走进新时代 …………… 319

附录：小说中相关人物原型简历 ………… 326

后记：向英雄致敬 ……………… 328

第一章 哑巴的家事

一

那一年是农历己卯年。

八月十五月儿圆。但在哑巴的记忆中那年十五的月亮既不圆也不亮。天是那种黄黄的天，月亮是那种泛着暗红色的月亮。进入八月以后山里的天气就很冷了，八月十五这天又刮了一天的风。山中的风又冷又硬，吹在身上刀刻一般疼痛。让哑巴感到邪乎的是那天月亮发出的是一种狗血一样有些瘆人的光。月亮爬上对面的山头后，山坡上的树木、石头、房屋全部被涂上了一层黑黝黝的红。这种红像刀子一样刻在哑巴的记忆中，直至哑巴长大成人后也难以忘记。在以后的岁月里哑巴似乎再也没有见过那晚的月亮，黄的、白的、灰暗的——就是没有那种又红又冷的月亮。他和村里的许多人比画过那晚的月亮，人们总是同情地摸摸哑巴的头，扔下一句哑巴又开始胡思乱想了摇着头离去。哑巴有时候也会怀疑自己的记忆，月亮怎么可能是红色的呢？难道真的是自己记错了？如果是真的话，为啥村里的人都没有看到呢？哑巴常常会因为思考这件事在村后的山坡上坐上一上午。

几年以后哑巴觉得那晚的月亮可能和他二姐的婚事有关。二姐是在那年的八月十六嫁人的。二姐嫁人不仅是哑巴全家的大事，也是磨石村全村的大事。嫁人就要办喜宴，办喜宴就要吃肉，在那个年代能吃上肉可是一件无比荣耀的事，可是哪里能有肉吃呢？家里没有羊，没有猪，连只鸡也看不到，怎么能有肉吃呢？哑巴在一个月前就看到爹和娘为这个事嘀嘀咕咕。后来还是爹有了主意，哑巴是从爹看狗的眼神中猜到了爹的心思。

哑巴家有一条大黄狗，这条黄狗比哑巴的年龄也大，从哑巴记事起这条大黄狗就一直陪伴着他们。这是当地家家户户养的一种土狗，个头站起来比哑巴还高，毛是那种常见的土黄色。这种狗外貌看起来凶，但性子特别温和，哑巴就是在大黄狗的呵护下一天天长大的。哑巴要去屋后的山坡上，身后总跟着大黄狗。爹娘呼唤哑巴，不叫哑巴叫的是大黄。大黄——回家来！不论走得多远，大黄狗听到叫声总能第一时间站起来，然后掉转身向家里射去。哑巴知道爹娘叫的不是大黄叫的是他，他也跟在大黄后面小跑着回来。狗跑得快，哑巴哪能跟上呢？大黄狗跑一阵就返回来，或者站在前边的拐弯处等着哑巴。一开始哑巴以为爹是想让大黄狗去山里抓几只野兔回来。山上有各种野生的动物，大黄狗隔三岔五就会从山坡上叼回只山鸡啦野兔子啦什么的，但哑巴这次完全理解错了爹。

十五那天哑巴和大黄狗是黄昏时候回到村里的。爹就坐在门口的大石头上。爹含着烟锅头喊住大黄。哑巴进了院子发现大黄没有跟着他，一返脸看见爹正摸着大黄的头。大黄狗乖巧地匍匐在老主人的脚下，吐着舌头、摇着尾巴想讨得老主人的欢心。爹在以前也会和大黄亲近一番，但哑巴看见爹这次的神色有些不对劲，爹摸着摸着眼里就流下泪来。爹似乎还念叨着什么，大黄啊，实在是没有办法啦，对不起你啊大黄——多少天后爹曾经和他解释过，杀掉大黄不仅仅是为了大伙吃顿肉，上头下来命令了，村里的狗必须全部处理掉，狗的叫声会唤来山外面的小鬼子。哑巴那时候还不知道爹已经和八路军默默地接上了头，也不知道他们这个隐秘的小山村今后会发生那样惊天动地的大事，他只是恨爹怎么就能狠心地把大黄给杀掉了呢？大黄开始还听着，听到后来似乎听懂了老主人的话，也感觉到了它不祥的命运。大黄就那么抬起头傻乎乎地一动不动地看着老泪纵横的爹。

哑巴——哑巴——回家吃饭啦——哑巴的娘从屋里出来拉起哑巴进了屋子。哑巴进屋子前再次看一眼大门口的爹，爹正擦掉眼泪把小烟锅头插进怀里。屋子里显然收拾过了，窗子上贴上了大红的喜字，窑洞壁上还刷了一层白色的石灰粉。可能是刚刷过不久，窑洞里满是生石灰粉的味道。哑巴和大黄在山上追了一天的野兔，可惜的是一只兔子也没有抓回来。跑了一天哑巴确实饿得厉害。哑巴的娘给哑巴盛上的是一碗炒米汤，汤里有炒米，更重要的是还加了荞麦面片。哑巴呼噜呼噜就把一大碗炒米汤灌下肚子。一碗炒米汤下肚，哑巴抬起头来。哑巴发现屋子里就他和娘，爹在大门口，二姐呢？哑巴抬起头疑惑地看着娘。是啊，二姐明天就要嫁人啦，她现在去了什么地方呢？娘一直没有说话，对于二姐的婚事，哑巴感觉到娘似乎并不是很满意。

窑洞里的土炕烧得快烫屁股了。哑巴跑了一天有些累，就靠在被窝上看着窗户上新贴上去的大红喜字。二姐嫁的是磨石村上面一个叫石泉村的后生。二姐并不满意这门亲事，她一直和爹顶着牛，有时候两个人还要激烈争吵几句，但二姐最终还是拗不过爹。哑巴很长时间不理解爹，不知道爹为什么非要逼着二姐嫁到石泉村。二姐争吵起来会骂爹是个老财迷。哑巴后来明白了，爹是喜欢上了自己屋后的那块山地。那块山地有五六分，平平整整，是大山沟里难得的一块好地。爹多少年来一直对这块地情有独钟，这块地就在哑巴家屋子背后，以前是租着，但那终究是别人的啊。哑巴那个时候还不理解爹，更不理解爹怎么就那么喜欢那块地。当土地的主人提出要用这块地换娶二姐做他们家的儿媳妇时，爹怎么能挡住这种诱惑呢？哑巴就在胡思乱想中睡着了。

哑巴睡觉的时候大门口哑巴的爹开始了自己的密谋。他抚摸着大黄，和大黄说着一些掏心窝子的话。哑巴爹的身后放着一根秋天捆粮食用的绳子。哑巴的爹把绳子拿出来，绳子上绾好一个套，哑巴爹把套套在大黄的脖子里。大黄不习惯脖子上的东西，使劲甩一甩。大黄不知道这是一个死套，它用的劲越大套子勒得越紧。大黄拼命跑出去，哑巴爹身后的绳子也一圈一圈伸展拉直。绑在石头上的绳子再也无法延伸时，远处的大黄撅着屁股使着劲。那是一种毫无希望的挣扎，大黄很快就卧下身子，绳子越扎越紧，大黄再也无法呼吸了，然后悄无声息地倒在小路上。哑巴爹又把怀中的小烟锅头抽出来，他装好烟用火镰点着。山中的风把大黄身上的毛吹得一片混乱。

哑巴醒来的时候屋子里弥漫着那个年代很少有的一种肉香味，这种香味是如此浓烈和沁人心脾。哑巴坐起来不自觉地吸着鼻子，他恨不得把这种香味一股脑儿全部吸进饥渴的胃里。屋子里娘没在，哑巴听到另一间屋子里爹和娘说话的声音。哑巴跳下地沿着肉香味来到另一间屋子里，爹和娘围着大锅说着话，大锅里是冒着热气咕咚咕咚煮着的肉块。哑巴兴奋地喊一声。爹很诧异地回过头来，娘看见门口的哑巴也把脸上的笑收回去。哑巴想问爹，家里怎么突然有肉了？爹把土炕上的狗皮子拍一拍，对着哑巴说，赶明儿爹给你做顶皮帽子。哑巴看见大黄的皮毛一瞬间全都明白了，他呜呜呜叫喊着撞开门跑出去。哑巴没有看到门口还有一个放满狗血的瓦罐，哑巴踢倒瓦罐，暗红色的狗血迅速蔓延到院子里。哑巴头也不回地跑出去，身后传来爹和娘的喊声。哑巴哭喊着跑到对面的山坡上。山坡上全是树，干枯的树枝划破了哑巴的手、脸、衣服。

十五的月亮升上山头了。

哑巴看见的就是狗血一样暗红的月亮。他看见眼前的树木、石头、小路，全部涂上了一层黑黝黝的狗血。

爹——我恨死你啦！

哑巴对着月亮发着毒咒。

二

哑巴的爹是个石匠，大名石满全，村里人都叫他石老爹。石老爹的年纪并不大，只是因为长年劳作看着老相，加之有些驼背，给人的感觉就像六七十岁的样子，其实石老爹满打满算也就五十出头。石老爹个子不高，但长得敦实。最特别的是石老爹的两只手，石老爹的手比一般人的大。他是石匠，常年和石头打交道，两只手被石头磨起厚厚的茧。石老爹的手大力气也大，胳膊粗细的树木石老爹随意就能扳倒伐了。

石老爹的爷爷、父亲全是石匠。他们本来是河南人，黄河发大水后就逃到了晋东南这条山沟里。这条山沟当地人把它叫作宽嶂沟，沟两边就是巍峨高大的宽嶂山。宽嶂山是八百里太行山中最险要的一段。山势陡峭直插云霄，山坡上是密密麻麻的灌木丛，也有长得高大的松柏树。沿着这条沟散落着二十几个小村子，石泉、磨石、青茶、漆树等等。这些村子的规模都不大，十几户、二十几户的有，三五户的也有。村子的名字跟村子附近山上的出产有关。比如漆树村，村后的山头上就长有几棵高大的漆树，划破树皮，漆就从树里面流出来了。漆树村在沟的最顶端，漆树村下来就是石泉村，石泉村里有一口天然的泉眼，泉眼里一年四季都在流水，水从石泉村一直流到山沟外面，宽嶂沟里的人们就靠着这眼泉水日出而作日落而息。石泉村下面是磨石和青茶，青茶村产一种本地特有的茶叶，这种茶喝起来有些涩，但却有消渴解毒的功效，不少村民就是以采摘茶叶为生。石老爹他们住的地方就是石泉和青茶中间的磨石村了。磨石村的石头在当地特别有名，这种石头既坚硬又有韧性，是打磨各种石器特别是打磨磨坊里磨盘石最理想的材料了。石老爹的爷爷、父亲带着一家老小逃到这里的时候，就知道这是他们安身立命的地方了。他们是石匠，吃的是石头喝的是石头，还有哪里比住在磨石村里更理想自在的呢？况且这条沟里住的人大多是从河南、山东、河北逃难过来的，都是苦命人，谁也不排外，石老爹一家就在磨石村生存了下来。石老爹的爷爷、父亲都是好石匠，磨石村最不缺的就是石头，石老爹的爷爷、父亲带着石老爹起早贪黑用石头在村口的一块空地上建起了一处院子，先是用石头在正面建起五孔窑洞，后来在南面又建起五间，此后东面西面也各建起三间，东面的放粮食，西面的放柴火杂物，人多住不开后，又在南面的窑洞上加盖了一层。他们都是最好的石匠，院子里的屋子全是用劈开的石片建起来的，给人一种特别结实牢固的感觉。由于地势的原因，石老爹家南面的小二楼有一个拐弯，村民们就把石老爹家的院子叫作转角楼。石老爹的爷爷、父亲下世后转角楼里就只住着石老爹和他的儿女们了。

　　石老爹一家三代单传，从爷爷辈开始石家就是一个男丁，到石老爹父亲这一辈又是一个，所以石老爹的爷爷、父亲就特别希望石老爹能打破这个传统，给石家多生几个男劳力。他们祖辈都是靠石头吃饭，和石头打交道总不是女娃娃的专长吧。石老爹娶上婆姨后就开始专心致志地造人，但天不遂人愿，石老爹的婆姨几年了就是不开怀，好不容易怀上一个，生下来的却是个丫头片子，这就是哑巴的大姐石俊袅。石老爹一家没有灰心，能生下丫头片子就能生下大胖小子，隔了几年石老爹的婆姨又开怀了，这一次石家还是没有能盼到他们想要的胖小子，这个女孩取名石俊娥，就是哑巴的二姐。磨石村前面的沟里有一块大石头，这块石头十分平整，就像是被人打磨过似的，磨石村的人们就把这块石头当作了神石，有什么愿望了都要到这块神石前祷告祷告，祈求神石保佑他们如愿以偿。石老爹架不住爷爷、父亲的唠叨，就带着婆姨到神石前许了愿。第二年石老爹的婆姨果然怀了孕，一家人喜出望外，千小心万小心等待着那个美好愿望的实现。就在石老爹的婆姨怀胎七个月的时候，婆姨从山沟里提桶水回来，一上台阶婆姨打个趔趄摔倒在地，谁也想不到，怀了七个月的胎儿就这样不声不响地流产了。流产下的胎儿已经长成了一个大肉团，更难能可贵的是这个肉团是个男娃儿。石老爹的婆姨抱着这个肉团哭得稀里哗啦。石老爹的爷爷说，老辈人说七活八不活，这娃儿因求石头娘娘而来，那就求石头娘娘保佑保佑这个娃儿活下来。石老爹的爷爷用一块红布把这个肉团包起来放到村前面的神石上。说来也奇怪，三天过后，石老爹的爷爷再去时，红布包里的肉团不仅活着而且还睁开了眼。石老爹的爷爷大喜，扑通跪下砰砰砰就是几个响头，抱起孩子回了家。孩子是活下来了，但这个孩子一直没有哭过，他们怎么拍打，孩子就是不哭。石老爹的父亲说，难不成生下个哑巴来？石老爹的爷爷骂一句胡说，一甩手出去了。孩子一岁了也不会说话，三岁了也没有叫过爹娘，石老爹抱着头蹲在大门口，老天爷啊，我怎么就生下个哑巴来啦？尽管是个哑巴，但总是个男丁啊，爷爷就给哑巴起名石保明，保明保明就是保命保命，是石头娘娘保下的命啊。石保明生下那年石老爹已经过了四十五，以后婆姨也再没有给他怀上过娃。

现在石老爹就站在转角楼的大门口朝南面的山坡上喊着：保明——保明——你回来，爹实在是没办法啊！

石老爹的婆姨王秀云也喊着：哑巴——哑巴——大十五的你跑到山坡上干吗呢？

山坡上都是树，月光下黑黝黝一片，树林里没有哑巴的回音。这时从石泉方向下来一队人马，有骡马踩在石头上的声音，也有人说话的声音。

石老爹的婆姨王秀云看着石老爹：他爹——是队伍上的人吗？

石老爹向上面的黑影喊一句：是德厚吗？

德厚是八路军的一名后勤班长，全名叫李德厚，前段时间已经来过一次磨石村。

山路那边传来李德厚的声音：石老爹——石老爹——我是德厚！

说话当中一名二十大几的八路军战士小跑着过来，果然是石老爹！李德厚笑嘻嘻地握住石老爹和石老爹婆姨王秀云的手。

一个月前李德厚就来过一次磨石村。李德厚来的时候也是天黑之后，那次李德厚带着七八匹骡子，骡子上驮着十几个木头箱子。石老爹后来才知道木头箱子里全是白花花的大洋。李德厚把那十几个木头箱子全埋在了石老爹屋后的田地里。李德厚和石老爹交代过，这些是八路军的全部家当，一个子儿也丢不得。丢了就会一枪毙了你！说话的时候李德厚拍拍腰上的枪。屋后田地里埋八路军大洋的事石老爹连婆姨王秀云也没有说过。他有事没事总要往屋后的田地里转一转，田地上种着红高粱、玉米、土豆，正是土豆花盛开的季节，蓝的、白的土豆花一片艳丽。大洋就埋在土豆地里。二闺女嫁过去这块地就成了他们家的了。这块地是石泉村张二狗家的，张二狗家提出，只要石老爹的二闺女石俊娥嫁过去这块地就姓了石。石老爹见过那个张二狗，人长得并不是很俊气，把俊娥嫁过去确实委屈了孩子，但人家要拿这块地做彩礼，这是石老爹爷爷、父亲也一直梦寐以求的啊。他们是从河南那边逃过来的，没有房没有地，几乎一无所有，现在有了房子，如果再有这么一块地，石家就是宽嶂沟里数一数二的人家啦。

李德厚和几名战士赶着四五头骡子进了转角楼。

李德厚把后面跟着进来的石老爹拉到一边，颇为神秘地说：石老爹——这些宝贝疙瘩就存放在你这里啦！啥东西——印刷机！

战士们七手八脚地把骡子上的机器卸下来，然后又小心翼翼地搬进南面一层的窑洞里。机器放进去又用柴火盖上去，从外面看不出痕迹了几个人才拍着手上的土从窑洞里退出来。

石老爹和王秀云一直心事重重地站在院子里。当时他们根本就不知道这些叫印刷机的机器是干什么用的，但石老爹有一种不好的预感，他的家里可能要发生什么大事了。是什么事呢？他也不知道，但他从八路军在他家埋大洋、放机器的动作上感觉到了某种异样的氛围。现在正是战乱年代,小鬼子就在山外面杀人放火,尽管小鬼子还没有窜进过这条偏僻的宽嶂沟里,但谁知道他们什么时候会闯进来呢?小鬼子如果闯进来,八路军埋在他家的大洋、机器会不会给他们家带来灾祸呢?石老爹不知道也不敢往下想了。

战士们搬完机器有些热,散散落落坐在台阶上。石老爹的婆姨王秀云从屋里端出一盆狗肉,狗肉的香味迅速让战士们活跃起来。

德厚啃着一块大骨头:石老爹——大黄呢——哦,明白啦!好长时间没吃过肉啦。

谁也没看见哑巴是什么时候站在南面的小二楼上的。哑巴的头发被风吹得乱蓬蓬的,脸上还有被树枝划破的血痕。哑巴靠在一间屋子的门框上睁着黑黑的眼睛瞪着院里的人。

还是一位八路军战士发现了二楼上的哑巴:哑巴——哑巴——快下来吃肉来!

院子里所有的人都抬起头看着二楼上的哑巴。石老爹举着烟锅头想喊儿子下来,哑巴一转身返回屋子里,门很响地闭上了。哑巴还在生石老爹的气。

吃狗肉的过程中不知是谁提起了明天石泉村张二狗要来娶亲的事,石老爹这才想起很长时间没见二姑娘石俊娥的踪影了。

石老爹朝王秀云喊道:他娘——俊娥呢?

王秀云端着狗肉盆子返回脸:这死妮子——吃过午饭就出去啦。

石老爹站起来朝南面的小二楼上喊着:俊娥——俊娥——

没有人回应石老爹的喊声。

石老爹小跑着到了大门外,他朝着黑黝黝的村子里喊着:俊娥——俊娥——

石老爹的喊声把全村的人都喊出来了。磨石村住着二三十户人家,石老爹的声音传到了村子里的每个角落。

明天俊娥就要当新娘子了,但就在十五这天俊娥莫名其妙地失踪了。

全村的人以及李德厚带来的几位八路军战士都跑出去帮着寻找石俊娥。

二楼上的哑巴推开门出来,院子里空空荡荡的,远处是人们呼唤哑巴二姐名字的声音,楼下空地上让哑巴踢翻的狗血已变成黑乎乎的一片。

二姐呢?哑巴站在那里想。是啊,他也一天没见着这位准备做新娘子的二姐了。

三

哑巴的二姐叫石俊娥。真应了古人说的那句话:深山出俊鸟。石俊娥长到十八岁的时候就已经是整条宽嶂沟里最美的女孩儿了。石俊娥中等个子,柳叶眉、瓜子脸,特别是两只好看的眼睛,滴溜溜地透着一股灵秀气。俊娥的头发很密,脑后就有两条小辫子飘在那里。俊娥不仅人长得俊,干活也是一把好手,洗衣做饭干净利落。或许是生长在山沟沟里的缘由,俊娥说起话来也像从石泉村里流下来的山泉水一样,叮叮当当清脆悦耳。

在宽嶂沟那一带流传着一种民歌小调,当地人农闲的时候,或者上山砍柴或者沟边洗衣都会哼上几句,当然了唱得最好听的还是石俊娥。每年夏天的时候,宽嶂沟里的女人都会到泉水边洗衣服,有的则是在泉水边淘洗米菜,俊娥有时候端着米盆子有时候也会抱着衣服来到泉水边,大姑娘小媳妇看见俊娥来了就会鼓动俊娥来上一嗓子。俊娥把衣服泡在水里,然后撩起头发低低唱起来:

亲疙瘩下河洗衣裳,
双膝盖跪在石头上呀,
小亲疙瘩。

小手儿红来小手儿白，
　　搓一搓衣裳把大辫儿甩呀，
　　小亲疙瘩。
　　小亲亲来小爱爱，
　　把你那好脸扭过来呀，
　　小亲疙瘩。
　　你说扭过就扭过，
　　好脸要配好小伙呀，
　　小亲疙瘩。
　　……

有人就喊：俊娥——你是谁的小亲疙瘩？
俊娥的脸一下就羞红。
人家俊娥还是大姑娘呢。
不知哪个后生有福气啊！
大伙议论纷纷。
人们看见俊娥低下了头就都不出声了，泉水边只剩下捶打衣服的砰砰声和哗啦啦的流水声。
冬天农闲的时候，女人们就都挤到俊娥住的屋子里。女人们一边做针线活儿，一边哼着各种小调。这些小调大多是叙述男女情爱的。

　　……
　　桃花来你这红来，
　　杏花来你这白。
　　爬山越岭寻你来呀，
　　啊格呀呀呆。
　　榆树来你这开花，

圪枝来你这多,
你的心眼比俺多呀,
啊格呀呀呆。
锅儿来你这开花,
下上了你这米,
不想旁人光想你呀,
啊格呀呀呆。
金针针你这开花,
六瓣瓣你这黄,
盼望和哥哥结成双呀,
啊格呀呀呆。
……

俊娥住在南面的小二楼上,冬天宽嶂沟里常常刮大风,俊娥和女人们哼唱的歌声就会随着呼呼刮过的大风传到很远很远地方。哑巴那时候小,他还理解不了二姐和女人们哼唱的内容,他就靠在门框上看着这群女人们嬉闹。

有的女人就喊着:哑巴——你也来一首吧。

另一个女人就说:哑巴是哑巴,他哪里会唱歌呢。

哑巴知道她们在嘲笑自己,哑巴不说话只是瞪着眼看着嘲笑他的女人。

……

你看哑巴生气啦。

哑巴的模样多俊啊。

哑巴哑巴你要是个大男人就好啦。

哑巴是个大男人就要搂你睡觉啦。

……

女人们就东倒西歪地大笑起来。哑巴累了的时候就睡在二姐的窑洞里。半夜时分，女人们都已经离去，窑洞里就二姐和他。二姐还在纳着鞋垫，哑巴从被窝里支起身子看着油灯下干活的二姐。

现在是八月十五的夜晚，暗红色的月亮升到了宽嶂山沟的上空。磨石村里的男女老少举着点着了的松树枝四处寻找石俊娥。

俊娥——你回来！

回来呀——俊娥！

……

各种喊声在村子四周回荡。

哑巴推开旁边二姐石俊娥住的屋子。二姐的屋子里有一股淡淡的雪花膏的味道。借着月光哑巴看清楚了二姐窗户上贴着的鸳鸯剪纸，土炕上放着二姐明天出嫁时要穿的新嫁衣。这些新嫁衣都是二姐自己缝制的，薄红棉袄薄红棉裤，现在叠得整整齐齐地放在土炕的中间。

其实哑巴的二姐石俊娥一直不情愿这门亲事。她多次和爹表达过自己的意见，她甚至骂她的爹是个老财迷。

但石老爹一直不为所动，石俊娥和他吵得急了，石老爹就梗起脖子吼起来：石俊娥——你是我石老爹的闺女——你嫁也要嫁，不嫁也要嫁！

石俊娥说：要嫁你嫁！

石老爹气得脸通红：反了你啦！

哑巴听到过娘和爹的对话。

娘也劝过爹：他爹——孩子不愿意就算啦！

石老爹瞪起眼：算啦——说得轻巧！

王秀云说：俊娥没看对张二狗！

石老爹说：张二狗有什么不好？高高大大老实厚道，是石泉村难得的好后生！

王秀云说：后生是好就是不会说话！不会说让女人们高兴的话！

石老爹说：话能当饭吃？俊娥小闹一闹也就算了，你怎也跟着说胡话？我看二狗就不错，家底儿厚实，俊娥能嫁过去是她的福分！

……

石俊娥是吃过中午饭离开磨石村的。

明天就要嫁给石泉村的张二狗了，俊娥的心里是一百个不情愿。俊娥见过这个张二狗，模样不算差，就是有些呆头呆脑。他不是俊娥心中想要的那个情哥哥啊。想要的究竟是什么样的呢？俊娥也说不清楚，但张二狗显然不合俊娥的意。

张二狗来石家送过一次礼物。二狗是牵着一头骡子来到磨石村的。村里的女人们听说俊娥的未婚夫来了，都跑到石老爹的院子里看。骡子上驮着新磨的玉米面、刚起出来的土豆、现榨的核桃油……林林总总两大筐子。二狗个子挺高，那天特意穿了新衣服，头上也戴着一顶帽子。二狗把东西卸下后就要拉着骡子离开。

女人们把二狗拦在院子里，一个女人说：二狗——喜不喜欢我们俊娥？

二狗搓着手，脸上也是憨憨的笑。

女人故意说：看来二狗是不喜欢我们俊娥喽？

旁边的女人你一句我一句地逗着二狗。

喜欢不喜欢呢？

不喜欢就不能娶我们俊娥！

二狗急得抬起头。他想说喜欢，但看看院子里嘻嘻哈哈的女人们，又把喜欢两个字硬生生地咽了回去。二狗话说不出来，脸也憋得通红。

女人们又起哄。

看来二狗是喜欢我们俊娥啦。

二狗，喜欢俊娥想不想俊娥呢？

怎样想我们俊娥呢？二狗。

想我们俊娥的脸蛋呢还是……

那时俊娥就站在二楼的窗户边，看着楼下呆头呆脑又被女人们逗得手足无措的二狗气得反身坐在炕沿上。她本来想给二狗端一碗红糖水出去，现在看着二狗那个熊样子，眼里的泪止不住地往下流。俊娥拗不过石老爹，出聘的日子定在了那年农历的八月十六日。

俊娥不想嫁给张二狗，吃过中午饭就偷偷溜出了磨石村。她沿着宽嶂沟一路小跑着向沟外面的小寨奔去。小寨是宽嶂沟外面的大集镇，俊娥的姐姐石俊袅就在镇子上，俊娥是想投奔她的姐姐石俊袅去。嫁人嫁人，你们去嫁吧，我才不嫁给那个呆子呢。石俊娥心里骂着老财迷石老爹。沟里刮着大风，风把石俊娥的头发吹乱。宽嶂沟是一条又长又窄的大山沟，山里日头短，石俊娥跑出宽嶂沟时天已经黑下来了。月亮还没有升起来，石俊娥跑到沟外面的西村时停住脚步，小寨离这里起码还有二三十里地，跑到小寨就是后半夜了，再一个石俊娥想起石老爹说的话来，姐姐在她出嫁时会回到磨石村的，说不定现在就返回宽嶂沟了——远处传来枪声，黑暗中看到远处的夜空中子弹划过的亮光。俊娥早就听村里的女人们说过，小鬼子可对女人们没安什么好心眼！

俊娥想起恶狠狠的小鬼子决定返回磨石村。她不想回去，但又无路可走。村里的女人也劝过俊娥，说俊娥啊这就是咱女人们的命。不喜欢又能怎样呢？还不是照样生孩子过日子。俊娥不想过和她们一样的日子，俊娥想过的是那种山曲儿中唱出来的日子：

  ……
  前半夜想你吹不熄灯，
  后半夜想你等不彻明。
  想你想得迷了窍，
  拾柴火掉进山药蛋窖。
  荞面疙瘩莜面面条，
  想你想得掉了一身膘。
  ……

俊娥深一脚浅一脚地向磨石村走来。两边是黑黝黝的大山，高高的山头伸向看不见的夜空。小路上是密密麻麻的灌木丛，小树枝犬牙交错，俊娥好多时候要把这些枝条扒拉开才能过去。身后的山头上月亮升起来，俊娥借着月光艰难地向前面走去。她走得不快，她对回家有种抵触的情绪，如果有地方安身她一百个不情愿回去的。她才不管什么出聘不出聘，她也不管张二狗能不能在明天成了亲，最好把明天的婚事取消了才好！走了一会儿，俊娥就听到远处呼喊她的声音，也看到了山路拐弯处亮起来的火把。俊娥知道是石老爹派人寻找她来了。你让我回去，我偏不回去！俊娥向旁边的山坡上爬去，她爬得很急，她不想让找她的人找到。她手脚并用向上爬去，山坡很陡，俊娥抓住一根干树枝，那树枝不吃力，俊娥一用劲干树枝被连根拔起来，俊娥身体的重量全在这根干树枝上，树枝拔起来，俊娥就稀里哗啦地滚下山沟里。山坡很高，俊娥滚下去就昏迷不醒了。

俊娥醒过来的时候觉着有人背着她向前走，周围还有四五位打着火把子的人。俊娥闻到了男人们身上特有的那种汗酸味。

俊娥问道：你是谁？

背她的男人嘟囔一句：李德厚。

四

小寨是黎城北部较大的集镇了。

黎城位于晋东南一带，向东越过太行山就是河北地界，西部、南面是上党地区，北部和晋中平原隔山相望。黎城四周都是大山，南北有浊漳河和清漳河两条大河，县城就建在两条河流中间一块相对平缓的地方。黎城古时候建过黎侯国，也叫过潞县、刈陵、黎亭。

黎城兼扼晋、冀、豫三省门户，自古为兵家必争之地。抗日战争全面爆发后，八路军总部及129师就挺进到这一带，建起了包括山西、河北、山东、河南一部的晋冀鲁豫抗日根据地。

小寨住有上百户人家，过了小寨前面就是宽嶂山了。小寨村里最有名的人家莫过于郭家了。郭家是当地的大财主。郭家的掌门人叫郭皓轩，今年刚刚五十出头。郭家不仅有土地，还有经营山货、日用品、药材的商铺，郭家的铺子除过小寨、黎城的外，一部分铺子还开到了临近的县乡，最远的到了山那边的邢台。郭家住在村子的东头。郭家的房院随地势建有南北两套院子，都是完整的四合院，既相对独立又院院相连，两套院子南低北高，有步步高升之意。北院后面就是陡峭的山坡。八路军在北院设立冀南银行后，曾秘密修建了一条通往北山的暗道，以备紧急情况下人员财产转移。这是后话，暂且不提。院子四周是青砖砌就的小二楼，门角上、窗户上嵌有精美的砖雕、木雕，图案大多为马上封侯、柿柿如意、多子多福等，整个房院给人一种坚固、典雅、气派的感觉。郭家的院子里还有几棵高大茂密的柿子树，现在正是柿子收获的季节，柿子树上挂满了红灯笼一般密密麻麻的柿子。

哑巴的大姐石俊袅就在郭家做佣人。俊袅比俊娥大两岁，和俊娥一样，俊袅也出落成一位大美女。俊袅生活在郭家，除了能吃饱肚子外，还受郭家父子读书的熏陶，因此与俊娥比起来，俊袅身上又多了一层文静之气。俊袅脸吃得白白胖胖，身子也得到了充分发育，尽管穿的都是粗布衣服，但仍遮掩不住她健康旺盛的生命气息。俊袅在郭家的主要工作是照顾郭皓轩的大夫人林芝美。林芝美四十五六年纪，六七年前突然得了一场大病，此后就再也没能站起来。林芝美的饮食起居就由进入郭家的俊袅照顾，天气好一些的时候俊袅也会用手推车推着林芝美在院子里晒晒太阳。因为得了病，林芝美脾气变得特别大，看着什么不顺眼随手就会扔掉，有时候也会骂人，骂完人又没来由地哭一顿。俊袅刚来郭家的时候也就十五六岁,根本受不了林芝美乖张的脾气,好几次要跑回磨石村。郭皓轩一方面给俊袅赔不是,一方面又给俊袅增加佣金。俊袅知道家里需要钱,就这样耐着性子在郭家坚持了下来。郭皓轩在林芝美站不起来后又娶了一房妻子。林芝美也和郭皓轩闹过,郭皓轩索性和二夫人从北院搬到了南院。林芝美后来似乎认了命,不吵也不闹了,她把全部的希望和快乐放在了儿子郭天佑身上。郭天佑比俊袅大不了多少,当时正在北平大学上学,每次回来都会和母亲林芝美待上一段时间。郭天佑长得高大帅气,又对母亲特别孝顺,天气热的时候就帮着俊袅把林芝美抱到院子里,然后坐在树荫下给林芝美、石俊袅讲述外面的见闻。俊袅不识字,不忙的时候郭天佑还很认真地教俊袅认字。林芝美坐在一边,那一边两个年轻人靠在柿子树上说着话。现在战争已经爆发,郭天佑很长时间没有音信了,林芝美每天念叨的就是,俊袅——你说天佑啥时候能回来呢?其实俊袅也不知道郭天佑什么时候能够回来,每次都安慰林芝美说,该回来的时候他就回来啦。林芝美不说话了,仰起头望着院子上空的天,自言自语着,兵荒马乱的——还是回到家里踏实。提到郭天佑,俊袅心里总会咯噔一下,郭天佑俊俏的脸庞也会映入俊袅的眼帘,郭天佑身上的气味也会在俊袅的记忆深处被唤醒。人家是郭家少爷,自己就是一个下人——一个天上一个地下,怎么可能呢!俊袅每每想到这里就会摇摇头把郭天佑忘在后脑勺。

郭皓轩个子不高,但长得特别敦实。郭皓轩早年上过山西大学堂,因为要接管家族产业,上了一半就退学回来了。尽管郭家的产业在郭皓轩的手上有了较大规模的发展,但让郭皓轩一直耿耿于怀的还是他未竟的学业。要是我那时上完学——说不定现在也是叱咤风云的人物啊!郭皓轩没上完学,但却养成了一个读书的好习惯,兴之所至还会胡诌几句。什么"人立小楼前,花落黄昏后",什么"流水无情,人间有义"等等。郭皓轩为人开明,产业扩大后给寨子里办过不少好事,先是为寨子里建起一座小学校,后来又请石老爹凿了几盘石磨，再后来还在寨子前面挖出一眼深井。寨子里谁家有个急难险事，郭皓轩也是能帮就帮。八路军进驻黎城后，郭皓轩积极捐款捐粮。保家卫国匹夫有责，有钱的出钱有力的出力，我郭皓轩岂能落在人后？前几天八路军供给处的高捷成还来过他家，高捷成对郭皓轩的仗义疏财表示了感谢，同时说八路军看中了他北面的那处院子，希望郭皓轩能够鼎力支持。郭皓轩住在南院，他的大夫人林芝美和石俊袅住在北院，他有些迟疑。高捷成看见郭皓轩有难处，就说郭掌柜不要为难，我们再另外想想办法。高捷成走了郭皓轩几天睡不安稳觉，八路军要他郭皓轩办的事他没有一件拒绝过，现在八路军看上了他家的院子他怎么就不能让出一套来呢？大夫人脾气古怪，谁也不想见谁的面，但现在是特殊时期啊，八路军要打小鬼子，怎么就不能忍让一番呢？

郭皓轩娶的二夫人年纪不大，名字叫杜小娟。

八月十五这天郭皓轩就和二夫人说：小娟——今天呢难得是一个团圆的日子，我看就把芝美接过来一起过吧。

杜小娟三十出头，原是林芝美的远房亲戚，算起来还叫林芝美表姐呢。

杜小娟抬起头说：表姐愿意过来就过来，我也好长时间没见她了。

郭皓轩就安排下人去北院接林芝美和石俊袅过来。郭皓轩当时还不知道八路军要用他的北院做什么，八路军进驻很长时间后他才知道，他的北院竟然成了八路军冀南银行的总部所在地。郭皓轩想利用过十五的时候和芝美好好商议一番，让芝美搬到南院来，一方面自己好照顾芝美，另一方面也给八路军腾出北面的院子。

月亮升起来，郭皓轩的南院里摆上了各种水果、点心。石俊袅推着轮椅把林芝美推到院子里，外面天气冷，俊袅又把一块薄毯子搭在林芝美的腿上。郭皓轩和杜小娟跪在当院对着升起来的月亮上香、叩头。以前郭皓轩旁边跪着的人是林芝美，现在竟然成了另外一个女人。林芝美前几年还哭过闹过，现在似乎也已经接受了这个现实,她看着月亮下的郭皓轩、杜小娟,脸上是一种事不关己的冷漠和淡然。

郭皓轩叩完头拍着手上的土走过来:芝美——你看今晚的月亮。

大风刮了一天,月亮显得又瘦又小。是啊,这是一个团圆的日子,可是小鬼子打过来了,也不知道什么时候小鬼子又会窜到这里。鬼子一来她们就要往山里面跑,少则三五天,多则半月二十天,那是人过的日子吗?

林芝美说:天佑——没有来信吗?

林芝美惦记的是她的宝贝儿子。

郭皓轩坐在林芝美旁边的椅子上:前段时间天佑来过一封信,说他参加了抗日决死队。

林芝美拦住郭皓轩的话:什么死呀活呀的——我只要天佑健健康康的。

杜小娟端着一盘葡萄过来。那个年代能在这里吃上这种东西也是罕见。这几串葡萄还是河北那边的铺子里捎给老东家的。

杜小娟笑嘻嘻地说:表姐——葡萄还新鲜着呢。

林芝美抬起头看一眼杜小娟,然后双手放在膝盖上平视着前边的柿子树,既不表示要也不表示不要,把杜小娟晾在那里。

郭皓轩看见了,接过杜小娟手中的葡萄:来——大伙快来吃啊。

前几天石老爹就给石俊裴捎过话来,说八月十六是你妹妹石俊娥出嫁的日子。石俊裴答应石老爹,妹妹出嫁那天她一定会赶回磨石村的。明天就是八月十六了,早上的时候俊裴就和林芝美说过,林芝美还说要不是腿残疾了我和你就一起回去了。林芝美答应俊裴,不用急——我让郭皓轩派人送你回去。

石俊裴惦记着回家的事,就低下头轻轻喊一声:夫人!

林芝美转过脸看看石俊裴,想起俊裴回家的事来:哎哟——你看看我,差点把俊裴的事给忘了。

林芝美就把石俊裴要回磨石村聘妹妹石俊娥的事告诉了郭皓轩。

林芝美离不开石俊袅,郭皓轩看着石俊袅迟疑着说:哦——是哪位有福气的小伙子娶上我们俊袅的妹妹了?是石泉村的张二狗?好好,这样吧俊袅,现在天已经不早啦,兵荒马乱的明儿一早呢就让管家送你回去。

几个人正说着话,大门外突然传来激烈的敲门声,声音是那样急促和响亮。

郭皓轩、林芝美、杜小娟等都抬起头看着大门那边。郭皓轩向院子里的人摆一摆手,有人小跑着开门去了。不一会几个黑影匆匆进了大门。月光下郭皓轩看清楚了,那群人用门板抬着一个人进了院子。

有人朝门板上的人喊着:少爷!少爷!

郭皓轩听见喊声立刻跳起来,扒拉开人群喊道:天佑——我的老天爷啊——你这是怎么啦?

门板上的郭天佑浑身是血躺在那里。

人群中有人低低说:半路上遇到了小鬼子……

林芝美也被石俊袅推过来,林芝美大声喊着:天佑——天佑——

林芝美看到月亮下的郭天佑喊一声昏死过去。

五

石老爹回到转角楼时石俊娥还没有回来。哑巴站在二楼的黑暗中盯着进了院子的石老爹。石老爹抬起头看到哑巴明明亮亮的眼睛。

石老爹喊道:哑巴——你二姐回来了吗?

哑巴瞪他爹一眼转进屋子去。爹不仅杀死了大黄,二姐也是爹逼着离开的。哑巴恨死了这个爹。他又没办法朝爹生气,哑巴进了屋子一脚将地当中的尿盆子踢个底朝天。尿盆子是哑巴晚上起炕盛尿用的,尿盆子在地上翻滚的声音传到了院子里。

石老爹朝黑乎乎的小二楼看一眼：哑巴——哑巴——

楼上没有人应答他。

石老爹叹口气蹲在院子里。远处是人们呼喊俊娥回家的声音。

其实石老爹并不担心石俊娥。俊娥就是那个犟脾气，女孩子家嘛，使使小性子也就过去了，宽嶂沟就这么一条大深沟，两边是山，山后面还是山，俊娥能跑到哪儿去呢？还不是躲藏在哪个石洞里哭鼻子。山上的石洞多的是。石老爹几乎走遍了宽嶂沟里的每一条沟沟岔岔。宽嶂沟里有不少天然的石洞，有的很小，能容下一个人，有的很大，几十个人钻进去也不在话下。石老爹在山中采石头，遇到刮风下雨，这些洞都是他藏身的好地方。宽嶂沟里除了石头还是石头。石老爹一眼就能看出山上的石头哪块能为他所用，哪块不能使用。在石老爹的眼里，石头都是有灵性的，一块好石头，一块上好的石头，就像好女人一样，是可遇不可求的。石老爹坐在院子里，他的眼里全是山上那些大大小小的石洞，尽管他不知道俊娥会躲在哪个石洞里，但他知道俊娥生完气就会回来的。俊娥犟是犟，但胆子不是很大，俊娥的胆子甚至不如他的弟弟哑巴。山中有野兽，俊娥哪能不害怕呢？俊娥现在生气，嫁过去就知道张二狗的好了。张二狗木讷不会说话，但人实在啊，兵荒马乱的能嫁给这么一个实在人是俊娥你的福气呀，你怎么就不理解爹的这番苦心呢？

石老爹真正的心病在二楼的哑巴身上。石家几代单传，到了他石老爹这辈子没想到生下个哑巴来。石老爹是跟着爷爷、父亲逃难到磨石村的，他们起早贪黑没日没夜地打拼，宽嶂沟有的是石头，他们都有上好的手艺，虽不能大富大贵，但吃口饭填饱肚子还是不成问题的。现在房子有了，而且还是磨石村比较阔绰的转角楼，房后的土地马上就姓石了，石家眼看着就要翻身了，偏偏生出个哑巴来。石老爹嘴上不说什么，但心里这个郁闷的疙瘩却始终没有解开，一个人在大山里采石头时，抱住头痛哭流涕了好几次。过了几年石老爹认了命，罢罢罢，哑巴就哑巴吧，等哑巴长大了，娶上一房妻子，再能给他生几个活蹦乱跳的孙儿那就是他这辈子最大的幸福了。哑巴一年年长大了，哑巴人长得俊俊气气，不说话根本看不出这是个残疾的孩子，但哑巴的性子也变得越来越古怪了。哑巴很少和村里的孩子们玩耍，更多的时候是一个人待在山坡上，一动不动地看着天上飘过去的云。哑巴看什么都爱瞪着眼睛，特别是哑巴看人的时候，两只眼睛发着亮亮的光，看得人脊背也发凉。村里好几个人看到过哑巴的这种眼神，遇到石老爹就说，石老爹——哑巴的眼睛不是有问题吧？你的眼睛才有问题呢！石老爹每次都是这样将来人的话堵回去。话是堵回去了，但石老爹也觉着哑巴的眼神有些异样。究竟有什么异样呢？石老爹也说不清楚。

村里的人们陆陆续续回到转角楼。

俊娥回来了吗？

回来了吗俊娥？

大伙吵吵着问院子里蹲着的石老爹。

石老爹没说话。

石老爹的女人王秀云这时也从外面跑进来：他爹——俊娥呢？

王秀云期待地看着石老爹，她还没等石老爹说话，就朝着南面的小二楼喊道：俊娥——俊娥——

天这么晚了，俊娥究竟跑到哪儿去了？兵荒马乱的，山中又有各种各样的野兽，俊娥要是有个三长两短——王秀云再也控制不住自己的情绪了，石满全——都是你害的俊娥啊——俊娥不愿意嫁给张二狗，你硬要逼着孩子出嫁——石满全我和你没完！

王秀云不知哪儿来的力气，一头就把刚刚站起来的石老爹顶个四仰八叉。王秀云扑上去就要抓石老爹的脸，石老爹举着手招架着。旁边的人把王秀云和石老爹分开。人们劝说着让王秀云不要急，俊娥说不定马上就会回来。王秀云坐在一边哭泣，边哭边数落石老爹的不是。石老爹脸上被抓破，血顺着脸颊流了下来。哑巴悄无声息地推开门出来，他站在黑暗中看看院子里的人，然后掉转头看着人群背后的大门。

这时有人喊：李德厚回来啦。

人们把火把举起来，都把脸扭到大门方向。石老爹看到了大门口站着的李德厚和他的几位战友。李德厚闪开身，身后露出了大伙找了一晚上的石俊娥。石俊娥身上都是土，辫子也散开，脸上还有被树枝划破的血痕。

是俊娥！

是俊娥回来啦！

大伙惊喜地喊道。

王秀云由悲转喜，哭喊着跑过去：俊娥啊——你可回来啦！

石俊娥看看院子里的人，推开母亲王秀云向小二楼上跑去，她边跑边低下头抹着眼泪。谁能理解这一晚上俊娥经过了怎样的煎熬！俊娥死的心都有，现在她从死亡线上回来了，一切都又回到了往日熟悉的氛围中。她想跑出去，她不想就这么糊里糊涂地把自己嫁了。但跑了一圈又回来了，就像姐妹们说的，这或许就是她们的命吧，她们怎么能跑出命运的安排呢？

天已经亮了。石泉村方向传来唢呐和喇叭声，娶亲的队伍可能已经到了磨石村的村口上。

六

哑巴二姐石俊娥出嫁那天天气特别好。

八月十五刮大风，那风似乎把乱七八糟的云全刮走了，天呈现出少有的蓝色，阳光也很亮很温暖地照着这个被幸福和快乐充满了的小院子。石老爹为人不错，石俊娥消失了一晚上又被李德厚找回来，现在石泉村迎亲的队伍已经来到石老爹的转角楼里，大伙怎么能不搭把手呢？吹鼓手在转角楼的大门口吹着欢快的得胜鼓，那是一种喜庆的声音，声音又响又亮地划过所有人的耳朵。男人们招呼张二狗一伙娶亲的人。张二狗穿着一身用黑色布料做成的薄棉袄薄棉裤，胸前戴着一朵用红布扎好的大红花，头上仍然戴着那顶略显大一点的帽子。张二狗满脸是憨憨的笑，高兴了就扯下头上的帽子，用手摸着自己剃得精光精光的头。哑巴也跑到这个快要成为自己二姐夫的男人跟前，哑巴好奇地看着张二狗胸前的那朵大红花，他想用手摸一摸，看看那朵花是不是真的花。哑巴个子矮够不着，张二狗明白了哑巴的意思后还特意弯下腰。旁边的人起着哄，喊着哑巴哑巴长大了你也要娶媳妇，娶媳妇就会戴上大红花。张二狗看见哑巴喜欢那朵花，就把花摘下来戴在哑巴的衣服上。哑巴人小，红花戴在哑巴的胸前显得特别大特别滑稽，人们看着戴着大红花走过来走过去的哑巴都开心地笑起来。是啊，山外面一直在打仗，大伙一直提心吊胆地过着日子，现在好不容易有了这么一个喜庆的日子，大伙都把压抑在心中好长时间的笑声全部释放了出来。

　　男人们在外面招呼张二狗，女人们则全挤到屋子里准备饭菜。战争年代山里人能有什么好饭菜呢？好在石老爹家里还有半盆子煮好的狗肉，锅里是大半锅油汪汪的狗肉汤。这些本来就是为嫁俊娥准备的，女人们就说，男人们好长时间没有闻过肉香味啦，不如做一锅热乎乎的头脑汤，况且大伙为了寻俊娥跑得又累又饿，一人一碗头脑汤，吃不饱也能喝饱啊。这个主意好，女人们立刻行动起来。头脑汤是当地的一种名吃，过去穷，这种吃食只有在过年的时候才能见到，而且还大多以素食为主。当地的头脑汤和太原的头脑汤叫法一样但内容相反。太原的头脑汤是一种羊肉汤，吃的时候再佐以黄酒别有风味，而当地的头脑汤呢实则是一种饺子汤，一般以素饺子汤为主，碗底是素饺子，碗中是放着黄花、海带、葱花的汤水。现在女人们就用剩下的狗肉做成了饺子馅，把锅里的狗肉汤做成了香喷喷的头脑汤。女人们一碗一碗端出来，男人们兴高采烈地喝着这种从未喝过的用狗肉做成的头脑汤。

石老爹惦记李德厚几个。是啊，不是李德厚，俊娥还不知道会做出啥傻事呢。

石老爹端着碗四处找李德厚：李德厚——李德厚——

旁边有人喊，石老爹——人家德厚早走啦。

李德厚几个送回俊娥后就回部队去了。李德厚已经来过一次了，石老爹对这位年轻的八路军战士留下特别好的印象。累了一晚上，连口汤也没喝上。石老爹遗憾地转过身来。他们都是打小鬼子的人啊，子弹没长眼睛，只希望石头娘娘能够保佑这群年轻人。

石老爹转过身看见门洞里坐着的哑巴。石老爹诧异地问：哑巴——你怎么不去喝汤？

哑巴抬起头看一眼石老爹，扭头向小二楼上跑去。哑巴还记着大黄的样子，大黄是他的好朋友，哑巴怎么能喝下用大黄的肉做成的汤呢？

哑巴——让你二姐下楼吃饭来！

石老爹朝着哑巴的背影喊。

哑巴头也不回地跑进二姐石俊娥的屋子里。

外面是吵吵闹闹的声音，屋子里就二姐石俊娥一个人，俊娥已经穿上了自己亲手缝制的红嫁衣，红棉袄红棉裤，头上还顶着一块红色的头巾。石俊娥听见哑巴进了屋子，摘下头上的红头巾看着门口站着的哑巴。哑巴看见二姐重新编好了辫子，两条辫子盘在脑后形成一个好看的形状。二姐洗了脸，脸上划过的血痕还在。二姐似乎哭过，两只好看的眼睛也肿了不少。哑巴那时候还小，他还理解不了二姐内心的那种心有不甘的无可奈何。

二姐弯下腰紧紧抱住哑巴：哑巴哑巴——你什么时候才能长大啊——二姐就要嫁到石泉村啦——从今往后家里就全靠你啦！

二姐抱住哑巴边说边哭，眼里的泪哗哗哗地流进哑巴的脖子里。二姐的泪是凉的，哑巴感觉到了二姐的泪从脖子里滑下去的那种感觉。

楼下有人喊：郭家大管家到——

石俊娥听到喊声站起来走到窗户边，她以为是大姐石俊袅回来了，她看到郭家的那个姓冀的大管家牵着一头骡子进了转角楼的院子。石老爹迎接过去。石俊娥听见冀管家说着郭家少爷出了事你家俊袅顾不上回来的话。

俊娥退回到炕沿边。她有很长时间没见着大姐了，她多想和大姐吐一吐心中的苦水啊。她不想嫁给张二狗，她想嫁的是那种就像山曲中唱的能让她牵肠挂肚的男人啊，但她的心里话能说给爹和娘吗？能说给眼前这个什么也不懂的弟弟哑巴吗？

新娘子上轿啦——

二姐石俊娥出嫁的时间到了，转角楼院子里的人都站起来，大家眼巴巴看着南面的小二楼。

张二狗小心翼翼地走上去，一会儿抱着蒙上红盖头的石俊娥下了楼。山中没有红轿子，张二狗用来娶亲的是一头系着红花的灰黑骡子。张二狗很有劲，一把就把石俊娥放在骡子背上。

唢呐声声。

张二狗在前面牵着骡子，后面石俊娥坐在骡子上向石泉村方向走去。

哑巴跑到大门口，他站在门口的石头上，从人群的缝隙中，一直看着远去的二姐。

第二章　寻找吴子谦

一

高捷成没想到郭皓轩很快就答应把北面的院子让出来。

北面的院子连着后面的大山，遇到紧急情况了人员可以立刻撤退到大山中，另一个重要原因是小寨离宽嶂沟近，方便与沟里建立起的印钞厂联系，这是高捷成选中北院做冀南银行总部及发行部的秘密所在。

高捷成三十岁出头，是一位年轻的老革命，参加过红军，走过长征，抗日战争全面爆发后，又随着129师挺进到太行山腹地黎城。高捷成是典型的南方人长相，又高又瘦，由于营养不良，脸也特别小，倒是脸上的两只眼睛显示出他的精明。高捷成本来是福建漳州人，他上过大学，大学里学的就是经济专业，早年在叔父的钱庄里做过工，因此八路军总部决定在根据地创办冀南银行后，就把高捷成任命为银行的总经理兼政委。高捷成是经理又是政委，筹建银行的任务就自然而然地落在了他的头上。

高捷成赶到小寨时天已经黑下来。远处有狗的叫声，寨子背后就是黑黝黝的大山，寨子前面传来哗啦啦的流水声。几个人牵着马向郭家大院走去。郭皓轩的北院里前期到达的几名八路军战士正在收拾屋子，看见高捷成几个进来，屋子里一位年轻的战士笑嘻嘻地跑过来，对着高捷成就是一个军礼：经理——梁绍彭向您报到！

眼前的年轻人叫梁绍彭，是八路军任命的冀南银行发行部主任。

高捷成打梁绍彭一拳：绍彭——你的动作好快呀！

梁绍彭搓着手说：首长们都等着银行的票子呢，能不急吗？

梁绍彭二十五六岁，个子很高，浑身上下透着一股利落劲儿。梁绍彭拉着高捷成看着院子里的布置，梁绍彭边走边介绍，这个房间做鉴定科，那个呢是完成科——高捷成点着头，他没有看错人，绍彭正是他想要的那种人，既懂银行业务又做事干净利落。建立银行可以说是一无所有，好在他还有梁绍彭这么一群有干劲又有闯劲的同志。梁绍彭把高捷成引到主楼的后面，这里原是郭家放杂物的地方，梁绍彭扒拉开柴火，地上露出一个盖子，打开盖子露出一眼地窖来。

梁绍彭探下身子看着黑乎乎的地窖：经理啊——这不是现成的银窖吗？

高捷成拿过火把子向地窖里照一照，地窖里堆放着土豆、萝卜——可能时间长了，地窖里窜出潮湿发霉的味道：就是有些潮啊。

梁绍彭说：我已经有办法啦，撒上干石灰不就可以了？

高捷成站起来看着后面的山坡，山坡后面是大山，黑暗中山显得是那么高大，距离似乎也拉近了不少，站在院子里明显有一种压迫的感觉。但好就好在这里，沿着山坡上去就是山，山后面又是层层叠叠的山，小鬼子一旦发现了这里，人员财产也能迅速撤退到山里头。

高捷成和梁绍彭转到院子里时李德厚正带着驮队进来。晋东南一带的驮队以骡子为主，也有少部分是马匹和小毛驴，与马比起来骡子既有劲又有耐力。李德厚用的驮队都是大黑骡子，现在五六匹骡子拉进院子里，显得院子也变小了。可能是走了长路的原因，骡子们打着响鼻在原地转着圈子。几名八路军战士帮着把骡子上的货物卸下来。

李德厚走到高捷成和梁绍彭跟前敬个礼。

高捷成拉住李德厚的手：辛苦啦！

李德厚和高捷成都是走长征过来的人，与九死一生的长征相比这点苦算得了什么。李德厚嘿嘿笑一下，摘下帽子擦着脸上的汗：没啥没啥。

梁绍彭走到李德厚跟前低低说：辛苦老班长啦。

梁绍彭刚入伍时还是李德厚的兵，不过梁绍彭念过书，又会打算盘，所以没过多长时间就被上面调去了。

李德厚摸一下梁绍彭的头：你小子有出息啊——听说当了主任啦？

梁绍彭看看高捷成：什么主任不主任的——都是咱银行的兵！

李德厚给发行部送过一些紧急使用的生活办公用品，有几床棉被，还有账本、算盘、纸、墨、笔、砚等等。

高捷成拿起一本账本看了一下：德厚——山里怎么样？

李德厚知道高捷成是问印钞厂的事：机器拉上去啦，过几天就能建房子啦。

高捷成知道现在正是老百姓抢收粮食的时候，粮食收完了八路军就能动工了。宽嶂沟隐蔽偏僻，高捷成把银行的几个印钞厂建在了山沟里。现在机器拉上去了，等把厂房建起来，就能印刷钞票了。万事俱备，只欠东风。筹建银行的目的就是要发行自己的钞票，现在最让高捷成头痛的是寻找印钞师傅的事。总部已经和晋察冀边区联系了，希望那边派几名技术人员过来，但远水不解近渴，他这边急需懂技术会制版的师傅啊。

高捷成抬起头对着梁绍彭说道：绍彭——人打听得怎么样啦？

梁绍彭前些日子和他汇报过，河北那边的采购站传过消息来，说他们打听到有一位叫吴子谦的印钞师傅，这位师傅自幼就跟着叔父在印刷车间干活，后来还在日伪政府的印钞厂待过，不仅懂印刷，制版也是一把好手。

梁绍彭说：人是打听到了，恐怕用不上。

高捷成看着梁绍彭：此话怎讲？

梁绍彭说：这小子有手艺，会制假币，事情败露后被鬼子抓进大牢去啦。

这倒是一个不错的人选，高捷成心里想着，能把这小子弄回来可就解燃眉之急了。

几个人正说着话，前院郭皓轩在管家带领下来到这边。

郭皓轩老远处就抱起拳来：贵客驾到——有失远迎，有失远迎啊！

高捷成也迎接过去，拉住郭皓轩的手诚挚地感谢道：郭掌柜深明大义，高某感激不尽！

郭皓轩穿着一件薄棉长袍，头上戴着那个年代财主们常戴的瓜壳帽。

郭皓轩摆着手说：一家人不说两家话！高先生和诸位弟兄都是保家卫国的英雄好汉，郭某深表敬佩！自古道：国家兴亡，匹夫有责。郭某绵薄之力何足挂齿？

高捷成看着郭皓轩：听说贵公子也在部队上？

说到儿子了，郭皓轩一下沉默下来，脸上露出忧愁之色。高捷成看着旁边的管家。郭皓轩的管家四十五六岁，给人一种沉稳、忠厚的感觉，高捷成记得这位管家姓冀。

冀管家叹口气说：我家少爷——唉——让小鬼子伤得不轻哪！

快去看看！

高捷成一伙在郭皓轩和冀管家的带领下来到前院郭天佑住的东厢房里。

郭天佑住的东厢房比较宽敞，屋内布置得也很典雅。郭天佑躺在里边床上。郭天佑的母亲林芝美坐在郭天佑的床前。石俊枭在床边给郭天佑换着绷带上的药，或许是弄疼了郭天佑，郭天佑在床上发出疼痛的呻吟声。郭天佑二十四五岁，本来在北平大学读书，卢沟桥事变后，郭天佑就和一群热血青年回到山西，弃笔从戎参加了抗日决死队。八月十五前，郭天佑接到命令，他和几名战士护送一批物资前往武乡，没想到半路上遇到一队小鬼子，他们几个拼死拼活逃了出来，但郭天佑右腿不小心中了弹。

小心一些，小心一些！

林芝美悄悄抹着眼泪。儿子的命就是她的命，儿子倒下了，她的天似乎也要塌下来了。

郭天佑又昏迷过去。

林芝美叫着：天佑——天佑——我的儿啊！

高捷成几个进来后，和林芝美打声招呼。郭天佑脸上、胳膊上都缠着绷带。那些都是轻伤，最要命的可能还是留在郭天佑腿部的子弹头。高捷成撩起被窝看看郭天佑腿部的伤口后退到院子里。

郭皓轩焦急地看着高捷成：高先生有何良策？

高捷成说：必须马上做手术！郭掌柜——部队医院就在南陌一带。李德厚——

李德厚在后边喊一声：到！

马上送人！

大伙都忙乱起来。冀管家忙着准备住院的东西，李德厚几个开始套马车。

高捷成和梁绍彭返回后院里。

高捷成边走边说：绍彭——你说吴子谦究竟是个什么样的人呢？

二

从黎城的东阳关穿过太行山就是河北的邢台了。

邢台素有"五朝古都、十朝雄郡"之称，是华北平原上一处重要的都市。邢台过去也叫过信都、巨鹿、襄国、邢州、顺德府等，曾经是商朝、邢国、赵国、常山国、后赵等王国的国都，与黎城比起来，邢台显然就是一个大都市了。邢台被日寇侵占后这里就成了华北日军一处重要的据点，建立起各种伪政权组织。驻扎在黎城的八路军129师也向东派出一支东进纵队，在邢台的南宫一带建立起冀南行政主任公署，与日寇进行针锋相对的斗争。邢台与黎城隔山相望，邢台又是繁华都市，黎城的许多百姓就常去邢台采购物资等。小寨的郭皓轩也在邢台建有"德义恒"商号。"德义恒"商号主要经营日用百货，有时候也兼做其他生意，比如把黎城的土产运到这里出售，然后再把邢台的布匹、瓷器、药物等贩卖回黎城和武乡等地。"德义恒"建在邢台东大街一个偏僻的地方，典型的前铺后院的格局，前面是几间门面，靠墙的货架上摆着锅碗瓢盆各种日用百货，货架旁边有一个小门，推开小门就到了后面的院子里，院子四周都建有房子，有的做了库房，有的是伙计们晚上睡觉的地方。"德义恒"有一位姓吕的掌柜和几名小伙计。

这天黄昏的时候，"德义恒"商号进来了两位不速之客，两人都是商人打扮，前面的商人年纪大一些，后面的一位二十五六岁。

年纪大一些的商人对着铺子里的小伙计说道：请问吕掌柜在不在？

小伙计正要回话，旁边的小门推开，出来一位掌柜模样的人，看见年长的商人惊喜地喊道：是冀大管家来了？稀客稀客！

冀管家一抱拳：吕掌柜好自在啊，东家让我问吕掌柜好！

吕掌柜五十左右年纪，穿一身薄长袍子，眼睛上戴一副老花镜，拉住冀管家的手笑呵呵地说着：谢东家挂念！这位是——

吕掌柜看着冀管家旁边的年轻客商。年轻客商不是别人，正是冀南银行的发行部主任梁绍彭。

冀管家说：这位梁掌柜——走，到里面细聊。

梁绍彭看看铺子周围，天色已经暗下来，路上也没有几个行人。

吕掌柜是个热情的人，拉着冀管家和梁绍彭就往后面走：你我弟兄也是多日未见，今天又有梁兄弟在，正好痛饮几杯！

几个人说着话推开小门来到后面的院子里。正面几间屋子，靠东头的屋子是吕掌柜休息的地方，西头几间成了吕掌柜办公、会客的场所，东厢房是商号的厨伙房。

吕掌柜上了年纪，又有腿寒的老毛病，因此吕掌柜住的屋子里盘着一条土炕，土炕上放一张不大不小的炕桌子，三个人脱鞋上炕后围着炕桌子坐下来。

吕掌柜看着梁绍彭说：梁掌柜好年轻啊，不知梁掌柜在哪里发财？

梁绍彭正要说话，冀管家看看屋子里没有外人，压低声音和吕掌柜说了几句话。

吕掌柜听完吃惊地抬起头：原来梁掌柜是——吕掌柜没有把后面八路两个字说出来。后生可畏，后生可畏！吕掌柜伸出大拇指。

冀掌柜就把这次来邢台的目的告诉吕掌柜，八路军要办一个印刷厂，需要采购一些纸张、油墨等，最好能弄几台石印机回来。

梁绍彭没有把八路军办银行的事告诉冀管家。

梁绍彭一抱拳说：全靠吕掌柜帮忙！

冀管家说：东家说啦，吕掌柜要全力支持。

吕掌柜看看冀管家，靠在后面的被窝上没有吭声。

冀管家问道：吕掌柜有何难处？

吕掌柜伸前身子低声说道：二位有所不知，最近小鬼子管得越来越紧啦，没有鬼子的通行证，这些东西就是采购回来也没办法运出去啊。

厨伙房里的饭菜已经做好，吕掌柜说冀管家和梁掌柜不是外人，就把饭菜端到我的卧房里吧。炕桌上很快摆上了酒菜，菜不多倒也精致，有猪头肉、兰花豆、炒鸡蛋、小烩菜等。

吕掌柜给冀管家、梁绍彭倒上酒：不知二位前来——家常便饭还请担待！请！

三个人举起杯一饮而尽。

梁绍彭说：货物要得急——还请吕掌柜多多费心！至于出城的事，货物到了以后再想办法。

冀管家不能喝酒，一杯酒下肚脸已红起来：活人还能叫尿憋死？吕掌柜见多识广，你老哥有的是办法。

三个人边喝酒边谋划采购物资的事。说得差不多了，梁绍彭端起一杯酒：吕掌柜不知和邢台牢房有没有关系？

吕掌柜喝了酒，话也多起来：吕某在邢台闯荡几十年，不能说人人都熟，倒也认得一些有脸有面的人。小兄弟——有何吩咐？

梁绍彭看一眼冀管家。

冀管家直起身子说：梁掌柜有个叫吴子谦的亲戚被抓了进去，有钱能使鬼推磨，破费几两银子，看看能不能把这小子弄出来。

……

邢台牢房建在大南关一带，这还是清朝时期修建的房屋，当时是关押革命党人的地方，民国以后成了当地国民政府的监狱，日寇侵占古城后这里又成了鬼子宪兵大队的监牢。监牢挺大，分为四五个监区，吴子谦就被关押在三号监区的一所牢房里。吴子谦所在的牢房关着六七个人，屋子不大，靠墙一排通铺，由于人多，屋子里满是尿味、霉味、男人汗酸味等等混浊的气味。几个犯人在窗口前说着荤故事，说到高兴处几个人哈哈大笑起来。通铺上躺着一位蜷缩着身子的犯人。

窗口前有人朝通铺上的人喊：吴子谦——又在做发财的梦了吧？

梦中娶媳妇——想得美！另一个人嘲笑着。

通铺上躺着的就是梁绍彭要找的吴子谦。吴子谦二十来岁，个子不高，头发乱蓬蓬的，胡子也好长时间没刮过了。吴子谦抱着头躺在那里想着心事。吴子谦就是当地人，他出生在邢台的南宫一带，年纪不大父亲就得了伤寒病一命呜呼了，七八岁的时候跟着舅父到印刷作坊里干活谋生，这一干就是六七年。他什么活都干，印刷、上墨、裁纸、刻板——吴子谦尽管没读过书，但他心灵手巧，记忆力又特别好，什么技术只要让吴子谦看一眼，很快就能模仿出来。吴子谦不会写字，他发现刻板师傅工钱很高后就模仿师傅的字，没过多长时间他写的字几乎比师傅的字还要端庄、漂亮。吴子谦手艺好，但不爱说话，也不喜欢和人交朋友。吴子谦后来想，他的这种孤僻性格的养成可能和他的出身有关。他家穷，又没有兄弟姐妹，家里就一位老母亲，工休的时候喜欢一个人躲在屋子里鼓捣那些事。舅父去世后，因为工钱的事他和掌柜的闹翻了。他手艺好，掌柜的不给他加薪，一气之下吴子谦跑到了邢台。吴子谦以为凭他的手艺，他一定可以在大都市混出个样子来，没想到一到邢台就被国军征兵的人抓走了。天下四处打仗，吴子谦跟着部队到处乱窜。有一次他所在的部队遭到了伏击，炮声隆隆，部队一哄而散，吴子谦伏在地上一动不动。天黑以后阵地上一个人也没有了，吴子谦乘着夜色逃回邢台古城。该是吴子谦走运，吴子谦回到邢台后遇到了当年在南宫时的一位老熟人，这位老熟人正好在邢台印刷局工作，吴子谦凭着自身的手艺很快进了厂子。厂子很大，是为国民政府和当地政府印刷钞票的地方。日本人占领邢台后，这个印刷局又被小鬼子控制起来。吴子谦有了薪水，就在邢台郊区租了一处房子，然后把老母亲也从南宫接过去。再后来老母亲让他与一位从山东逃难过来的女子成了家……

吴子谦正想着心事，听见窗户外面有人喊着：吴子谦——吴子谦——

吴子谦从通铺上坐起来。

监牢的门轰隆隆打开，两位看守持着枪进来：谁是吴子谦？

吴子谦刚想说话，窗户跟前的犯人里有人问：长官——叫吴子谦干吗呢？

一名看守不耐烦地说：你小子就是吴子谦？好事来啦——有人花

钱赎你出去啦!

那名看守也不再细问,一把拉过那名犯人:狗日的——还不快走?

那名犯人大喜,走到门口和大伙拱手作别:弟兄们——出来再见!

监牢的门在三个人出去后又轰隆隆地关上。屋子里一下阴暗下来。

犯人们挤到窗户前喊叫着:武志前你个龟儿子!

武志前给老子看看老娘!

……

吴子谦认识那名犯人,那名犯人叫武志前,自己没权没势,家里就是老母亲和新婚不久的妻子,谁会花钱赎自己出去呢?吴子谦又慢慢躺下身子,两只眼睛在黑暗中看着对面的墙壁。

三

郭天佑住进八路军的野战医院后,林芝美就一直把心提到喉咙上,每天都盼着郭皓轩能给她送来儿子郭天佑的好消息。儿子就是她的命,她现在能活下来的全部力量和希望就在儿子身上。每天一起来她就让石俊袅推着轮椅坐到大门口,她就那么看着小寨通向南陌的土路。时间长了林芝美也会和石俊袅说会话,话的内容也主要是郭天佑,天佑小的时候怎么啦怎么啦,说到有趣的地方连石俊袅也忍不住会笑出来。林芝美就说,俊袅啊——你做了娘就会理解老太婆我啦。俊袅说,夫人不老,夫人年轻着呢。林芝美听到这句话眼圈泛红,泪水也噗噜噜掉下来,唉——是我命不好啊,年纪轻轻就站不起来了——林芝美和杜小娟的关系,石俊袅能够看出来,尽管杜小娟是林芝美的远房表妹,但林芝美就是和杜小娟亲热不起来。

杜小娟在林芝美面前拿了一万个小心，也故意和林芝美套着近乎，表姐长表姐短，特别是搬到南院住在一起后，有什么事都会和林芝美请示一番，林芝美总是板着个脸，大部分时候不说话，最多也就五个字——你看着办吧。一家人就在这种不冷不热的气氛中生活着。

大概是郭天佑走了半个月后，这天早上石俊袅推着林芝美来到大门口，太阳正升起来，刺眼的阳光让她睁也睁不开眼。林芝美再也忍不住了，用手遮挡着阳光说：俊袅啊——我怎么眼皮子总是跳呢。

石俊袅笑嘻嘻地说：夫人——眼皮子跳是好兆头啊。我娘说啦左眼跳财右眼跳喜，夫人是哪只眼跳呢？

林芝美说：右眼总是跳。

石俊袅低下头说：看来少爷要有好消息啦。

石俊袅的话刚落，南陌方向的土路上就有人骑着骡子向这边走来。来人走近后她们看出来了，是郭皓轩打发回来取东西的伙计。小伙计告诉林芝美，天佑少爷已经做了手术，子弹头从腿上取出来了，再过几个月，天佑少爷就会活蹦乱跳地回来了。林芝美一直紧张地看着小伙计，等待小伙计说完了，才大声念着阿弥陀佛阿弥陀佛露出笑容。

林芝美脸上一片阳光：俊袅啊——你娘说得对，真是右眼跳喜！郭皓轩这个老东西让人伺候惯了，他怎么能照顾好天佑呢？俊袅你和天佑虽不是一起长大，但这几年你们相处得也对脾气！我看呢，你过去照顾上天佑几天！你细心——也算替我这个老婆子尽尽母亲的心。

林芝美的眼圈又泛红了。石俊袅把擦脸的手绢递过去。林芝美拿过手绢擦着脸上的泪。

正好杜小娟也来到大门口，杜小娟听了小伙计的话也是一脸高兴：表姐——你离不开俊袅，可不可以这样呢？让俊袅继续照顾你，我去照顾他们爷俩！

林芝美抬起头看看年轻漂亮的表妹。是啊那正是表妹最美好的年岁，由于营养充足，表妹杜小娟真的是由一只丑小鸭变成了白天鹅。林芝美还记得表妹刚来的样子，又黑又瘦，一副发育不良的模样，现在呢，该凸的地方全凸出来了，要型有型要样有样，脸上也是白白净净一副春风得意的大奶奶派头。林芝美知道她确实离不开石俊袅，表妹杜小娟去那是最好不过了，但林芝美嘴里的话说出来却是冷冰冰的，还是让俊袅去吧，俊袅去了我放心。杜小娟脸一下拉长，她似乎还想说什么，看看表姐林芝美，一扭头返回院子里。

　　二夫人——石俊袅看见杜小娟不高兴了着急地喊。

　　林芝美看着远处的路淡淡地说：俊袅啊——你收拾收拾就去吧。

　　石俊袅看见二夫人杜小娟一摔门帘进了屋子。

　　南陌在小寨的东南面，离小寨也不远，是一个平川大村子。村子中间有从宽嶂山那边流下的长流水，水从宽嶂沟流到小寨，又从小寨流到南陌这边。水到了南陌这边后又有别的泉水加进来，水流变得很大了。南陌村里几个财主还借用这股水流在村口建起了水磨坊。磨坊前是又高又大的水车，水流冲击下，水车便吱吱扭扭地转起来。在水车的带动下，磨坊里巨大的磨石便轰隆隆地转起来，村民在磨石孔上放上小麦、高粱、玉米、黄豆等，开始磨面、做豆腐——南陌村的磨石比一般村的都要大。这盘磨石自然是宽嶂沟里石老爹的杰作。石老爹为了寻找这几块石头在宽嶂沟里转了好几个月。石材找到了，还要把石材用几匹骡子拖出来，然后一凿一凿开凿出来。磨石一般是两片，开凿出来的纹理有阴有阳，这样转起来后方便互相咬合。八路军的野战医院建在离水磨坊不远的观音庙里。观音庙规模较大，当地人把观音庙叫作大庙。医院在哪儿？在大庙。医院搬走后大庙还做过冀南银行的印钞车间，1948年中国人民银行成立时，部分面额的人民币就是在这里印刷的，直至现在当地老百姓还自豪地说，人民币——嘿，不就是从俺村里印出来的嘛。

石俊裊去到南陌时正是中午时分。从俊裊心里说，她确实有点喜欢这个阳光又有些腼腆的大男孩子。郭天佑出生在富人家里，但他一点儿也没有富人子弟的那种骄横之气。他是郭家的大少爷，是方圆百里郭大财主家的公子，又是京城大学堂里的新派学生，但天佑为人平和，一点也没有给人高高在上的感觉。他有正义感，也热心国家大事。和俊裊在一起的时候，天佑一方面教俊裊认字，一方面给俊裊讲述最近的新闻，讲到激愤处往往会站起来，好看的长发也会在他的讲说中上下飘扬。尽管郭天佑说的很多事在俊裊听来仿佛天方夜谭一般，她是宽嶂沟里长大的女孩子，连黎城也没有去过几次，她根本就不知道大山之外的世界，但她喜欢听这个帅气年轻的小少爷讲话，她就坐在他的对面那么痴迷又那么专注地听着。郭天佑有时候问她，能听懂吗？俊裊每次都是很认真很肯定地点点头。郭天佑参加了决死队，俊裊一点也不觉得意外，他就是那样一个有朝气、有活力、有激情的人。外敌入侵，家国破碎，他怎么能够置身事外？她只是有些担心他，战火无情，她希望这个小少爷能够平安无事。她的这种小心思林芝美一点也没有察觉到，她把它深深埋在心底里。她知道她配不上小少爷，一个是少爷，一个是下人，一个是京城大学堂里的美少年，一个是山村里的小村姑，他们怎么可能有更好的未来呢？每每想到这里石俊裊就使劲摇着头，想忘掉郭天佑那阳光般灿烂的笑容。但一会儿消失了，一会儿又莫名其妙地跑出来。这是为什么呢？俊裊也不知道。

郭天佑他们住在医院附近的一处院子里。这处院子是南陌一家财主的别院，这家财主和郭皓轩是好朋友，听说郭家少爷出了事就主动腾出这个院子。院子不大，倒也干净，正面三间大房，两边是小耳房，东西各三间配房，南面一溜厨房带大门。院子中间是用河水里的鹅卵石铺成的甬道，甬道两边也植有几棵柿子树，柿子树上挂着红彤彤的柿子。

当俊裊和小伙计推开大门进来时，站在院子里的郭皓轩一跺脚高兴地叫起来：我就说嘛——夫人怎么不把俊袅打发过来呢？真是知我者莫如夫人也！

小伙计开始卸骡子上的货物，俊袅挎着一个小包裹傻乎乎地站在那里。

郭皓轩一把拉起石俊袅：傻姑娘——天佑每天念叨你呢！走——看看天佑去。

郭皓轩的话让石俊袅的脸一下绯红，难道少爷真的喜欢上了她吗？她能感觉到少爷不排斥她，也能感觉到少爷见到她后的那种喜悦之情，但她确确实实不敢有过多的非分之想。

郭天佑住在正屋的东头。

推开门后，郭皓轩叫着：儿子——你看谁来啦。

郭皓轩和石俊袅进了郭天佑的卧室后，郭天佑把被窝拉起来蒙住头。

郭皓轩返过脸看看石俊袅：你看看这孩子——前几天还念叨人家，现在站在你面前了又不说话了。

郭皓轩摇摇头退了出去。

屋子里很是凌乱，有郭天佑退下来的衬衫、裤子、鞋袜，还有几本书散散乱乱地扔在四周。屋子里全是郭天佑的气味。俊袅放下包裹收拾起屋子，她把郭天佑的衣服叠起来，有几件衬衣脏了就放到一边，准备一会儿拿出去洗一洗。几本书石俊袅拿起来翻一翻，她不认识里面的字，不知道少爷看的是什么书，但她知道这些书很有用，要不少爷怎么会看它们呢？收拾完屋子，俊袅把毛巾在热水里泡一泡，然后拧干水来到郭天佑的床前，她把郭天佑的被窝撩起来，想给他擦把脸。郭天佑又使劲把被窝拉在头上。俊袅突然想起了她的哑巴弟弟，此时的郭天佑郭少爷多像她的弟弟哑巴呀，弟弟和她生气的时候也是这样，故意不理她故意不和她说话故意让她生气。想到哑巴弟弟，石俊袅心底里突然升上一股暖流，嘴里也忍不住笑出来。

石俊袅笑出声，郭天佑拉开被窝露出脸来，不高兴地说：我站不起来了——你就高兴啦？

石俊袅看一眼郭天佑，郭天佑脸上的绷带已经拆掉，好看的脸上留下了几道疤痕。

石俊袅一边说一边给郭天佑擦着脸：谁说你站不起来啦——小伙计说啦，再有几个月你就又能活蹦乱跳啦。

郭天佑还想拉住被窝，石俊袅拦住他的手。郭天佑这次没再动，就那么躺在那里任凭俊袅拿毛巾在脸上慢慢擦洗。俊袅做这些的时候动作又轻又专注。俊袅擦完他的脸，又把他的手拉过来。她拉他手的时候犹豫了一下，这是她第一次和郭天佑有这么亲近的接触。郭天佑的手很软很柔和，不像她父亲石老爹的手，满是厚厚的老茧，握在手里就像握住一块粗糙的石头。

过了半天郭天佑说：你怎么才来呀。

郭天佑埋怨一句掉过脸去。

石俊袅没有回答郭天佑，她怎么回答呢？她仅仅是他们家的一个佣人，她能想来就来吗？况且——她还不知道这个弟弟一般的小少爷内心究竟是怎么想的呢。

四

吕掌柜果然是个大能人，没过几天就把搭救吴子谦的事搞定了。

这天吕掌柜一回"德义恒"就在外面叫起来：冀管家——冀管家——

冀管家和梁绍彭住在吕掌柜的会客室那边。冀管家推开门迎接吕掌柜进来：吕掌柜——事情有了眉目啦？

梁绍彭站在门后一抱拳：吕掌柜辛苦啦。

吕掌柜进了门把肩膀上的褡裢放在一边。会客室里放着一张八仙桌子，两边是几把红木椅子，几个人在八仙桌子旁坐下。小伙计提着铜茶壶进来，一人倒一碗热乎乎的大红茶。

吕掌柜喝口茶水从碗上抬起头：梁兄弟——你这个亲戚原来是个大能人啊！

吕掌柜是个老江湖，什么事情没有经见过？梁是八路军那边的人，八路军要搭救吴子谦，吴子谦很可能是位重要的角色。吕掌柜当然也知道吴子谦未必就是梁的亲戚。

冀管家和梁绍彭互相看一眼。

梁绍彭说道：不瞒吕掌柜——我这位亲戚是个手艺人。

吕掌柜知道梁还有许多情况没有和他交底，现在是战争年代，他理解梁的做法。

吕掌柜放下茶碗哈哈笑一声，他也顺着梁绍彭的话说：梁兄弟啊——何止是个手艺人呢？你这位亲戚本事大得很！

吕掌柜伸前身子压低声音说：他做的假票子连日本人也认不出来！

梁绍彭遮掩着说：我这位亲戚自小家寒，又刚刚成了家，被逼无奈被逼无奈。

吕掌柜当时还不知道八路军要办银行的事，但他从梁绍彭采购纸张、油墨——又要解救吴子谦的事上猜到了个七七八八。八路军是打小鬼子的队伍，况且东家发了话，就是没有东家的话，八路军求到门上，他姓吕的也绝不会推三阻四。他是中国人，这点良知他姓吕的还是有的。

吕掌柜就把他如何找到警备队的一个中队长，然后这个中队长又如何买通牢房里的上上下下，牢房里怎么就答应释放吴子谦的事原原本本地告诉了梁绍彭。

吕掌柜说：你这位亲戚不是要犯，日本人那边盯得不紧，不然也不会这么顺利啊。

梁绍彭听到吴子谦的事有了着落心里的一块石头落了地。高捷成给他交代过，要不惜一切代价把吴子谦带回去。

梁绍彭真诚地说：梁某谢过吕掌柜！吕掌柜——不知我这位亲戚什么时候才能出来？

吕掌柜看着梁绍彭：慢则三五日，快则下午就会有消息。

梁绍彭打听到吴子谦的母亲、妻子住在邢台小西关一带：冀管家——我看不如这样，吴子谦出来就要跟我们回去，不如把他的母亲、妻子接到这边，大家一起吃个饭如何？

冀管家站起来就要出去：我这就去办。

吕掌柜伸出手：何须劳驾冀大管家？来到吕某地界，自然吕某来效劳。我这就去打发伙计们去接。这几天一直忙乱吴子谦的事，也没有和二位喝个痛快。刚才我从酒馆里打回二斤老白烧来，冀管家你这次可不能讨饶啊。

吕掌柜安排的中午饭果然丰盛，几个小菜之外还上了一道邢台道口烧鸡，主食自然是武氏烧饼。

吕掌柜为人豪爽，又是个爱酒之人，端起杯子说：这几天没能招呼好二位，吕某实在过意不去，这杯酒就当吕某给二位赔不是啦。说完一仰脖子杯中的酒已经下肚了。

吴子谦的事有了着落梁绍彭也轻松了不少。经过这几天和吕掌柜的交往，吕掌柜身上不仅有燕赵遗风，做事还细心周到，以后印钞厂建起来，少不得要麻烦这位有侠义之心的人。

梁绍彭给吕掌柜满上酒，双手举起来：吕掌柜为人仗义梁某佩服！这杯酒梁某代吴子谦敬您！

三个人喝着酒说着话。酒是个好东西，几杯酒下肚，人和人之间的距离就拉近了。梁绍彭有意和吕掌柜结交，喝了几杯就不叫吕掌柜了，一口一个老叔，叫得吕掌柜大喜，两人连干三杯。冀管家不能喝酒，在一旁给两人添着酒。

正在这时，院子里有人喊着：我儿在哪里——我儿在哪里？

梁绍彭站起来看见小伙计身后跟着一老一少两位夫人进来，老一些的年纪在五十多岁，小一些的也就二十左右，两人穿的都是粗布衣服。年龄大一些的向这边喊着：吴子谦——吴子谦——

梁绍彭知道是吴子谦的老娘和妻子来了，急忙推门出去，拉住吴子谦老娘的手：大娘——子谦很快就会回来的。

吴子谦老娘抬起头：你是谁啊？你能救我儿回来吗？

吴子谦老娘满头白发，或许好几夜没有合眼了，眼里满是迷茫、无助和疲惫。儿子是她们全家的支柱，儿子被抓进大牢她们的家就塌了，现在终于从眼前这位陌生的人嘴里听到儿子要出来的消息，心里能不高兴吗？老人脸上露出难得一见的笑容。

梁绍彭说：我是子谦的朋友！您很快就会见到子谦啦。

吴子谦老娘盯着梁绍彭，听到梁绍彭肯定的答复，拉着旁边的女子扑通就跪下：彩莲——这是咱家的大恩人，我们娘俩给您叩头了！

吴子谦的妻子叫董彩莲，原是山东人，逃难到河北后被吴子谦的老娘收留下来。董彩莲年纪不大，还没过二十岁，外面风霜雨雪又吃不饱肚子，脸上看上去比实际年龄大了许多。她还小，好多事还没有主张，眼睛里有的是见了陌生人的胆怯和小心。

梁绍彭急忙把两人扶起来：使不得，大娘使不得！

冀管家和吕掌柜也从屋子里出来。

梁绍彭指着吕掌柜说：吴子谦能出来多亏了这位吕掌柜啊。

吴子谦的老娘拉着彩莲又要给吕掌柜和冀管家叩头。旁边的梁绍彭拦住吴子谦的老娘。

吕掌柜正要说话，门口的小伙计喊道：老总驾到——

几个人向小门看去，小门里走出监牢里的两位看守。两位看守的后面跟着武志前。

一位看守看着院子里的人大声问道：谁是吕掌柜？

吕掌柜急忙走前几步，一抱拳说道：二位长官——在下便是。

两位看守看一眼吕掌柜，把身后的武志前推到前面来：吕掌柜——人给你带过来啦！武志前——还不赶快谢谢你家掌柜的。

武志前一点也不认识吕掌柜，他不知道吕掌柜为什么要搭救他，疑惑地走过来一抱拳：这位掌柜的，在下武志前谢啦！

吕掌柜看见梁绍彭以及吴子谦的老娘、妻子不说话，抬起头看着武志前。

梁绍彭没见过吴子谦，拉着吴子谦的老娘指着门前的武志前问道：大娘，这位是？

吴子谦的老娘看看武志前摇着头说：这位小伙子不认识，他不是我儿子。

吕掌柜、冀管家、梁绍彭几个听到老人的话大吃一惊。

吕掌柜一把拉住武志前：兄弟——你究竟是谁？怎么冒充吴子谦呢？

武志前叹息一声：我就说嘛，天下哪有这么好的事！唉——他们带错人啦，你们要的吴子谦还在大牢里。

两位看守也吃惊不小，一位看守踢一脚武志前：妈的——你竟敢冒充别人！

另一位上前就是一枪托。

武志前倒在地上，嘴角也流出血。

吕掌柜心中暗骂着自己，他想了一千次也不会想到监牢里竟然会有和吴子谦叫法这么像的人。

吕掌柜拦住还要打武志前的看守，从怀里掏出两块大洋按在那家伙的手里：一点小意思不成敬意！此武志前不是鄙人要的吴子谦啊，两位老总还得辛苦一趟啦。

武志前跟着两位看守出去，走到门口返回脸来，朝着吕掌柜喊道：掌柜的——救救我！我武志前当牛做马报答你！

两位看守和武志前出去后，吕掌柜不断责备自己：真是老糊涂啦，你看看我怎么就没有说清楚呢？

梁绍彭说：老叔——好马还有一闪呢！走——喝酒去。

吕掌柜看着梁绍彭：梁兄弟啊你的这位亲戚可真的是名声在外。吕掌柜把亲戚两个字咬得重重的。

梁绍彭知道吕掌柜话中有话，呵呵笑几声拉着吴子谦的母亲、妻子进了屋子。他没有和吕掌柜解释什么，他想等到了合适的时候再和吕掌柜细说。

五

冀南银行的培训班设在西井镇的北坡上，情况严重的时候培训班就转移到宽嶂沟下面一个叫西村的地方。北坡上的培训班占的也是一个财主的院子。这座院子规模不小，院子套着院子。为了筹建冀南银行，129师在各个部队挑选了一批识字的青年战士到这里接受培训，学习会计、印刷、金融等方面知识，为冀南银行以及今后根据地金融事业的发展培养人才。

高捷成一直惦记着要来这里看看。冀南银行的各项筹备工作正在有条不紊地进行着，成立发行部、建设印钞厂、采购印钞物资——为的就是尽快把银行建立起来，尽快把钞票印出来——但这些都需要有文化、懂技术的人啊。这些人从哪里来呢？就是要从培训班里来，培训班就是要为银行发现人才、培养人才。但在那个时候，高捷成能为培训班提供的条件十分有限，没有老师，特别是缺乏懂金融、懂印刷的老师，更缺乏教材，他给培训班找来上课的就是几位老会计，还有做过印刷的几位战士。高捷成已经听说了，培训班里的几位战士一直吵吵着要返回老部队。这几名战士不想待在培训班，他们想返回前线和鬼子真刀真枪地干，有一名战士竟然偷偷离开了培训班。这种情绪是有传染力的，一旦传染开大伙的心就乱了。高捷成这次来一方面想看看大伙的学习成果，另一方面就是要鼓舞大家的士气，让大伙克服困难安心学习，学好本领与敌进行针锋相对的金融斗争。太阳快落山的时候，高捷成和两名警卫员赶到了西井镇。

西井镇是个上千人的大集镇，北坡村在西井镇东面的山坡上。北坡村特别隐蔽，山坡上是各种沟沟梁梁，北坡村就建在一座土梁的后面，没有人指引外人很难发现土梁后面竟然会有另外一番天地。上了坡转几个弯才能到土梁那边，高捷成和两名警卫员下了马，三个人牵着马沿着弯弯曲曲的小路向村子里走去。刚拐过土梁，高捷成就看到了土梁后面的北坡村以及北坡村前面大片开阔的土地。高捷成对那片土地并不陌生，朱德总司令就曾在那里给大伙做过战前动员。几千名战士黑压压立在土坪上，朱德总司令叉着腰站在围墙下面的一个土堆上，他挥着手鼓舞着大家激励着大家去勇敢地消灭日本侵略者。高捷成那时还在部队上的供给处工作，他就是几千名战士中的一员，总司令那让人热血沸腾的话语直至现在还留在他的记忆中。高捷成停下脚步向那片土坪望去。土坪上的粮食刚刚收割完，残留的几棵玉米秆子还挺立在光秃秃的原野上。时间过得真快啊，一晃几年就过去了。大军正在山外与鬼子作战，这里变成了银行的培训基地。

北坡村从外面看去几乎就是一座小型的城堡，迎面是高大的围墙，围墙中间是一座坚固的堡门。堡门是进入北坡村的唯一通道。这时从堡门里跑出两名八路军战士。两名战士跑到跟前了，高捷成发现是一男一女。两名战士也就二十出头，跑得急连帽子也没有戴，红扑扑的脸上露着青春的朝气。他们多年轻啊，高捷成心里想着，三十岁的自己和眼前的年轻人比起来，都快成半老头子了。两位年轻人站在对面打量着高捷成几个。他们跑出堡门本来是互相打闹的，看见这边的高捷成就跑了过来。

男战士问道：你们是？

高捷成旁边的警卫员说：这是高捷成！

男战士举手敬礼：报告首长——我叫肖必利。

女战士也举手敬礼，或许是刚刚入伍的原因，敬的礼还不够规范：我叫连若烟。

高捷成还礼后看着肖必利：你就是肖必利？吵着闹着要离开培训班？

肖必利不好意思地挠挠头发，不过很快抬起头来，看着高捷成说：既然首长知道了——那就放我回去呗。

高捷成看着连若烟：你也要走吗？

连若烟看一眼肖必利：他想走——他走！我才不走呢。

连若烟说完看一眼高捷成跑回去了。

肖必利看着跑走的连若烟喊道：若烟——你怎么又变卦啦？

连若烟已经没入门洞后面。

高捷成看出肖必利和连若烟两人关系不一般。后来高捷成了解到，肖必利和连若烟都是河南人，两人同在北平读书，卢沟桥事变后又一起来到山西抗日前线，先是在军政大学培训，后来就辗转来到了八路军129师。

高捷成打趣道：还要走吗？

肖必利不再吭声了。连若烟是他心爱的女人，连若烟去哪里他就去哪里，现在连若烟不走了，他开始犹豫不决了。高捷成看着肖必利不高兴的脸没再说话。几个人向村子里走去。身后是马蹄踩在石头上的咯噔声。

培训班的学员大部分是年轻人，年轻人有热情，精力充沛，男学员就在村子的空地上立起一个篮球架子。说是篮球架子其实就是一棵砍去枝干的大树，树上挂着一个象征篮球筐子的铁圈，学习结束后大伙就在篮球场里打篮球。在二十世纪三四十年代的太行山里，那是这群年轻的八路军战士仅有的几种娱乐活动之一。战争还在进行，谁也不知道什么时候就会牺牲，他们只有在这种激烈的奔跑和对抗中似乎才忘记了战争、恐惧和死亡。连若烟把高捷成到来的消息传到了培训班，培训班的孟连长就把大伙集合在篮球场上，打篮球的几名战士热，还光着膀子，一名战士抱着篮球向高捷成这边看着。

天已经黑下来，有人燃起松树枝，火把照亮了场地里黑压压的人群。高捷成和孟连长站在那棵大树下。高捷成没想到一到培训班就开始讲话。孟连长说，大伙都想听高经理的高见呢。

孟连长是个山东人，长得高大威猛，身上挎着短枪，他说话的嗓门也大：弟兄们——高经理看望大伙来啦！高经理是老革命，请高经理训话。孟连长腿部受过伤，走起路来一拐一拐的。

高捷成看着眼前这些年轻的面孔，心里也有些激动。是啊，这些人都是银行的未来，他们学成后都会奔赴银行的各个岗位。总部首长说过，银行成立后就要迅速渗透到根据地的各个地区，占领根据地的金融市场，支持当地经济发展，确保八路军持久抗战。尽管现在银行还在筹备阶段，但有总部的支持，有同志们的辛苦，银行一定会发展并壮大起来的。

高捷成跳上旁边的一块大石头：同志们，孟连长让我说几句，那我就和大伙说几句掏心窝子的话。仗已经打了几年啦，大伙是明白人，打仗就是打钱啊！穿衣吃饭要钱，枪炮弹药也要钱，子弹一响，都是白花花的大洋啊！

下面有人抿着嘴小声笑出来。

高捷成没有笑，他扳着指头继续说：这些钱从哪里来呢？有人说向蒋介石要啊，向他阎老西要啊，同志们——小鬼子卡我们的脖子也就算啦，他蒋介石阎老西也要卡我们的脖子！要钱，没有！要枪，没有！要穿的，没有！这不就是要我们的命吗？我们是坐以待毙还是放手一搏？是缴械投降还是像个男人一样和鬼子血战到底？同志们说啦，要和鬼子血战到底！可是没有枪没有炮，我们拿什么和鬼子血战到底？同志们——这就是我们要办银行的目的！他蒋介石不给钱，我们自己印！有了我们自己的银行，有了我们自己的钞票，我们就能买回粮食，买回衣服，买回和鬼子血战到底的枪炮来！一句话，成立银行，就是为了打鬼子！

那天高捷成自己也没想到一口气说了那么多的话。高捷成的话在夜空中回荡着。下面的学员们一动不动地听着。他们是来打鬼子的，却被抽出来学什么算盘印刷，他们有些不理解，有些牢骚，现在听了高捷成的话，似乎才明白了他们在这里枯燥生活的意义。肖必利和连若烟站在最前排，两个年轻人的眼睛在火把的照耀下闪着亮亮的光。

六

天亮之前高捷成赶回到小寨村。

梁绍彭捎过话来，说他和吴子谦中午时就到小寨了。高捷成得到这个消息心里宽慰了许多，离开培训班的时候还和孟连长打趣着，孟连长啊培训班里要是能出三个五个梁绍彭，你老哥就可以离开培训班啦。其实孟连长也一直闹着要回部队，首长们安排他来培训班，一来让他养伤，二来是让他照料这批学员们来了。他是老连长，有个突发情况也知道该怎么应付。孟连长就问，梁绍彭是谁？我怎么不认识。高捷成已经骑着马跑远了，听到后面孟连长的话又返回来，梁绍彭——是啊他怎么给孟连长描述这个人呢？梁不是战斗英雄，也没有什么突出的贡献——认识了你老哥就知道他的厉害啦！高捷成没等孟连长再说什么就打马离去了，留下黑暗中的孟连长在门洞下大眼瞪小眼。

吴子谦出了大牢对吕掌柜和梁绍彭感激不尽。吴子谦虽然不爱说话，但他是那种知恩图报之人，当他被两个看守带到"德义恒"，看到老娘和妻子董彩莲的时候，掉过脸半天没说一句话。吴子谦的老母亲走前几步抱住吴子谦就哭出来了，儿啊——你可总算出来了！一个"出"字让旁边吴子谦的妻子董彩莲眼里的泪也忍不住哗哗地掉下来。董彩莲和吴子谦成婚没多长时间，她还没有很好地了解身边这个不爱说话的丈夫，也并没有多少感情可言，但吴子谦是她的丈夫，是他们全家的支柱啊，支柱没了她真不知道她和吴子谦的母亲怎样才能活下去。吴子谦不认识吕掌柜和梁绍彭，他也不知道对方为什么要花大价钱把他弄出来，但他知道对方肯定是有目的的，大恩不言谢，他吴子谦一定会报答对方的恩情的。

吴子谦转过身，向吕掌柜和梁绍彭一抱拳，拉着母亲和妻子走了。

冀管家还想说句什么，梁绍彭拦住冀管家。吕掌柜点上小烟锅头看着吴子谦一家走出去没有说话。

吴子谦一家出去了，冀管家跺着脚说：怎么让吴子谦就这么走了呢？梁掌柜，我们这不是白忙乎半天吗？

梁绍彭说：走——喝酒去！今天我请客！

吃饭的时候吕掌柜和冀管家说：梁兄弟做得对！这个吴子谦还果然像个人物！

冀管家不屑地说：人物是不假，但放走人家又有何用？

吕掌柜继续说：这孩子心里做事，你看他不说话，但只要是让他认准了的事，你让他下火海跳油锅，他都不会眨一下眼睛！

梁绍彭一直看着吕掌柜，吕掌柜的分析和他想的一样。吴子谦与常人不一样，吴子谦不愿意做的事，你就是用十八头牛也不能让他转过弯来。

梁绍彭说：能救出吴子谦，吕掌柜功不可没！梁某敬老叔一杯！

两个人喝完酒，梁绍彭说：老叔啊——咱采购的事不知有了眉目没有？

吕掌柜直起身子：纸张油墨都办理妥当啦，你要的石印机一时半会还没有！不过——我让天津那边的伙计帮着打听啦。

冀管家看着两个人说话端起酒：你们两个葫芦里究竟卖的什么药啊？前几天一直忙乎吴子谦，现在吴子谦出来了——又无缘无故让人家走啦。

吕掌柜呵呵笑一声：冀管家啊过几天你就知道是什么药啦。

过了五六天，采购的几包富士山纸和油墨送了过来，吕掌柜、冀管家几个人在院子里看着伙计们把货物搬进来。梁绍彭在吕掌柜的会客室里写着什么东西。院子里人们正忙乎着。吴子谦悄无声息地进来了。吴子谦理了发，衣服也换了一身干净的长衫，整个人像换了个人似的。吴子谦看见那几包纸挽起长衫弯下腰细细地摸一摸。

冀管家看见吴子谦惊讶地说：是吴子谦！吴子谦来啦。

吕掌柜抽着小烟锅头没有动，脸上笑眯眯地看着那边的吴子谦。

屋子里的梁绍彭听见外面冀管家的话，推开门跑出来：是吴先生来了吗？

吴子谦站起来，看着屋檐下的吕掌柜几个，急走几步来到跟前，然后一抱拳说道：吴子谦谢谢几位恩典！

梁绍彭大喜，一把拉住吴子谦：吴先生——我们盼得你好苦啊。

吕掌柜说：外面不是说话的地方，几位——屋里请！

几个人进了屋子，吕掌柜才给吴子谦介绍道：救你的人不是我——是这位梁先生！

吴子谦又要站起来，吕掌柜按住吴子谦：这位梁先生是——

吕掌柜比画个"八"字：他们要办一个印刷厂，想请吴先生过去助他们一臂之力！

吴子谦重新打量一下梁绍彭，他知道八路军是打小鬼子的队伍。小鬼子已经占领了邢台城，他每天看到的还不是小鬼子们作威作福的样子吗？

吴子谦看着梁绍彭说：地点何在？

梁绍彭说：就在山那边。

翻过邢台西面的太行山就是山西地界。吴子谦当过兵走过不少地方。

吴子谦问道：何时动身？

梁绍彭说：刚刚采购回一批货物来，办下通行证就可以动身啦。

吴子谦疑惑地问道：通行证？

吕掌柜说：可能吴先生不知道，要把这批货物拉出城外必须有小鬼子发放的通行证。

吴子谦点点头：哦，知道啦，我以前也用过。吕掌柜借你的纸墨一用。

吕掌柜急忙招呼小伙计们把纸墨送过来。

吴子谦站起来提着纸墨进了里面的屋子，过了一会吴子谦拿着一张通行证出来了：吕掌柜——看看是不是这个东西？

吕掌柜拿过通行证眼睛瞪大。他见过通行证，吴子谦仿制出来的通行证和小鬼子发放的几乎一模一样：厉害厉害，果然厉害！

吕掌柜对吴子谦赞不绝口。

梁绍彭把几块大洋按在吴子谦的手里：吴先生——这几块大洋先让家里人用着！能的话今晚就动身！

梁绍彭一行拿着吴子谦做的通行证顺顺利利地出了邢台城。他们出了邢台半路上就被八路军采购站的同志接应上了。采购站的同志牵来几匹骡子，梁绍彭、吴子谦、冀管家三个人骑着骡子摸黑穿过太行山。货物呢？采购站的同志会通过他们的渠道送到根据地。冀管家熟悉这条道，他和东家郭皓轩早年来这边做生意不知走了多少个来回。日头过午后三个人就回到了小寨村。

高捷成正在村口上等着他们，梁绍彭老远就看到了高捷成。

梁绍彭扭过头和吴子谦说：吴先生——那就是我们头儿高捷成——高经理！

路上梁绍彭就和吴子谦说过了，八路军想要成立一个银行，请吴先生过去呢，就是帮着设计样子、制作模板、印刷钞票——吴子谦听到这里自嘲地摇了摇头，想不到自己做票子竟做到八路军这里来了，世上的事谁又能料到个前因后果呢？吴子谦当过兵，他知道队伍上的规矩，人家经理那么大一个官，竟然跑到村口迎接自己来了，自己再怎么着也不能少了礼数啊。吴子谦急忙跳下骡子，拉着缰绳向高捷成走去。

高捷成也迎接过来，他知道走在前边的这位可能就是他们要找的吴子谦。吴子谦个子不高，身材瘦小，走了一夜的路，脸上露出疲倦的神色。

高捷成紧走几步拉住吴子谦的手：欢迎吴先生！

后面的梁绍彭喊着：吴先生——这就是我们银行的高经理！

吴子谦站直身子给高捷成鞠个躬：八路军的救命之恩子谦铭记在心！

高捷成说：吴先生客气了！走——回家再说。

几个人说着话向村子东头的郭家大院走去。

郭皓轩已经给他们准备好了饭菜。郭皓轩把饭菜端在后院的正屋里。地当中是一张红木大圆桌子，桌子周围摆了六七把椅子。这个正屋原是他的大夫人林芝美的卧室，东边放着一张木头大床，旁边是挂衣服的红木立柜，过来是一张精巧的梳妆台。现在这些东西全搬到前面去了，屋子里一下显得空荡荡的。郭皓轩知道今天高捷成接待的是一位了不起的客人，所以一大早就让伙计们忙乱开了，他给高捷成准备的是六碟六碗，这在黎城一带是非常讲究的饭菜了，特别是在那个时代，兵荒马乱，物资短缺，能凑够六碟六碗也不是件容易的事。六碟六碗加起来就是十二道菜，那天郭皓轩还特意上了一道用野猪肉炖的菜，山上有各种野生的动物，附近的村民时常到山中寻找猎物。

大伙坐下后自是有说不完的话，特别是几杯酒下肚后气氛就越发热烈起来。吴子谦能喝几杯，也感受到了大家对他的尊重和期待。吴子谦是这样的一个人，你看得起他，对他好一点，他会百倍偿还你，你要是对他不好，或者有丝毫的瞧不起，吴子谦连正眼也不会看你，更不用说会和你喝酒了。八路军花大价钱把他救出来，现在又这么器重他，吴子谦心里自然特别高兴，高兴起来就控制不住了，一连喝了十几杯。

半下午的时候才开的饭，喝完酒院子外面已经暗下来。

吴子谦趴在桌上站不起来。

梁绍彭和冀管家几个把吴子谦扶到隔壁的屋子里休息。

吴子谦找到了，下一步就该抓紧时间设计钞票的样子了。高捷成走出院子。月亮还没有升起来，冷风吹得高捷成打个寒战。部队首长们还等着他的好消息呢。

第三章　磨石村的秘密

一

哑巴其实不是哑巴。

当然这个秘密是后来上了山的吴子谦发现的。哑巴一直想说话，他心里一直很用劲地想把嘴里的发音吐出去，但每次听到石老爹哑巴哑巴的叫喊后，他就像泄了气的皮球，毫无说话的兴致了。你们叫我哑巴我就哑巴吧。哑巴哑巴——后来娘也这样叫开了。哑巴连生气的力气也没有了。我不说话你们就把我当成个哑巴啦？你们说话吧，反正我是个哑巴。哑巴就这样沉默地看着每一个人。

也不知是哑巴几岁的时候，有一次哑巴和大黄来到后山里。那个时候大黄还活着。他们钻进一个很大的溶洞，这个洞的口子很小，进去后才发现特别大，而且洞后面还有洞，走了很远的路还没有到底。阳光照不到后面去，里面黑得什么也看不见，哑巴和大黄就原路往回返，返了半天才发现走进了另一条洞里。洞里很静，哑巴能听到他和大黄走过去的脚步声。远处有个什么东西直棱棱地飞走了，大黄呼的一声就向黑暗中射去。哑巴不敢往前走了，他就站在原地等着大黄回来。可是等了很长时间大黄也没有回来。哑巴有些害怕，朝着看不见的黑暗中呼喊了一声：大黄——那声音很大，把哑巴自己也吓了一跳，躲在头顶上的什么鸟也被哑巴的声音惊得吱吱乱飞。

哑巴不相信地捂住自己的耳朵，他再放开手，洞里还回响着他呼唤大黄的声音。大黄很快跑回来了，哑巴也跟着大黄走了出去。站在阳光下的哑巴转着圈看着自己的影子。是自己发出去的声音吗？哑巴张张嘴，发出来的还是呜呜呜的声音。这个好像才是大黄听惯了的。大黄欢快地在哑巴的脚边伸着舌头舔来舔去。

难道自己真的是个哑巴？哑巴把自己也弄得糊涂了。

过了八月十五地里的庄稼就要往回收了。转角楼的后面就是石老爹的地。这些地随着坡度分为好几块，每块地的周围又用石头垒起了堤堰。前面的几块地种着高粱、玉米，挨着转角楼这一块种了土豆。以前这些地是石泉村张二狗家的，俊娥嫁过去这些地就成了他石老爹的了。地就是农人的天，有了地就像有了儿子一样，让石老爹升起许多的自信和豪情。玉米收回去了，高粱也收回去了，地里只剩下光秃秃的秸秆了。

这天早上石老爹和王秀云早早起来去地里起土豆。起土豆的时候，石老爹没有叫哑巴起来。哑巴在南面的二楼上睡着，俊娥嫁出去后，小楼上只剩下哑巴一个人了。石老爹没有叫哑巴是怕哑巴发现地里的秘密。当时太阳还没有升起来，外面黑咕隆咚的，地里是黑压压一片土豆苗子，风吹过去，田里散发着土豆花醉人的香气。土豆产量高，这块地少说也能产个七八口袋，有了这些土豆他们就不会饿肚子了，这是他们一家人全年的希望啊。石老爹在前面把土豆苗子挖起来，石老爹的妻子王秀云就在后面熟练地把土豆一颗一颗捡起来。太阳升起来的时候，半块地的土豆已经挖完，王秀云屁股后面也堆起小山一般的土豆。

石老爹在那边干活的时候，王秀云在这边大惊小怪地叫起来：他爹——

王秀云发现这边的土豆苗子好像有人动过了，她用手一抓土豆苗子很容易就拔起来了。王秀云还要喊叫，石老爹几步走过来捂住王秀云的嘴。石老爹看看周围，四周一个人也没有，石老爹放开王秀云。

王秀云喊道，他爹——究竟是怎么回事啊？

石老爹脸上汗津津的，看一眼王秀云蹲下身子。

王秀云跳过来推一把石老爹：你倒是说话呀！

石老爹抬起头看看王秀云，然后三把两下扒拉开土豆苗子，再往下挖，土地下面露出一个木头箱子，石老爹把箱子打开，箱子里露出白花花的大洋。

王秀云惊得手中的土豆苗子也掉在地上。

他爹——王秀云喊着。

石老爹很快把箱子用土埋住。

这个事千万不能让哑巴知道了——石老爹埋完箱子压低声音说，——谁的？能有谁的——八路军的！十几箱子呢。

哑巴来到地头的时候，石老爹刚刚把箱子用土埋住，还用脚狠狠把箱子上的土踩一踩。石老爹弯腰抱土豆苗子的时候看见了地头站着的哑巴。

哑巴——石老爹抱着土豆苗子直起身，他不知道哑巴是什么时候出来的。王秀云听见石老爹的叫声也转过脸看着哑巴。

石老爹扔下土豆苗子跑过来：哑巴——你没看见啥吧？

石老爹两只手搭在哑巴的肩膀上弯下腰。哑巴不说话，哑巴看见了石老爹埋箱子的动作，尽管他是后来才知道了箱子里的秘密的，但他当时既不摇头也不点头，只是睁大眼瞪着他爹。他对爹的恨意一直没有消除，恨爹杀了大黄？恨爹把二姐嫁到了石泉村？还是恨爹一直哑巴哑巴地叫他？哑巴觉得这些好像都有，有时候觉得好像又什么也没有，但他就是对爹喜欢不起来。哑巴和石老爹对视几分钟后转身回到了转角楼。石老爹直起腰看着哑巴的背影，从腰里抽出烟锅头长长吸一口烟。哑巴可能知道了土豆地里的秘密。石老爹想着等李德厚来了就把这些箱子转移到别的地方去。

半前响的时候哑巴的二姐石俊娥骑着那头灰黑的骡子回到了转

角楼。这是石俊娥出嫁后第一次回娘家,二姐的到来让沉寂的转角楼重新响起了笑声。其实二姐嫁出去也没有多长时间,但在哑巴看来二姐好像嫁了几百年似的。二姐嫁人后转角楼一下显得那样空旷和静寂,现在二姐回来了,院里院外都是二姐银铃般的声音。

爹——娘——二姐在院里大声喊着。

二姐似乎变了。在哑巴看来,二姐的变化不仅表现在头发上,二姐过去梳着两条大辫子,现在是当地小媳妇们常梳的一种发型,齐眉的刘海,后面挽一个髻。二姐的脸也白净了许多,脸上身上是那种压抑不住的幸福和满足。

哑巴站在二楼看着院子里的二姐。二姐看见哑巴后跑上来抱住哑巴亲了几口。

哑巴哑巴——你想二姐了吗?

还不等哑巴回答,二姐又噔噔噔地跑下去。石老爹和王秀云背着土豆进了院子。院子的台阶前已经放了好几口袋土豆。

王秀云看见俊娥,把背上的半袋土豆一扔喊一声:俊娥——娘俩就紧紧抱在一块。

王秀云推开俊娥细细打量一下,问:俊娥,二狗怎么没有来?二狗对你怎么样?

娘俩一问一答好像有说不完的话。石老爹把几口袋土豆放进旁边的厢房里,坐在台阶上看着还沉浸在幸福中的俊娥。出嫁的时候还要死要活,现在不是好啦?听你老爹的没有错!石老爹哼一声转过身去。

俊娥问:娘——大姐没回来吗?

王秀云说:你大姐也有些日子没回来啦。

俊娥说:也不知大姐现在怎么样。

王秀云说:谁知道呢,也没来个信儿。

哑巴也觉得大姐好像很长时间没有回来过了。大姐在山外面的小寨村,哑巴还没有出过大山,也没有去过小寨,他的头脑中还没有大山之外的任何记忆。二姐出嫁了,大姐也会嫁人的,大姐会嫁给谁呢?哑巴不知道。

　　王秀云回屋里做饭,俊娥和石老爹说着话。

　　俊娥说:爹,八路军也到了石泉村。

　　石老爹说:在石泉村干吗呢?

　　俊娥说:盖房子呢。

　　石老爹不说话了。李德厚和石老爹也说过了,等石老爹把转角楼后面的土豆挖完后八路军也要在那里盖房子。盖那么多房子干吗呢?石老爹还不知道八路军要在这条沟里建设好几个印钞厂。石老爹想拒绝李德厚,他实在是舍不得那块地啊,他张了几次口也没有把这个话说出来。李德厚说盖这些房子都是为了打鬼子。一说到打鬼子石老爹就无话可说了。

　　石老爹看着俊娥:二狗没欺负你吧?他敢欺负你——看爹不打折他的腿!

　　俊娥站起来:爹——你说啥呢!

　　哑巴看见二姐笑嘻嘻地跑进屋子去了。

二

　　俊裛——俊裛——我要看书。

　　郭天佑躺在床上喊着。石俊裛把书递给躺在床上的郭天佑。石俊裛在地上给郭天佑洗着衬衫。郭天佑喜欢穿衬衣,这是石俊裛发现郭天佑的一个小秘密。郭天佑还特别喜欢干净,每件衬衣穿一天就扔到地上,俊裛发现后就把这些衬衣收集起来。郭天佑虽然躺在床上,但每天都要换上一件干净的衣服,俊裛用毛巾给他擦脸的时候,看着郭天佑那张年轻俊俏的脸,心里便升起无限的柔情蜜意。男人只有躺下后才显得那么软弱、无助和可怜。

俊袅——我要吃饭!

俊袅——我要看书!

俊袅——我要撒尿!

郭天佑几乎一会儿也离不开石俊袅,他一天要喊几十次俊袅。说来也奇怪,俊袅竟然没有丝毫的嫌弃和厌倦,她竟那么心甘情愿而又细心周到地照顾着郭天佑。郭天佑年龄比她大,但在俊袅眼里,郭天佑似乎就是一个什么也不懂什么都要依赖她的小弟弟。

石俊袅挽起袖子,坐在一个小板凳上洗着衣服。阳光从窗户上射进来。那边郭天佑看着书,这边石俊袅洗着衣服,没有人说话,屋子里只有俊袅有节奏的洗衣服的声音。俊袅洗得很专注,挽起袖子的胳膊也显得特别有力。洗一会儿,俊袅也会抬起头看看那边床上躺着的郭天佑。看到这个弟弟,她也会想到远在宽嶂沟的那个哑巴弟弟。想到哑巴俊袅总是忍不住要叹口气。怎么是个哑巴呢?这个弟弟一出生就不会哭,长大了竟然不会说话,这是让俊袅想起来就特别沮丧的一件事。她过年的时候总要回到宽嶂沟,看着一天天长大又不会说话的哑巴弟弟,俊袅总是要难过好长时间。爹和娘一天天老去,她和妹妹俊娥都会嫁到别的人家去,哑巴弟弟怎么才能支撑起那个家呢?怎么才能照顾爹娘呢?哑巴弟弟一天天长大,但哑巴弟弟的脾性也变得越来越古怪了,他不说话,总是用眼睛直勾勾地盯着对方。那年她也是第一次被弟弟盯着,盯得俊袅浑身上下起了鸡皮疙瘩。弟弟没有笑,总是阴沉着脸。俊袅想这可能和弟弟不会说话有关,他说不出话来,人们又瞧不起他,他把所有的心思和愤怒都放在了那张小脸上。今年回去妹妹石俊娥就不会在家里了,妹妹嫁到石泉村去了,也不知她现在开不开心?是啊她也听说了,俊娥一直不满意那个张二狗,爹怎么就逼着俊娥非要嫁过去呢?在这一点上,俊袅是和妹妹站在一起的。

郭天佑看的是一本《孙子兵法》,郭天佑看几页书转过脸来,他看着地上洗衣服的石俊袅。阳光正射在俊袅的脸上,郭天佑能看到俊袅白皙的脸上那细微的绒毛。

俊袅——

郭天佑喊一声，郭天佑的声音不大，正沉浸在回忆中的俊袅没有听到郭天佑的喊声。

郭天佑以为石俊袅不想搭理他，掉过脸仰面朝天躺在那里。郭天佑故意把书扔在地上。书掉在地上的声音惊动了石俊袅。俊袅站起来，捡起地上的书，把书上沾着的灰尘在围裙上擦一擦，给郭天佑递过去。郭天佑没有动。俊袅看一眼装着睡觉的郭天佑，知道郭天佑又在使小性子，把书往他旁边一放就要干活去。郭天佑伸出手把俊袅的手握住。石俊袅把郭天佑的手扒拉开坐在小板凳上。

郭天佑翻过脸趴在床上：俊袅——

石俊袅抬起头看着郭天佑。

郭天佑笑嘻嘻地说：俊袅——你知道我看的什么书？

俊袅说：我又不识字，谁知道你看的什么书。

郭天佑说：我看的是《孙子兵法》。

俊袅边洗衣服边问：《孙子兵法》——那是本什么书？好看吗？好看的话教教我。

郭天佑一来劲想坐起来，他忘记了自己的腿上刚做完手术没多长时间，稍一翻身就痛苦地叫起来。

俊袅立马放下手中的衣服，站起来帮着郭天佑躺平身子，嘴里念叨着：我的小祖宗啊，你就不能让人省点心吗？

郭天佑躺平身子说：俊袅——《孙子兵法》是部奇书，我只要读通了，就能当个大将军，指挥千军万马！

俊袅笑出来：还千军万马呢，快把身子养好了再说吧。

郭天佑还想分辩几句，就听得远处有清脆的枪声传过来。

这时大门外面的小伙计慌慌张张跑进来：少爷——不好了，听说有股小鬼子窜过来啦。

俊袅刚端起洗脸盆子，听说小鬼子打过来了，吓得把手中的盆子也掉在地上，盆里的衣服、水洒了一地。大门外是人们喊叫、奔跑的声音。这种情况俊袅已经经历过好几次了，小鬼子杀人放火什么坏事都做，她怎么能不害怕呢？

郭天佑说：我哪里也不去，看看小鬼子能把我怎么样！

俊袅清醒过来了，立刻招呼小伙计道：还愣着干啥？背上少爷跑啊！

小伙计也明白过来，少爷负伤还不就是被小鬼子害的吗？现在小鬼子打过来了，把少爷留给小鬼子，那还能有少爷的好果子吃吗？小伙计在俊袅的帮助下，把郭天佑背在背上，三个人急匆匆地跑出家门外。门外已经乱成一片，人群都向东面的东崖底村跑去。东崖底村后面就是大山，大伙都想躲进山里面去。枪声是从南面县城那边传过来的，有枪声，还有手榴弹的爆炸声。一队八路军战士向南面增援过去。俊袅看到八路军医院里的伤病员也被紧急转移到山里面。

俊袅他们跑到山根底的时候，远处的枪声稀落下来。几个人也实在累得够呛。俊袅帮着把郭天佑扶下来，三个人靠在一块大石头上喘着气。远处是散散落落坐着的人们。后来枪声飘到很远了，再后来也没有枪声了。

有人说：小鬼子被八路打跑了。

有的说：可能是路过的鬼子，放几枪就走啦。

俊袅看着靠在石头上的郭天佑，郭天佑刚才忘记了腿上的伤，现在平静下来了才感觉到疼得厉害。但他咬着牙一直忍着，脸上又是汗又是土，一副狼狈不堪的样子。

俊袅低声问一句：不要紧吧？

郭天佑抬起头：能忍住。

中午的时候人们也不敢回家，快到晚上了大伙得到准确的消息，说上午的枪声是县里的游击队和阎老西派来的敌工团交了手。当时在黎城及周围一带既有共产党领导的八路军、新军决死队和县政府组织的抗日游击队等，也有国民党鹿钟麟、朱怀冰部，还有阎锡山派来的敌工团、突击队等武装。

怎么自己人和自己人打起来了？郭天佑有些惊讶，现在国难当头，怎么能够兄弟翻脸呢？这不让小日本笑掉大牙吗？郭天佑是决死队的人，他根本不知道此时的阎老西正酝酿着一场更大的风暴。这年年底的时候阎老西就发动了震惊中外的晋西事变，他要把共产党掌握的决死队和八路军赶出山西地界。

天黑以后，俊袅和郭天佑又返回他们租住的小院里。

脸盆子、衣服、书还散落在地上。

俊袅把那本《孙子兵法》捡起来：大将军——看你的书去吧。

俊袅把书塞到郭天佑手里。郭天佑翻开书，看到的是计谋篇中的一段话：

夫未战而庙算胜者，得算多也；未战而庙算不胜者，得算少也。多算胜，少算不胜，而况于无算乎！吾以此观之，胜负见矣。

俊袅在那边做饭，她往这边看一眼，床上的郭天佑正双手枕在脑后想着自己的心事。

三

俊袅去照顾儿子后林芝美的好多事就由郭皓轩来做。穿衣服、洗澡、上下轮椅……郭皓轩脱掉长衫很认真地做着。上轮椅下轮椅都需要郭皓轩把林芝美抱起来，林芝美双手缠绕在郭皓轩的脖子里，郭皓轩喊一声起把林芝美抱在怀里。郭皓轩抱起林芝美的时候让林芝美恍惚想起年轻的时候。那时候她也是出了名的一枝花啊，刚进郭家的时候郭皓轩几乎一会儿也离不开她，天一黑郭皓轩就抱着她回到卧室里。自从自己站不起来，特别是表妹杜小娟进门后，她甚至几天都见不上郭皓轩一面。

那天，郭皓轩把林芝美放在椅子上的时候，看到林芝美眼里都是泪。

你怎么哭啦？郭皓轩问。

是啊，为什么就哭啦？林芝美自己也不知道是高兴还是伤感的泪。好多次郭皓轩给林芝美洗完澡后就睡在林芝美这边，他们已经是多少年的老夫妻了，早已经没有了年轻时的激情和热烈，两个人有一句没一句地说着儿子郭天佑的事，说儿子的伤情，也说儿子的未来。

林芝美说：说啥也不让儿子回决死队了。

以前她不知道儿子干什么，现在知道了她怎么舍得让他再去呢？儿子是小马驹，有了拴马桩儿子的心就收住了。

郭皓轩问：啥是拴马桩？

林芝美扑哧笑一声：你们男人还不就是想有个好女子嘛。

说到儿子娶媳妇的事，两个人都想到了石俊袅。儿子似乎也对俊袅特别上心，俊袅长得甜美，更主要的是俊袅懂事、体贴。

郭皓轩说：只要儿子喜欢就行。

林芝美总觉得俊袅有点配不上儿子。俊袅家寒，又没读过书，怎么看也门不当户不对。林芝美还想和郭皓轩探讨什么，旁边的郭皓轩已经发出轻微的呼噜声。林芝美支起身子看着身边躺着的这个大男人。是啊，这个男人也老啦。她借着窗户上射进来的月光看着已经不再年轻的郭皓轩，心里对郭皓轩的所有怨恨此时好像全跑到九霄云外去了。她抬起手把郭皓轩踢开的被子拉起来。屋子里冷了，林芝美能感觉到被窝外面的寒意，她的心里是暖洋洋的。林芝美慢慢在郭皓轩身边躺下来。她没有一点睡意，想着和郭皓轩过去的事，想着儿子的未来，也想到战争，想到小鬼子来了后的逃跑——她就那么躺在那里胡思乱想着。

吴子谦第二天醒来后，天还没有亮起来，屋子里很暗。真是喝得太多了，吴子谦想不起喝到后来他是怎么回到这个屋子的。吴子谦发现他还穿着衣服，身上盖着一床棉被，他扭过头借着蒙蒙的一丝亮光看着屋子里的景致。窗户前有张桌子，那边是一排书柜，靠墙的地方有红木椅子和茶几，吴子谦觉得这可能是屋主人的小书房。大前天晚上他还在山那边自己家里，身边躺着的是他的妻子董彩莲，现在竟然躺在山这边郭财主的房子里。谁能想到人生的命运会有怎么样的变化呢？先是被救出牢狱，后来又来到这里，这些天他一直有一种做梦似的感觉，特别是能从鬼子的大牢里出来，吴子谦不知心里有多么高兴。那个时候他几乎已经绝望了，家里就是老母亲和新婚不久的妻子，他在邢台几乎举目无亲，谁愿意搭救，谁又有能力搭救他出去呢？他出不去，他的母亲和妻子拿什么生活呢？吴子谦不敢想象后面会发生什么。这一切的改变都是那个叫梁绍彭的八路军带来的。梁绍彭比他大不了多少岁，但给人一种成熟、踏实和信任的感觉。吴子谦第一眼看见梁绍彭的时候，心里就产生了莫名的好感，知道这是一个可交往可信赖的好人。吴子谦以前没有和八路军打过交道，他听说过，知道这是打鬼子的队伍，现在自己竟然跑到这里来了。高捷成是八路军里的大长官，吴子谦在队伍上待过，哪有像高捷成这样的长官呢？出去迎接自己不说，还和自己称兄道弟地喝酒。吴子谦怎么能感觉不到对方对自己的尊重和好感呢？受人滴水之恩当以涌泉相报。吴子谦没有上过什么学，但他懂得做人的道理。八路军这么高看自己，自己也决不含糊。八路军看准的就是自己的一身本领，只要他们信任自己，自己一定会让他们刮目相看的。

天已经亮起来，吴子谦跳下床走到窗户边。郭家大院里种着几棵柿子树，当时正是柿子成熟的季节，柿子树上挂满了红灯笼一般的柿子。吴子谦还是第一次这么近距离地看这种树。真漂亮啊，吴子谦忍不住赞叹一声。究竟是财主家啊，穷人家的院子里哪能让熟了的果子留在树上呢？吴子谦也从窗户上看到了这所房院的结构，四面都是小二楼，院子里就留下一个四四方方的天，门窗上雕刻着精美的图案，院墙都是清一色的砖，连院内的小路也铺成一个S形状。吴子谦想到他在邢台的住所，三间低矮的小屋子，与大财主的屋子比起来，他住的屋子就只能用寒酸两个字来形容了。

外面亮了，吴子谦把皱巴巴的衣服拉展推门出去。他一个人站在柿子树下端详良久。

吴先生这么早就起来啦——梁绍彭边穿外套边和院子里的吴子谦打声招呼。

吴子谦看见梁绍彭脸上露出笑来。

梁绍彭说：这是柿子树，上面的果子呢就是柿子。

吴子谦说：我们那边也有，只是还没有吃过这种东西。

梁绍彭说：嗨——这有何难？来尝上一个。

梁绍彭伸手摘下一颗发着暗红色的果子。吴子谦接过去在衣服上擦一擦咬了一口，开始有点涩，再往里面咬就是又软又甜的柿子肉了。

梁绍彭看着吴子谦：好吃吗？

吴子谦使劲点点头。吴子谦是个有孝心的人，心里就琢磨着，返回山那边的时候，一定带几颗回去，让娘和彩莲也尝一尝。梁绍彭拉着吴子谦来到屋后的山坡上。山坡后面就是高大险峻的大山。

梁绍彭指着远处的一片林子说：那些都是柿子树。

吴子谦是个爱琢磨的人，住的时间久了后他就知道了，柿子树是一种阳性树种，喜欢阳光，也耐旱耐寒，黎城这地方正好适宜这种果树生长。柿子好吃不说，当地人还用柿子做成柿子醋、柿子酒、柿子饼，家穷的人们把柿子和粮食混合起来吃，竟另有一番风味。

那天早上郭皓轩给高捷成和吴子谦他们送过来的早饭就有用

柿子酿造的醋。他们吃的是一种叫和子饭的饭食，里面有小米、南瓜、豆角，还有用白面做成的刀切面条。旁边是几碟小咸菜，小咸菜旁边是一壶柿子醋。吴子谦以为柿子醋是一种饮用的酒，拿起来就喝了几口。柿子醋又甜又酸，吴子谦不能吃酸，酸得吴子谦捂住腮帮子直吸溜。吴子谦的动作引得旁边的高捷成和梁绍彭大笑不止。

几个人边吃饭边说着话。

高捷成把碗里的面条吃完直起腰：这次请吴先生来呢——是想请吴先生帮银行一个忙。

吴子谦埋头吃饭，听见高捷成的话把头抬起来：梁先生说过——印票子嘛。

梁绍彭看着吴子谦：高经理的意思——想请吴先生先把票样设计设计，首长们没有意见了，咱就开印！

设计一张钞票的样子对于吴子谦来说根本就不是个难事。八路军救他出狱，理应报答才是，另一个设计票样、制作模板、印刷钞票正是他的拿手好戏，岂有推辞之理！

吴子谦边扒拉饭边看着梁绍彭：快说说要求吧。

高捷成把票子大概的内容、颜色等说了一番：吴先生是这方面的高手，一个原则，就是美观、大方、实用，当然了我们还能有技术力量把它印出来。

高捷成的意思是不能太复杂了，由易而难，一开始复杂了恐怕印不出来。

吴子谦边听边点头，听到一半吴子谦的脸僵住，头上突然冒出汗来，脸色也逐渐变得苍白。

梁绍彭先发现吴子谦有些不对劲了，看着吴子谦问候一声：吴先生——没事吧？

吴子谦的手、身体也抖起来，手中的碗也掉在地上。地上铺的都是大方砖，瓷碗掉下去立刻摔成碎片，碗里剩下的饭食溅得到处都是。吴子谦抱着身子摇摇晃晃回到自己的卧室里。

身后梁绍彭大声喊着：吴先生——

高捷成也不知道吴子谦突然得了什么病，吃惊地站起来：吴先生！

吴子谦连说话的力气也没有了，躺在床上似乎怕冷，身子也抖得更厉害了，他抱着被窝蜷缩着身子躺在那里。

高捷成吩咐梁绍彭：快请郭掌柜过来。

郭皓轩正在前面的院子里吃饭，听说吴子谦病了，立刻和冀管家赶过来。郭皓轩看见吴子谦的样子，拉着高捷成和梁绍彭来到院子里。

梁绍彭着急地说：郭掌柜——吴先生得了什么病？

郭掌柜看着高捷成，高捷成也正看着他。

郭掌柜说：这位吴兄弟——可能吸这个！

郭掌柜比画一个吸食鸦片的动作，叹口气转过身去。

高捷成点点头：郭掌柜说得没错，这小子有了瘾啦。

梁绍彭一下跳起来：吴先生怎么可以吸食鸦片呢？这可如何是好？

梁绍彭丧气地蹲在地上。

吴子谦是他千辛万苦找回来的人，现在竟然是个洋烟鬼！吴子谦啊吴子谦，你干什么不好，怎么能吸上鸦片呢？唉——你真是个没出息的货啊！梁绍彭心里狠狠骂着吴子谦。

吴子谦有一身绝技，如果任由他这样下去，必然会毁掉他！高捷成想着，只要这小子有骨气，不愁把毒瘾戒不掉！眼前只能先让他恢复过来，再慢慢帮着他戒掉毒瘾。

高捷成把他的想法和郭皓轩说了，郭皓轩跺一脚：贵军果然仁义哪！我家里备着一点，原是芝美止疼用的，现在给这小子啦！

郭皓轩一挥手，冀管家撩起长袍去了前面的院子。

四

果然没过多长时间李德厚就带着一伙八路军来到磨石村。这些八路军都住在石老爷的转角楼里。转角楼房间多，八路军来了能住下。李德厚他们住进来，高兴坏了哑巴。转角楼里太冷清了，石老爷和王秀云下地后，整个转角楼里就哑巴一个人。过去还有大黄和哑巴做伴，自从大黄被石老爷杀死后，哑巴就没有一个伙伴了。李德厚个子高，人也厚道，每次见了哑巴总要摸着哑巴的头和哑巴说几句话。

保明——

哑巴几乎忘记了自己的名字，李德厚从来不叫他哑巴，每次都叫他的大名——保明，或者石保明。

哑巴还没有反应过来，旁边的一位战士推一把哑巴：哑巴——老班长叫你呢。

哑巴转过脸看见李德厚正笑眯眯地向他招着手。哑巴跑过去，李德厚从兜里摸索半天摸出一块皱巴巴已经变了形的糖块。李德厚把糖纸剥掉，然后把糖块塞进哑巴的嘴里。

甜不甜？

哑巴点点头。

李德厚摸着哑巴的头：这还是小鬼子的呢。

哑巴抬起头看着李德厚。哑巴的耳朵里听到的全是小鬼子杀人啦，小鬼子放火啦，小鬼子的糖怎么这么甜呢？哑巴把李德厚扔到地上的那块糖纸捡起来。那是一张套红底子的糖纸，哑巴举起来对着太阳，哑巴看到了糖纸上画着一个挂着洋刀的小鬼子的像。那就是小鬼子吗？哑巴还没有见过真正的小鬼子，他们就是长的那个样子吗？

这时石老爹和哑巴的娘进了院子。李德厚迎接过去，几个人说会儿话。王秀云回屋里做饭，李德厚和石老爹坐在台阶上说事。哑巴听明白了，李德厚他们要占用转角楼后的那块地，李德厚还掏出几块大洋按在他爹的手里，说这些是八路军给石家的一点补偿。石老爹推辞一番后把大洋收进怀里。李德厚还说了许多话。

　　哑巴的心思已转在另一位战士拿的长枪上。他用手摸着冷冷的枪管。

　　那位战士一下收起枪。

　　哑巴——战士大惊小怪地喊道，走了火那可是要出人命的！

　　哑巴吓一跳。

　　旁边的战士哈哈大笑起来。

　　石老爹压低声音说：埋在地里的大洋被哑巴看见了，要赶快转移到一个别的地方去。

　　李德厚看着哑巴，正好哑巴也扭过脸来。

　　李德厚说：那就转一个地方吧。

　　石老爹把头偏过去和李德厚耳语几句，李德厚听完了点点头。

　　那天晚上哑巴被尿憋醒后发现炕上就剩下他一个人。李德厚他们来了七八个人，四五个人住在哑巴隔壁的屋子里，李德厚和另外两名战士住在哑巴这屋的土炕上。哑巴来到院子里，院子里黑咕隆咚的什么也看不见，哑巴听到转角楼后面人们说话的声音。他顺着声音来到转角楼后面，发现石老爹、李德厚他们全在这里。有人举着火把子。火把子照亮很小一块地方。土豆地里的箱子全挖出来了，一人背着一个，在石老爹的带领下向村子后面的一条山沟里走去。拐了一个弯，又拐了一个弯，走到一个山洞前众人停下脚步。哑巴觉得这里特别眼熟，他想起了他和大黄曾经钻过的山洞。这个洞离那个洞不远。这个洞在半山腰上，一名战士踩着另一名战士的肩膀爬上洞去，一会儿从上面的洞里悬下一根长长的绳子，大伙背的箱子便一个一个吊上去。箱子似乎很沉，李德厚他们吊得特别小心，吊到最后一个箱子的时候，绳子出了问题，箱子吊到一半绳子突然断裂，箱子从半空中滚落下来，落到地上后四分五裂，白花花的大洋哗啦啦散了一地。箱子里原来放的都是大洋。大伙开始在黑暗中寻找滚落在草丛中的钱币。他们找了很长时间。哑巴实在是太困了，靠在石头上便睡着了。

第二天哑巴醒来发现自己躺在自家的转角楼上。他是怎么回来的？是谁发现并把他背回来的呢？哑巴坐在土炕上一点也想不起来了。

李德厚他们开始在转角楼后面的土豆地里建房子。四周用石头砌起墙，屋顶上是从山中砍回来的树木，树木上又是一层薄薄的石板片子，一间房子就算建成了。山中风大，又比山外冷，为了取暖，屋子里还用泥巴糊住石头的缝隙。

哑巴后来才知道，这些简易的房子全部做成了冀南银行的印钞车间，不仅磨石村有，石泉、青茶、漆树都有。当时不叫印钞厂，为了保密也为了迷惑小鬼子，这些地方都叫八路军的后勤工作队，漆树是一队，石泉是二队，磨石是三队……再后来这些工作队又叫一道梁、二道梁、三道梁……

李德厚他们建房子用了好几天时间，中间二姐石俊娥、二姐夫张二狗还过来帮过几次忙。哑巴也是在那个时候才知道，二姐夫张二狗竟然还是一个不错的泥瓦匠人。石老爹做石匠的活，把战士们背下山的大石头劈成片石。二姐夫张二狗呢，就在屋子里用和着麦秸的泥巴涂抹四壁。二姐夫个子高，干的时间长了就把外面的薄棉袄脱掉，露着里面黑红的、强壮的臂膀。二姐会去工地上送水，她送的是茶水，就是用青茶村产的一种茶煮的水。二姐端着碗一个一个送过去，送给二姐夫的时候，哑巴看见二姐用手给二姐夫擦着额头的汗。李德厚的碗，二姐是打发哑巴送过去的。李德厚端着茶水向二姐这边看一眼。二姐好像没看见李德厚似的，正弯着腰把地上的空碗收拾起来。

哑巴能明显感觉到二姐当时生活在幸福快乐之中，二姐心情好，大伙喝茶水的时候，有人也会鼓动二姐来上一嗓子。二姐不会拒绝，一边给大伙送水，一边就哼唱着《亲疙瘩下河洗衣裳》：

> ……
> 亲疙瘩下河洗衣裳，
> 双膝盖跪在石头上呀，
> 小亲疙瘩。
> 小手儿红来小手儿白，
> 搓一搓衣裳把大辫儿甩呀，
> 小亲疙瘩。
> 小亲亲来小爱爱，
> 把你那好脸扭过来呀，
> 小亲疙瘩。
> 你说扭过就扭过，
> 好脸要配好小伙呀，
> 小亲疙瘩。
> ……

二姐嗓子好，又是一首很明快的山曲儿，大伙都停下手中的活计看着这边唱歌的二姐。李德厚坐在人群中，二姐夫呢，端着碗笑眯眯地看着自己这个俊气还会唱山曲儿的婆姨。

晚上回到土炕上，李德厚坐在一边闷闷抽旱烟。

有的战士打趣老班长：老班长——是不是也想娶个婆姨啦？

他们都是青皮小后生，也都到了要婆姨的年纪了，要不是出来打鬼子，他们也该在各自的老家像张二狗一样娶妻子了。"小亲亲来小爱爱，把你那好脸扭过来呀，小亲疙瘩。你说扭过就扭过，好脸要配好小伙呀，小亲疙瘩。"小伙子们记不住别的唱词，这两句记得却特别清晰,躺在被窝里还在吱吱扭扭地哼唱着。

李德厚看着油灯下的哑巴:保明——那天晚上的事可不敢告诉外人!

五

房子快建完的时候高捷成和吴子谦来到磨石村。他们来的那天恰好下起雨夹雪。大山中气温低,开始是淅淅沥沥的雨,快到中午的时候就变成了漫天的雪花。雪下得时紧时慢,雪落到地上很快就化了。到了后来,整个转角楼、磨石村以及村外的大山,都披上了一层薄薄的雪。哑巴在雪地里跑来跑去。李德厚、石老爹他们在转角楼后面忙乱着,转角楼的院子里就哑巴一个人。这是冬天来临前下的第一场雪,哑巴举着那块小糖纸在雪地里转着圈子。哑巴跑过去的地方雪地里留下一串清晰的脚印。

这时高捷成、吴子谦和高捷成的两个警卫员牵着几匹马来到转角楼的大门口。哑巴停下脚步看着门口的人。

一名警卫员跑过来:小朋友——李德厚呢?家里的大人呢?

哑巴看着这名警卫员腰间挎着的短枪没有说话。

那名警卫员弯下腰来:小朋友——

哑巴看见警卫员那张年轻的脸,还有帽子上的雪。

门外的另一名警卫员笑着说:李德厚说过,石老爹儿子是个哑巴。哑巴怎么会说话呢?

哑巴转过身瞪着门外说话的警卫员。哑巴哑巴我就是个哑巴怎么啦?哑巴扔掉那块糖纸气呼呼地向转角楼后面走去。

高捷成和旁边的吴子谦笑着说:孩子生气啦。

吴子谦点点头没说话,他正打量着眼前的转角楼。转角楼的外面全是石头砌就。吴子谦用手摸一摸那些严丝合缝的石头,心里感叹着这名匠人高超的手艺。吴子谦吸食上郭掌柜送过来的鸦片后身体很快恢复过来。吴子谦有了精神立马投入钞票的构思、设计当中。八路军对自己仁至义尽，他没有更多的话可说，他只有用加倍的努力来报答这伙人对自己的恩情。吴子谦设计的是一角、二角面额的钞票。一角钞票的图案是一所具有晋东南大院特色的院子，这个院子自然是以郭家大院为蓝本了。吴子谦一个人在院里院外端详良久。院子套着院子，四方端正，又曲径通幽，外表朴素，又内涵丰富，这些建筑的风格多像严谨、内敛而又富有生活情趣的中国人呀，用院子做图案不正体现的是当地人乃至中国人的生活风貌吗？吴子谦钻在屋子里一天不出来，连饭食也是冀管家送到屋子里的。他先用炭笔勾出线条，然后不断地修正，好几次他把设计好的底稿揉成团扔在地上，直至满意了才抱着膀子站在一边细细端详：图案的上方是"冀南银行"四个字，中间就是他勾勒的晋东南大院的素描图案，图案上是钞票的面额"壹角"两个字，两边写着"公私款项、一律通用"，最下面是"中华民国二十八年印"字样。设计二角面额的钞票时，吴子谦头脑里突然出现了郭家大院后面巍峨太行山的形象。山是如此陡峭险峻，站在郭家大院里，你仍然能感觉到屋子背后太行山那逼人的、压倒一切的气势！吴子谦内心充满了一种急切的创作冲动，图案已经在他的头脑中形成，他要用笔一笔一画在白纸上勾勒出来，勾出图案，更要勾出太行山那绵延不绝又气势逼人的感觉。几天以后，吴子谦就把两种钞票的设计图稿送给了梁绍彭。当高捷成和梁绍彭看到钞票的设计图稿时，两个人都被吴子谦认真、敬业、高超的手艺震惊了，特别是高捷成，他还是第一次看到吴子谦的手艺，以前还有怀疑的话，现在他是真正认可了这个其貌不扬还有不少坏毛病的人。高捷成和梁绍彭仔细端详后提出几点修改意见。吴子谦好像几天没洗脸了，头发也是乱蓬蓬的样子。他的手中拿着笔，听了高捷成和梁绍彭的意见后立刻在图纸上进行修改。钞票图案送到129师、八路军总部后，高捷成就拉着吴子谦来到宽嶂沟查看印钞厂建设的情况。图案通过后,就要印刷了,厂子建不成怎么能行呢?梁绍彭没有和他们一起去,梁绍彭去西井镇筹备银行成立的事去了。

哑巴几天没过来,屋子后面已整齐划一地立起了十几间房子。房子上留着门窗口子,李德厚、石老爹他们正冒着雪安装门窗。门窗是磨石村的木匠做的,山上的木材有的是,木匠前几天就开始加工门窗了。门窗非常简陋,窗子是方块木格子,安上后还要糊一层麻纸。门呢,就是用原木钉在一起的木栅门。木栅门是用湿木做成的,第二年湿木变干后全变了形,根本关不严实,大风吹过,屋子里的纸张飞得到处都是。石老爹就骂木匠糊弄人。木匠也很委屈,石老爹——那些都是湿木啊——巧媳妇难为无米之炊!高捷成倒是非常满意这些建筑。李德厚拉着他一间一间屋子查看着,现在正是战乱年代,能在这么短的时间建起这么多房子实在是难为李德厚他们了。石屋子里满是泥土的潮湿味,高捷成用手摸一下墙壁,墙壁上的泥还没有干,高捷成的几个手指头就很清晰地印在了墙壁上。

中午的时候,王秀云给大伙做了一大锅热气腾腾的炒米汤,汤里是新鲜的炒小米,还有大块大块的土豆瓣,土豆是前些日子刚起回来的,又沙又软,开水一煮全化开了,炒米汤变成了炒米粥,粥上面是香喷喷的核桃油。两名警卫员把马匹上驮着的纸张、油墨等物品卸下来,这些东西还是上次梁绍彭从邢台采购回来的呢。其他的战士端着碗蹲在门口的台阶上吃饭。里面的土炕上坐着石老爹、高捷成、李德厚、吴子谦几个。哑巴也跳到炕上去了,他端着碗躲在角落里,看着这些边吃饭边高兴说话的大人。高捷成感谢着石老爹,夸奖石老爹是他们银行的大功臣!哑巴发现那个叫吴子谦的人很少说话,吴子谦埋头吃饭,吃完饭后一抹嘴跳下地走了。哑巴从窗户上看见吴子谦进了南面存放机器的屋子。哑巴几口扒拉完饭,跳下地也跑到南面的屋子里去了。

身后王秀云看着哑巴碗里剩下的饭喊着:哑巴——你还没吃完

饭呢？

吴子谦的脸上满是失望和失落的表情。他是个藏不住心事的人。看了高捷成所说的印钞厂后，吴子谦失望到了极点，他想象到了简陋，但简陋得实在是超出了他的预期。工房简陋不说，工房里什么也没有，没有机器，没有纸张，没有油墨……几乎什么也没有。他小时候在印刷坊干过，后来到了更大的印刷局，那是什么样的场面啊，一排一排的机器，小山一般垛着的纸张……吴子谦把机器上的柴火搬开后，柴火下露出了一台小型的石印机来。他有好长时间没有摸过机器了，现在看到了这台尽管有些生锈，部件也不完整的机器后眼里仍然露出兴奋的神色。他弯下腰用手细细抚摸着机器的每一个部件，机器好长时间没用了，也没有油，有些地方已经生锈，吴子谦忍不住就要用东西把上面的锈迹擦掉。他扭过脸准备找一块擦机器的油布时看到了蹲在他身边的哑巴。哑巴正抬起头看着他，哑巴似乎看出了吴子谦的心思，站起来跑出去，一会儿拿着一块抹布进来。吴子谦吃了一惊，这孩子能懂他的意思。吴子谦接过抹布赞许地点点头，然后仰面朝天躺下身子，开始擦磨机器下面的锈迹。一会儿吴子谦从机器下面伸出头来，哑巴好像明白吴子谦的意思，又立刻跑出去端着一盆冷水回来。吴子谦知道眼前这个不会说话的哑巴是个极其聪明的孩子。哑巴不说话但哑巴能从你的眼睛里读懂你心里的意思。

下午的时候高捷成告诉吴子谦，这台石印机还是师部支援给他们银行的呢。高捷成说：吴先生不用失望，现在没有不等于将来没有，你就放心大胆地干。

由于转角楼后面的工房还很潮湿，和石老爹商议一番，吴子谦就把转角楼门口的这间屋子做成了一个印钞车间。高捷成天黑前离开了磨石村，吴子谦被留下来。高捷成让吴子谦修好机器后试印一下，等师部及八路军总部批准钞票的图案后就立马开印。至于印钞工人嘛，高捷成看着吴子谦，他们很快就会上来的。高捷成想到了那批培训班的学员。高捷成说完和两名警卫员打马离去。

吴子谦住在原来哑巴二姐石俊娥住过的屋子里。吃了晚饭后吴子谦一个人躺在炕上想着心事。他没有点灯，屋子里很暗，窗户上是山上的雪映射进来的光。院子里李德厚和几名战士说着话。吴子谦知道自己一时半会儿可能还离不开这里，他不知道远在山那边的娘和妻子董彩莲怎么样了。她们现在也吃了晚饭吗？没有人欺负她们去吧？兵荒马乱的，一旦有个二流子、逃兵、小鬼子闯进去，她们娘俩可怎么应付呢？吴子谦心烦意乱地躺在那里。只有尽快完成高捷成和梁绍彭安排的工作，他才能返回到山那边的家中。返回去的时候一定给娘和彩莲带几颗柿子。

想到柿子吴子谦叫声不好，他急忙从裤兜里掏出一颗有点挤扁了的柿子。这颗柿子没有熟透，皮子还带点绿，里面的柿子肉还很硬。吴子谦捏着柿子坐起来，他想把这颗柿子送给隔壁的哑巴。他想喊一声，一抬头却看见了门口站着的哑巴。哑巴的眼睛在黑暗中显得特别亮。哑巴是什么时候进来的呢？

吴子谦吃惊地问道：——哑巴，你什么时候进来的？叫什么名字？哦，这颗柿子给你吧。

吴子谦跳下地走到哑巴跟前。

哑巴接过去咬了一口，可能是太涩了，哑巴咬了一口又把柿子还给吴子谦。

吴子谦说：不好吃吗？哑巴。

哑巴已转身出去。

六

天一亮吴子谦就开始鼓捣那台石印机。这是台老式的手摇石印机，吴子谦早年的时候用过这种机器，现在已经有了脚踏的，还有更先进的铅印机……手摇石印机最少需要两名工人操作,把制好的石板放到机器上,一名工人添加纸张,另一名工人摇动手柄,机器上的石板一出一进,石板上的图案便印到了下面的纸张上。吴子谦把地上散落的部件一一安装到机器上,他试着摇一摇旁边的手柄,轮子好像被什么东西卡住了,吴子谦弯下腰从齿轮上抽出一根细细的沾着油污的绒线来,再摇动手柄,轮子转动,上面的石板也有节奏地工作起来。机器能用了,吴子谦心里踏实了许多。只要把钞票印出来,他就对高捷成、梁绍彭有了交代,八路军待他不薄,他不能一走了之。院子里是薄薄的积雪,后面的大山上也白蒙蒙一片。山中冷,这些积雪可能不会融化了。吴子谦把屋子里的柴火、杂物一一搬出来,然后找一把扫帚,细心地把放机器的这间屋子打扫得干干净净。为了不让灰尘落在机器上,吴子谦把自己的上衣脱下来盖在上面。哑巴进来叫他吃早饭的时候,吴子谦正穿上衣服扣着扣子。

吴子谦满意地打量着屋子:哑巴——怎么样?

过去这是一间堆放杂物的地方,有柴火,有农具,有放粮食的大瓮……屋子顶上也是一片一片挂着灰尘的蜘蛛网,现在屋子里的杂物全部清理出去,地当中就停放着那台擦洗出来的石印机。

哑巴伸出手想摸一摸机器。

吴子谦弯下腰把哑巴的小手放在机器旁边的手柄上:你看——对,就这样——

机器运转开了。

石老爹的女人王秀云给大伙做的早饭是小米捞饭。小米煮熟后捞在一个盆子里。另一个盆子里是王秀云做的酸菜土豆炖粉条。铲一碗小米捞饭,然后挖上酸菜土豆粉条,大伙就很香甜地吃起来。李德厚几个听说吴子谦把机器擦洗出来了,都端着碗来到大门口的这间屋子里。吴子谦边吃饭边给大伙介绍机器的工作流程,说到高兴处吴子谦放下碗还亲自示范一下。

石老爹就说：吴先生果然是个能人！

李德厚摸一摸机器上的石板，笑呵呵地说：有了吴先生——我们很快就能用上自己的票子啦。

大伙说笑当中，吴子谦放下碗抱着膀子出了屋子。

一开始李德厚以为吴子谦肚子难受，过了好大一会也不见吴子谦返回来，李德厚回过头问道：吴先生呢——他还没吃完饭啊？

吴子谦的碗筷放在机器旁边的地上，碗里还有大半碗米饭。

石老爹把吴子谦的碗端起来：饭菜凉了，该给吴先生换一碗热乎的了。

这时门外的哑巴支支吾吾地叫起来。哑巴很少发出这种带着恐怖的尖叫。大伙跑出去看见了二楼上吴子谦门口惊慌失措的哑巴。李德厚知道出了情况，三步并作两步跑上去，然后是战士们、石老爹。

那边做饭的王秀云也听到了哑巴的喊叫。

王秀云站在门口喊着：哑巴，出什么事啦？

吴子谦的毒瘾又犯了，这次似乎比在郭家大院更厉害了。吴子谦脸色苍白，抱着膀子在土炕上滚来滚去。他紧紧咬着牙，浑身哆嗦着，脸上露出一种难以名状的痛苦。

李德厚把石老爹拉到门口。

高经理说啦，这小子吸这个——李德厚比画个吸食鸦片的动作，他吩咐我这次一定帮帮吴先生。

石老爹说：怎个帮法呢？

李德厚说：你找根绳子过来。

石老爹看一眼李德厚不敢怠慢，立刻下楼拿根绳子上来。

李德厚把绳子扔给身边的战士：快——把吴先生绑起来！

几名战士还在迟疑，李德厚踢一脚旁边的战士：再迟就来不及啦！

几名战士跳上去把吴子谦五花大绑绑起来。哑巴不理解李德厚的做法，他还想阻止战士们的行动。

李德厚抱住哑巴，摸着哑巴的头说：保明——这是为吴先生好！

哑巴后来才明白，李德厚把吴子谦绑起来是怕吴子谦毒瘾发作后进行自残。李德厚看见战士们把吴子谦捆结实了，招呼大伙退出来。李德厚他们下了楼，哑巴留在吴子谦的门外。他哪里也不想去，他就想等着吴子谦能够像昨天一样健健康康地走出来。吴子谦答应哑巴了，机器开印的时候，他就是吴子谦的助手。

吴子谦再也无法忍耐了，他开始声嘶力竭地哭喊着：梁绍彭——你个王八蛋——快来救救我——

吴子谦的喊声是那样绝望和歇斯底里。他的哭喊声传出了转角楼，传遍了整个磨石村的上空。吴子谦的哭喊声把磨石村的男女老少都吸引了过来。大伙堵在转角楼的大门口，打探着哭喊人的情况。李德厚和石老爹他们本来还要去楼后的土豆地里干活，现在被吴子谦长一声短一声的哭喊弄得也没了心思，大伙就散散落落坐在院子的四周。

哑巴还从来没见过一个人如此痛苦不堪。他听着吴子谦的哭喊声，眼里的泪也止不住地往下流。吴子谦凄惨的叫声一直留在哑巴的记忆中，直至几十年后的某天，当他再见到已是中国人民银行副总工程师的吴子谦时他还能想起吴子谦当时的哭声。吴子谦后来告诉哑巴，毒瘾发作后，就像有万条小蛇在撕咬他。欲上天堂，却身在地狱；万般挣扎，又无限绝望；他仿佛掉入无限的黑暗中，万念俱灰，一片死寂。

快到晚上的时候，吴子谦的哭喊终于停歇下来。大伙推开门进去的时候，吴子谦死人一样躺在那里。吴子谦几天不吃不喝，再站起来的时候，整个人摇摇晃晃好像能被风吹倒似的。

李德厚就说：这小子消耗太大，再不补一补，命怕保不住了。

高捷成临走的时候也吩咐过李德厚，不管采取什么手段，首要的就是要保住吴先生的命。李德厚安排几名战士进山里面打只野鸡回来。打野鸡的战士们没有回来,村里的木匠却端来一碗香喷喷的狗肉。原来木匠也把自家的狗处理掉了,知道吴子谦的事后急急忙忙端来狗肉。吴子谦饿得很,见了狗肉没有半点斯文的样子,抓起来连嚼也不嚼就大口大口地吞咽下去。

吴子谦精神了没几天,毒瘾又开始发作。吴子谦急忙喊来哑巴。李德厚他们干活去了,吴子谦伸出双手让哑巴把他捆起来。哑巴使不上劲,哑巴把楼下面做饭的娘喊上来。母子两个人哆哆嗦嗦地把吴子谦捆在炕头。吴子谦摆着头让哑巴和王秀云退出去。吴子谦不想让哑巴看到自己病痛发作时张牙舞爪又十分恐怖的样子。

连着发作了几次后,吴子谦彻底从毒瘾中解脱出来。解脱出来的吴子谦就像换了个人似的,坐在院子里的台阶上很平静地望着大门外的山坡。山坡上的雪很厚了,他不知道他发病的这些天山里又下过一场雪。吴子谦本来就瘦小,现在越发显得瘦了,整张脸上最突兀的就是那两只大大的眼睛。他知道自己经历过什么,也知道这些天他给大伙带来的伤害。他骂所有他能叫上名字的人,高捷成、梁绍彭、李德厚、石老爹……他不好意思地给每个人赔着不是。

吴子谦记得没有骂过哑巴,哑巴坐在他身边,吴子谦学着李德厚的样子摸着哑巴的头:保明——

吴子谦知道了哑巴的名字。

和李德厚一样,吴子谦知道哑巴的名字叫保明后就再没有叫过哑巴。

哑巴抬起头来。

吴子谦说:我们明天开始吧。

哑巴看着吴子谦。

吴子谦也温和地看着他。

哑巴知道吴子谦的意思——吴子谦想明天就开始试印钞票了。

第四章　火烧转角楼

一

这年的 10 月 15 日，八路军总部在黎城的西井镇召开了冀南银行成立大会。那天的天气非常好，太阳明晃晃照着，没有风，站在那里也不是很冷。成立大会选在银行培训班的篮球场上召开。培训班里的肖必利、连若烟几个在人群中窜来窜去，他们一边布置会场，一边又招呼着前来参会的嘉宾。北坡村好长时间没有这么热闹了，村里的男女老少都来到了篮球场上。肖必利是那种给点阳光就灿烂的人，他天生就不甘寂寞，是那种在平淡中也能弄出点响动的人。他热情，又善于表达，任何一个生疏的人，只要和肖必利打过一次交道，就能对眼前的这位小伙子留下深刻的印象。

会议是梁绍彭筹备的，现在万事俱备只欠东风了，首长们到了，他们的成立大会就能召开了。梁绍彭和高捷成站在路边等着迎接前来参会的首长们。

这时肖必利和连若烟从人群中跑过来。

梁绍彭看着肖必利，脸上露出欣赏的笑容：这小伙子叫肖必利，热情能干，是个人才！

梁绍彭给高捷成介绍着肖必利。梁绍彭打心眼里喜欢肖必利，肖必利既有干劲又有点子，银行初创需要的就是这种有创造性的人才啊。梁绍彭也从肖必利的身上看到了自己年轻时的影子。尽管梁绍彭那时也仅仅二十六七岁,但在二十岁左右的肖必利和连若烟面前,他感觉自己已经是一位年长的兄长了。

高捷成认识这个肖必利,上次就见到过这位小伙子,年轻帅气又富有朝气。但高捷成总有一种不踏实的感觉,究竟是哪里不踏实?高捷成自己也说不清楚。梅花香自苦寒来,不经打磨难成大器。

高捷成说:是个好小伙子!这次大会后他们就会分配下去,是骡子是马,拉出去遛遛!

报告——

肖必利、连若烟跑过来给高捷成和梁绍彭敬个礼。由于忙乱,肖必利、连若烟的额头上汗津津的,在太阳的照射下闪闪发光。高捷成能从他们的眼睛中看到兴奋、激动的神色。是啊,总部首长一会儿就来了,他们都是让鬼子闻风丧胆、传遍太行山的英雄好汉,年轻的肖必利和连若烟就要见到这些传说中的大人物了,怎么能不激动呢?

梁绍彭看着肖必利、连若烟:准备得怎么样?

肖必利又是一个敬礼:报告首长——准备就绪!

高捷成能从肖必利的说话中看出小伙子好像还有些紧张。

高捷成打趣道:怎么样肖必利,能安心在银行了吧?

肖必利有些不好意思地低下头。过去他一直闹着要离开培训班,上次听了高捷成的演讲后他就打消了这个念头。高捷成说了,创办银行,就是为了打鬼子,一样是打鬼子,自己何必那样呢?更重要的是连若烟就在这里。

远处孟连长挎着短枪满头大汗地走过来。孟连长负责会议的安全保卫工作,今天要来这么多大人物,他哪敢有半点疏忽呢?几天前就忙开了,他把村子的前前后后走了个遍,甚至连来村子的小路也往返查看了个无数遍,哪里设立明哨,哪里放个暗哨,他都一一做了布置。他是从战士一路走上连长岗位的,打了无数次仗,几次死里逃生。在孟连长的眼里，周围的一切都是军事意义上的地形。

高捷成迎接过去：辛苦啦孟连长！

孟连长摘下帽子胡乱在脸上擦一把：这营生没法干啦！孟连长擦完脸叫一声气呼呼地蹲在地上。

高捷成看一眼梁绍彭。梁绍彭知道孟连长是嫌弃给他派的人少，梁绍彭手里也没有多少人啊，供给部就给调过一个排的战士来，做好这次的保卫工作，一个排的兵力确实有些少。

正在这时村口那边人群一阵涌动，远处腾起一阵烟雾，人们说首长们已经骑着马出现在土梁的拐弯处了。

孟连长立刻站起来，嘟囔一句：梁绍彭——我在村后盯着——这边就交给你啦！

孟连长瘸着腿向村后跑去。人的背后是最危险的地方。孟连长跑到村后就是防备小鬼子、汉奸从背后偷袭过来。高捷成赞许地点点头。有这个孟连长在，他的心里会踏实很多。

那天来了许多大首长，中共中央北方局、八路军总部、129师的负责人，129师供给部部长徐林，冀南行政主任公署的杨秀峰等等，黎城县委、县游击大队负责人、当地部分士绅代表等也来到了会场。这些人特别是前面的都是新中国成立后叱咤风云的人物。其时，这些年轻的将帅已经显现出他们博大的胸怀、过人的胆识和对胜利的坚定信念！

前边搭了一个小台子，首长们上去轮流讲话。冀南行政主任公署杨秀峰主任宣读了公署成立冀南银行的命令。冀南银行是129师供给部负责筹建的银行，冀南行政主任公署建在冀南一带，为什么由冀南行政主任公署宣布成立并命名为冀南银行呢？事后多少年梁绍彭才感觉到首长们决策的高明和远见。冀南行政主任公署是国民政府认可的敌后游击区政府，由它来决定成立冀南银行，使银行有了一个合法的身份，更重要的是迷惑了小鬼子，让小鬼子根本找不到冀南银行究竟在大山的这边还是那边。事后小鬼子确实在冀南寻找银行的踪迹,但他们怎么能找到呢?他们好长时间想不到,冀南银行特别是冀南银行的印钞厂竟秘密建在高大险峻的太行山中。

总部首长那洪亮的声音在场子上空响起来。他给大家总结了几年来八路军、129师挺进晋东南后所取得的一个又一个伟大胜利:粉碎鬼子九路围攻、激战神头岭、伏击响堂铺,并且建起了包括山西、河北、河南、山东等地的广阔的抗日根据地……高捷成入迷地听着,首长的讲话总是让人热血沸腾。高捷成当时还不知道,此时的八路军总部正在酝酿一场更大的战役,那就是大半年以后发动的震惊中外的百团大战。129师的首长也讲了话,他们从不同的角度讲了成立银行的目的、意义,那就是发展经济,保障供给,对敌斗争,最后胜利!

高捷成也在那一刻深深感受到了自己肩上所担负的重任和职责。他是银行的领头人,银行能不能办好,银行能不能发展经济保障供给,能不能与敌进行针锋相对的金融斗争并取得最后的胜利,这都需要他领着大伙克服万千困难进行艰苦卓绝的斗争了。

银行正式成立了。高捷成知道新的更加艰巨的任务才刚刚开始。高捷成抬起头,看到大树后面一尘不染的天。他紧紧握住了拳头,也在心中给自己鼓着劲。他一定不会辜负了首长、同志们的信任和期待!

二

吴子谦戒了毒瘾没几天,哑巴就搬到他这间屋子里了。

李德厚和战士们从山中打回几只山鸡、野兔,王秀云做成鸡汤、炖肉等,给吴子谦补养身子。不知是王秀云做的饭菜可口,还是吴子谦戒了毒瘾后胃口大开,吴子谦像饿了多少天似的,每天端起饭菜就是一顿狼吞虎咽,有时候哑巴刚端起碗,吴子谦已经盛第二碗了。

　　吴子谦吃饱肚子就和哑巴钻进转角楼门口的印钞车间里。八路军总部已经批准了吴子谦设计的钞票图案，梁绍彭也捎过话来，印钞工人很快会来到磨石村的，吴子谦一边等工人们上来，一边鼓捣着机器，想把钞票早点印出来。哑巴后来知道，印刷一张钞票需要石板、纸张、油墨、胶水、汽油等一二百种原料，上次高捷成送过来的仅仅是几包印钞纸、三五桶油墨，几乎什么都缺。吴子谦倒是没有抱怨，其实抱怨也没有用，高捷成能给他拿出来的全拿出来了，没有的只能靠吴子谦想办法了。没有青石板，吴子谦就把机器上的石板模子拆下来。模子上已经有了别的图案，要想用那块石板，必须用砂布把石板上的图案打磨掉，可是哪里有砂布呢？吴子谦在转角楼里转来转去想找到一些替代品。用石老爹的凿子凿，用哑巴娘的磨刀石磨，怎么也不够平整光滑啊。吴子谦从堆放杂物的屋子里找到几个废弃的酒瓶子，先是把酒瓶子砸碎，再用细纱布把玻璃粉分离出来，然后撒在刷着胶水的白纸上，晾干以后一张自制的砂布就做成了。哑巴记得胶水是向村里的木匠要的，吴子谦有了砂布就抱着那块青石板细细打磨。

　　哑巴印象深刻的另一件事是那些纸张。吴子谦撕开外面的包装，里面露出又白又光的印钞纸。哑巴没见过那种纸，他见过的是当地产的一种叫麻纸的土纸，麻纸又小又黑，根本和印钞纸不能相比。

　　吴子谦看到这些纸脸上难得地露出笑来。

　　吴子谦告诉哑巴：保明啊——这可是小鬼子造的货啊。

　　哑巴用手摸一摸，那些纸特别光滑，不像麻纸，摸上去硌手不说，不小心还会划破手指。

　　这些纸怎么能识别出是小鬼子的呢？吴子谦指着纸上的富士山图案说：你看——这是小鬼子的富士山！

　　哑巴拿过那张纸对着太阳看一看，不就是一个小山的模样吗？哪有他们家转角楼后面的山高大险峻呢。哑巴不屑地把纸扔在地上。

正好王秀云进来，王秀云小心地把地上印有富士山图案的纸拾起来。她把纸上沾着的土拍打掉看着吴子谦：吴先生——我可以拿走吗？

吴子谦摆摆手。有图案的纸是包装纸，下面没有图案的纸才能印钞票。王秀云就欢天喜地地拿着那些纸回到那边的屋子里。哑巴不知道娘为什么喜欢那些纸，有一次看到娘在油灯下熏鞋样子的时候才明白娘的用意。

娘拿着熏出来的鞋样子拍拍哑巴的头：这纸多好啊，傻孩子！

吴子谦晚上也要加班干，有时候哑巴睡醒一觉还看到油灯下干活的吴子谦。

有一次吴子谦看着支起身子的哑巴放下手中的活计：保明——你不是哑巴。

吴子谦正在刻石板，手上都是石头末子，吴子谦把手上、身上的石头末子吹一吹。

哑巴还没有清醒过来，怔怔地看着油灯阴影下的吴子谦。

吴子谦走过来坐在土炕上：保明——大黄是什么？

哑巴嘴里突然就蹦出一个字：狗！

哑巴被自己的声音吓了一跳，吴子谦弯下身子看着哑巴：保明——再喊一句！

吴子谦还不等哑巴喊出来，就推开门喊着：石老爹——石老爹——

已经是后半夜了，吴子谦的叫声既怪异又响亮，楼下的石老爹和王秀云端着油灯出来。李德厚几个已经离开了磨石村，转角楼里就他们几个人。

是吴先生吗——楼下的石老爹不知道发生了什么事。

吴子谦按捺不住兴奋，在黑暗中招着手：快上来快上来！

石老爹和王秀云借着油灯昏暗的光，一步一步爬上南面的转角楼。

吴子谦拉着石老爹的手：保明不是哑巴，保明会说话！

三个人进了屋子，哑巴已经拉起被子钻进被窝里。

吴子谦拉起被窝：保明——快——再喊一句！

哑巴抬起头看着头顶上的吴子谦、石老爹和娘，张大嘴巴。他肚子里有好多话要说，可是嘴张开了却吐不出一个字。

吴子谦着急地喊：说啊——说啊——

石老爹、王秀云也弯下身子期待地看着哑巴，他们似乎比哑巴还要急。他们打着手势，给哑巴加着油，鼓励哑巴说出话来。

哑巴的脸憋得通红，最终吐出来的还是一片混沌的呜呜呀呀。

石老爹和王秀云端着油灯黯然退出去。

哑巴就是个哑巴，哑巴怎么会说话呢？吴先生可能是听错了。

吴子谦没有动。他一直看着哑巴，他相信哑巴不是哑巴，他听到过哑巴说的梦话，也亲耳听到了哑巴喊出来的狗字，哑巴怎么能成哑巴呢？哑巴可能是发育迟缓，只要给他时间，鼓励哑巴说话，哑巴总有一天会张开嘴巴的。吴子谦默默地摸着哑巴的头，可怜的孩子！哑巴不会说话，几乎没有和他玩耍的小伙伴，这一点与吴子谦的少年时代多么相似啊。吴子谦小时候就没有小朋友，出来进去一个人，他能感受到孩子内心的孤独、自卑和无助。吴子谦的手摸到哑巴的脸上，哑巴的脸上湿漉漉的。吴子谦知道哑巴哭了。

这天晚上哑巴从窗户看到山路上走来一队人马。那天晚上的月亮特别明。人马是从南面山梁上的雪地里翻过来的，十几个人排成一字长队，长队后面是驮着货物的骡子。一行人沿着山脊向磨石村这边走来。哑巴返回脸呜呜呜地叫着在那边刻着石板的吴子谦。吴子谦站起来来到窗户边，顺着哑巴的眼光看到远处的那队人马。人马越走越近，哑巴发现了队伍前面的李德厚。吴子谦也认出了李德厚。是梁绍彭说的人马吗？吴子谦急急忙忙向楼下跑去。

来人果然是李德厚。李德厚和吴子谦、石老爹热情地打着招呼。

吴先生——石老爹——我们又回来啦！李德厚拿下帽子擦着汗，脸上是憨憨的笑。

后面的人马陆续进来，小院子很快就站满了人。哑巴推开门站在二楼看着下面的人。哑巴发现这是一群更年轻的八路军，他们进了院子东张西望着，背上背着行李，有的人手里还提着脸盆、漱口的缸子。

李德厚指着这群年轻的八路军笑呵呵地和吴子谦说：吴先生——这可都是你的人马啊！肖必利——

人群中肖必利拉着连若烟挤过来。走了一天的路，肖必利和连若烟的脸上全是汗：老班长——有何吩咐？

李德厚给吴子谦和石老爹介绍道：这位呢——叫肖必利，这位女先生呢——叫连若烟。

连若烟听见李德厚称她为先生扑哧笑出来。哑巴看着月光下的连若烟，那女子多像二姐石俊娥啊，哑巴发现了这个秘密就盯着连若烟看。恰好连若烟也扭过脸来，连若烟看见二楼上的哑巴，扭过头和旁边的肖必利嘀咕着说什么。

李德厚又给肖必利、连若烟介绍了石老爹，然后吩咐肖必利先安排大伙住下来。后面的房子是厂房，来的人三个一伙、五个一群，就住在石老爹的转角楼里。印钞厂扩大生产规模后，再来的人住不下，石老爹就把他们安排到磨石村其他人家去了。石老爹引着肖必利一个一个安排住宿。李德厚拉着吴子谦来到大门外，大门外还有四五匹骡子。

李德厚拍着骡子上的驮垛说：这可是吴先生想要的宝贝啊。

原来为了大量印出钞票，八路军总部又动员根据地内的几家报社捐了一些纸张、油墨、石板、蜡烛等印刷所需的材料。

大伙举着火把子拉着骡子来到转角楼后面的厂房里。

一下住进这么多人，转角楼里热闹起来。来的人都是二十岁左右的年轻人，他们刚刚从培训班分配过来，压抑了那么长时间，现在终于来到新的岗位上。未来究竟要干什么,他们自己也不是很清楚。现在来到大山深处的转角楼里,大伙有些陌生、新鲜,还有许多好奇。

肖必利拉着连若烟来到哑巴身边。

连若烟弯下身子看着哑巴:小朋友——叫什么名字哦?

哑巴闻到了连若烟身上散发出的淡淡的清香味。哑巴想起来了,二姐石俊娥身上好像也有这种味道,就是大姐给了二姐的那种雪花膏的清香味。哑巴睁着大眼看着连若烟。

肖必利看见哑巴不说话,直起身子:这孩子是个哑巴吧?

连若烟推一把肖必利:你才是哑巴呢!

连若烟从兜里摸出几块冰糖,放进哑巴嘴里后问道:甜不甜?

哑巴看着连若烟点点头。

连若烟说:这是冰糖。

连若烟的冰糖和李德厚送给他的糖块一样甜。

楼下王秀云向这边喊着:哑巴——哑巴——帮娘填把柴火来。

王秀云忙着给大伙做饭,一个人实在是忙不过来,叫哑巴下去帮着她烧烧火。哑巴小跑着下楼去了。

肖必利说:我说得没错吧——这孩子就是个哑巴!

哑巴下楼梯的时候转过脸。

哑巴看见肖必利伸长脖子亲了站起来的连若烟一口。

连若烟推开肖必利:干吗呢——孩子看见啦!

三

快到年底的时候形势突然紧张起来。不是小鬼子打过来,而是国共两党的军队发生了冲突。年初的时候,国民党中央就提出了溶共、防共、限共、反共的政策,此后双方摩擦不断,快到年底的时候终于酿成事变。山西的阎老西在晋西南发动了双十二事变，调动晋绥军向新军第二、第四决死纵队和八路军晋西支队发起突然袭击。晋东南这一带河北的鹿钟麟、朱怀冰部，阎老西的孙楚部则向129师和新军第一、第三决死纵队发起进攻。

　　住在南陌的郭天佑开始还接到部队让他迅速归队的信件。郭天佑好了许多，但腿脚不是很利索，稍一用劲疼得半天直不起腰，做过手术的地方还会渗出血来。郭天佑让送信的人给部队捎过话去——伤势未愈，难以归队！郭天佑所在的部队是新军第二决死纵队，阎老西派几万大军将第二决死纵队团团围住，企图一举消灭掉这支由共产党掌控的新军队伍。第二决死纵队在八路军120师和地方部队的配合下拼死突围，然后撤退到更加遥远的晋西北一带。郭天佑此后再没有和部队联系上，他也不知道部队转战到哪里去了。

　　新年这天天气突然变得阴沉沉的，一会儿又起了风，风把院外的干树枝摇晃得咣当咣当直响。郭天佑起来后看着外面的天，天气变了，可能又要下雪了。院子里的柿子树上还剩着一些熟透了的柿子，风刮过来柿子乒乒乓乓掉在地上，熟透了的柿子掉在地上摔得稀烂。石俊袅心疼这些柿子，早上一起来就提着篮子采摘柿子。下面的柿子俊袅伸手就够着了，高处的呢俊袅搬来小凳子，实在够不着的俊袅就把门口的小伙计喊过来。小伙计挽起长衫爬上树去，一一把树顶上的几颗柿子摘下来。

　　郭天佑站在窗前看着院子里忙碌的石俊袅。那天俊袅穿着一袭墨绿色的棉旗袍，头发也很好看地绾在头上，白皙的脸上由于冷变得红扑扑的。俊袅不仅长得好看，更重要的是脾性善良又体贴入微。在郭天佑看来，如果石俊袅能像他一样读过书的话，那简直就是世上最完美的女人了。不过俊袅的勤奋好学还是让郭天佑暗暗赞叹不已。在照顾自己的这些日子里，俊袅几乎每天缠着他教她认字。郭天佑躺在床上，石俊袅搬个小凳子坐在床边。郭天佑教她读古诗：白日依山尽，黄河入海流。欲穷千里目，更上一层楼。石俊袅像个什么也不懂的孩子一样，一个字一个字跟在郭天佑后边读着。俊袅记性好，尽管她还不能全部明白那些诗句的意思，但只要让俊袅读过两遍，第三遍的时候几乎能一字不差地背下来。有一次郭天佑教她陆游的《卜算子·咏梅》：驿外断桥边，寂寞开无主。已是黄昏独自愁，更着风和雨。无意苦争春，一任群芳妒。零落成泥碾作尘，只有香如故。俊袅没有跟着郭天佑读，郭天佑转过脸看一眼俊袅，只见俊袅眼圈泛红。驿外断桥边，寂寞开无主。俊袅听到这一句的时候就想到了自己的身世。是啊，孤寂的断桥边，一朵无主的梅花开在那里。梅花开得多么娇艳、多么灿烂，但没有一个人去欣赏它，更没有一个人去关心它、爱惜它，任凭这朵娇艳的梅花零落成泥。俊袅认的字多了已经有了理解力，联想到自己的身世伤感不已。郭天佑知道俊袅读懂了这首词。过去俊袅很少有过这种表现，在郭天佑的眼中俊袅就是一个干活的机器，洗衣、做饭，直至给他端屎端尿……他觉得这些好像都是理所当然，他也从来没有意识地去理解过俊袅。伤感中的俊袅是如此让人爱怜。郭天佑那天忍不住握住俊袅的手。俊袅也没有把手抽出来，或许是太累了，她就那么枕着他的手趴在床上睡着了。

屋子里的火炉子熊熊燃烧着，火炉子上茶壶里的水咕咚咕咚冒着热气。屋子里很暖和，郭天佑坐在窗前的椅子上。椅子前边是一张写字用的书桌，书桌上摆放着郭天佑要看的书，有《孙子兵法》，有《古文观止》等等。《孙子兵法》放在正中间，书的旁边是一壶泡好的龙井。俊袅怕茶水凉了，茶壶的外面还套着一个棉套子。郭天佑倒一杯茶水，茶水不冷不热。

这时石俊袅提着篮子推开门进来，看见桌子旁边的郭天佑叫起来：多好的柿子啊——快来尝一尝。

俊袅放下篮子，从篮子里捡出一个又红又软的柿子。柿子已经熟透了，俊袅在柿子上小心地撕开一个小口子，然后把小口子递到郭天佑嘴边。郭天佑伸长脖子，对着柿子的小口子用劲吸溜，柿子里的柿子汁、柿子肉便一股脑儿进了肚子。正是大冷的冬天，屋子里热气腾腾，冰凉的甜甜的柿子汁滑进肚子，身子有一种说不出的舒爽。

俊袅看着郭天佑：怎么样？

郭天佑连连夸奖着：不错不错，柿子在这个时候吃才有味道！

俊袅看一眼郭天佑：就你们读书人说法多！吃柿子还分什么这时候那时候，想吃了就吃呗！

俊袅自己也拿一个，口子可能撕得有点大了，里面的柿子汁突然溢出来，柿子汁流在了俊袅的棉旗袍上，急得俊袅叫起来：快点——快点啊！把它擦掉——再迟了就染上衣服啦！

郭天佑跳起来，找一块干净的布子弯下腰把俊袅衣服上的柿子汁擦掉。

俊袅吃掉柿子，把柿子皮扔进垃圾筐里，拿过郭天佑手中的布子再擦一遍：你们男人呀真是笨手笨脚的。

门外小伙计喊道：少爷——冀管家来啦！

郭天佑和俊袅都抬起头，他们从窗户上看到冀管家穿着棉长袍戴着棉帽子进了院子。冀管家后面是驮着大垛货物的骡子。

新年到了，郭皓轩打发冀管家给儿子郭天佑他们送过年货来了。有煮熟的羊肉、猪肉、鸡肉等食物，还有给郭天佑新买的长袍、衬衫、书、茶叶、红酒等，琳琅满目摆了一地。

冀管家从衣服堆里拿出一件新旗袍：俊袅啊——这是夫人特意给你订购的。夫人说，俊袅照顾少爷辛苦啦，这是夫人的一点心意。

俊袅满脸喜悦，接过衣服说声：谢谢夫人。

夫人送给俊袅的是一件红缎子面料的旗袍，俊袅摸着衣服心里想着，这衣服需要花多少钱啊。郭天佑已经把新长袍穿在身上，新长袍是蓝缎子面料，配上里面洁白的衬衣，郭天佑一副气宇轩昂的样子。

郭天佑穿着衣服在地上走个来回：俊袅——怎么样？

郭天佑侧过身子看着旁边的俊袅。

好马凭好鞍！这身衣服穿在郭天佑身上，让郭天佑一下俊朗、爽利、明快了许多。

俊袅故意说：像个温文尔雅的大将军啦！

温文尔雅还是俊袅前几天学会的一个词。郭天佑听了哈哈哈笑起来。

冀管家也笑着说：俊袅有出息啦！

郭天佑鼓动俊袅也把新旗袍穿起来。

冀管家也说：穿起来穿起来——夫人还说看看合适不合适呢。

郭天佑和冀管家在屋里等着，俊袅抱着新衣服到了旁边自己的卧室里。俊袅的卧室与郭天佑这边的屋子连着，中间有一个暗门相通。一会儿暗门推开，俊袅穿着那身红缎子面料做的新旗袍走出来。郭天佑和冀管家吃惊地看着石俊袅。俊袅可能自己也没有感觉到，她穿着那身旗袍是如此端庄、大气、典雅。白皙的脸蛋、乌黑的头发、窈窕的身姿——俊袅的美震得郭天佑和冀管家好长时间说不出话来。俊袅的到来，连一直昏暗的屋子也好像亮堂了许多。

冀管家看看郭天佑，又看看石俊袅，心里想着这是多般配的一对啊，只可惜——两人门不当户不对。冀管家暗暗替石俊袅惋惜。

俊袅看见这两个男人不说话，以为自己哪里不对劲：怎么啦——衣服不合适吗？

冀管家急忙说：合适合适。

郭天佑拍拍手向俊袅伸出大拇指。

冀管家走了后，俊袅炒几个菜。那天俊袅心情好，又赶上过节，饭菜比较丰盛。有熘肥肠、小炒肉、炖粉条……郭天佑也把冀管家送来的意大利红酒打开。郭天佑在主人的酒柜里找了半天也没有找到喝红酒的玻璃杯，只好拿两个茶杯过来。天已经暗下来，外面果然下起雪来。那雪越下越大，开始还是零散的，后来几乎连成一片。

郭天佑住的院子里很快积了厚厚一层。

郭天佑和石俊袅坐在桌子两边。郭天佑给石俊袅倒上酒。

石俊袅拦住郭天佑：不行不行我不会喝酒！

郭天佑推开石俊袅的手：有什么不会——喝进去就行啦。

郭天佑端起茶杯，石俊袅看一眼郭天佑，迟疑一下也端起来。

郭天佑看着石俊袅说：新年快乐！

郭天佑和石俊袅的茶杯碰一下，然后举起茶杯喝一口。

石俊袅也小心地喝一口，刚喝进去就连连咳嗽起来：这是什么酒啊——连一点味道也没有！

这是意大利原装葡萄酒！郭天佑说着，这几个月全亏了你来照顾，要不然我还不知道有多惨呢！

郭天佑真诚地说。这些日子是怎么过来的！自己躺在床上的几个月，俊袅又要做饭又要给自己洗衣服，最艰难的时候还要给他端屎端尿——想到这些，郭天佑和石俊袅碰一下杯大大喝了一口，喝完酒眼里竟流出泪来。俊袅是伺候他的人，但在郭天佑的心里，眼前的石俊袅有时候像他的姐姐，有时候又像他唠唠叨叨的母亲，有时候又像他心目中期待已久的那个能够陪伴他一生的女人。

石俊袅知道眼前这个弟弟一样的男孩子动了真情，她也端起杯子喝了一口。

那天石俊袅喝了许多酒，这还是她第一次喝酒。尽管郭天佑是郭家的少爷，但郭没有一点少爷的做派，也没有一点盛气凌人的感觉，郭就像她的弟弟，一个不懂事的、有时候还要点小脾气的弟弟一样。但郭是见过大世面、上过大学堂、有学问、有抱负的人，看着郭年轻俊气的面庞，俊袅心里更多的是一种仰慕。

俊袅喝多了伏在桌子上。

郭天佑走过去扶着俊袅站起来，或许是用过了劲，郭天佑的腿上还有疼痛的感觉。郭天佑把俊袅扶在自己的床上躺下来，他把俊袅脚上的鞋脱掉，又把她的两条腿搬到床上。俊袅的头发散开，脸上是喝了酒后浮上来的红云，长长的睫毛弯月一样挂在那里。

屋子里有些凉了，郭天佑把被子给石俊褰盖在身上。

四

笨蛋！

笨死啦——

这是吴子谦这些日子说得最多的口头语。吴子谦是个性急的人，有了任务哪怕不睡觉也要做好做完。钞票的模板刻好了，就是印不出来，印出来的不是颜色不正，就是图案有问题。印刷钞票是个细活，需要极为熟练的工人才能印出来，可是梁绍彭给他送过来的是些什么人啊，刚刚培训了个把月，有些人竟然是第一次看见石印机，他们怎么能够熟练地操作机器呢？

住了这么长时间了，哑巴还是第一次发现吴子谦是如此急躁和爱发脾气。这天天明以后，大伙开始干活，有的裁切纸张，有的印刷钞票，有的给钞票打印号码……很快就能听到吴子谦气急败坏的叫骂声。他的声音又尖又细，引得所有的人都钻出来，连磨石村的女人们也抱着孩子过来看热闹。

这次吴子谦骂的是连若烟。连若烟心细，吴子谦安排连若烟给印出来的钞票打印号码。那个时候还没有号码机，所有的号码都是手工打印。一张钞票一张钞票，一个号码一个号码地打印，号码有顺序，不仅要准确，还要周正，同时要保证票面整洁干净。连若烟小心操作，屋子里非常冷，时间长了，手冻得太厉害了，号码连续出错不说，还打得歪歪扭扭。

连若烟把这些出错的钞票拣出来，正好被推门进来的吴子谦看见，吴子谦的火气立马起来，一把拉开连若烟，朝着连若烟就是一顿怒吼：笨蛋——你个笨女人——连这点小事也干不了！

连若烟整个人都快冻僵了。她满肚子的委屈，看一眼吴子谦一跺脚跑了出去，她边跑边抹眼泪：我不干啦！

吴子谦拿着那沓废弃的钞票追出来。他正在气头上，说话没深没浅：不干了正好——滚！你个笨女人！

吴子谦把废弃的钞票气呼呼地扔在地上。钞票本来不好印，能打号码的钞票是从众多印出来的钞票中挑选出来的，现在号码出错了，前面所有的辛苦就功亏一篑了。

肖必利推开门喊着：若烟——若烟——

肖必利正在屋子里印刷钞票，手上、额头上还有污黑的油墨点子，听到连若烟哭喊的声音跑出来。

连若烟跑出大门外，肖必利也把身上的衣服摔在地上：吴子谦——你欺人太甚！老子也不伺候你啦！

肖必利也跑走了。

这天晚上吴子谦回到屋子里好长时间不说话。他有一种严重的挫败感。已经来了几个月了，他想早早把钞票印出来，然后就能回到自己的家里去了。旧历年很快就到了，但印好钞票似乎还遥遥无期，他心里怎么不急呢？连若烟和肖必利的反应也让吴子谦难以理解。就是骂了连若烟几句啊，这有什么了不得的呢？他在当学徒的时候，一旦犯错师傅不仅要骂还要揍他呢。记得有一次，吴子谦把表格印错了，师傅罚他在雪地里站了整整一天。那是寒冬腊月，他还是一个十来岁的小孩子，那种冻彻骨髓的冷让吴子谦终生难以忘记。

吴子谦摸摸哑巴的头：保明——你先睡吧。

吴子谦端着油灯推开门出去。外面漆黑一片，已经是后半夜了，大伙都已经沉入梦乡。院子里是厚厚的积雪，雪中有铲出来的小路。吴子谦沿着小路进了门口的印钞车间。车间里的炉火早已熄灭，屋子里是更冷的冷。地上有印坏的废钞票，还有几个用完的空油墨盒子，旁边有一沓印好的整版的一角面额的冀南银行样票。吴子谦抽出一张细细看着上面的图案，纸张上散发着吴子谦熟悉的油墨味。吴子谦把图案翻过来，钞票的背面还是一片空白。吴子谦知道再把这面印出来，这张整版的钞票才算印刷完成。图案对不齐，着墨不均匀，票面不干净，整版钞票就会全部作废。挑出没有毛病的才能裁切，然后打印号码……

院子里大门吱扭响了一声，吴子谦听得是几个人进来的脚步声。吴子谦推开门看到了石老爹和肖必利、连若烟。肖必利和连若烟看见端着油灯站在门口的吴子谦，两个人停下脚步，似乎想说一句话，但看看吴子谦还是低头回了各自的屋子。石老爹走过来，拉着吴子谦回到印钞车间。

两个人没说话，石老爹摸出烟锅头点上火，然后把烟锅头递给旁边的吴子谦。吴子谦没抽过这种烟，犹豫了一下接过去，试着抽了一口，浓烈的烟草味呛得吴子谦咳嗽好几声。

石老爹等吴子谦不咳嗽了说道：年轻人都有个小脾气！

石老爹为肖必利和连若烟开脱着。

吴子谦举着烟锅头没说话。

石老爹说：我们这地方有句老话——心急呢吃不上热豆腐！

石老爹按了按吴子谦的肩膀走出去，走到门口反过身：时候不早啦，累了一天，早点歇着吧。

他们都是手艺人，手艺人有手艺人的对话方式。

吴子谦叭叭叭抽着烟，火星子在黑暗中发着亮光。吴子谦没再咳嗽。

第二天，二姐石俊娥和二姐夫张二狗牵着那头灰黑骡子来了。二姐、二姐夫是给石老爹他们送礼来啦，旧历年很快就到了，二姐给父母亲送来小米、玉米面……驮架的旁边还挂着一只野鸡，更让石老爹、王秀云高兴的是，二姐石俊娥怀孕了。二姐的肚子已经有了明显的变化。石老爹和王秀云就要当姥爷姥娘啦，老两口拉着俊娥的手笑得合不拢嘴。二姐、二姐夫都是年轻人，特别是二姐又是个热闹人，二姐来了转角楼里沉闷的气氛一扫而光。

那天晚上二姐没有回到石泉村，年轻人都挤到石老爷的屋子里。王秀云给大伙做了一锅鸡肉炖土豆。大伙有多少天没有闻到过肉腥味了，这一锅鸡肉炖土豆把大伙吃得嘴角上油汪汪的发着亮光。

连若烟好奇二姐肚子里的小宝宝，摸着二姐的肚子问道：二姐——小宝宝几个月啦？

大伙都跟着哑巴叫俊娥二姐。

二姐摸摸油乎乎的嘴：三个月啦！

哑巴也好奇地挤过来，他一手啃一块鸡骨头，一手摸着二姐的肚子。

肖必利凑过来：哑巴——你就要当舅舅啦。

是啊，哑巴这么小就要当舅舅啦。舅舅是一个多么让人亲切的字眼。在一般人眼里，舅舅就是高大、伟岸、无所不能的代名词，现在看看眼前瘦小的还不会说话的哑巴，人们都同情地笑起来。

大伙吃完饭，肖必利鼓动二姐来上一段。肖必利说：老班长说啦，二姐——可是会唱山曲儿呢。

二姐高兴，张口就唱起来。二姐唱的是一首叫《单相思》的山曲儿：

> 黄瓜直溜小葱儿空，
> 嘴说不想不由人。
> 豆角开花抽了筋，
> 想你想得丢了魂。
> 花椒麻来胡椒辣，
> 咱心里有你呀没办法。
> 阳坡坡玉茭背凹凹谷，
> 哪一阵想你哪一阵哭。
> ……

二姐是结了婚的人,她已经深深懂得了男女之间的那种刻骨铭心的爱情,因此现在唱出来就更有了打动人心的力量。二姐唱歌的时候,肖必利一直看着泪眼婆娑的连若烟。二姐唱完好一会,大伙才使劲鼓起掌来。

接着连若烟也给大伙唱了一首歌,连若烟唱的是《松花江上》:

> 我的家在东北松花江上,
> 那里有森林煤矿,
> 还有那漫山遍野的大豆高粱。
> 我的家在东北松花江上,
> 那里有我的同胞,
> 还有那衰老的爹娘。
> "九一八""九一八"
> 从那个悲惨的时候,
> 脱离了我的家乡,
> 抛弃那无尽的宝藏。
> 流浪!流浪!
> 整日价在关内,流浪!
> 哪年哪月才能够回到我那可爱的家乡,
> 哪年哪月才能够收回我那无尽的宝藏。
> ……

连若烟悲伤的歌声把大伙拉回到眼前的现实中。小鬼子发动"九一八"事变侵占了东三省,现在又妄图占领全中国。他们本来各有各的学业,现在不得不弃笔从戎来到这太行山中,为了抗击日寇侵略,为了早日赶走小鬼子而辛苦战斗。高捷成说得好,印刷钞票就是为了打败小鬼子,他们虽然不能亲上一线与鬼子拼个你死我活,但他们在这里所做的一切都是值得的啊!

肖必利是活跃分子,现在他带头领着男同胞们唱起了《大刀进行曲》:

> 大刀向鬼子们的头上砍去!
> 全国爱国的同胞们,
> 抗战的一天来到了,
> 前面有工农的子弟兵,
> 后面有全国的老百姓,
> 咱们军民团结勇敢前进,
> 看准那敌人——把它消灭!
> ……

肖必利天生就有表演的天赋,歌词唱到这里还扮演了一个即将倒下的小鬼子的形象,逗得石老爹、王秀云、二姐石俊娥、二姐夫张二狗哈哈哈笑出来。

人们笑完了才发现吴子谦没在屋子里。是啊,吴子谦什么时候出去的呢?

吴子谦正在另外一间屋子里替连若烟打着号码。

石老爹说得对,心急吃不上热豆腐。只能先少印一些样票,等总部首长批准了再大量印刷也不迟。

吴子谦看着一张做好的票子。

票面还是有些不干净。

吴子谦放下票子抽出石老爹送给他的那个小烟锅头。这些问题出在没有清洗油墨的好办法上。油墨黏在大伙的手上洗不掉,模板也清洗不干净。清洗油墨最好的东西就是汽油了。可哪里才能弄来汽油呢?特别是在这个冰天雪地的大山里!

这时门被肖必利和连若烟推开。

肖必利不由分说地拉起吴子谦:走走走——吴先生给我们表演一

个节目去。

肖必利和连若烟用这种方式化解开与吴子谦之间的不快和尴尬。他们跑到半路上的时候就被石老爹追上了。吴子谦一时气急骂了连若烟几句,吴也是为了早日印出钞票呀,连这点委屈也受不了还怎么打鬼子呢?

吴子谦嘴上推辞着:不不不——人已被肖必利拉出屋外。

五

郭家大院张灯结彩一片过年的气氛。郭皓轩指挥冀管家几个早早就把大红灯笼挂在屋檐下。红灯笼还是早几年买的,虽然有些旧了,可兵荒马乱的哪里能购回新的来呢?红灯笼挂出来,给人喜气洋洋的感觉。

林芝美坐在台阶上看着院子里忙乱的郭皓轩和冀管家。林芝美上身披一件黑灰色的貂皮大衣,膝盖上还放着一个用狐狸皮做成的护套,护套不长不短正好把两只手放进去。外面很冷,林芝美的脸蛋冻得红扑扑的。林芝美是那种越看越耐看的女人,白净的皮肤,好看的脸型,加之岁月的沉淀,整个透露出的是那种成熟女人的韵味。院子里的积雪已经铲出去,四周的屋顶上还是白白的雪。林芝美的脸上露着一种温和的笑。冀管家捎回话来,儿子郭天佑和石俊袅过几天就要回来了。这是让林芝美最为开心的事。儿子的伤势已经痊愈,这次说什么也不让儿子再回那个决死队了,可儿子能听她的话吗?儿子已经是大人了,就像树上的鸟儿,长大了就会飞出去,飞到你看也看不见的地方。林芝美想起那天晚上和郭皓轩说的话来。有了拴马桩就能把奔跑的马儿拴住。儿子的拴马桩是谁呢——是俊袅吗?林芝美既希望儿子能够喜欢上石俊袅,男人有了女人就能把心收住,但她又有一种不甘心,一种不情愿,一种害怕儿子真的会喜欢上俊袅的担心！俊袅毕竟出身低微，她希望儿子能娶上一位出身高贵、长相俊美又知书达礼的女子，可战乱年代哪里就能一下找上呢。

杜小娟推开门出来，看着表姐林芝美冻得红扑扑的脸蛋说：表姐——外面太冷了！

林芝美返回头看一眼杜小娟，脸上难得地挤上笑来。她现在已经慢慢接受了这个远房的表妹，心中的各种不满和怨恨也逐渐消失在九霄云外。她是残疾了站不起来，可男人郭皓轩并没有外待她，俊袅去照顾儿子后，郭皓轩和杜小娟几乎把俊袅照顾她的活计全部接过去，特别是郭皓轩，抱她出来抱她进去，好多次就住在她的屋子里。有一次林芝美让郭皓轩去小娟那边，郭皓轩说小娟关了门不要他啦。林芝美就理解了表妹杜小娟的良苦用心。

天佑他们很快就要回来了。

林芝美和杜小娟说着话。

我听皓轩说啦——天佑好几年没在家过年了。杜小娟把林芝美身上的大衣拉一拉。今年一家人能过一个团圆年了。

儿子一开始是在京城读书，后来又爆发了战争，长年在外打仗，不是受伤还回不了家里呢。世上的事谁又能说得了个好坏呢？儿子受伤是坏事，可儿子受伤却回到了家里，现在一家人又能在一块儿过个年，这都不得感谢这个伤字嘛。

你们两个说什么体己的话呢？郭皓轩呵着手从大门口走过来，天气真冷啊。

杜小娟说：我们说天佑呢。

郭皓轩说：天佑过两天就回来啦。这次要好好感谢一下人家八路军，要不是救得及时，天佑的腿恐怕就没了。

说到腿，郭皓轩看看轮椅里的林芝美。林芝美也正看着他。是啊，没有腿儿子就会像她一样站不起来。

林芝美说：那不赶快谢谢人家高先生！

郭皓轩喊道：冀管家——冀管家——

冀管家提着衣服的下摆小跑过来。

郭皓轩说：给高先生他们准备的年货怎么样了？

冀管家说：准备妥当啦，满满两大筐子呢。有猪羊肉，有白面……

郭皓轩说：那我们现在就过去吧。

高捷成他们就住在郭家大院的后院里。让郭皓轩没想到的是此时高捷成他们正在为八路军打了大胜仗而庆祝呢。

原来八路军129师不仅打退了鹿钟麟和朱怀冰部的进攻，还顺势端掉了小鬼子在黎城东阳关设置的炮楼。阎老西派在黎城的敌工团等人员也灰溜溜地撤出去。至此黎城及黎城周围一带广阔区域彻底变成了由我军掌控的抗日根据地。

冀南银行成立后，高捷成没日没夜地忙乱着，在黎城这边成立了冀南银行总部，在邢台南宫一带又成立了冀南银行路东分行。随着根据地的扩大，银行还要设立更多的分行、营业部。由于这边的印钞厂还没有建起来，八路军总部让晋察冀边区代印了一批一元面额的冀南银行钞票。

这天正好李德厚押着这批钞票来到郭家大院。七八匹骡子上驮的都是一箱子一箱子的钞票。梁绍彭指挥着银行的同志们把骡子上的钞票卸下来。李德厚和他带的护卫班的战士们则坐在院子四周歇着脚。他们显然是走了长路的人，路上又要穿过鬼子的封锁线，其辛苦艰难可想而知。

高捷成从二楼上下来：老班长——辛苦啦！

李德厚和战士们急忙站起来。

李德厚给高捷成敬个礼。

高捷成握住李德厚的手：同志们辛苦啦！路上还顺利吗？

李德厚憨憨地笑着：遇到了小鬼子，我们从另一条路上绕回来啦！

梁绍彭举着崭新的冀南银行钞票笑嘻嘻地走过来：这下有米下锅啦老班长！

梁绍彭和李德厚打着招呼。

银行没有钞票还能叫个银行吗？他们的印钞厂还没有建起来，这批代印的钞票现在终于出现在眼前，冀南银行就能开门试营业了。

不知道吴子谦他们那边怎么样了？高捷成举着钞票细细看着。

用钞票的地方多的是，这批钞票很快就会用完。远水解不了近渴，只有把印钞厂建起来，才能大刀阔斧地开展工作。

梁绍彭说：样票一两天就送过来了。听说吴子谦急得喉咙都快冒烟啦！

吴子谦是个急性子，他们能想象到吴子谦着急上火的样子。李德厚、高捷成几个听了哈哈大笑起来。

正说笑中间，孟连长带着二十几名培训班的学员赶到这里。银行就要开业，这批生力军的到来正是时候啊。学员们背着背包站在院子里。孟连长不仅给高捷成送来新成员，还给银行总部送来八路军打了胜仗的战利品。孟连长让后面的人拉进两头驮着货物的骡子。骡子背上驮着成箱成箱的罐头，有水果罐头，也有牛肉罐头，还有几包糖块。另外一头骡子背上驮着两箱小鬼子的汽油。

孟连长说：总部首长说了，这几桶汽油可能银行用得着。

梁绍彭高兴地拍拍油桶，小鬼子的油桶是那种扁平的铁皮桶，油桶可能用过好多次了，外面的油漆蹭掉不少，油桶发出闷闷的砰砰声。吴子谦和他说过好多次了，印钞厂急需几桶汽油，没有汽油模板清洗不干净，模板清洗不干净印出来的钞票就会出问题。

梁绍彭看着高捷成说：真是雪中送炭啊——吴子谦他们正盼着这个呢！

高捷成也知道山上急需汽油的事：事不宜迟，还得辛苦老班长一趟了。

李德厚马上站起来：我们这就上山。

高捷成说：带上罐头上路。

李德厚一伙出去，这边孟连长给银行的同志们讲述着八路军智取鬼子炮楼的事。大伙边吃罐头边听孟连长的讲述。孟连长的嗓门大，又是打过仗的人，讲起来手舞足蹈绘声绘色，大伙听到高兴处忍不住哈哈笑起来。培训班的学员们来自四面八方，有些人还从来没上过战场，孟连长的讲述把他们带到了血与火的战场一线。院子里充满了大伙开心的笑声、热情的掌声以及欢呼胜利的喊叫声。八路军打了胜仗大伙都高兴。他们不就是盼望着这样的消息吗？一个又一个的胜利，然后把小鬼子赶回东洋去。

高捷成和梁绍彭站在人群外面，两个人商量着银行钞票发行的事。

郭皓轩和冀管家从前院进来后没人看见他们。冀管家看见了那边的梁绍彭，正要喊一声，被郭皓轩拦住。两个人走到高捷成和梁绍彭的身边，小伙计担着两个大箩筐站在远处。

高捷成一转身看到郭皓轩和冀管家。

高捷成笑着说：原来是郭掌柜和冀管家！八路军打了大胜仗，大伙正在庆贺呢。

梁绍彭也和郭掌柜、冀管家打声招呼，把手里的几个罐头塞到冀管家的手里：小鬼子的东洋罐头，给几位夫人尝一尝。

郭掌柜一抱拳，脸上堆起笑：恭喜八路军贺喜八路军！贵军神勇，屡败日寇，果然是保家卫国的英雄好汉！郭某略备些许酒肉特意慰问诸位将士，一来年关将至，二来正逢大捷，一点心意，敬请高先生和诸位将士笑纳。

郭掌柜一摆手，小伙计挑着两个大箩筐过来，里面是大片的猪肉、面粉、柿子酒等等。

孟连长的故事讲完了，大伙一起围到这边来。

高捷成还礼道：郭掌柜深明大义，一心支持我军抗日，今日的胜利也有郭掌柜和众位乡亲之功！高某代表八路军感谢郭掌柜！

郭掌柜摇着手说：使不得使不得，郭某还要感谢高先生和八路军呢！小儿负伤，幸亏有高先生和八路军的及时救治，要不然我儿的一条腿就保不住啦。

孟连长的腿部也负过伤，直至现在还是一拐一拐的。

孟连长拍拍自己的大腿：郭掌柜——我的腿也中过一枪！你看——这不全好啦！

孟连长还给郭掌柜走了几大步，孟连长的动作有些夸张，逗得新来的战士们哈哈笑起来。

孟连长转过身正色道：大伙不用笑，老孟的腿好了，就又有了打鬼子的本钱啦！

孟连长说这些话的时候一脸英雄气。

高捷成赞许地看着孟连长。这是难得的一员虎将，银行将来的保卫工作少不得孟连长这样懂军事、会打仗、不怕死的人。

高捷成知道更艰难凶险的日子还在后面。

六

李德厚赶到磨石村时天已经黑下来。

吴子谦他们正挤在石老爹的屋子里吃饭唱歌。自从那次二姐来了后，大伙晚上吃了饭总要热闹一番。他们都是二十来岁的年轻人，为了打鬼子参加了八路军，现在又为了印刷钞票钻进了太行山深处的磨石村。他们正处于生命力最旺盛的时期，尽管屋子外面的天气是那样寒冷，工作生活的环境是如此简陋，但他们有的是按捺不住的激情和对美好未来的无限向往。大山中夜晚的时间太长了，他们需要一种娱乐活动来消磨时间，同时活跃一下这种枯燥压抑的生活氛围。二姐的歌声让大伙找到了发泄的渠道。于是吃了饭后，大伙就一首一首唱着歌。有《太行山上》《游击队之歌》等等，都是当时的流行歌曲。直至后来他们自编自唱了《冀南银行之歌》：

> 我们是一群经济拓荒者，
> 在民族革命的狂潮里，
> 热情地从事祖国伟大的建设。
> 从汾河到运河，
> 从平静的滹沱河到滚滚的黄河，
> 我们站在经济斗争的最前线。
> 打击伪币，
> 统一货币，
> 发展工农业，
> 活泼市场，
> 改善人民的生活。
> 在广大的抗日民主根据地，
> 开遍了繁荣的金融花朵。

有时候也做游戏，当然做游戏的主角往往是活跃分子肖必利。肖必利年轻活泼，他有天生的表演才能。肖必利会扮演老人、孩子、小鬼子，也会男扮女装，特别是扮演的老太太，拐着脚，瘪着嘴，逗得哑巴的娘王秀云也笑得前仰后合。连若烟特别欣赏肖必利，肖必利表演的时候，连若烟就坐在人群后面一动不动地盯着肖必利，连若烟的眼睛里全是温情脉脉的爱意。

石老爹这些日子常常不在家。哑巴后来才知道爹是和村里的几个男人商量大事去了。高捷成上次来了就和石老爹交流过，村里可以组织起自卫队，小鬼子说不准什么时候就会窜进沟里，有了自卫队不仅可以协助八路军保护印钞厂，还能狠狠打击日本侵略者。高捷成和石老爹说了，自卫队的枪支弹药，八路军会支持一部分。没有的呢——高捷成鼓励石老爹发挥自己的优势制造一些石雷。冬闲的时候大伙有的是时间，用石头制造的石雷一样可以让小鬼子吃不了兜着走。

石老爹虽然是个石匠，但他从来也没有做过这种东西。他就请教住在转角楼里的吴子谦。

吴子谦说：那玩意儿和手榴弹的原理一样，只是制作的材料不一样罢了。

吴子谦很快就照着他想象中的样子给石老爹画出一张石雷的样子。石老爹拿着样子找到村里的木匠。木匠姓张，比石老爹年纪大一些，哑巴称呼木匠存贵大爷。存贵大爷按照吴子谦画的图案用木头刻出一颗石雷的样子。那是一个圆球状的木头疙瘩，木头疙瘩的中间已经掏空，填放上炸药、雷管、导火索，一颗雷就制作成功了。

石老爹把这颗木头模型拿回家里，想等李德厚上来后，让李德厚教一下他们做雷的办法。当时石老爹还不知道，其实翻过磨石村前面的山梁，就是八路军建在太行山中最大的兵工厂——黄崖洞兵工厂了。哑巴不知道这个木球是做什么用的，肖必利他们唱歌的时候，哑巴就抱着这个木球在土炕上滚来滚去。

吴子谦的年龄和肖必利、连若烟差不了几岁，他不爱说话，更不会唱歌，被肖必利拉过去只是坐在角落里抽烟。有一次实在推脱不过了，吴子谦说，那我给大伙说几句日语吧。吴子谦认识的字不多，但他有超强的记忆力，在日伪印刷局干活的时候，天天和小鬼子打交道，日子久了竟能说一口不太流利的日语。

吴子谦把小烟锅头卷起来，跳下地和大伙说道：刚才大伙唱的是《太行山上》，我呢用日语给大伙哼几句。

在太行山上，
红日照遍东方，
自由之神在纵情歌唱。
看吧！

千山万壑，

铁壁铜墙，

抗日的烽火燃烧在太行山上。

……

这是一首鼓舞大伙打小鬼子的歌曲，节奏明快，气势雄壮，现在吴子谦用小鬼子的语言哼出这首歌曲，让大伙觉得特别稀奇和滑稽——小鬼子自己打自己。吴子谦哼完了大伙忍不住笑得前仰后合。

这天肖必利又要吴子谦用日语唱歌，吴子谦刚要下地，屋外的王秀云喊道：吴先生——李德厚回来啦！

大伙推开门出来，李德厚和战士们拉着两头骡子站在院子里。

李德厚看见门口的肖必利喊道：我军在东阳关打了大胜仗，这是总部给大伙送过来的战利品！肖必利——把罐头给大伙分下去！

年轻人们一下欢呼起来。

打了大胜仗，又缴获了小鬼子的罐头糖块，世上还有什么比这个还快乐的事呢？

大伙挤过去把骡子上的货物卸下来，然后抱着罐头糖块返回石老爷的屋子里。

护卫班的战士们还没有吃饭，连续赶路实在有些吃不消，现在总算可以歇歇脚吃一口热乎饭菜了。

屋子里一下进来这么多人，地上有些拥挤，有人跳上土炕，有人靠着墙蹲在地上。

肖必利把糖块扔给炕上的哑巴。

吴子谦在人群中寻找李德厚。

吴子谦个子矮，他扒拉开身边的人喊道：李德厚——

门外的李德厚答应着走进来。

李德厚和吴子谦紧紧握住手。

李德厚说：有两桶汽油给你捎上来啦。

屋子里吵吵得厉害，吴子谦没有听清楚：什么——

李德厚俯下身子说：汽油！

吴子谦抬起头看着李德厚。这可太好了，这是他们盼了多长时间想要的东西啊。

吴子谦挤着想出去，他要亲自看看这两桶汽油。

就在这时前边的屋子里突然传出一种闷闷的爆炸声，接着就是蹿出来的熊熊大火。

火光把这边的屋子都照得通亮。屋子里一下静下来，大伙都扭过头看着外面。

李德厚喊声：不好！推开门闯出去。

吴子谦、肖必利等人也跑出来。

原来一位战士把汽油提进前面的印钞车间后，发现油桶有漏油现象。油桶可能是被路上的石头划破了，屋子里很快就是浓浓的汽油味。这名战士没有见过汽油，更不熟悉汽油的特性，当时屋子里很暗，他想找到漏油的地方，刚划着火柴，汽油被瞬间点燃，接着就是一声巨大的爆炸声——屋子里放的都是易燃品，印钞纸、油墨、制作好的样票——所有这些都瞬间成了大火的一部分。

山中风大，风借火势，越烧越厉害。大火映红了整个磨石村的夜空。大火也把吴子谦几个月的辛苦全部烧个干净。机器烧成一堆废铁，车间里的纸张、油墨、印好的成品、半成品票子全部烧毁。

那名战士叫李元德，整个人被烧得面目全非，李德厚披着被窝把他背出来的时候就不行了。

吴子谦想起这个叫李元德的战士。小伙子好像是四川人，个子不高，眉清目秀。小伙子不爱说话，但非常听话，吴子谦叫他干什么他就干什么。下午的时候，吴子谦还让李元德裁过一些印好的钞票。

打发李元德那天恰好是旧历年的年三十。

山上出了这么大的事，高捷成和梁绍彭也来到磨石村。出师未捷身先死。这孩子刚刚十八岁,和肖必利一样是培训班的学员。印钞厂才建起来,钞票还没有印出来,他就以这样的方式离开了世界。

李元德埋在了南边的山坡上。

山坡上的风很大。

风把吴子谦的头发吹得纷乱。

吴子谦站在山坡上望着远处的群山。

此时,李元德清秀的模样竟是如此清晰地出现在吴子谦的头脑中。

第五章　智夺石印机

一

年就这样在一种很压抑的氛围中过去了。

转角楼是用石头建起来的，大火把印钞车间的门窗全部烧掉了，风每天刮过去的时候，空荡荡的窗户上总会发出一种怪异的叫声。屋子里的纸灰也打着旋从窗户上飞出去。纸灰是黑色的，飞出去的纸灰开始还很零散，很快就被风扭成一条飘逸的丝带。丝带在院子里上下飞舞，一转眼就飞到屋顶上，然后很快消失在明晃晃的太阳光里。哑巴在院子里追踪了好几次，黑色的丝带就在他身边缠绕着，忽高忽低，忽左忽右，哑巴一伸手想要抓住它，丝带悠忽就飞到半空中。哑巴抬起头，天是那样蓝，哪里还能看到那些黑色的小精灵呢。

哑巴在院子里追逐风的时候，吴子谦就站在二楼上看着下面奔跑的哑巴。尽管李元德的死和他没有多大的关系，但吴子谦还是自责了很长时间。李元德他们没有见过，更没有使用过汽油，如果早一点告诉他们，何至于会发生这场大火呢？

过了几天石老爹就把存贵大爷请到转角楼的院子里。存贵大爷比画窗户的尺寸，石老爹从堆放杂物的屋子里抽出几块干透了的松木板子。有了尺寸的存贵大爷就开始用锯子将木板拉成条。木板放在一条凳子上，存贵大爷站在上面，一脚踩住木板子，一手握住锯子的把手，石老爹呢坐在下面，用手拉住锯子的另一端。两人同时用劲，锯子响起来，院子里很快摆满了各种各样露着松木新鲜颜色的木材。

大火把机器烧没了，但大火不能把大家的信心烧没了啊。高捷成走了后，梁绍彭留在了磨石村。他鼓励大家，要从挫折中挺起腰杆子来，高捷成经理说过，牛肉会有的，面包也会有的！印钞机、纸张、油墨、汽油、石板……采购站的同志们会源源不断送上来。眼面前大家最要紧的就是抓紧学习。过去我们没有师傅，现在最好的师傅就在身边，大伙怎么能浪费了这么好的学习机会呢？只要把手艺学到手，钞票总有一天会印出来的。

转角楼后面的厂房年前就建起来了，梁绍彭带着肖必利、连若烟几个收拾出一间屋子，又让存贵大爷做了几把长条凳子，然后就让吴子谦给大伙讲开了课。吴子谦从来没有登过讲台，站在上面看着下面坐着的梁绍彭、肖必利、连若烟们，一句话也说不出来。后来还是肖必利激发了他。肖必利说，吴先生，你就给我们讲讲汽油吧。是啊，汽油汽油，汽油把机器烧了，汽油把纸张油墨烧了，汽油连李元德也给烧死了！一句汽油激发了吴子谦说话的欲望，他讲汽油的特性，也讲汽油的用法……话头拉开了，吴子谦就自如了。这些都是他熟悉的活计，他闭着眼也知道该怎么操作。吴子谦是个不爱说话的人，现在能一口气从早上说到晚上，连他自己都吃惊不已，一天说的话快抵得上他几年说的量了。此后又讲钞票的设计，模板的制作，直至印钞机的操作……大伙已经有过了简单的操作，也见过了石印机的模样，现在再听吴子谦讲起来就容易接受了。吴子谦讲课的时候，连若烟生怕落下一句话，她托着下巴着迷地盯着前面的吴子谦，也是在那个时候她才真正认识了这个其貌不扬的人。

肖必利他们是压抑不住自己的人，课余的时候很快就唱起了歌，歌声也重新点燃了大伙的激情。一切需要重新开始。李元德牺牲了，但生活还要继续,为了打鬼子,印钞厂也要建下去。他们必须振作起来,将抵抗小鬼子的战斗进行下去。年轻人身上不缺的就是精力。除了唱歌,肖必利他们还想打篮球。厂房前面有一片空地,肖必利几个就琢磨着再建一个篮球场。山坡上有的是树木,肖必利和几个男同志拿着木匠的锯子上了山。篮球架子立起来了,木头篮球框子也让存贵大爷钉在上面,一个简易的篮球场就算建成了。篮球场建成了,却没有可用的篮球,培训班的那颗篮球被其他人带走了,有人就想起哑巴在土炕上玩耍的那颗木球来。木球没有弹性,但可以传球、上篮啊。年轻人们就分成两伙开始争抢那颗木球。哑巴嚼着糖块看着跑得满头大汗的肖必利。他也很好奇这些大哥哥,怎么和他一样喜欢玩这个木球呢。

二月二的时候冀管家牵着骡子把石俊袅送回磨石村。过年的时候俊袅没有回来,十五了也没有回来,二月二了总要回来看看爹娘吧。石俊袅的回来引起村里不大不小的轰动。俊袅穿着林芝美给她定做的红缎面旗袍,外面披一件保暖的蓝色呢子大衣,脚上是一双精致的皮鞋。村里的女人们穿的都是打着补丁的粗布衣服,现在看见了贵妇人一般的俊袅,女人们都啧啧称奇,惊叹不已。更让大伙惊讶的是冀管家带上来的礼物,有羊肉、猪肉、兔子肉,还有柿子醋、柿子酒以及大伙见也没有见过的各种点心。俊袅把带上来的麻糖送给旁边的女人。那是郭家自己制作的一种糖,里面是软软的糯米,外面是一层芝麻,咬在嘴里又香又甜。石老爹和王秀云站在人群外面陌生人似的看着容光焕发的石俊袅。闺女出挑得他们快不敢相认了,一个黄毛丫头,现在变得又端庄又大气,王秀云撩起围裙擦着眼里的泪。

存贵大爷站在石老爹的旁边夸奖道:俊袅出息了不少哇。

存贵大爷把烟锅头递给石老爹,石老爹抽一口还给存贵大爷:能有啥出息呢?兵荒马乱的,寻下个好人家就放心啦。

二闺女俊娥已经嫁给了石泉村的张二狗,俊袅还没有定下合适的人家，这才是石老爹担心的事。

存贵大爷转过身把窗户安上去。窗户是木头的原色，窗户旁边是大火燃烧后的痕迹。窗户和窗框之间还有几处缝隙，存贵大爷又用小木头一一把缝隙补起来，再用手扳一下窗户，窗户纹丝不动，存贵大爷满意地点点头。

石俊袅挤出来一把抱住王秀云：娘——

她又抬起头，看着石老爹喊一声：爹！

王秀云推开石俊袅，指着俊袅身上的衣服，压低声音说：这要花多少钱啊。

王秀云心里埋怨着石俊袅，这不是咱穷人家孩子的穿戴啊。

石俊袅趴在王秀云的耳边低语几句：是夫人和少爷买的！

王秀云听了石俊袅的话并没有高兴起来，心里却突然多了一种忧愁，夫人——特别是少爷，怎么可以平白无故送俊袅衣服呢？她想提醒俊袅，无功不受禄，女孩子家的，不能无缘无故接受人家的礼物！周围这么多人，王秀云肚子里的话没有说出来，后来忙乱做饭，再后来就忘了，等到俊袅骑上冀管家的大黑骡子返回小寨的时候，王秀云才想起她要和俊袅说的话来。可是闺女已经走远了，王秀云一个人埋怨了自己好长时间。

哑巴听到大姐回来的消息后从屋子后面的篮球场跑进来，他扒拉开人群挤到大姐石俊袅的身边。石俊袅喊声弟弟——弯下腰一把抱起哑巴来。俊袅亲吻着哑巴，哑巴也感受到了大姐对他的思念和爱意。大姐眼里全是泪，大姐的泪水弄湿了哑巴的脸蛋。俊袅亲吻着眼前的弟弟，心里又想起了另一个远在小寨的如弟弟一般的男人。

那天俊袅醒来后发现自己赤身裸体躺在郭天佑的怀里，她一把推开郭天佑，想抱着衣服跑回自己的卧室，但郭天佑一把把她拉住，她还要挣扎还要喊叫，郭天佑已经用嘴巴堵住了她的嘴。他们就那么自然而然地结合在一起。她有过惊恐，也有过抵触，但在郭天佑坚决、有力的热情下，她很快就迷失了。事后她背对着郭天佑流了好长时间的泪,郭天佑抱着她把头抵在她的脊背上一直没有说话。

哑巴嘴里嚼着俊裹给他的麻糖,脸上脖子上全是大姐的泪,他不知道大姐怎么就抽泣起来了。是高兴,还是伤感?哑巴那时候还小,根本理解不了大姐缜密而又复杂的心思。

那天的午饭既丰盛又热闹,有猪肉炖土豆,有玉米面饼子……更重要的是还有当地特产的柿子酒。开饭前,梁绍彭带着大伙走出大门外,他们向埋在南山上的李元德敬了三杯酒。梁绍彭说,李元德是印钞厂成立后牺牲的第一位战友,他的死是为了印钞厂而死,是为了银行而死,更是为了打败小鬼子而死!我们活着的人就要珍惜自己的生命,接过李元德没有完成的任务,印出我们自己的票子来!梁绍彭说话的时候,吴子谦一直看着他。吴子谦以前一直不了解八路军,他从梁绍彭的身上知道了八路军、认识了八路军。梁绍彭年轻有为又意志坚决,为了打败小鬼子,赶走小鬼子,这群人不怕牺牲、勇往直前。吴子谦没有多高的觉悟和认识,但他打心眼里敬重这群人。吴子谦之所以能咬着牙留在磨石村,还不就是想报答梁绍彭、高捷成这群八路军的知遇之恩吗?

那天晚上吴子谦一直睡不着觉,由石俊裹回家看爹娘想到了自己远在大山那边的老娘。自己已经出来好几个月了,不知娘和彩莲她们生活得怎么样了?思念这个东西非常奇怪,不想还好,越想越厉害。吴子谦实在睡不着了,一个人抱着腿坐在土炕上。已经是后半夜了,旁边的哑巴发出均匀的呼吸声,月光从窗户上射进来照在哑巴平静的脸上。吴子谦突然有了一种强烈的回家看看的念头。新的印刷机、纸张、油墨还没有运上来,给肖必利他们也讲解了不少印刷钞票的知识,自己正好利用这个空当回一趟老家,看看老娘看看彩莲后再返回这边。吴子谦想到这里就悄悄穿好衣服,然后轻轻推开门来到院子里。外面很冷,吴子谦紧一紧衣服。吴子谦想和梁绍彭打个招呼,但又不好意思打扰他。吴子谦在梁绍彭的窗前站一站,把举起来敲窗户的手臂放下,然后推开大门走出去。月光很亮地照着前边的山路，路两边是覆盖着厚厚积雪的大山，大山中传来野兽的叫声。

吴子谦抄着双手走了很长一段路，他返回头看看月光下的磨石村，村子已经变成一团模糊的影子了。多则半个月，少则三五天他就会返回来的。吴子谦心里想着。八路军对他有恩，他答应过高捷成、梁绍彭，一定会帮助八路军印出钞票。做人讲个信誉，他吴子谦只要答应了，就一定会兑现诺言。

吴子谦踩着积雪消失在山路的拐弯处。

二

郭天佑回来高兴坏了林芝美。

郭天佑和石俊袅是在年三十那天返回小寨村的。一个高高大大、健健康康的儿子又站在林芝美眼前，林芝美说不出有多开心。林芝美拉住郭天佑的手，上下左右端详着，生怕有什么地方隐瞒着她。郭天佑在林芝美面前撩起长袍，好利索啦——这次全亏了俊袅啊，不是俊袅我还不知道什么时候才能好呢。郭天佑说话的时候看着站在林芝美身后的石俊袅。林芝美扭过头看一眼俊袅，她把俊袅搭在她肩膀上的手握在手里。俊袅照顾了她这么多年，现在又把儿子照顾得站起来，俊袅是他们郭家的有功之臣啊。

林芝美把手上一只墨绿色的玉镯子脱下来戴在俊袅的手上。

俊袅转过来看着林芝美，伸出手说：夫人——这是？

俊袅的手臂特别白，现在戴上这只墨绿色的玉镯子，显得是那么高雅大气。

郭天佑笑嘻嘻地说：夫人送给你的，就戴着吧。

林芝美能感觉到儿子对俊袅的喜欢，她从儿子看俊袅的眼神里知道这个傻小子可能喜欢甚至爱上了俊袅。那是男人们看见中意女人后特有的眼神，当年天佑的爹看她的时候不就是这种眼神吗？她的担忧还是出现了，只是不知道两个人发展到了什么地步，儿子能听她的劝阻吗？

外面的天已经黑下来了，院子里的红灯笼也亮起来。林芝美住在正屋的东头，杜小娟和郭皓轩住在正屋的西边，中间是一个会客的地方，重大节日里又是一家人团圆吃饭的地方。这天晚上他们就把年夜饭摆在了这间屋子里。屋子的正面是一幅中堂，中堂里是寿星图画，两边一副对联：福如东海水，寿比南山松。中堂前面是一张长条的供桌，上面有香炉蜡烛，两边摆着水果点心。供桌前面就是他们一家人吃饭的地方。八仙桌子上摆着丰盛的酒菜，酒是意大利红酒，菜有整盘的羊肉，周围是肉炒蘑菇、尖椒豆芽、黑肉炖粉条等等。八仙桌子的正面坐着郭皓轩，两边是林芝美和杜小娟，再下来是郭天佑和石俊袅。俊袅是第一次坐在主人家的桌子上吃饭，她还有点紧张和不习惯，郭天佑就拍拍俊袅的手背，让她安心吃饭。冀管家在旁边忙乱着。

郭皓轩给每个人倒一杯红酒：托郭家列祖列宗的福，也托八路军的福，我们一家人终于能过一个团圆的年啦！

好几年一家人没有在一起吃个饭了，兵荒马乱，东奔西跑。现在天佑回来了，一家人终于能够团聚在一起了。几个人都端起酒杯喝了口酒。

林芝美说：这次天佑能够渡过难关，俊袅功劳不小，我提议大家敬俊袅一杯。

俊袅摆着手说：使不得使不得！

郭皓轩笑着说：夫人说得对！俊袅劳苦功高，大家敬俊袅一杯！

郭天佑把俊袅的酒杯拿起来递到俊袅手上：喝吧——大家敬你酒呢！

俊袅抬起头看着周围的笑脸，接过杯子小心地抿了一口。

那天吃完饭后郭皓轩和郭天佑上了二楼的书房里。儿子回来了，郭皓轩想和儿子好好聊一聊，天下大事、家族产业、儿子的未来……郭天佑长这么大还是第一次和父亲这么近距离说话。

郭皓轩给儿子倒上一杯茶水：儿子啊——你在外面多年，以你之见，这战事何时是个头啊！

郭天佑喝口茶水叹口气：国家贫弱才至今日。只要上下一心，同仇敌忾，小鬼子何愁赶不出去！到那时民众奋发图强，国家兴盛指日可待！唉——现在兄弟阋墙，让小鬼子笑话哪！

郭皓轩很欣慰地看着眼前一脸激愤的儿子。儿子确实长大了，也确实有了自己的主见了。

郭皓轩说：你这次回来有何打算？

在郭皓轩的心里，其实特别想让儿子留下来。外面兵荒马乱，在家里总要安全一些。另一个自己也确实老了，身体一天不如一天，况且他的娘林芝美又是那样一个状况。

郭天佑理解父亲的想法，他也知道家里需要他，但他不甘心就这样躲在这条山沟里。

郭天佑故意轻松地笑着说：爹把我送到京城读书——不至于就是让我做个小生意养家糊口吧？儿子不能说满腹才学，但也饱读诗书，现在国家危难正是用人之时，儿子哪能闲居在家呢？

郭皓轩伸前身子：难道还要回部队？

郭天佑说：决死队——决死队被阎老西打散了！我和他们联系不上。看看情况吧，国家这么大总有你儿子的用武之地。

郭皓轩说：八路军就住在咱们家后面的院子里，儿子如若有意，爹可以和高先生商量一下。

说到高先生，郭天佑想起那天晚上见过的高捷成，这次自己能顺利进入八路军野战医院救治，高先生功不可没。

郭天佑说：明天我就去拜访一下高先生！当面向高先生道一声谢。至于——投奔八路军，等等再说。

八路军虽然是打鬼子的队伍，但郭天佑一直不看好他们。八路军装备劣势，现在又和阎老西闹翻了，没有枪没有炮，怎么和鬼子拼杀呢？

郭天佑离开书房的时候想和爹说一下他和石俊袅的事，但又不知道从何说起，站在楼梯口半天没张嘴。

郭皓轩看出了儿子的心思：——是想说你和俊袅的事吗？

郭天佑看着父亲：您怎么看？爹。

郭皓轩问道：喜欢上俊袅了？

郭天佑使劲点点头。

过了一会儿，郭皓轩说道：俊袅是个好孩子，爹没有什么意见。只是你娘——

听到爹同意他和俊袅的婚事，郭天佑高兴起来，他要把这个好消息告诉俊袅。他噔噔噔跑下楼去，跑几步又返回来：我娘那里没问题！接着又跑下去。

第二天郭天佑就到后面拜访了高捷成他们。郭天佑感谢高捷成出手相助。高捷成说，八路军和决死队是一家人，理应帮助，何谢之有？他们都是年轻人，沟通起来十分顺畅，几个人说到高兴处都忍不住哈哈大笑起来。高捷成他们在后面也建起了厨伙房，他留下郭天佑一起饮酒。高捷成那天拿出一瓶129师在黎城自己酿造的"扳倒盅"酒来，这种酒是在黎城石壁底村酿造的，后来成了八路军总部和129师的接待用酒。酒的度数很高，八路军医院也用这种酒来消毒。郭天佑喝不了这种烈性酒，喝了几杯就有些晕晕乎乎的，冀管家搀扶着郭天佑回到前面的院子。

让郭天佑没想到的是母亲林芝美不仅不同意他和石俊袅的婚事，还让他打消返回决死队乃至参加八路军的念头。林芝美和郭天佑说话的时候是那样决绝和不容辩驳。郭天佑是个非常孝顺的人，特别是在母亲林芝美残疾以后，母亲说什么就是什么，母亲爱他，他就是母亲的全部和未来，母亲残疾了，他不想让母亲再受到任何的打击和不快。母亲不让他返回决死队他能理解，他不能理解的是母亲怎么就不同意他和俊袅的婚事呢？他不敢把母亲的决定告诉俊袅，他想等一等，等母亲心情好的时候再和母亲商议一番。俊袅长相俊美，人又特别善良，在郭天佑眼里，俊袅几乎就是个完美的女人，娘怎么就能够不同意呢？后来郭天佑明白了娘的心意，心里就批评娘是老封建，现在什么年代了，还讲究门当户对！俊袅和母亲林芝美住在一个屋子里，开始的时候郭天佑几乎天天钻在娘的屋子里，看娘是一回事，他主要是看石俊袅，看俊袅做事，和俊袅说话，有时候俊袅忙完了，他还和俊袅跑到屋后的柿子林里。周围没有人，郭天佑就和石俊袅紧紧拥抱在一起。自从娘发表了她的意见后，郭天佑好长时间没去娘的屋里了。

这天郭家大院来了三位陌生的年轻人。郭天佑正躺在床上看书，冀管家领着三个年轻人进来后，郭天佑一下跳起来，喊叫着三个人的名字迎接过去。三个人原来是郭天佑决死队的战友，他们一起在京城读书，一起弃笔从戎参加了决死队。双十二事变后他们被打散了，现在要结伴去山那边投奔高树勋的新6师去。几个人见了面有说不完的话，特别是郭天佑，既打听队伍上的事，也打听几位熟悉战友的情况，听到有人牺牲后几个人都沉默不语了。

郭天佑问道：为啥要去投奔高树勋呢？八路军也是打小鬼子的队伍，况且八路军就在他们身边啊。郭天佑见过了高捷成，高捷成给他留下非常好的印象。

另一位说：我老舅在高树勋那边当旅长，老舅说啦，部队正在用人，只要我们过去，至少是个少尉，立刻就可以领兵打仗！

旁边一位说：你我弟兄皆非庸人，今日有此等好机会岂能错过？生当作人杰，死亦为鬼雄！大丈夫生逢乱世，正好建立一番功业！

郭天佑被几位战友说得热血沸腾。他们都是有抱负的青年才俊，高树勋又是抗日将领，高的新6师就在山那边，现在又有旅长老舅这层关系，他们如何能不去呢？母亲不同意他参加八路军，那就偷偷溜出去，和战友们一起加入高树勋的新6师。有了主意后，郭天佑吩咐几位战友先行一步，他安排好家里后就去约定的地点和几位会合。

那天晚上郭天佑把俊袅叫到他的屋子里。俊袅把身后的门一关上，郭天佑就把俊袅紧紧抱在怀里。几天没在一起就像过了几十天似的，他们是那么忘我、热烈地亲吻着，恨不得立刻就把对方融化在自己的身体里。

两个人亲热够了分开身子。

郭天佑看着俊袅。

俊袅把凌乱的头发撩上去，她感觉郭天佑有话要说：出什么事啦？

郭天佑把放在俊袅肩膀上的两只手放下来：俊袅——我可能要出去一段时间。

郭天佑掉过身子很艰难地说着。他不想把他投奔新6师的真实情况告诉俊袅以及他的爹和娘，他不想让家人们对他有更多的惦记和担忧。

郭天佑尽量把语气放得轻松一些：我在外面安顿下来后就接你过去——你和爹娘都要保护好自己。

郭天佑的身体刚刚好了，现在又要出去，石俊袅有些不理解又有些茫然，她现在真的一点也舍不得这个已经和自己有了肌肤之亲的男人离开。但男人们有男人们的事，虽然她并不知道郭天佑出去干什么，郭读过书，郭参加过决死队，外面战火纷飞，郭出去后还能干什么呢？郭看的就是《孙子兵法》这类书，想的就是能够做一位指挥千军万马的大将军，他还不是偷偷去参军偷偷去打小鬼子吗？俊袅想到这里抬起头，她再一次细细地端详着眼前这位弟弟一般的男人。她伸出双手，抱过郭天佑亲吻一口，然后捂着眼低头小跑出去。

夜深人静后郭天佑挎上包袱悄悄离开院子。他走到院子里的时候向北面的屋子看一看，他知道爹和娘都住在那里，他也知道俊袅今晚也肯定不会入眠，或许俊袅就躲在窗户背后看着他呢。郭天佑转身走出去。小寨村前是宽嶂沟里流下来的泉水，哗啦啦的流水声在静夜里显得特别响亮。河道中间是水，河道两边还有结着的薄冰。冰在黑暗中反射着亮亮的光。郭天佑走到河边的时候，意外地发现冀管家和他的父亲郭皓轩站在那里。冀管家牵着一头骡子，骡子上是几个包袱。

郭天佑惊讶地喊一声：爹！

郭皓轩走前几步和儿子紧紧拥抱在一起。儿子的战友们来了后郭皓轩就知道儿子会离开小寨村。儿子是去打小鬼子的，尽管有些不舍有些不愿意，但他怎么能阻拦了儿子呢？你阻拦了儿子的身，阻拦不了儿子的心啊！

郭皓轩把那匹骡子牵过来，把缰绳按在儿子手里。他想和儿子说的话有许多，想嘱咐他注意安全，想让他不要惦记家里的事，话到嘴边却说道：到了地方——来个信儿。

郭皓轩说完背着手回去。

冀管家和郭天佑摆摆手也转身离去。

"爹——"郭天佑朝着远处父亲瘦小的背影喊一声。

郭皓轩没再回头。

郭天佑跳上骡子喊声：驾——

骡子在黑暗中向相反的方向射去。

骡子奔跑的声音在寂静的山路上传出很远很远。

三

吴子谦的离去是哑巴发现的。哑巴起来后看见身边的吴子谦不见了，他先是院里找，然后又跑到屋后的篮球场，哪里都没有吴子谦的身影。几个月来这个大朋友一直和他形影不离，现在突然不在身边了,哑巴觉得是那么空虚和孤寂。篮球场上肖必利几个正在玩那颗木球,哑巴站在篮球场边呜呜呜地哭起来。太阳还没有升起来,场地四周是白白的雪霜。肖必利几个停下脚步看着这边哭得稀里哗啦的哑巴。

哑巴怎么啦?有人抱住木球向肖必利问道。

肖必利跑过来弯下腰,摸着哑巴的头:哑巴——发生什么事啦?

哑巴哭得更伤心了,他说不出话来。只有吴子谦能理解他,可是吴子谦去了哪里呢?哑巴一把推开肖必利,呜呜呜哭着跑回前边的院子里。

哑巴异常的举动引起了大家的注意。肖必利跟着哑巴返回转角楼院子里,院子里梁绍彭、石老爹、连若烟几个围住哑巴,大家都不明白哑巴大哭的原因。

肖必利跑上南边的二楼,他拉开吴子谦和哑巴住的屋子门后叫道:吴子谦呢?肖必利站在二楼上看着院子里的人。

吴先生——连若烟在院子里转着圈子喊。

哑巴听到连若烟喊叫吴子谦,哭得更厉害了。大家终于明白哑巴伤心的意思了。不就是看不到吴子谦了吗?大伙开始四处寻找吴子谦,院里院外……转角楼后的厂子里……有人甚至跑到南面山坡李元德的坟头上。这个早晨的转角楼乃至整个磨石村的上空都是喊叫吴子谦的声音。

肖必利从外面跑回来和梁绍彭骂道:这个狗娘养的——当了逃兵!我带几个人把这小子抓回来!

吴子谦不打招呼就溜走了吗?梁绍彭站在院子里想着。吴子谦是他从邢台大牢里带回来的,吴子谦孤僻、性子急躁,还曾沾染过抽大烟的坏毛病。但正如吕掌柜分析的那样,吴子谦这个人毛病不少但是个人物,他有老冀人的脾性,只要是认准了的事,就会义无反顾地坚持下去。或许是回山那边看老娘和妻子去了。梁绍彭头脑中闪过这个念头后看到自己的窗户下几个深深的脚印。是啊,吴先生已经过来好几个月了，设计钞票、制版印刷，特别是来了磨石村后，也没有抱怨过什么。怪只怪自己没有考虑周全，早应该安排吴先生回家里看看去了。

梁绍彭返过脸看着肖必利：不用追了——吴先生下山去了——不过他会回来的！

石老爹说：吴先生是个干事的人。

肖必利还要说什么，梁绍彭伸手拦住肖必利：采购站的同志们购回一批物资，早饭后你和我去小寨一趟。

吴子谦回到邢台已经是第二天的晚上了。吴子谦住在邢台古城的小西关一带。这片区域以穷人为主，住的都是低矮的茅草房。与周围的穷人相比，吴子谦住的屋子相对要好一些。这是一座单门独院，院子是用黄土筑起来的土墙，南面有一个大门，进了大门，正面三间平板房。靠东的这间屋子吴子谦的老娘居住，西头是吴子谦夫妇的卧室。吴子谦走到院子大门前时可能是后半夜了，月光冷冷地照着眼前的一切。这是他的家啊，家里住着老娘和自己的妻子董彩莲，她们还好吗？特别是老娘，身体没出啥大毛病吧？马上就能见到她们了，吴子谦心里稍稍有些激动，他把额头上的汗擦掉，抬起手准备敲门的时候，想到这是后半夜了，又把抬起来的胳膊放下。吴子谦在院子四周转着，他想找一个低矮的地方从墙头上爬进去。四周非常静，远处铁路上的火车传来拉汽笛的响声。

吴子谦从东面一处低矮处越过墙头。

或许是落地的时候声音有些大，屋子里传来老娘的声音：谁啊——

吴子谦听到声音，心嘭嘭嘭跳个不停，跑到窗户前低低喊一句：娘——我是子谦！

是子谦回来啦？屋子里亮起灯，接着是娘摸索着下地的声音。

西面的董彩莲似乎也醒来了，战乱年代人们都睡不踏实，谁知道会发生什么变故呢？

董彩莲向这边喊一声：娘——是子谦回来了吗？

西面屋子里的油灯也亮起来。

门打开，吴子谦的老娘披着衣服站在门口。吴子谦眼圈一热，喊一句：娘！母子两个便紧紧抱在一起。

吴子谦的娘高兴得声音都变了调。她就是想一千次也不会想到儿子会在这个时候回来啊：彩莲——是子谦回来啦。

吴子谦的娘拍着吴子谦的背高兴地喊着。

董彩莲端着油灯小跑过来，看见门口风尘仆仆的吴子谦扭过头去。

还站着干啥？快进来啊！吴子谦的娘擦掉泪拉着吴子谦进了屋子。

三个人进了屋子自是有说不完的话。

吴子谦娘的卧房里盘着一条土炕。吴子谦脱了鞋跳上炕。董彩莲在地上点着火给吴子谦做饭。娘在炕的另一头和吴子谦说着话。走了半年多，娘似乎老多了，油灯下的老娘头发花白，脸上也满是皱纹。吴子谦告诉娘他去了山那边，山那边全是八路军，八路军是打小鬼子的队伍，他去了那边还是做老本行，给八路军印票子。娘不管是八路军还是七路军，她只要儿子吴子谦平平安安健健康康就行，现在儿子回来了，就坐在她的炕头上，还有什么比这个更令人开心的呢？董彩莲给吴子谦做的是白面烙饼，烙饼里卷一棵大葱，就可以张口吃饭了。走了两天的路，吴子谦确实饿坏了，一连吃了三张烙饼才抹抹嘴抬起头。他已经好长时间没吃彩莲做的饭了，十里乡俗不一般，山那边和山这边，穿衣吃饭果然有些不同，如果非要让吴子谦分个彼此的话，吴子谦还是觉着这边的大葱烙饼可口一些。

吴子谦想起什么似的，急忙把身后的包裹拉过来，然后打开包裹拿出几块柿子饼：娘、彩莲——你们尝一尝。

吴子谦其实想给娘和彩莲带一些柿子回来，但他在山下的集镇上怎么也找不到新鲜的柿子可买，只能挑一些当地用柿子加工成的柿子饼回来了。

真是好吃呢。娘咬了一口说着。

董彩莲看了看也咬了一口，晒干后的柿子肉又软又甜，彩莲几口就把柿子饼咽下去了。

吴子谦就给她们两个讲述那边的柿子树，柿子树上红灯笼一般的柿子，以及新鲜柿子里浓浓的柿子汁和又甜又软的柿子肉。娘和彩莲就那么专注地听着吴子谦的讲述。

吴子谦讲完了笑着说：秋后吧——新鲜的柿子下来后我再带一些回来。

旧历年过去没多久，秋天似乎还很遥远。娘和彩莲从吴子谦的话中听出吴子谦还要离开的意思后，低下头不再说话。吴子谦也看出了娘和彩莲的心理变化。娘和彩莲怎么可能愿意让他离开呢？战乱年代，两个女人，他走以后遇到危难之事能够依靠上谁呢？三个人一时无话。

远处传来公鸡打鸣的叫声。

吴子谦的娘推着吴子谦和彩莲过他们那边的屋子里。儿子和儿媳也好长时间没见面了，久别胜新婚，该是把时间让给两个年轻人了。

去吧去吧——子谦走了一路——该是睡觉啦。

吴子谦和董彩莲端着油灯来到西边的卧室里。这边也盘着一条土炕。两个人一进门，吴子谦就把董彩莲抱起来扔到炕上。吴子谦用脚后跟把门关上，一口吹灭灶台上的油灯，两个人就那么在黑暗中疯狂地亲吻着，然后互相剥掉身上的衣服，一起钻进彩莲还剩着余温的被窝里。

过了好一会儿，远处又传来火车汽笛的响声。

董彩莲撩起被窝露出头，她借着窗户上的亮光，看着枕头旁边这个熟悉而又有些陌生的男人。吴子谦一只手搭在彩莲的身上,另一只手露在被窝外面,他实在是太疲惫了,嘴里流着哈喇子发出很香甜的呼噜声。

四

八路军的采购站从山那边运来一批印刷材料。当时八路军总部为了支持冀南银行的建设,先后在靠近敌占区的贸易中心建立了采办处,一处在河北的沙河县,一处在河南的林县,他们分别从河北的邢台和河南的安阳等地购买印刷材料,然后再通过秘密交通线运往太行山中的黎城根据地。印刷材料有二百多种,这些地方购买不到,还需要通过一些进步商人从北平、天津那边采购。材料运输回黎城,银行再把它们分拨给设在宽嶂山乃至其他地方的印钞厂。

这是肖必利第一次来到银行总部,出来进去都是年轻的八路军战士。郭家大院果然是一处豪宅啊,肖必利站在柿子树下望着院子上空的天。院子后面是山坡,山坡后面又是壁立千仞的大山,与磨石村相比,郭家大院背后的山峰更陡峭、险峻、挺拔。大院前面还是大院,层层叠叠错落有致,同样的四砖落地,同样的精雕细刻,每一个角落都显现着院子主人的与众不同。以前在西井镇学习的培训班,虽然占用的也是一处财主家的大院子,但与郭家大院比起来,就显得粗糙了许多。

梁绍彭陪着高捷成从正屋的门里出来。

高捷成看见肖必利打趣道:这不是肖必利同志吗?还要离开银行吗?

肖必利举手敬礼,敬完礼不好意思地说:经理说过,印钞票就是打鬼子,肖必利不走啦,一定多印钞票,支援前线!

高捷成和梁绍彭互看一眼哈哈大笑。高捷成说:不仅你不能走,还要给其他同志带个头。早日把票子印出来,为打败小鬼子贡献力量!

梁绍彭走前一步,指着旁边搬运出来的纸张、油墨、石板等物品说道:这批物资都是采办处的同志千辛万苦运过来的,务必安全运输到磨石村!等石印机运上去,我们就能开机印票子啦。

肖必利又举手敬个礼:请首长放心,保证完成任务!

院子里的八路军战士正把地上的物资捆绑到旁边的两匹骡子上。

梁绍彭牵着缰绳送出肖必利:看今天的天气,好像会下雪。山中的路不好走,路上小心一些。

梁绍彭有事不回磨石村了,运送货物的任务就落在肖必利和另外一位战士的身上。

这小子是个可造之才!梁绍彭看着走远的肖必利和高捷成说着话。肖必利机敏活泼,梁绍彭打心眼里喜欢肖必利,他也从肖必利的身上看到了年轻时自己的样子。

高捷成望着走远了的肖必利没有说话。

吴子谦回山那边去了,这小子真的会像梁绍彭说的,看看家里就能返回来吗?高捷成心里不像梁绍彭那么有把握。

天又要下雪了。

高捷成看着山后的大山,山头上是黑黑的云团。

是啊,又要下雪了。

梁绍彭说完和高捷成返回院子。

正如梁绍彭所说,肖必利他们还没有走到宽嶂山,天上就天女散花般飘落下雪花来。远处的山坡上还有年前下的雪,现在新的雪花又覆盖在旧的积雪上。雪越下越大。进了宽嶂山,山中又突然刮起大风。风搅着雪,将整个宽嶂山变成一个白茫茫的世界。进宽嶂山前,肖必利就看到山口两边直插云霄的大山,进入宽嶂沟里,头顶上几乎就是狭窄的一线天。肖必利心里想,此处真是一夫当关万夫莫开的险要之地啊,如果在这里设置火力点,小鬼子岂能轻易进来。正如肖必利所想，战争进入更加残酷的阶段后，为了保卫银行的印钞厂，八路军总部在宽嶂山口设置了一明一暗、互相交叉的两处碉堡。这些碉堡都是就地取材，全部用石片砌就，每个碉堡可容纳一个班的战士驻守。这些碉堡建得特别牢固，以至八十多年后的今天，依然能在宽嶂山的沟口前看到它们的身影。

进入沟里就是又窄又陡的山路了，山中风雪交加，山路蜿蜒着伸向看不见的半空中。肖必利和另一位战士牵着两头骡子顶着风雪向半山坡上的磨石村走去。山路上全是厚厚的雪，骡子背上驮着印钞厂急需的纸张、油墨、青石板、汽灯等物资。山路本来就是石头，现在石头上又覆盖了一层又一层的雪，背负着沉重货物的骡子脚下就有些打滑，好几次差点滑到路旁边的山沟里。肖必利牵着骡子前边带路，另一位战士紧紧跟在后面。大风逆向而来，风顶得肖必利气也出不上来，他偏过头，弯着腰吃力地向山上爬去。

两个人走到一个背风的地方停下脚步。

肖必利看着另一位满身是雪的战士喊道：必须在天黑前赶回去。

肖必利的话刚喊出来就被风雪撕扯得七零八落。

另一位战士没有听清肖必利的话，大着嗓门喊道：你说什么呢？

肖必利走到这位战士的身旁大声喊道：天黑前赶回去——

他们从来没遇到过这么暴戾的天气，大风和大雪在太行山中是如此放肆、张扬和横冲直撞。过了年就立春了，肖必利是河南人，另一位战士是江苏人，在他们那里特别是在江苏，现在应该是春暖花开的季节了，可是在北方，在大山中，此时竟还是处于如此恶劣的天气中。寒冷已经侵入肖必利的身体里，肖必利看到旁边的战友脸色冻得乌青，手也有些发抖。必须马上出发了，天黑以后气温会更低，更让人害怕的是到时候恐怕连路也看不清，一旦滑到山沟里后果不堪设想。

肖必利喊道：出发！

两个人牵着骡子进入暴风雪中。骡子似乎也对未来的路有了恐惧,撅着屁股仰着脖子不肯迈步。

肖必利扯着缰绳嘴里大声喊着：走啊——走啊——驾！

骡子又高又大,原地转一个圈,喷着响鼻闯入风雪中。

肖必利出生在河南南阳一个小商人家中,父亲经营着一个杂货铺,虽然不是多么富裕,倒也能吃饱肚子。肖必利的父亲没有文化,却特别希望他的儿子肖必利能够学有所成光大门楣,所以等肖必利长大一些后就被送到本村的私塾读书。肖必利自小就聪明伶俐,父亲觉得这个儿子颇有出息,就勒紧裤带供他读书。肖必利读完私塾又进入县城的高等小学,然后是省立一中,直至考入北京大学。他在大学里也是活跃分子,打篮球,做演讲,一时风光无两。他和连若烟的认识完全是一个偶然。各省的商人在北平大多建有商会,有一次肖必利参加河南商会组织的活动时,认识了同是河南人的连若烟。那次肖必利是到商会做演讲的。"九一八"事变后,日寇亡我之心不死,他在商会大声疾呼,全体国人要奋起抗争兴我中华。肖必利演讲的时候看到了台下文静而美丽的连若烟。当时连若烟坐在会场一个偏僻的角落里,手托着下巴盯着台上激情演讲的肖必利。肖必利风度翩翩,口若悬河。肖必利的风度、气势深深地吸引住了同是一腔热血的连若烟。连若烟在北平女子师范大学读书。她出生在河南郑州一个大户人家,自小受到良好教育。她不仅长相甜美,还多才多艺,既会画画,又能诗文,也是学校里颇有声誉的女才子。两个人一相识就互为知己相见恨晚。卢沟桥事变后,两人毅然奔赴山西抗日前线,先是在抗日军政大学接受军事培训,然后加入八路军129师,随后跟着部队辗转来到太行山深处的黎城抗日根据地。

连若烟现在在干吗呢?

风雪中的肖必利想到心爱的女人,脸上露出微笑。眼前是漫天的风雪,寒冷也包裹着他的身体,但只要想到连若烟,肖必利的心里就感到热乎乎的,脚下也似乎有了力量。连若烟是他的全部,只要有连若烟在,简陋算得了什么,风雪算得了什么,甚至死亡又算得了什么呢？在肖必利的眼中，只要有连若烟在的地方，那就是幸福和温暖所在的场所。肖必利返回头，看到另一位战士牵着骡子跟在后面。

此时在磨石村转角楼里的连若烟也坐卧不安了。连若烟几次推开门望着转角楼前的山路。肖必利告诉过她，他们今天就会返回磨石村的，谁能想到天气会突然变成这个样子呢？天马上就黑下来了，山路上根本看不到肖必利他们的身影。山是如此高大，山路又是如此狭窄险峻，天黑以后肖必利他们怎么才能回来呢？他不熟悉山路啊，路上有路，走不对就会窜入另一条山沟里。那次赌气跑出去，不是石老爹接引，她和肖必利肯定返不回来。想到这里，连若烟就跑到北面的屋子里把石老爹拉出来。

石老爹——你看天马上就黑下来了。

连若烟担心地说。

石老爹抬起头，天空中飘着雪花，山后面发着亮光，再有半袋烟的工夫，天就会完全黑下来。

石老爹看着连若烟：肖必利他们今天回来吗？

连若烟点点头，忧愁地说：这么大的雪——也不知道他们走到哪里了。

石老爹说：快——招呼大伙去前面的山路上迎接一下。记住了——让大伙点起火把子。

外面的风慢慢停下来，雪还在下着。石老爹带着连若烟一伙前去接应肖必利两个。

哑巴当时正在炕上玩那颗木球，听到院子里的动静，抱着木球趴到窗户前。窗户外面黑乎乎的。哑巴看见石老爹和连若烟几个打着火把子走出转角楼。

哑巴——你看什么呢？

身后哑巴的娘王秀云喊着。

哑巴盯着外面的大雪没有出声。

石老爹和连若烟几个走出没多远就看到山路上爬上来的肖必利。

连若烟大声喊着：肖必利——

下面的肖必利回应道：若烟——

连若烟返过脸惊喜地和石老爹说道：是肖必利！

连若烟说完向下面跑去，没跑几步脚下一滑，整个人坐雪橇一般顺着山路向下面滑去。

上面的人们大呼小叫着：

连若烟——

小心啊——连若烟！

连若烟一骨碌滑到肖必利的脚跟前。

肖必利一把拉起连若烟，肖必利喊声若烟——就把连若烟抱在怀里。

连若烟推开肖必利，连若烟眼前的肖必利几乎就是个雪人，除过身上外，肖必利的头发上、眉毛上全是凝结下来的雪。石老爹一伙很快赶过来，大伙看到肖必利都高兴地和肖必利打着招呼。

肖必利和大伙打完招呼，转过身向后面黑乎乎的山路喊叫着另外一位战友的名字。山沟里静悄悄的，没有人呼应肖必利的喊声。大伙一起喊，声音在寂静的山谷里传得很远很远。

石老爹脸色一沉，担心另外一位战士出事，便打发肖必利和连若烟拉着骡子先回去，其他人到下面寻找另外一位战士。

肖必利还要说什么，石老爹几个已经举着火把子向下面的山路走去，他们边走边呼喊那名战士的名字。

那名战士果然出了事故。那名战士走了一会儿就看不到前面的肖必利了，刚好遇到一个上坡的地方，后面的骡子一个滑闪踩到路边的虚空处，电光石火之间骡子连同那名战士稀里哗啦地滚到路边的山沟里。

骡子摔下去就不行了，那名战士也昏死过去。

肖必利不放心后面那名没有跟上来的战友，他让连若烟牵着骡子在原地等着，自己转过身向后面跑去，没跑多远就看到前面山沟里石老爹他们的火把子。

石老爹他们是从雪窝中找到那名战士的。战士还有一口气，石老爹使劲拍拍那名战士的脸蛋。肖必利连滚带爬地下到沟底，看着雪地上躺着的战友大声喊着他的名字。那名战士睁开眼，看看头顶上的石老爹、肖必利，嘴角露出微笑。

走——咱们回家！石老爹弯下腰背起那名战士。

其他的人把骡子上的纸张油墨青石板卸下来，然后分开背在各自的背上。这些货物特别沉，纸是一包一包的印钞纸，油墨盒子里全是满满的油墨，做模板的青石板也非常厚。肖必利背了一块小一些的青石板，石板上冰冷的寒意穿透衣服侵入他的皮肤里。大伙手脚并用爬上旁边的山路。

可能是后半夜了，一行人谁也不说话，大伙举着火把子向磨石村里走去。

五

与宽嶂山上的气候不同，山这边的冀南平原上正下着毛毛细雨。雨前也飘了几朵雪花，但很快就变成了雨。这是立春后下的第一场雨，雨雾笼罩了整个广袤的田野。

吴子谦起来后外面还下着雨。被窝里的董彩莲不知什么时候出去了。窗户上大亮。吴子谦伸个懒腰穿好衣服。睡了一觉浑身上下是说不出的舒坦，所有的疲惫、困倦、思念好像全随着这一觉跑到九霄云外去了。他的身心是那种彻底满足、放松后的清爽和利落。

董彩莲推门进来，看见炕上穿衣服的吴子谦低低说一句：睡好了吧？

吴子谦抬起头看着眼前的妻子。董彩莲换了一身衣服，上身是薄红棉袄，下身是薄黑棉裤，头上梳了两条辫子，辫子的尾端还扎了一根红头绳。昨晚没顾上细看妻子，现在看见了才发现半年没见，妻子已出落成一个美人了。过去又瘦又小，脸上是缺乏营养的菜黄色，身上穿的也是破破烂烂的衣服，现在能吃饱肚子了，再换上这身干净的衣服，就像换了个人似的，脸上白净不说，身体也发福了不少。他昨晚钻进被窝里就感受到了，过去干瘪瘪的妻子，现在摸上去有了肉嘟嘟的感觉。

想到昨晚上自己猴急火燎的样子，吴子谦忍不住扑哧一声。

董彩莲不知道吴子谦笑什么，边叠被窝边问：我长得不好看——又讥笑我了吧？

吴子谦伸长脖子在董彩莲脸上亲吻一口，压低声音说：你是世界上最好看的女人！

董彩莲的脸一下羞红，吴子谦还从来没有夸奖过她。她是逃荒过来的女孩，吴子谦的母亲收留下她，又让她和吴子谦成了婚，她对这一切只有顺从和感激。她没有丝毫的怨言，也没有丝毫的不快，她不用再去讨饭，也不用再去到处流浪，她能有什么不知足的呢？她唯一担心的就是这个突然成了自己丈夫的男人。他不会嫌弃她吧，如果嫌弃了，再把她卖掉或者抛弃掉……她实在无法想象后面会发生怎样悲惨的事。她听说过女伴们的命运，男人嫌弃了不喜欢了，就把女伴们卖给另外的男人，还有更惨的会被卖到烟花巷里。她和吴子谦圆房后，吴子谦既没显示出喜欢她，也没显示出不喜欢她，她心里满是自卑和胆怯，更多的还有一种对不确定未来的恐惧。吴子谦平时寡言少语，现在突然说出这么一句夸奖她的话来，让她心里怎么能不高兴和暖洋洋的呢。

董彩莲抬起头，看见吴子谦也正看着她，红着脸说一句：饭好了——侧过身子从吴子谦的身边跑出去。

吴子谦看着妻子娇羞的样子，心里油然升起一种男人的豪气。

早饭是馒头、烩菜、稀饭。娘在炕头上坐着，吴子谦坐在炕的这边，董彩莲围着灶台给他们盛饭。家里的粮食以至于董彩莲身上穿的衣服，全是上次梁绍彭的大洋置买的啊。想起梁绍彭，吴子谦自然想起了邢台城里德义恒的掌柜吕掌柜。自己能够逃出牢笼，除过梁绍彭帮助外，吕掌柜出的力最多。上次走得匆忙，自己没来得及亲自道谢，这次回来了，说什么也要登门谢过。吴子谦想吃过早饭后就去趟德义恒。

吴子谦的母亲看着狼吞虎咽的儿子脸上满是笑意：那边的饭——还可口吧？

吴子谦抬起头，看看娘嘟囔一句：还是家里的饭好！

董彩莲听到这句话脸上又不自觉地红了起来。男人夸奖自己长得好看，现在又夸奖她饭菜做得好，这比亲她十口都让她高兴。

娘说：那边的事做得怎样了？这次回来还会回去吗？

这也是董彩莲想要知道的消息，董彩莲把嘴边的筷子停住。

吴子谦一仰脖子把碗里的稀饭倒进肚子里。三个馒头，一碗烩菜，再把稀饭喝进去，吴子谦饥饿的肚子被填得满满的。娘问他事情做得怎样了，他怎么回答娘呢？钞票刚刚印出来，哪想到一场大火烧个精光，不仅把样票烧掉，连纸张油墨乃至唯一的一台石印机都给烧掉了。他答应梁绍彭的事还没有完成，他是那种既然答应了就要坚决完成的人，现在出了这么大的事故，他能不回去吗？

吴子谦没有直接回答娘的问话。他说：我去趟德义恒就回来了。

吴子谦跳下地穿上鞋推开门出去。外面还是淅淅沥沥的雨。吴子谦吃了饭浑身都是汗，现在被凉凉的雨水浇在头上，身上忍不住打个寒战。

中午时分吴子谦赶到了德义恒。吴子谦提了两盒点心，一进去就喊着：吕掌柜——吕掌柜——

吕掌柜正在卧房里打着算盘，看到外面进来的吴子谦颇感意外，立马跳下地迎接过去：是吴先生驾到——稀客稀客！

吕掌柜推开门做一个请进的手势。

吴子谦一拱手：上次吕掌柜出手相助，让吴某逃脱牢狱之灾，今子谦特来拜谢吕掌柜！

吕掌柜一把拉住吴子谦的手：小兄弟客气啦——举手之劳何必惦记。

两个人说着话进了吕掌柜东头的卧房里。正是吃饭时分，吕掌柜让厨房炒了几个小菜，有葱花鸡蛋、盐煮花生米、猪肉炖粉条等。

吕掌柜拿出一瓶高粱白，给吴子谦和自己各倒一杯：看小兄弟满面春风的样子，想必把那边的事办妥当啦！

吴子谦举起杯和吕掌柜一碰喝掉。

喝完酒吴子谦叹口气。

吕掌柜诧异道：出什么事啦——吴先生手艺超群，印刷之事何难之有？

吴子谦给自己倒上酒，连饮三杯直起身子，看着吕掌柜眼圈一红，就把印钞厂怎么缺汽油、李元德怎么点着汽油、汽油怎么爆炸的事情原原本本告诉了吕掌柜。

吴子谦说：李元德比我还小一两岁，眼睁睁就被大火烧没啦。

喝了酒吴子谦情绪有些激动，还要倒酒被吕掌柜拦住。两个人一时沉默无语。吕掌柜把小烟锅头点着，抽一口递给吴子谦，吴子谦把眼角的泪揩掉接过去。吕掌柜能理解此时吴子谦的心情，机器没了，印刷好的钞票没了，仅有的一点印刷材料也没了……以后该怎么办呢？梁绍彭让他去天津购买印刷机，那边已经传过话来，小鬼子控制得紧，一时半会实在没办法运出来。

以后怎么打算？吕掌柜探过身子。

吴子谦连抽几口，烟有些呛，吴子谦大声咳嗽起来。

咳嗽半天吴子谦长长出口气，一脸颓色：巧媳妇难为无米之炊！没有机器没有油墨，吴某就是再有天大本事又能如何？

说到机器吴子谦突然想起一件事来，他向后把身子靠在墙上没有说话。

吕掌柜探寻地问道：小兄弟有何良谋？

吴子谦看看对面的吕掌柜欲言又止。

吴子谦想到了鬼子印刷局里的印刷机。坐大牢之前他就在印刷局下面的印钞厂工作过，印刷局里可是要什么有什么啊。吴子谦进过印刷局的库房，一台台崭新的石印机、铅印机，还有小山一般垛着的印钞纸……这个印刷局过去归国民政府所有，日寇侵占邢台后就被小鬼子占领了，印刷局下面的印钞厂也开始印刷日伪政府的各种钞票。

鬼子在印刷局戒备森严，印刷机哪能轻易弄出来呢。

吴子谦没有心思吃饭了，和吕掌柜匆匆告辞后就回到邢台西郊自己的家里。娘和彩莲在东头说话、做饭，他一个人躺在西头的炕上想着心事。

天已经黑下来。

屋子里没有点灯。

外面的小雨不知什么时候停下来了。

六

半夜醒来董彩莲发现身边的吴子谦不在了。

董彩莲支起身子看到吴子谦正在隔壁的屋子里鼓捣他的制版工具。这些都是吴子谦用了多年的工具，有各种尺寸的刻刀，还有一把用铜版制作的量尺，他把这些都用油纸细细包起来。吴子谦点着一盏油灯，似乎怕影响了这边的董彩莲，还用半块木板遮挡住油灯的光。董彩莲看到吴子谦后躺下身子，她把两只手放在自己光滑的肚腹上，心里想着要是能怀上个一男半女就再好不过了。男人还会离开这个家，虽然并不能确定是哪一天，但那也只是个时间的问题。男人这次回来大变了样，不仅把毒瘾戒掉了，对她也是格外好，可惜的是他又要远去了。

吴子谦从德义恒回来就一直琢磨着鬼子印刷局里的印刷机。如果能弄几台印刷机回去，就解了八路军的燃眉之急了。高捷成、梁绍彭对自己不薄，知道自己沾染上毒瘾后并没有嫌弃他。更让他感慨的是印钞厂来了那么多富有激情的年轻人，肖必利、连若烟……他们年轻靓丽又才华横溢，为了印好钞票，为了赶走小鬼子，毅然决然地钻进那条偏僻的大山沟里。如果说过去所做的一切是为了报答八路军恩情的话，那么这次回去他就要真心地融入那个大家庭了。八路军把他从大牢里解救出来，看准的就是他身上的印刷技艺，现在机器烧没了，印刷材料烧没了，自己回去又能怎么作为呢？鬼子的印刷局里有他想要的一切，能不能在鬼子的印刷局里做点文章，把八路军急需的印刷机、印钞纸、青石板等物资偷运出去？如果真的成功了，这些物资也正好算作自己投奔八路军的见面礼。可是鬼子在印刷局里把守严密啊，一旦失败他不仅会被鬼子重新抓进大牢，很有可能还会被杀头。想到鬼子的大牢，吴子谦想到制作假钞的事，也想到上次为梁绍彭制作通行证的事，能不能制作一张鬼子调运印刷机、印钞纸的命令呢？这不是一个便捷的办法吗？他相信自己的手艺，他制作的命令状一样会以假乱真。吴子谦想到这里偷偷爬起来。屋子里很暗，旁边的妻子睡得正香。

吴子谦推开门来到中间这间屋子里。屋子靠墙的地方摆放着一张工作台案，上面放着吴子谦平时制版用的各种工具。吴子谦点着油灯，从地上拿起半块木头板子，正好挡在油灯和他们的卧室之间。吴子谦把桌上的工具用油纸包好后，拿出一张白纸放到台案上。他想仿制一张邢台日军司令部的命令状。他一边回忆鬼子命令状的格式和内容，一边用笔细细描画。吴子谦做这些的时候非常专注，这是张草图，他不停地矫正、修改，直至一切都做到完美无缺了才直起腰细细打量一番。鬼子的命令状不仅有编号，还盖有日军司令部的公章。吴子谦拉开抽屉找到一块刻章的石材，然后低下头一刀一刀刻起来。

第二天吃了早饭后,吴子谦又来到邢台城里的德义恒。

吕掌柜搭着褡裢刚要出门,看到匆匆赶来的吴子谦惊讶地问道:是吴先生啊!

吴子谦看看左右,拉着吕掌柜返回后面的卧房里。

吕掌柜知道吴子谦可能想出了办法,进来后把门关上,然后把肩膀上的褡裢扔到炕上:怎么样——有何妙计?

吴子谦看一眼吕掌柜,从怀中掏出一张日军司令部的命令状。

吕掌柜拿起来大吃一惊。这张命令状上不仅有鬼子发布命令的行文编号,还有鬼子四四方方的司令部大印。印文为中日两种文字,吕掌柜不懂日文,但他能看懂中文啊。吴子谦真是个奇才!吕掌柜心里赞叹不已。他已经明白了吴子谦的用意,用鬼子的命令状,把印刷局的机器物资调运出来。此计确实妙,但也风险太大!一旦败露,可能人头落地!

吕掌柜伸过头去,压低声音说:快说说下一步的谋划!

吴子谦说道:此事还需吕掌柜助一臂之力!

两个人一直谋划到后半晌,觉得都考虑周全了才分开。

鬼子的印刷局位于邢台古城的西门一带。这是小鬼子在冀南建立的最大的印刷局,门口设有岗哨,院内是几处储存物资的库房。库房前面就是吴子谦过去所在的印钞厂了。印钞厂里灯火通明,工人们日夜为鬼子印制军用票、伪华北联合银行钞票。

这天黄昏时分,印刷局门口来了三位穿戴整齐的日军,中间一位是少尉,旁边两位是士官。三个人来到门口后,门口站岗的日军立刻举手敬礼。少尉掏出通行证,岗哨查验一番后,让三人进了印刷局。三人径直来到一处库房前面,库房门上有一个数字"2"的标示牌,显示这是二号库房。库房门前也有岗哨把守。少尉走到门口后从衣服里掏出司令部调运物资的命令状,命令状后面是调运物资的明细单，上面罗列着调运物资的名称、数目。库房前面的哨兵见的这种命令状太多了，有调运物资进库的命令，也有调拨物资出库的命令，哨兵拿着司令部的命令状返回哨楼里打了一通电话，一会儿一辆汽车从远处轰隆隆开过来，接着库房的大门被吱吱扭扭地打开，库房里的工人开始按照司令部调运物资的明细单把货物装上汽车。

那边工人们装运货物，这边哨兵拿着命令状和少尉说着话。他们都是用日语交流。少尉说他是从北海道那边过来的。哨兵露出惊喜的神色，原来哨兵和少尉都是来自同一个地方。两个人既是老乡，又在这么遥远的地方相遇，自是有说不完的话。哨兵年纪不大，和少尉差不了多少，哨兵羡慕少尉的军衔，感叹自己在这边缺少晋升机会。少尉拍拍哨兵的肩膀，说他在司令部工作，有机会了替哨兵美言几句。哨兵很是感激，把少尉拉到一个背人的地方，恭敬地给少尉献上一颗烟卷。两人刚抽几口，那边的岗哨很粗鲁地骂过来，说这是库房重地严禁烟火。哨兵和少尉急忙把烟卷熄灭。哨兵不好意思地说，他刚从国内过来，对这里的规矩不是很熟悉，请少尉多多原谅。

货物全部装好，汽车马达再次轰鸣起来，少尉跳上汽车坐在副驾驶位置上，和少尉一起来的两位士兵爬上后面的车厢，汽车轰隆隆开出了印刷局。少尉从汽车的后视镜里看到他的那位老乡哨兵正举着手向这边摇着。汽车上插着日军的军旗，汽车所到之处一路通行无阻。来到西城门的时候，汽车被城门前的日军拦住。太阳已经落山，天已经暗下来。

哨兵查看了少尉的通行证后建议道：天明后再走吧，城外有支那军队，小心中了埋伏。

少尉把通行证收回来：军令难违，不敢有误！

城门打开，汽车呼啸着向黑暗中开去。外面的天很黑，汽车车灯在黑暗中划开一条通道。走了没多远，少尉让司机停下车。少尉先打开车门跳下去，车厢里的两位日军也爬下来。少尉走到驾驶室旁边敲一敲车窗。驾驶室里的司机是日军从台湾征用过来的一位年轻人。司机不知道这位少尉有何吩咐，推开车门跳下去。少尉正站在车灯前面抽烟，司机走过去刚要敬礼，后脑勺上便遭重重一击。少尉扔掉烟头和后面的两位日军将昏死过去的司机拖到路边的沟渠里，然后急忙跳上汽车向邢台西南的沙河县开去。

司机被除掉了，驾驶室里的三人互相看一眼哈哈笑起来。三人摘掉帽子，少尉正是吴子谦，少尉旁边的两位日军是吕掌柜打发过来的小伙计。就在这时后面传来枪声，接着看到大批的摩托车向这边追来。

吴子谦说：不好——鬼子向这边追过来了。

两位小伙计脸色变白：吴先生——这可如何是好？

吴子谦根本不会开汽车，他刚刚看了几眼，现在一急汽车突然熄火了。几个人跳下去又把汽车发动着，吴子谦打转方向盘让汽车冲下路基，然后摇摇晃晃闯进路边的一片小树林里，汽车撞在一棵大树上再次熄了火。三个人跳下车躲在树林里，公路上鬼子的摩托车呼啸着向前面追去。

摩托车走远了，三个人在黑暗中站起来，三人把身上的鬼子衣服脱下来扔到树林里。

吴子谦拍拍两位小伙计的肩膀：明天中午你们就能赶回德义恒。就此别过，后会有期！

两位小伙计满头大汗，他们既害怕又紧张，现在终于能离开了，一抱拳匆匆离去。

吴子谦走几步又把两位小伙计叫回来：此事万万不可泄露！日后就是小鬼子问起来也绝不能承认！一旦承认——

吴子谦在黑暗中比画一个抹脖子的动作。

两位小伙计摸摸头上的汗连滚带爬出了小树林。

吴子谦看着两位小伙计走远了，才掉转身向沙河县的石盆村走去。上次梁绍彭带他去过那里，八路军的采购站就设在石盆村。他想让采购站的同志们连夜组织力量，将汽车上的货物转运到太行山中的根据地。

四五天后吴子谦返回到了冀南银行的总部所在地小寨村。又过了十几天采购站的同志们组织二十几匹骡子将汽车上的石印机、铅印机……还有大量的印钞纸、油墨等物资运输过来。

吴子谦正式担任了磨石村印钞厂厂长。

印刷机也全部安装完毕，加上大伙经过前段时间的锻炼，冀南银行一角、二角面额的钞票很快印出来……

接着是一元、五元、二十元的钞票……

吴子谦是谁？我们的大英雄！

吴子谦智夺印刷机的故事一直是肖必利工闲时给大伙必讲的课目。哑巴每次都认真听着。尽管许多事他还不是很明白，但只要是说他的朋友吴子谦的事他就挪不开脚步。

吴子谦当了厂长后把大伙分为几个工作小组，有材料组、设计组、制版组、印刷组，肖必利在材料组，连若烟呢，分到了设计组。和吴子谦在一起的机会多了，连若烟才感觉到，身边这个其貌不扬的家伙真的是很牛啊。个子不高的吴子谦好像也在连若烟的眼中伟岸了许多。

第六章　举办金展会

一

天气一天天热了,山上的积雪也化作流水哗啦啦地向山外流去。四五月份正是宽嶂山中连翘花盛开的季节。连翘花又叫一串金、黄金条、黄花条、落翘、青翘等,是一种多年生的落叶灌木植物。连翘喜光,又特别耐寒耐旱。连翘也是一种重要的清热解毒的中药材,它的根、茎、叶、果实均可入药,用连翘可以治疗急性风热感冒、痈肿疮毒、淋巴结核、尿路感染等病症。连翘开的是一种淡黄色的小花,一串一串,所以人们又把它叫作一串金。连翘花开的时间比较长,一般能保持四五个月的时间。现在山坡上的雪化了,树木枯草变绿了,成片成片的连翘花也在太阳光的照射下闪耀着金黄色的光芒。

天气暖和了,封闭了一个冬天的人们能走出家门互相来往了。对于磨石村的女人孩子们来说,现在最开心的就是能提着小板凳,到转角楼后的篮球场看印钞厂的战士们打篮球了。篮球是梁绍彭特意让采购站购买回来的。梁绍彭说啦,打篮球也能提高战斗力!印钞厂全是清一色的年轻人,他们有的是旺盛的精力,每天下午的时候,年轻人们就分成两队在篮球场上争个高低。他们过去玩的是哑巴的木球,木球只能传过来传过去,不小心还会把手指头弄伤,现在是真正的篮球,轻巧不说,还有非常好的弹性。山里的女人孩子们从来没见过篮球,也从来没见过会有这么个玩法的游戏。年老的女人主要是看热闹,时间长了就成了一个聚会的理由,她们坐在篮球场边一边做针线活计一边拉着家常,偶尔也会抬起头看看场子上的人们。年轻女人,特别是那些还没有出嫁的女孩子们,看打篮球是一回事,看光着膀子的小伙子们可能是更重要的理由。印刷厂来的年轻人既有文化又高大帅气,怎么能不吸引女孩子们来呢?至于那些孩子,篮球场成了他们玩耍的好地方,大人们打篮球,孩子们就在场子里窜来窜去。篮球偶尔会滚到山沟里去,孩子们便一窝蜂地去追那颗篮球。

与场子里玩耍的孩子们相比,哑巴就成了一个另类。吴子谦没事的时候给哑巴雕刻了一把木头长枪,长枪比哑巴的个子还高,哑巴背着那支木头长枪站在篮球场边看着这边的人。哑巴很少笑,他总是阴沉着脸。那边的女人看到这边的哑巴了,还会议论一番。有的说,你看哑巴,一脸不高兴的样子!另一个就说,石老爹怎么生下这么个不会说话的儿子呢!吴子谦没事的时候也会抽着烟锅头来到哑巴的身边,看到哑巴孤零零的样子,吴子谦弯下腰,保明——不和他们玩去吗?吴子谦的眼睛看着跑下山坡追逐篮球的孩子。哑巴很少和村子里的孩子们玩耍。在孩子们眼里哑巴似乎是个大人,在大人们眼里哑巴又是个孩子。除了吴子谦、李德厚外,他更多的时候是生活在自己的世界里。一个人出来,一个人进去,过去有大黄和他做伴,现在他像一个幽灵一样出没在磨石村的周围。

这天下午肖必利没有去打篮球。上午的时候连若烟就和他说过了,屋子后面开满了黄灿灿的连翘花,她想让肖必利带她去山坡上看花。是啊,这正是踏青的好季节,春天来了,万物萌生,覆盖了一冬天的大雪不见了,河沟里溪水哗啦啦流着,山坡上也似乎在一夜之间泛出了生机盎然的绿色。

吃过中午饭后连若烟就迫不及待地向屋子后的山坡爬去。她没有呼唤肖必利,她想让肖必利一会儿去花丛中找她。天上是明晃晃的太阳,脚下是刚刚变绿了的茅草。连若烟走一阵跑一阵,很快额头就爬满了细密的汗珠。整天和油墨、煤油打交道,现在来到了空旷的野外,感觉空气是如此新鲜和甜美。连若烟大口大口呼着气,肺里积存的那些混浊的气味也好像一点一点被抽离出去。爬到半山坡上,连若烟返过脸再看身后的磨石村,村子已经变成一个微不足道的存在。山坡上看不到肖必利的身影,连若烟心里想,哼,一会儿有这个傻小子的好看!前边就是大片大片的连翘花了。站在村子里望去,山坡上只是一个大写意的黄,现在自己就来到了这片浓烈的金黄的色彩里边。

连若烟弯下腰闻一闻连翘花的香味,然后折了一支连翘花。连翘花开在连翘刚抽出来的枝条上,连若烟用了劲儿才把枝条折断。这个傻小子,怎么就不知道她喜欢这些花呢?也没有送她一束!一会儿来了一定要惩罚他!怎么惩罚呢?不让他亲嘴!连若烟想到这里脸上露出笑意来。连若烟又折了几枝,还把一枝插在自己的头发上,然后举着这束连翘花来到了花丛中间。山下望这边也就是很小的一片,站在这里了你才发现四周全是花,而且漫山遍野看也看不到边。

风中隐隐传来肖必利呼唤连若烟的声音:若烟——你在哪儿呢——

连若烟刚要张嘴应答他,后来一想又闭住嘴。她把地上的茅草用脚踩平,然后把身边的连翘花推向四周,一个简易的小花房形成了。连若烟弯下腰,然后试着躺下来。爬了这么高的山坡正好累得够呛,现在躺在软和和的茅草上有着说不出来的舒坦和清爽。连若烟面迎天躺着,她看到的是一块用连翘花镶着边的天。那块天很小,又特别蓝,没有乌云,没有尘土,此时的蓝显得是那么高贵、大气、纯洁。那天的蓝给连若烟留下了终生难忘的印象,她在往后钞票的设计中总会想起那天的蓝。当时连若烟还不知道,原来吴子谦也对蓝有种格外的情感。他们都喜欢蓝,认为蓝就是典雅,就是高贵。所以连若烟把冀南银行好几种面额的钞票设计成蓝色的底子,吴子谦每次都是赞不绝口,直至他们在七八年后,合作设计第一版人民币的时候,仍然把蓝作为了钞票的底色。

若烟——若烟——

花丛外面是肖必利的喊叫声。连若烟能从声音里感觉到肖必利急切、喜悦的心情。

我才不会让你一下找到呢。连若烟把手中的花束遮在脸上。

肖必利向另一边跑去:若烟——我看到你啦!

有只蝴蝶飞过来,那是一只有着红色翅膀的蝴蝶,蝴蝶转着圈子飞舞着,似乎想落到连若烟脸上的花束上去。连若烟大气也不敢出,她期盼着这只蝴蝶会落到她的脸上。蝴蝶飞舞着落下来,但刚一落下又倏忽一下飞去。连若烟伸出手想把那只蝴蝶抓住,蝴蝶很快扇动翅膀飞出了小花房。

这个傻小子跑哪儿去了?

连若烟听不到肖必利的叫声了,有点着急,她爬起来想看看花丛外面的肖必利。连若烟站起来,外面全是花,哪里有肖必利的身影!这个死鬼,我在这儿啊,跑到哪里去了呢?

连若烟刚要喊一声肖必利,话还没有喊出来,便被身后的人一下扑倒在小花房里。连若烟吓一跳,来人已经把热烘烘的嘴巴压过来。

肖必利!

肖必利——

连若烟推开了,肖必利压下来,再推开再压上来。然后连若烟就只能任凭肖必利肆意地抚摸和摆布了。

肖必利亲热够了和连若烟并排躺在花丛中。

连若烟扭过头看一眼肖必利,肖必利脸上汗津津的,好看的头发湿漉漉地搭在一边。

连若烟支起身子看着闭着眼的肖必利。肖必利激情澎湃又才华横溢，两人自从认识后就形影不离，一见面就有说不完的话，说八路军，说打小鬼子，也说印钞厂的事。两人似乎还从来没有说过他们自己的事。虽然肖必利没有说过，但连若烟知道她的心已经融入肖必利的身体里了。

以后就是和眼前的这个男人结婚吗？

连若烟想到结婚皱起眉头。她的爹娘四五年前就给她定了一门亲事，对方好像还是国军里的一个营长。但连若烟才不管他是营长呢还是团长，她是坚决不会嫁给那个她从来也没有见过的男人的。七七事变前家里还给她来过一封信，父母催促她回去完婚，说对方已经是一位团参谋长了，前途一片光明。连若烟那时候已经认识了肖必利，她也喜欢肖必利，她把父母的信随手扔到了垃圾桶里，跟着肖必利就来到了山西抗日前线。

肖必利睁开眼：我们结婚吧？

肖必利看着连若烟低低说。

尽管肖必利现在才说出这句话，但连若烟听了还是非常高兴。连若烟看一眼肖必利，紧挨着他躺下身子。

肖必利反过身看着连若烟：怎么了——不愿意吗？

连若烟故意说：不愿意。

肖必利又要打闹，连若烟说：等赶走了小鬼子——我们就结婚！

说起结婚的事，连若烟兴奋起来，连若烟支起身子摸着肖必利的头发说道：到时候我们的洞房里就摆满连翘花。

肖必利看着美丽的连若烟突然一动，眼前不就是最好的花房吗？蓝蓝的天，漫山遍野的花，他又要亲吻眼前这个单纯、善良、多情的女孩。

连若烟推开肖必利，示意肖必利看看身后。

肖必利转过身看见花丛外面站着的哑巴。

哑巴——你怎么跑到这边来了？肖必利看见哑巴吃了一惊。

哑巴背着木头长枪,手里抓着那只红翅膀的花蝴蝶,看着花丛里躺着的肖必利和连若烟,脸上也露出惊讶的表情。哑巴举着手没有动,他似乎仍然有点不相信自己的眼睛。

连若烟站起来把凌乱的头发撩上去,弯下腰把两只手搭在哑巴的肩膀上:保明——天快黑了,下山的时候要小心呀。

哑巴把手里的蝴蝶给了连若烟,然后转过身向山下跑去。哑巴边跑边举着手呜呜呜喊叫着什么。连若烟和肖必利目送着哑巴跑下去,他们听不懂哑巴喊叫的内容。

连若烟把手中的蝴蝶举起来,蝴蝶振动着翅膀,红色的翅膀在太阳光的照射下发着亮眼的光。连若烟一松手蝴蝶展翅飞去,先是一只蝴蝶,然后就变成了一个黑点,再然后就消失得什么也看不见了。

二

这年春天的时候,中共中央北方局在黎城的北社、霞庄等地召开了一次重要的高级干部会议,史称"黎城高干会议"。中共中央北方局、八路军总部、129师、冀南抗日根据地、太行抗日根据地、太岳抗日根据地、晋察冀抗日根据地、晋西北抗日根据地的有关负责人参加了这次会议。会上大家学习了中共中央《关于目前时局与党的任务的决定》《关于目前形势和任务的指示》《抗日根据地的政权问题》以及毛泽东、王稼祥给彭德怀的《关于争取对内和平,巩固已得阵地的方针与具体步骤的指示》等文件,杨尚昆代表北方局做了《目前政治形势与统一战线中的策略问题》的报告。这次会议形成的一个重要共识就是,要在我党掌控的抗日根据地内加强建党、建军、建政建设。

这次会议开过不久,为了统一领导冀南抗日根据地、太行抗日根据地、太岳抗日根据地，冀南行政主任公署和晋东南的太行、太岳专署合并成立了"冀南、太行、太岳行政联合办事处"，简称"冀太联办"。"冀太联办"的办公地址就设在西井镇129师财经学校暨冀南银行培训班的旁边。一年以后，"冀太联办"便更名为"晋冀鲁豫边区政府"，管辖着包括山西、河北、河南、山东各一部的广大抗日根据地。

对于高捷成来说，高干会议后，特别是冀太联办成立后，冀钞就成了冀南、太行、太岳三大抗日根据地的法定货币，一年以后又成为整个晋冀鲁豫抗日根据地的唯一合法货币，此前在太行、太岳流通的上党票以及其他供销社票、代金券等全部收回。与此同时，冀南银行也先后在辽县（现在叫左权县）的芹泉镇建起了冀南银行晋东南办事处，后改为总行营业部；在河北建起了冀西办事处后改为一分行，邢南办事处后改为六分行等；在太行太岳建起了三分区办事处后改为三分行，太南办事处后改为四分行等；在河南建起了豫北办事处后改为七分行等。此后又在根据地各县设立了县级行所。

这天黄昏的时候高捷成和两名警卫员骑着马从河北涉县的索堡镇返回到冀南银行总部。涉县位于晋冀豫三省交界处，高捷成想在这里设立银行的办事处，银行在这里落脚后，就可以连通太行山东西区域，成为辐射整个抗日根据地的枢纽机构。他和当地的同志们研究了各种细节后返回黎城小寨村。小寨村前的河由于山上积雪融化，河道里的水骤然涨了许多。此时夕阳正在远处的宽嶂山头落下去，田野上是耕作的农人们，河水边是女人们洗衣服的场景。高捷成和两位警卫员在村前的小桥上勒住马头。高捷成环顾四周，远处的宽嶂山高大险峻，他知道宽嶂山中的印钞厂此时正在印刷各银行需要发行的冀钞。是啊，短短一年多的时间，在总部及129师的领导下，冀南银行从无到有，从总行成立一直发展到今天遍布几块根据地的分行。特别是印钞厂，同志们克服了多少的困难啊，没有机器，没有纸张，没有油墨，他们几乎一无所有。但就是在这样的情况下,同志们想尽一切办法,把钞票印刷出来,而且越印越好,面额也由过去的几种发展到现在的五六种。正如首长们说的,他们的银行不仅要满足战事需要,而且还要发展根据地经济,同时和小鬼子进行针锋相对的货币斗争、金融斗争!

高捷成望着远处的群山想起朱德总司令的一首诗:

> 远望春光镇日阴,
> 太行高耸气森森。
> 忠肝不洒中原泪,
> 壮志坚持北伐心。
> 百战新师惊贼胆,
> 三年苦斗献吾身。
> 从来燕赵多豪杰,
> 驱逐倭儿共一樽。

高捷成本身就是受过高等教育的人,此时此刻他自己也心潮起伏,望着眼前向东流去的河水,一时诗情汹涌:

> 烽火连天太行头,
> 我携冀钞战倭寇。
> 民族危亡在心间,
> 漳河呼啸入海流。

"驾——驾——"高捷成和两位警卫员打马向郭家大院驰去。

晚饭后高捷成在处理完公文后仰躺在郭皓轩给他送来的一把躺椅上。高捷成的卧室兼办公室在北面的二楼上,靠窗户的地方摆着一张办公桌子,上面点着油灯,油灯旁边是各种公文,有八路军总部、129师的指示、命令,还有各地银行办事处的请示、报告等,靠墙的地方是一张木头单人床，床旁边就放着这把用藤条编织的躺椅。多年的劳作可能对腰部产生了损伤，三十来岁的他久站以后就会腰疼得厉害。后来高捷成想，腰上的毛病可能跟红军长征有关系，没日没夜地走路，没日没夜地打仗，那时候既年轻又精力旺盛，当时并没有感觉到有什么不舒服的地方，疲惫了睡一觉好像就恢复过来，但现在年岁一大，毛病就凸显出来，特别是他的腰部，一天忙下来，有一种几乎就要断裂的感觉，弯下腰半天直不起来。郭皓轩发现他这个毛病后，给他送过这把躺椅来。躺在上面，腰部很熨帖地靠在上面，使疲惫的腰部能得到很好的休息。

夜已经很深了，高捷成没有一点睡意。他透过窗户望着遥远的南方。他的视线越过了太行山，来到福建漳州龙溪县一个小村子里。

1909年9月17日高捷成出生在这里，他的父亲是一位制作爆竹的工人，他的叔父在当地开办了一家钱庄。高捷成七岁的时候进入闽南华侨小学读书，因沉静聪颖，为学校器重。毕业后被保送进省立第三高级中学读书。初中毕业后考入龙溪师范学校。1926年师范毕业后任建瓯县督学。同年在革命高潮的影响下，高捷成参加了反帝大同盟，并加入国民革命军第一军，任宣传员。1927年他被任命为海登县党务指导员。蒋介石发动"四一二"反革命政变后，高捷成因"言辞激烈"被国民党当局押回漳州，经其父亲、叔父极力营救，高捷成被释放回家。1928年高捷成考入厦门大学经济系，未毕业即到上海中南银行任职，不久又返回漳州在叔父高开国开办的百川银庄担任出纳。任出纳期间，高捷成先后挪用银庄两万多大洋暗中接济了闽南地区红军游击队。1932年毛泽东率领的中国工农红军打下漳州，高捷成积极为红军筹粮筹款。当时红军正在筹办中华苏维埃共和国国家银行，毛泽民得知高捷成熟悉银行业务后积极邀请他到中央苏区从事银行工作。红军撤离漳州时高捷成跟随红军离开漳州到达瑞金，先后担任红军会计科长、总务处长等职。第五次反围剿失败后开始万里长征。到达陕北后抗日战争全面爆发，红军改编为八路军，高捷成又跟随八路军129师转战到这里……

　　从1932年离开家乡算起至今已经八个多年头了，他的父亲还好吗？叔父的钱庄呢，还在经营着吗？他的妻子呢……还有那个他离开时刚刚三个月大的儿子活下来了吗？世事变乱，战火纷飞，两地音信隔绝，他一点也不知道家里的人现在究竟怎么样了。他的妻子叫蔡宝，离开时两人也仅仅在一起生活了一年多时间，他知道那一别可能终生再不能相见，他告诉妻子他离开后她可以再嫁：我既献身国家，势须离家绝伦，汝可自作主张，勿以我念。妻子或许已经改嫁他人，可是那个三个月大的儿子呢？如果在世的话也该八岁多了，儿子长什么样子呢？高捷成怎么也回忆不起儿子三个月时的样子。叔父还好吗？想起叔父，高捷成总觉得有一件事对不起老人家，他瞒着叔父把钱庄的两万多大洋资助了游击队，现在该是和叔父赔个不是的时候了。他要和叔父说声对不起，也要让叔父放心，他高捷成就是有千难万难也要把这两万大洋还给钱庄的，两万大洋不是个小数目啊。想到这里，高捷成从公文包里拿出两年前写的一封信来，他把油灯拨亮，细细看起来：

宗叔大人台鉴：

　　我自从九一八东北事变，一二八上海抗战后，悲愤交集，誓不求中华民族之解放，当不为中华民族炎黄子孙之一人！决心从戎，于是仓促离家，一切骨肉、亲戚朋友无暇顾及辞别，至今思维，尤为怅然。

　　民国二十一年三月间离漳，倏忽至今已有六年了。在这六年中东奔西波，南北追逐，历尽一切千辛万苦，雪山草地，万里长征，在所不辞！无非为的是挽救国家的危亡！志向所趋，海浪风波在所难阻！不过从来没有备函奉候，音讯毫无，自然未免见怪于诸大人亲族朋友，或以为我这个不肖高家浪荡子弟，弃家离伦，不孝不义了！我还记起将临走的时候曾留一信给你转添木我的父亲：我要和你们离别了，或者是永远离别了，我不挂念家里，希望家庭也无须挂念我！这是我从戎的决心，这是救国抗战为国牺牲坚决的立志！救国才能顾家，国亡家安在！而不是断绝人伦的无条件地弃家而不顾，想或可以原谅我吧。至今我的艰苦奋斗聊可作为初步阶段的结束，但是主要的抗战救国正在开始呢，所以才抽出一点工夫写信来拜候你大人。

我现在迫切需要知道的：我的父亲添木和我母亲是否仍在健康？几位兄弟捷元、捷三、捷开、捷绍、捷速等是否安居乐业，家庭变幻情形怎样？百川银庄发展扩大否？东华园经营兴旺否？高庆积、高合记二宝号怎样？建东、建池、建华几爱弟近来长大成人想很进步？叔母大人健康否？李石虎、蔡师尧世叔大人近来安康否？我的内室改嫁否？我的小儿活泼否？

我所欠挂百川银庄二万多元的债，时刻记念在心，本利至今，当在三万余元。国家得救，民族得存，清债还利当不短欠分文。望勿挂念怨恨。

谨此奉达，敬请安！

读完信高捷成觉得眼中满含着泪水，他放下信把眼中的泪揩掉。他从公文包里掏出两张照片。这两张照片还是在延安时照的呢，照片上的高捷成穿着军装凝视着远方。他又在信的末尾写了一句话：

附照片两张，请转一张给我家，余一张敬大人留念。

高捷成把信和照片小心地放进桌子上的公文包里。等待时机吧，有机会他会把这封信和照片寄回远在漳州的家。

三

郭天佑的离开让林芝美难过了好长时间。儿子怎么这么任性呢？况且腿上的伤刚刚好利索啊。有一段时间林芝美和谁也不说话，她就那么坐在大门口一动不动地望着村前的那条土路。她的脸好几天没洗了，头发也凌乱不堪。儿子腿上的伤好了，原本打算让儿子留在家里，再给他娶上一房媳妇，然后过安稳的日子。兵荒马乱的岁月，她一个女人家能有什么奢求呢，还不是盼望着一家人能守在一起，然后平平安安健健康康地活着？如果老天有眼，能再添几个活蹦乱跳的小孙儿，那她就是天底下最幸福不过的女人了。可是现在，儿子一句话也不说就走了，而且还是去打小鬼子去了，她怎么能不感觉到失望乃至绝望了呢？儿子就是她的天，她的天没了，还有什么快乐可言呢？她没有快乐，甚至死的心都有。她不和郭皓轩说话，认为郭皓轩没有尽到做父亲的责任。明明知道儿子要去那里，你郭皓轩一句话不说就让儿子离去了。郭皓轩想和她说国家有难匹夫有责，想和他说好男儿志在四方等等，每次刚开口就被林芝美顶了回去，郭皓轩再说话，林芝美已经把耳朵堵上。我不听——我不听——林芝美捂着耳朵跺着脚声嘶力竭地哭喊起来。郭皓轩只能无可奈何地离去。

对于石俊袅，林芝美有一种复杂的情绪。她也埋怨石俊袅，知道儿子喜欢俊袅，也能从两个人的言谈举止中感受到他们的关系非同一般。既然喜欢我儿子，你怎么就能让这个浑小子离开呢？儿子是喜欢俊袅，可是自己也明确反对过儿子啊，她不同意儿子和俊袅的婚事，俊袅有什么理由阻拦儿子呢？想到这里林芝美又觉得不应该怪怨俊袅。石俊袅回来，照顾林芝美的事就全落在俊袅的头上了，晚上和林芝美做伴的也是俊袅。过去两个人躺下了，林芝美总有说不完的话，说话的主题自然是儿子，说儿子小时候的事，说儿子给她讲过的见闻，俊袅一声不响地听着，偶尔听到好笑的地方还抿着嘴低低笑几声。现在两个人躺在炕上，儿子竟一下成了一个避讳的话题，林芝美不想说，石俊袅是不敢说。俊袅也隐约感觉到夫人似乎并不同意她和郭天佑的事。两个人就那么在黑暗中听着对方的呼吸。

这种日子大概过了几个月。有一天早上，俊袅把林芝美推到门口的时候，突然有一种强烈要呕吐的感觉。俊袅来不及和林芝美说话，捂着嘴小跑着到了那边的厕所里，然后就是翻江倒海地呕吐，呕吐的声音惊天动地，让大门口的林芝美也不得不回过头看。这孩子是怎么啦？林芝美转过身看着厕所的门口。俊袅呕吐完脸色苍白地走出来。林芝美关切地问道，是肚子凉着了吗？你这孩子，现在是倒春寒，厚衣服脱不得！俊袅小声说着，夫人说得对，我可能是肚子凉着啦。俊袅说完话返回屋子。林芝美看着石俊袅回到屋子没有说话。第二天两个人刚起来，俊袅又有了要呕吐的感觉，那种感觉是那么强烈，以至俊袅一推门就昏天黑地地吐起来。俊袅夸张的呕吐声把郭皓轩、杜小娟、冀管家全吸引到院子里。

郭皓轩诧异地说：俊袅是怎么啦？是吃坏肚子了吗？

杜小娟还给俊袅轻轻拍拍背。

冀管家把郭皓轩拉到一边，低低说：老爷——你要有喜事啦！

郭皓轩一扒拉冀管家的手：你胡说甚呢！

儿子郭天佑去打小鬼子去了，夫人林芝美又是那个样子，何喜可有啊！

冀管家在郭皓轩的耳朵上低语几句，郭皓轩抬起头看看冀管家。冀管家说俊袅可能怀上他儿子郭天佑的孩子啦。两个年轻人，在一起又那么长时间，一切皆有可能啊！况且儿子郭天佑还和自己说过，他喜欢俊袅，要娶俊袅为妻，只是夫人林芝美坚决反对，此事才耽搁下来。如果俊袅真的怀上了他郭家的血肉，那可真是天大的喜事啊！

郭皓轩脸上立刻堆满笑，提起衣服小跑着进了夫人林芝美的房间。林芝美正披头散发地坐在炕上，心里嘀咕着这孩子是怎么回事呢，是吃了什么不干净的东西了？郭皓轩推门进来，林芝美看见郭皓轩扭过头去。郭皓轩看见林芝美不高兴的样子，张大嘴不知从何说起，急得在地上转了几个圈子，一跺脚来到林芝美身边。

郭皓轩伸过头和林芝美说：这孩子是不是——

郭皓轩指一指肚子，意思是石俊袅怀孕了。

林芝美返过脸骂一句：老没正经的——人家孩子还是个黄花大闺女呢，哪里能怀孕呢？

郭皓轩急着说：俊袅和天佑——

郭皓轩伸出两只手，互相交叉一下。

林芝美终于明白郭皓轩的意思了：你是说——他们两个已经那个啦——俊袅怀上我儿子的骨肉啦？

林芝美一下叫起来：那还不赶快把大夫请过来——俊袅——俊袅——快回家来！

林芝美的心咚咚咚地狂跳起来，这简直是天大的喜讯啊，她怎么就没有想到这里呢？老糊涂老糊涂真是个老糊涂！郭皓轩小跑着出去，林芝美一个劲地埋怨自己。

杜小娟扶着石俊袅进来，林芝美又着急又心疼地喊道：俊袅啊——你怎么不早说呢！

大夫的结论让郭家人大喜过望。大夫号完脉告诉郭皓轩，俊袅怀孕啦！而更让郭皓轩、林芝美高兴的是俊袅承认肚子里的孩子就是她和郭天佑的。这个消息简直比过年还让人振奋和喜悦。郭皓轩像个小孩子似的搓着手在屋檐下走来走去，他真想立刻放一串鞭炮，来表达此时此刻的心情。他就要做爷爷啦，是啊这一切似乎来得有点太突然了，他还没有一点心理准备，这个可爱的小家伙就要光临他们郭家了。林芝美脸上的阴云早已烟消云散，她大声喊叫着指挥着冀管家和几个伙计们,给俊袅端碗姜汤来给俊袅拿件厚旗袍来——冀管家和几个伙计跑得满头大汗。躺在炕上的俊袅想坐起来,林芝美大惊小怪地喊着不让俊袅起来,她把俊袅按在炕上,让俊袅静养。

俊袅说:夫人——

是啊这是干吗呢,俊袅知道自己又没啥毛病,大夫告诉她呕吐啦等等,是一种正常的妊娠反应,现在那种呕吐的感觉过去了,她哪能躺在那里呢?

林芝美听见俊袅叫她夫人的声音拉住俊袅的手。俊袅的手上戴着她送给俊袅的那只墨绿色的玉镯子,俊袅的手白皙、细腻,配上这只墨绿色的镯子显得既大气又典雅。呕吐过后的俊袅脸色还是没有恢复过来,身子也显得是那么地单薄和瘦弱。她也是个女人,也有过怀孕的经历,知道一个女人从怀孕到生下孩子所付出的艰辛和努力。儿子年前就和她表白过,他要娶俊袅为妻,她武断地决绝地拒绝了儿子的请求!儿子和俊袅已经成为事实上的夫妻,可自己这个做母亲的竟然气急败坏地拆散了这对恋人。儿子离家出走,难道能和自己没有关系吗?俊袅来到这个家已经六七年了,对自己照顾有加,把儿子也养得壮壮的,现在又给他们老郭家怀上了下一代,她怎么能那么对待俊袅呢?想到这里,林芝美内心充满了一种自责和内疚。

石俊袅看见林芝美眼里涌上了泪花。

俊袅把一块手绢递给林芝美。

林芝美接过去把眼中的泪擦掉:俊袅啊——你看我确实是老啦——想起这些就忍不住要掉眼泪。

俊袅还像过去一样笑着说:夫人不老——夫人年轻着呢。

林芝美也笑起来:俊袅就拿好听的话哄我老太婆开心。

俊袅掉过脸面迎天躺在炕上,她把两只手交叉着放在自己的小肚子上。肚子里好像真的有小东西在跳,是那个孩子吗?是那个她和郭天佑的孩子吗？想到郭天佑，郭天佑年轻白净的面庞笑嘻嘻地出现在眼前。

那个坏男人现在在哪里呢？

石俊袅恬静的脸上露出微微的忧愁。

四

离小寨不远的地方有一个叫孔家峧的小村子。孔家峧三面环山，只有一条路通向外面的世界。孔家峧最出名的是一处叫棋盘院的院子，这处院子大大小小有三十多间房子，院子套着院子，环环相扣，又曲径通幽。站在山坡上望去，这处院子又像一个巨大的中国象棋棋盘，所以当地人把这处院子叫作棋盘院。这个棋盘院就是当时中共中央北方局、八路军总部、129师等的秘密驻地。朱德、彭德怀、刘伯承、邓小平、杨尚昆、左权等我党早期的将领们均在这个院子驻扎过。棋盘院的主人叫郭建仁，八路军撤退时，郭建仁曾按照八路军的指示保存过大批账簿。为了把账簿保护好，郭建仁把这些账簿装在一口大瓮里埋在自己住的屋子地下。这一埋就是七十多年，郭家几代人一直严守秘密，直至前些年这个大瓮才被发掘出来。

此时八路军总部就秘密驻扎在棋盘院里，总部首长正在这里谋划一场震惊中外的大战。这次大战最初叫正太铁路战役、正太战役、正太铁路破袭战等，计划参战兵力也只是二十二个团左右，但战役发起后，参战兵力陆续达到一百多个团。战役自正太路打响后，旋即扩展到冀中、冀南、冀热察、晋绥、太岳等地，覆盖了除山东外的整个华北地区及主要的交通线。这次战役后被命名为百团大战。百团大战从这年的8月20日打响，至12月5日结束，共进行大小战斗一千八百二十四次，毙伤日伪军两万五千余人，俘虏日军二百八十一人，伪军一万八千人，破坏和摧毁了大量的铁路、公路、桥梁、隧洞、火车站以及日伪据点。

就在百团大战打得如火如荼的时候，刚刚成立的"冀太联办"准备在根据地内举办一次较大规模的金展会。冀南银行尽管成立快一年的时间了，但冀钞的发行并不是很如意。在国民党控制的地方严禁冀钞流通，他们四处张贴公告，公告内容为："日前中共在晋冀鲁豫地区不法成立了冀南银行，严重破坏了中央票流通发行。特公告如下：从即日起，一切商号、民众均不得使用冀钞，凡使用冀南银行钞票者就地枪决！特此公告。"在根据地内流通的有法币、山西票、河北票、上党票等，还有金、银以及日伪的华北联合银行钞票等，大家一时还难以接受冀南银行发行的冀钞。为了驱逐杂钞，扩大冀钞使用面积，并逐步使冀钞成为晋冀豫整个抗日根据地唯一合法货币，"冀太联办"决定在西井镇举行银行准备金展览会，目的就是要让大家知道，冀南银行具有雄厚的财力，银行发行的钞票可以放心使用。

冀南银行的金库就建在宽嶂山的大山里。说是金库，其实就是悬在半山崖上的天然石洞。保管金库里金银财宝的就是李德厚。李德厚已经接到任务了，银行总部让他把金库里的金银财宝秘密转移到小寨南面的西井镇。李德厚和他的护卫班是在这天上午时分赶到转角楼的。

八月的宽嶂山正是一年中最好的季节，山沟里是从石泉村流下来的泉水，两边的山坡上是茂密的森林和密密麻麻的灌木丛。灌木丛中金黄色的连翘花是那么灿烂和耀眼。印钞厂已经正常运转，吴子谦、肖必利、连若烟他们一大早就去了转角楼后的印钞厂，转角楼的院子里只剩下石老爹一人。转角楼后的庄稼长势正好，再过些时候才到收获的季节，现在正是不忙的时候，石老爹就把木匠雕刻的那颗木头地雷模型拿出来，李德厚上次离开后一直没有回来，他自己琢磨着怎么才能制作出一颗地雷。

哑巴这时候呜呜呜叫着从大门外跑进来，哑巴背上的木头长枪咣当咣当响着。石老爹抬起头看着跑进来的哑巴。哑巴长高了不少,吴子谦告诉过他,哑巴不是哑巴,哑巴会说话,现在不能正常发音可能是得了一种发育迟缓的病。石老爹希望吴子谦说的话是真的,他也不止一次地祈祷过石头娘娘,希望有一天哑巴能痛快地、酣畅淋漓地开口说话。

哑巴跑得满头大汗。

石老爹放下手中的木头圆球,抽出小烟锅头看着哑巴:保明——石老爹喊出儿子的名字时连他自己也愣怔了一下。

哑巴很诧异地看着爹,石老爹一直哑巴哑巴地叫他,好长时间还没有听过爹叫他的真名呢。

石老爹抽口烟笑眯眯地说:保明——发生什么事啦?

哑巴转过身看着大门口,大门口一阵喧哗,李德厚和他的护卫班以及身后五六匹骡子踢踢踏踏地进了院子里。骡子上驮着银行总部给印钞厂送过来的粮食、印刷材料等物品。石老爹站起来急忙迎接过去。李德厚也喊着石老爹石老爹跑过来。李德厚走了一路,脸上全是汗,上身的衣服也被汗水打湿了。

石老爹说:德厚啊——我正急着要找你呢!你倒好——说曹操曹操就到。

李德厚憨憨笑着,一摸脸上的汗:我也惦记你上次说的事呢——这次把炸药、雷管都带上来了。咱们下午就干,做一颗试试。

石老爹说:你和我想到一块儿啦。

石老爹的妻子王秀云背着一袋豆角、南瓜进来,看见一院子的人,特别是看见李德厚也叫着他的名字打着招呼。李德厚护卫班的战士们不少认识王秀云,也多次吃过这位母亲一般慈祥、和善女人的饭。几名战士围上来把王秀云背上的东西接过去。

另一边的战士们和哑巴说着话。一名战士还把哑巴背上的木头长枪摘下来,然后端起来,一只眼闭住,嘴里发出呼呼呼的响声。

旁边一位战士把自己身边的真枪拿起来:哑巴——这才是真家

伙！来——摸一摸。

哑巴摸一摸，想把枪拿起来，没想到枪非常沉，手一滑差点掉在地上。那名士兵眼疾手快把枪接住。士兵的举动引得周围的战士们哈哈笑起来。

石老爹的木头地雷半下午的时候就做好了。李德厚教给石老爹怎么安装炸药、雷管，然后再怎么连接引线等等，教完了又亲自示范把那颗木头地雷模型变成一颗真正的炸弹。炸药是黑色的，当地人叫黑药，当时八路军不仅在宽嶂沟对面的大山里建有黄崖洞兵工厂，还在黎城的源泉村建有炸药厂，炸药厂对外宣称是八路军军工化学厂。大伙都想看看这颗木头地雷的爆炸威力，于是李德厚抱着这颗炸弹，引着大伙来到大山中一条偏僻的山沟里。吴子谦、肖必利、连若烟一伙也跟着跑出来。石老爹不让哑巴去，石老爹说，炸弹一炸，飞起来的石头会伤人的。石老爹走远了，哑巴偷偷跟出去。后边的连若烟看见了，在前边停下脚步等着哑巴上来。连若烟拉起哑巴的手向前边的人群跑去。没跑几步肖必利拦住他们，肖必利带着连若烟、哑巴来到一处山坡上。山坡上趴满了人，吴子谦、石老爹趴在那边，肖必利、连若烟和哑巴趴在这边。哑巴伸出头去，看见山沟里的李德厚正在掩埋地雷。

一会儿李德厚回到山坡上，李德厚喊声：——注意隐蔽！话音刚落，山沟里便响起一声闷闷的爆炸声，接着有石块、树木、泥土掉落在哑巴他们趴的山坡前。

这天半夜的时候哑巴被尿憋醒，睁开眼发现炕上的吴子谦、李德厚全不在了。窗户外面映出火把子明亮的火光。哑巴趴到窗户上，看到转角楼门前的山道上李德厚和他的护卫班正押送着驮队离开。骡子上都架上了高高的驮垛，驮垛上是大小不一的木头箱子。箱子里的东西很沉，骡子踩在山路的石头上发出咯噔咯噔的响声。门口的石老爹和吴子谦向走远了的李德厚挥着手。

一会儿吴子谦就回来了，看到窗户前的哑巴嘿嘿笑一下，然后从裤兜里掏出一块糖。

吴子谦把糖块递给哑巴：保明——这是李德厚给你的。

哑巴把糖块接过来，剥开糖纸把糖块塞进嘴里。哑巴把糖纸举起来，就着油灯看着糖纸上的图画。图画上好像是一座山，这山和哑巴在印钞纸上看到的几乎一模一样。

富士山——哑巴一下就想起来了。

哑巴咧着嘴笑起来，转过身发现吴子谦已经钻进被窝里。

吴子谦打着呵欠说：保明——时候不早啦——睡吧。

吴子谦一口吹灭油灯。屋子里陷入黑暗中。

哑巴没了睡意，他在黑暗中嚼着李德厚给他留下来的糖块。这是小鬼子的糖块吗？哑巴那个时候小，还并不明白小鬼子这个名称的真实含义，他只是觉得小鬼子的糖真甜。

五

天明以后肖必利接到一项紧急任务。肖必利负责印钞厂的材料工作，梁绍彭让他即刻赶到涉县去接收一批新的印刷物资。过去这些工作由李德厚负责，现在李德厚正在忙金展会的事，所以梁绍彭打发机敏能干的肖必利去了。梁绍彭觉得肖必利是个可造之才，让肖必利去也有历练历练他的意思。

肖必利走的时候找到连若烟，连若烟不高兴地背过身去。是啊，肖必利答应她了，他们要一起去参加金展会，同时到镇上的庙会转一转。自从来到磨石村连若烟还没有离开过宽嶂山，好不容易有了这么个机会，肖必利却又要离开，连若烟是要多扫兴有多扫兴。但她也知道，他们是军人，军人要以服从命令为天职，军政训练班第一堂课讲的就是一切行动听指挥，怎么能不让肖必利去呢？连若烟扭过脸发现身后的肖必利走了，连若烟急忙追出去，山路上只有茂密的灌木丛，哪里还有肖必利的影子。你真是个混蛋啊——肖必利！连若烟心里骂一句返回转角楼。连若烟窗前的瓶子里插着一束连翘花。这些连翘花都是肖必利给她采摘回来的。连翘花非常新鲜，阳光正好射在花叶上，花叶上折射回来的光让连若烟睁不开眼。你比连翘花还好看！连若烟想起上次肖必利夸奖她的话。

　　肖必利要去的地方是涉县的索堡镇。穿过小寨南面的东阳关就到了涉县地界。肖必利路过东阳关的时候站在那里半天没有动。东阳关两边全是大山，山中间有一条土路通向涉县方向。这是从山西穿过太行山到达河北的一条重要通道。抗战爆发后，日军从涉县向山西境内扑来，当时守卫东阳关的是川军47军178师。天寒地冻、大雪纷飞，川军穿的都是单衣，脚上还是草鞋，日寇在飞机、大炮的轰炸下攻击东阳关，川军拼死血战宁死不退，日寇后来偷袭了东阳关旁边的柳树口，川军才被迫从东阳关撤下来。日寇占领东阳关后便在这里修筑了炮楼，企图隔断我冀南和太行、太岳根据地的联系。去年冬天我129师一举将这个钉子拔掉，彻底将三个根据地连在了一起。山坡上都是树，漫山遍野的绿色将血战后的东阳关遮蔽起来，只有山坡上炸毁的碉堡、烧黑的树木、一个又一个裸露的炮弹坑还在诉说着这里刚刚发生过的惨烈战事。

　　天黑前肖必利赶到了索堡镇。索堡镇四面环山，索堡镇所在的索堡村就坐落在太行山的怀抱里。这里一样是一处进退自如的地方，进可以东出太行山进入冀中大平原，退可钻入大山深处直至太行山腹地的抗日根据地。晋冀鲁豫边区政府成立后，边区政府以及下属的财政、建设、文教、税务、冀南银行总部等先后在这里驻扎过。冀南银行的办事处设在村中一处较大的房院里，院子里也植有几棵柿子树，八月里的太行山正是柿子树挂果的季节，柿子树上挂满了青黄色的柿子。办事处成立不久，一切还很简陋。肖必利很快和办事处的同志接上头。从河南那边购买回来的印刷材料还没有运输过来，肖必利只能住在办事处耐心等待。

索堡村西面的凤凰山上建有一处娲皇宫，据记载是北齐时的建筑，供奉的是传说中的女娲娘娘。娲皇宫建在山势陡峭的半山腰上，有娲皇阁、梳妆楼、六角亭、灵官阁等，娲皇阁是娲皇宫的主要建筑，坐东面西，四层结构，最下一层为华夏始祖，然后依次为清虚阁、造化阁、补天阁。第二天吃了早饭后，肖必利就爬上了娲皇阁的最高处。站在栏杆边，远处是连绵的群山。山上风大，风把肖必利的头发吹乱了。肖必利知道群山中间就有印钞厂所在的宽嶂山。是啊，如果若烟能来就太好了，他们可以一起站在这里欣赏太行山的壮观景象。他们生活在太行山中，但很少有机会站在一个较高的地方来打量它、欣赏它。古人说得好，不识庐山真面目，只缘身在此山中。离开它，和它保持一定距离，你似乎才能看清它的容貌。娲皇宫里塑的是女娲娘娘像，尽管是战乱时期，仍有附近的村民来这里求子祈福。

肖必利顺着楼梯下到地面后，碰上了急匆匆赶来的办事处的同志。那名同志告诉他情况有变，让他立刻赶到磁县，与河南过来的运输队接头。肖必利回到办事处的时候，院子里蹲着一位五十岁左右、当地农民打扮的人。办事处的人称他老梁，老梁看一眼进来的肖必利继续低头抽烟。老梁是地下交通员，要和肖必利一起去执行这次任务。为了赶时间，两个人带上干粮就出发了。老梁年岁比较大，但走起路来，特别是走起山路来轻巧灵便多了。老梁背着手一直走在前面。肖必利走几步，然后又小跑几步，紧紧跟在老梁的身后。一路上老梁很少说话，最多就一个嗯字。

肖必利在后面气喘吁吁地喊着：大爷——这河是漳河吗？

山路旁边是哗啦啦流过去的河水。清漳河从大山深处的小寨那边穿越太行山流到了磁县这边，与南边的浊漳河汇合成浩浩荡荡的漳河水，然后一路向东汇入海河。

前边的老梁嗯一声。

肖必利追几步：到了磁县就是大平原了吗？

老梁头也不回：嗯。

肖必利把脸上的汗抹一把：那边就是游击区了吧？

老梁在前边站住，转回脸看着上气不接下气的肖必利。老梁这次没再嗯，等肖必利走过来了，又转身向山坡下走去。

几年以后，肖必利回想起这次任务时还不住地为自己当时的稚嫩、浅薄、缺乏经验而羞愧。与老梁的沉默寡言而又城府很深的样子比起来，他几乎就是一个笑话，毛手毛脚又诸事不懂，特别是到游击区、敌占区工作的经验几乎就是零。老梁一定在心里埋怨过，总部怎么会派这么一个缺乏经验的人来呢？太阳很快就要落山，两个人没再说话。游击区里有各种势力，既有小鬼子、警备队等日伪武装，也有国民党留下来的正规军，还有八路军129师以及地方游击队、民兵等抗日力量。天很快就黑下来。老梁在前边的一块石头上坐下来。肖必利追上来发现他们已经来到山口子上，借着暮色肖必利看到山口子外面广阔的平原。山口上风很大，老梁背过风点着了嘴里的旱烟袋。肖必利也靠在一块石头上坐下来。急走了大半天肖必利又累又饿，他从怀中掏出办事处同志们给他带上的干粮。干粮是两块白面馒头，从怀中掏出的馒头上还留有肖必利的体温。在太行山中吃的都是小米饭，馒头很少见到，肖必利把馒头掰开放进嘴里，然后在黑暗中细细品味馒头上传过来的麦香味。

后半夜的时候老梁带着肖必利走出大山口。天很黑，肖必利又不熟悉路，深一脚浅一脚地跟在老梁后面。远处有狗的叫声，更远的黑暗中偶尔还会传来一声两声清脆的枪声。也不知走了多少路，快到一个小树林子的时候老梁躲到一块大石头后面。肖必利也紧挨着老梁蹲下身子，然后探出头顺着老梁的视线向前面的树林子望去。树林子前边是条小河，小河的水静静地流着，河水泛起的光让肖必利看到对面黑乎乎的树林。

老梁拿起一块石头敲了三下，石头撞击的声音在黑暗中传得很远。一会儿对面的树林子里也传来三声石头撞击的声音。声音落下去后，树林子里窜出一队驮队，驮队跨过小河向老梁和肖必利掩藏的地方走来。肖必利高兴得要站起来，老梁的一只手按住肖必利，老梁一直看着驮队，觉得没有意外后又向周围看一看。四周很静，只有驮队踩在石头上的咯噔声传过来。老梁这时候才拉着肖必利站起来。对面的人看到了这边的老梁和肖必利，有人从小河里蹚着水跑过来。

来人跑过来低低喊道：老梁——

来人是河南人，话中带着浓浓的河南口音。

老梁急忙迎过去，他们显然是老熟人了。几个人见面后没有过多的客套话，互相交接一下，河南那边的同志便和老梁、肖必利招招手回去。驮队跟着河南那面的民工。老梁一挥手便带着驮队向西面的大山中走去。老梁走得很急，不断催促着后边的民工，他想等天明前就钻进大山里。肖必利后来才知道，这批货物是河南那边的商人为银行采购的一批物资。八路军除过采购站购买物资外，还通过一些进步商人从周边的城市中购进急需的货物。

天很快就亮了，前边就是大山，急走了半夜人马都已经气喘吁吁。民工们心疼自家的牲口，想缓一缓再走。老梁急得直跺脚，大声喊叫着快走快走！然而还是出了意外，驮队后边很快响起马队追来的声音。老梁扭过脸，看到后面腾起的灰土脸色变白。他最不想看到的事情还是发生了。这里是游击区，既有小鬼子，也有国民党的军队。小鬼子不用说了，严禁各种重要物资流进根据地。国军也在他控制的区域张贴出布告，商人民众均不得使用冀钞也不得资助银行任何物资，一经发现轻则扣押重则枪毙！

几个民工扔下缰绳就要跑，肖必利大声喊着：站住——站住——

后面的马队很快追上来，马队踢起的灰土呛得人出不上气来。马队把驮队团团围住，肖必利看到马上的骑兵是国军的服装。马匹嘶鸣着碰撞着挤成一团。有士兵跳下马来，用马刀把驮垛上的货物挑开，驮垛上露出纸张和油墨盒。肖必利想过去阻止，老梁把肖必利紧紧按住。一会儿后边一位军官模样的人在几名士兵的簇拥下赶过来。

刚才查验货物的士兵跑过去喊道：报告连长，违禁物品如何处置？

连长模样的人用马鞭把头上的帽子顶一顶，看着眼前的驮队说道：既然是违禁物品那就全部没收！

连长说完调转马头，后面的士兵驱赶着驮队要掉头回去。

老梁急忙追过去：老总——行行好——小本生意万万不可啊！

肖必利跑到前面拦住连长的马头：我们是正经商人——你怎么能公然抢劫？堂堂国军，不去打小鬼子——怎么来这里欺负老百姓？

那名连长看着肖必利扑哧笑出来，然后探出身子压低声音说：正经商人——连长说完直起腰哈哈哈笑起来。

肖必利——遇到我算你运气！

那名连长突然喊出肖必利的名字。肖必利大吃一惊，他一点也不认得马上的军官啊。

那名军官打马离去，跑了几步又勒住马头返回来：我叫郭天佑——你小子在北大的演讲我听过！

原来郭天佑所在的新6师就驻扎在这一带。郭天佑在北大上学的时候见过肖必利，肖必利激情澎湃的演讲给郭天佑留下了非常深刻的印象。世界有时候很大，有时候又似乎很小，多少年前谋过一面，一个偶然的机会竟然又会在这么一个荒野的地方意外相逢。郭天佑的马队离开很长时间了，肖必利还没有从刚才的意外中清醒过来。

驮队很快钻入大山中。

老梁第一次正儿八经地看了肖必利一眼。

或许老梁在那一刻才重新认识了眼前这个皮肤白净、一脸帅气的年轻人。

六

哑巴是跟着石老爹来到金展会的。这是哑巴第一次走出宽嶂山，哑巴走不动了，石老爹就把哑巴背在背上。石老爹的背宽厚结实，他背过俊枭，也背过俊娥，他记不得背没背过哑巴。哑巴长大了就和他很生分，一个人走进来一个人走出去，过去有大黄和哑巴做伴，上次把大黄处理掉后哑巴似乎对他有了很大的成见，常常用白眼盯着他看。处理大黄是没办法的事，李德厚和他说了，大黄的叫声会引来小鬼子的。李德厚的话是在后来鬼子的扫荡中得到应验的。有一次鬼子窜进宽嶂山沟里，大伙躲到深山中，可能是青茶村的一户人家，逃出来的时候还带着自家的狗，狗的叫声最终引来搜山的鬼子，没有逃出去的人全被烧死在山洞里。可是当时哑巴乃至石老爹都对处理掉大黄有些不满意。特别是哑巴，那是和他从小一起长大的伙伴啊，怎么说处理就能处理掉呢？而且还是石老爹自己那么残忍地处理掉！哑巴趴在石老爹的背上，他感觉这是第一次趴在父亲的背上，他也从来没有和这个叫爹的人这么亲近过。爹的背上有走出来的汗水，汗水的温度透过薄薄的汗衫子传导到哑巴身上。哑巴看到石老爹后面被太阳晒得红红的脖子和白白的头发。

西井镇是黎城北面较大的一个集镇，上千户人家就散散落落在大山中的一块盆地上。村镇中间是土路，路两边是高高低低的商铺。商铺里有卖日用品的，也有卖山货、布匹的，还有经营理发、小饭馆的。每到一定的时节，这里还有较大的庙会，有给关老爷过的，也有给观音菩萨过的，还有给木匠的祖师爷鲁班爷过的。和平的时候商人们会共同出资请一些戏班子过来，四邻八乡的人们也会赶过来，一来看大戏，二来也购买一些急需的日用品，还有的是在庙会上进行牲畜、农产品交易，一时热闹非凡。现在是战争年代，尽管没有了过去的繁华和热闹，但人比平时多还是肯定的。

石老爹和哑巴来到镇上的时候正是中午时分，太阳明晃晃地照着，土路上是走过来走过去的人们。哑巴从来没见过这么多的人，他的两只眼睛也有些不够用，过来过去的人、两边的店铺、五花八门的东西以及各种各样的吃食，都是他在转角楼里没有见过的。石老爹拉着哑巴的手，哑巴一只手拉着石老爹，一只手紧紧抓住石老爹的衣服。这么多的人，这么生疏的地方，带给哑巴的是一种对陌生地方陌生人群的恐惧和压力。

保明——

哑巴听见后面有人喊他的名字。

哑巴转过身看到人群中的吴子谦和连若烟。石老爹也停下脚步等着后面跑上来的两个人。

连若烟嘴里吃着一根大麻叶，手里还举着一根，跑到哑巴跟前弯下腰：保明，你尝尝，很好吃的。

连若烟的嘴上发着油乎乎的亮光。哑巴伸过脖子咬了一口，大麻叶又软又甜，果然是哑巴从来也没有吃过的好东西。

吴子谦肩膀上搭着一块花布，脸上、额头上都是汗津津的亮光。

石老爹笑着说：吴先生好眼光啊。

连若烟夸奖道：这都是吴师傅给嫂子买的布料，做一件花衣服，嫂子穿上肯定没的说！

吴子谦不好意思地笑一笑：这都是若烟的功劳。

几个人说笑着来到金展会举办的一个大院里。这个大院是当地商号的一个院子，三进大院，气派端庄。门口皆有八路军站岗，李德厚的护卫班也在这里，他们守护着展厅里的金银财宝。展厅按照院子的次序依次布展了银币、元宝、黄金三个展区。哑巴他们来到后才发现大院里来了许多人，大伙都想看看八路军冀南银行的储备实力，冀南银行的钞票究竟值不值钱，冀钞究竟能不能信任。也有的纯粹就是为了看个稀罕热闹。这么多银币、元宝、金条，很多人只是听说过,他们从来也没有见过真正的实物啊。

银币展厅里摆放着几个用银币垒起来的圆柱。吴子谦进了展厅就瞪大了眼,他见多识广,认得这些银币的币种。吴子谦说,这是墨西哥银币,那是英国的银币,还有光绪版的,更多的是刻有袁世凯大头图像的银币,还有一些印着孙中山遗像的孙中山币。石老爹哪见过这么多的银币,他也是在这个时候才知道,李德厚埋在他家土豆地里的银币竟有这么多品种。

进了第二进院子的时候,他们遇到了满头大汗的李德厚。李德厚看见石老爹、吴子谦几个呵呵笑着迎过来。李德厚喊着保明保明一把把哑巴抱起来。院子里人太多,李德厚索性把哑巴放在肩膀上。哑巴一下坐在这么高的地方,低头一看全是密密麻麻的人头。几个人进了元宝展厅。进门的时候,李德厚让哑巴弯下腰。元宝展区里摆放着几个五十两、二十两、十两的大元宝,特别是五十两的元宝,体形巨大,银光闪闪。那边是一堆一两的小元宝,老百姓叫它小锞锞。

人们围在那几个五十两重的大元宝前低声议论着。

好家伙——这么大?

这家伙值多少钱呢?

卖了你也换不了这么一个大元宝!

……

连若烟看得特别细心,她趴在跟前细细端详着元宝的造型,分辨着元宝底部刻着的年号字样。

李德厚有事被别的战士叫走,石老爹拉着哑巴的手,几个人相跟着来到最后一进院子里。这是这次金展会的重头戏,展厅里摆放着由金砖和金条垒起来的立方体。当时一两黄金等于二百二十元银币,等于二百二十两白银。刚好下午的阳光从窗户上射进来,阳光照在金砖上发出耀眼的光。

让吴子谦他们没想到的是黄金展厅的旁边专为冀南银行发行的

冀钞摆了一个小型的展柜，展柜里放的就是由吴子谦、连若烟他们设计、制作、印刷的冀南钞票。连若烟看见了高兴地叫起来。吴子谦看着看着脸色就变得阴沉下来。是啊，与银币、元宝、黄金比起来，他们印刷出来的冀钞似乎还很简陋、粗糙。钱币代表的是一个政权的形象，就像上次刘伯承司令员批评的那样，不干净的票子怎么能够流通呢？这不丢边区政府的脸吗？票子印不好，影响的不仅是钞票的信誉，还影响边区政府在根据地群众中的形象和威信啊。吴子谦只有在这个时候才更深刻地理解了他所工作的意义。尽管展出的钞票是千挑万选出来的，光洁、整洁、美观，但吴子谦还是觉得做得不够好，还有许多可以改进的地方，特别是票面图案的设计上，还可以再大胆一些，可以的话色彩再复杂一些，而不是像现在只有一色和简单的两种套色。石老爹不懂这些，他只知道这些钞票就是住在他们家的这些人印出来的，心里也对吴子谦、连若烟他们有了更多敬重的成分！这些人是干大事的人啊！石老爹看着吴子谦和连若烟心里暗暗赞叹着。

　　吴子谦和连若烟还要到冀南银行总部办点事，两个人和石老爹告别一声提前离开。石老爹和哑巴参观完展会来到大街上，石老爹和哑巴说，走——咱爷俩也下一回饭馆子。石老爹拉着哑巴来到一个小酒馆里，石老爹要了两碗肉拉面，他和哑巴一人一碗，父子俩坐在桌子的两端，呼啦呼啦吃起来。拉面里有几块牛肉，牛肉汤上漂着菠菜、香菜、辣椒，几口下肚哑巴的头上已被辣出汗来。哑巴吃不了，石老爹接过去几口就把哑巴剩下的汤汤水水倒进肚子里。爷俩吃饱喝足出了饭馆子。哑巴看到一个卖拨浪鼓的，拉着石老爹走过去。这次石老爹又大大方方地把刚才找回来的几张小面额的冀钞递过去。对方展开钞票，核对了钞票面额上的数字后，把拨浪鼓递到哑巴手里。哑巴举起拨浪鼓，拨浪鼓嘭嘭嘭响起来。

　　天已经不早了，石老爹和哑巴向宽嶂山走去。走到小寨的时候天就黑下来了。

石老爹和哑巴站在村口看着河那边的村子。

石老爹告诉哑巴：你大姐就在这个村子里。

俊袅也有好长时间没来信了，石老爹本想进去看一看闺女，一想到郭家是大户人家，想到大户人家规矩多，就打消了进去的念头。哑巴走不动了，石老爹弯下腰把哑巴背在背上。

天已经彻底黑下来。

远处是哗哗哗流动的河水。

哑巴看到头顶是明明亮亮的星星。

进了山沟离转角楼就不远了。

实在是太疲惫了，哑巴头一歪在石老爹的背上睡着了。

石老爹把哑巴手里的拨浪鼓插在怀里，风一吹拨浪鼓还清脆地响一声，背上的哑巴发出轻微的打鼾声。

这是自己的儿子！石老爹想着，儿子也是石家的未来，不管多艰难，自己也要把哑巴拉扯大！

第七章　保卫宽嶂山

一

到这年年底的时候形势突然变紧了。百团大战还在进行中，八路军总部把防止鬼子报复性扫荡的命令秘密下发到各个单位。冀南银行总部也通知磨石村的印钞厂做好坚壁清野工作，以防遭到鬼子破坏。肖必利负责材料工作，保护好印钞厂的机器设备以及来之不易的印刷物资就成了肖必利的头等大事。肖必利知道转角楼周围的大山里有许多天然石洞。想到石洞肖必利抬起头看着对面小二楼上站着的哑巴。哑巴正拿着拨浪鼓嘭嘭嘭响着。肖必利走出院子，向小二楼上的哑巴招招手。哑巴看见肖必利的动作，举着拨浪鼓呜呜呜叫着跑到院子里。

肖必利弯下腰摸着哑巴的头：保明——带我去找个山洞好吗？

肖必利比画一下：就是那种——

连若烟正好从屋里出来，蹲下身子压低声音说：就是那种——别人找不到的。

肖必利看一眼连若烟，使劲点着头：对——别人找不到的。

哑巴听明白了两个人的意思，他们的话让哑巴想起上次和大黄去过的那个山洞。哑巴记得那个洞好大啊，洞里有洞，不是大黄他差点返不出来。

哑巴举着拨浪鼓呜呜呜叫着跑出转角楼。

肖必利还愣着,连若烟推他一把:快追啊——孩子要带我们去呢。

两个人也先后跑出来。前边拨浪鼓嘭嘭嘭响着,哑巴向转角楼后面的山坡上跑去。山坡上的连翘花已经谢幕,更远处的枫树叶子正变成红彤彤的一片,枫树下面的灌木丛、茅草开始显现出衰败的枯黄色。哑巴钻进连翘花旁边的一条山沟里。

肖必利站在连翘花边观察着地形,他看看跑进沟里的哑巴和旁边的连若烟说:不知这条沟叫什么名字?

油篓沟!

连若烟跑得满头大汗。山坡上风大,风把连若烟脖子里围着的红纱巾吹得哗哗哗作响。

肖必利返回头看一眼连若烟。他不知道若烟怎么会知道这条沟的名字。

连若烟把红围巾挽住。这条红围巾还是肖必利从邢台那边给她买回来的呢。肖必利从八路军各个采购站接运物资,遇到机会了就给连若烟买一条红纱巾啦、雪花膏啦、小镜子啦什么的。连若烟特别喜欢这条红纱巾,白皙的脸蛋,配上红纱巾,显得俏皮有活力。

石老爹说——这条沟口子小肚子大像一个大油篓——所以叫油篓沟!

油篓沟——肖必利嘀咕一句拉着连若烟钻进了沟里。

转角楼里石老爹和王秀云也正按照上面的指示进行坚壁清野工作。地里的庄稼已经熟了,要赶在鬼子扫荡前收割回来。转角楼后的地里种的是玉米和土豆,石老爹把玉米装进口袋里,然后就地挖好坑掩埋进去。为了不让鬼子发现,石老爹又把玉米秸秆堆上去,从外面看不出什么了两个人才返到土豆地里。土豆地里是绿油油的土豆苗子,土豆花已经谢去,还没有到上冻的时候,土豆其实还能再长一段日子，可是形势不由人啊，这是他们一家人乃至印钞厂战士们赖以生存的食物。石老爹一锹下去，土豆苗子上挂满了大大小小的土豆，王秀云把土豆一个一个摘下来。

俊娥啥时候生呢？

石老爹直起腰，天上是明晃晃的太阳，他想起二闺女石俊娥。眼前这块地不就是对方给二闺女的聘礼嘛。二闺女怀孕了，也该到生的时候了吧。

王秀云抬起头，心里暗暗计算一下日子：她爹——怕就是最近的日子呢！

石老爹把额头上的汗擦一擦：要生就早点生！可不敢赶上小鬼子来啊。

王秀云瞅一眼石老爹，不满意地说：那是个由人的事？孩子不出来——你能有啥法子！

石老爹知道王秀云说得对，生孩子这种事急也没用。

唉——石老爹叹息一声，只能听天由命喽。

石老爹弯下腰挖土豆，听见身后王秀云的喊声：他爹——吴师傅过来啦！

石老爹转过身看见吴子谦小跑着来到地头上，吴子谦一边走一边喊：石老爹——石老爹——

石老爹停下手中的活，看着吴子谦跑过来。

吴子谦跑过来一惊一乍地喊着：石老爹大喜啊石老爹。

听见吴子谦的喊声，王秀云手里拿着土豆苗子站起来，她和石老爹一起看着吴子谦，不知道吴子谦说的是何种喜事。

吴子谦说：张二狗去了青茶村，说你姑娘石俊娥今天要生啦！

接产婆在青茶村，张二狗去清茶村是接产婆去了。王秀云扔下手里的土豆苗子就往前面的转角楼里跑。俊娥生孩子这是十万火急的大事，她这个做娘的怎么能不去照料一下呢？张二狗接上产婆会路过磨石村，她正好坐上女婿张二狗的骡子一起上去。

王秀云和吴子谦离开后，土豆地里只剩下石老爹一个人。阳光白花花地照着，风把石老爹身上的汗和烦躁也吹到了后面的山坡上。石老爹弯下腰抽出烟锅头。这个烟锅头是石老爹新做的一把。杆子还很白，杆子这端是一个石烟嘴，另一端安着一个小巧的铜烟锅头。过去的那一把已经送给了吴子谦，前段时间石老爹特意从西井镇购回了石烟嘴和铜烟锅头。石老爹用火镰把烟点着。烟从石老爹的嘴里长长地吐出去。这个小东西终于要来了，来就来吧，越早越好，再迟了就怕小鬼子闯过来。一旦鬼子闯过来，俊娥又要生孩子，那可是真正要人的命啊！现在好了，终于有了确实的消息，他怎么能不长长出口气呢。不惦记小鬼子了，石老爹心里就油然升上了一种有了下一代后的豪情。这种情感从心底升腾起来，然后迅速蔓延到全身。是啊，小东西来了自己就成了外公了。外公——这是一个多么陌生又多么亲切的字眼啊。亲切的是自己有了下下一代，伤感的是成了外公也意味着自己又向更老的年岁迈进了一步。人就是这样啊，一代又一代，循环往复，无有穷尽。

　　石老爹抽了一锅烟站起来，土豆地里的活还有很多，刚才由婆姨王秀云帮着他，现在只能是他一个人干了。先把土豆苗子翻起来，然后一颗一颗把土豆捡拾到旁边的土豆堆上。土豆很新鲜，石老爹想留出一些近期吃，其他的土豆装在口袋里全埋在地下。有了下一代，就有了要保护下一代、让下一代好好活下去的念头。石老爹身上也好像突然增加了新的力量。

　　百团大战打响以后八路军给华北日军以巨大打击。驻华北日军反应过来后开始向根据地进行疯狂反扑。驻山西运城的日军第 37 师团抽调兵力组成冈崎支队，然后沿沁县—西营—王家峪方向窜进根据地。这伙日军企图实施突袭行动，窜进根据地后直扑八路军司令部及冀太联办所在地西井镇，西井扑空后又沿着桐峪河窜入宽嶂山前面的黄崖洞山谷。黄崖洞兵工厂就设在黄崖洞山谷里的一个半山腰上。这条山谷与宽嶂沟比起来更为险要，两边是陡峭的山崖，唯一的通道是南面绝壁中裂开的一道缝隙，当地人把这个地方叫作瓮圪廊，是一处一夫当关万夫莫开的所在。八路军的兵工厂建在上面的一个天然石洞里。兵工厂生产大量枪支弹药，是八路军打击日寇的重要军火来源。由于我军提前做好了坚壁清野工作，冈崎支队窜进沟里后并没有发现山洞中的兵工厂，加之不熟悉地形，冈崎支队沿着山沟爬上后面的左会山进入武乡境内，企图从武乡返回沁县。八路军总部发现这支孤军深入的日寇后决定以优势兵力包围并消灭冈崎支队，以狠狠打击鬼子的反动气焰。冈崎支队退到武乡潘家镇关家垴附近时，遭到八路军129师356旅、新编第10旅各一部，385旅一部以及决死第一纵队25团、38团各一部的包围。关家垴战斗随后打响。

　　关家垴一带山岭起伏，沟壑纵横，特别是制高点关家垴，四周群岭环抱，北面是悬崖峭壁，东西两侧坡度较陡，只有南面比较平缓可做进攻方向。而南坡的对面有一个比关家垴更高的叫作柳树垴的山岗，两个山岗可以互为掎角。冈崎支队占领了关家垴后，又把对面的柳树垴也占领了，并连夜在两地构筑工事，在关家垴上建起了一个严密的火力网。关家垴易守难攻，我军又缺乏进攻的重型武器，战斗打响后双方立刻进入残酷的绞杀战。八路军从几个方面分别向关家垴和柳树垴扑去。鬼子疯狂扫射，八路军前仆后继。华北日军司令部得知冈崎支队陷入绝境后派来几架战斗机助力，飞机横冲直撞狂轰滥炸，关家垴上双方一时杀得血肉横飞天昏地暗。日军司令部除派出飞机助阵外，也先后调遣周围日军向关家垴增援过来。从潞城出发的一支日伪军，窜进黎城后企图从宽嶂沟里越过去支援冈崎支队。

　　日寇进攻宽嶂沟的消息很快传到磨石村。
　　大山前面隐隐传来激烈的枪炮声。

转角楼里的石老爹、吴子谦、肖必利等正在石老爹的屋子里吃晚饭。李德厚和他的护卫班急匆匆闯进转角楼里。

吴子谦——吴子谦——李德厚一进大门就喊开了。

吴子谦、肖必利、石老爹等推开门来到院子里。

李德厚急得大喊：火烧眉毛啦你们还能安心吃饭？鬼子打到宽嶂山口啦。

李德厚的喊声让院子里的人大吃一惊。总部让坚壁清野，肖必利他们刚刚找到坚壁清野的地方，原打算天明后开始搬运机器，小鬼子怎么突然就打过来了呢？转角楼里一下乱成一团，大伙不知道该拿什么东西去逃难。

李德厚站在台阶上喊道：大伙静一静！时间紧迫，大伙先搬运机器，其他东西全部扔掉！

是啊，机器物资是最重要的东西了。大伙跟着吴子谦、肖必利跑到转角楼后面的厂房里，拆卸机器的拆卸机器，打包物资的打包物资。护卫班的战士们则把来不及带走的半成品钞票埋在旁边石老爹的玉米地里。

院子里李德厚拉住石老爹的手：石老爹啊——你赶快通知村里的百姓们，让大伙先进山沟里躲一躲。

石老爹跑出去又返回来，他拿起一个面盆子，用石头使劲敲着，石老爹一边敲一边喊：小鬼子打过来啦——大伙快进山里避一避——

村子里立刻骚动起来。

有人推开门喊着黑暗中的石老爹：石老爹——发生什么事啦——

石老爹喊叫着：小鬼子打过来啦！

宽嶂沟前面已经传来了枪炮声。

石老爹从黑暗中跑回转角楼里。

转角楼后吴子谦、肖必利和印钞厂的战士们拉着骡子向北面的油篓沟方向转移。

李德厚告诉石老爹，宽嶂山前有八路军阻击日军，小鬼子一时半会还窜不进来，就是窜进来李德厚护卫班的战士们也会掩护磨石村的群众转移。

李德厚说：石老爹——你和哑巴也赶快找个地方躲起来。

李德厚和石老爹说完话，带着护卫班的战士上了南面的山坡，他们要寻找好掩体，封锁从下面上来的山路。

哑巴不知道外面发生了什么事，正站在二楼上怔怔地看着空荡荡的院子。

石老爹进来喊道：哑巴哑巴——快下来。

石老爹向二楼上的哑巴摆摆手。

哑巴有些不情愿地下了楼。石老爹拉起哑巴走出大门。石老爹把大门的两扇门板关起来，然后和哑巴向磨石村后面的石泉村跑去。俊娥今天正在生孩子，也不知道现在情况怎么样了。这真是一个急死人的夜晚啊！

天快明的时候石老爹和哑巴跑到石泉村。村里的人都已经跑光了，村街上一片死寂。石老爹拉着哑巴来到村中间张二狗的院子里。张二狗的院子是个四合院，北面三孔窑洞，东西两边各有几间低一些的茅草房，西边的茅草房下拴着那头灰黑骡子。石老爹进院子的时候张二狗正抱着头蹲在院子里的枣树下。

屋子里的俊娥长一声短一声地叫骂着：张二狗——你个王八蛋——

张二狗看见进了院子的石老爹、哑巴急忙站起来：俊娥已经叫喊一晚上了，孩子还没有生出来。

石老爹拍拍张二狗的肩膀拉着哑巴坐到东面茅草房的屋檐下。生孩子哪能那么容易呢。石老爹有三个子女，他经见过女人们生孩子的艰难。着急没用，生气没用，有劲也没用，谁也帮不上忙，只有靠俊娥自己努力。

东边的天已经亮起来，屋子里的俊娥再次大声叫喊起来，随着一声婴儿嘹亮的啼哭声，世界一下静下来。

张二狗喜滋滋地跑进去。

一会儿石老爹的婆姨王秀云推开门探出身子：她爹——俊娥生啦——是个小子，六斤多呢。

小外孙有六斤多，石老爹说就叫六斤吧。

王秀云缩回身子去。

东边山头上的太阳红彤彤地升起来。

哑巴抬起头看着石老爹。

石老爹摸着哑巴的头笑眯眯地说：哑巴——你有了外甥啦。

快天黑的时候好消息从山下传上来，窜到宽嶂山前的小鬼子被沟口前的八路军打跑了。小鬼子本来要从这里翻过山去，没想到八路军早有准备，山沟口建有牢固碉堡，碉堡里射出密集的子弹，小鬼子根本无法前进。关家垴战斗正酣，小鬼子不敢恋战，绕道辽县增援去了。

关家垴战斗也在血战两天两夜后结束。大批日军从武乡、辽县等地增援过去，我军被迫撤退，关家垴上的残余日军也在落日的余晖下仓皇离去，鬼子冈崎大佐及十几位中尉、少尉等指挥官全部战死。

二

旧历年就在大战后的不安中来到黎城。年三十这天还下起雪，上午的时候是阴天，半下午的时候天上飘飘忽忽下起雪来，快天黑的时候天地间已是白茫茫的一片。郭皓轩一家也是在前几天才从山沟里返回来的。郭皓轩在山沟里挖有逃返的窑洞，鬼子窜进黎城后他们一家老小就躲到大山里的窑洞去了。本来他们可以早点回来，但俊袅的身子越来越不利落了，林芝美说什么也不同意回来，万一小鬼子再来了呢。前些日子郭皓轩和冀管家回到小寨村，看看没有情况了才用马车把一家人拉回来。

还是回到家里踏实啊！

林芝美一回到郭家大院就感叹不已。屋子里燃起了小火炉子，土炕上也烧得热乎乎的，世上哪有比家更温暖的地方呢？好在小鬼子没到郭家大院搞破坏，虽然窗台上、柜子上还有厚厚的灰尘，但有个完整的家比什么都强。当然，让郭家上下更开心的是石俊袅临产的日子越来越近了。尽管是战争年代，尽管有这样那样的不如意，但人只要有了希望，有了未来，就有了力量，有了苦中作乐的幸福！俊袅肚子里的孩子就是他们郭家的未来，现在这个未来越来越接近成为现实，他们怎么能不满心欢喜呢？

已经有了儿子郭天佑的消息，几个月前高捷成就告诉过他们，八路军的交通员见到了他们的儿子，儿子现在是国军的一位上尉连长，正在山那边和八路军一起打击小鬼子呢。高捷成没有说郭天佑私放肖必利、老梁以及运输队的细节。儿子不仅活着，还出息成国军的一位连长，这无论如何也是让林芝美感到骄傲的一件事。有事没事的时候她就和俊袅说着儿子。儿子是她们两个女人共同的男人，一个是儿子，一个是事实上的丈夫，只要是说郭天佑的事，她们两个总有说不完的话。两个人也因为郭天佑，关系越来越亲密。

从山里返回来，林芝美就让人把石俊袅扶到她的卧室里。

俊袅啊——咱娘俩还住在一条炕上吧。

石俊袅想住在郭天佑东边的厢房里，她的肚子已经高高地挺起来，身子越来越重，两条腿就像绑上了东西似的，迈一步也很吃力。肚子里的小东西越来越活跃了，她能明显感觉到肚里孩子有力的撞击。她这个时候多想让郭天佑陪在她身边啊，她希望郭天佑和她说说话，与她一起感受肚子里小宝宝的活蹦乱跳。可是这个大男人自从离开后就再也没有回来。她现在才真正感受到对一个人刻骨铭心的思念！过去在一起，没有这种感觉，现在离开了，随着时间的拉长,这种思念竟是如此强烈,如此让她心烦意乱。俊袅想起妹妹过去唱的一首山曲儿:想亲亲想得我手腕腕软,拿起个筷子端不起个碗。想亲亲想得我心花花乱,煮饺子下了一锅山药蛋。

俊袅拗不过林芝美只好挺着个大肚子来到这边的卧室里。他们回来得匆忙,屋子外面也没来得及挂灯笼。杜小娟在那边张罗年夜饭,林芝美和石俊袅坐在这边的火炕上说着话。俊袅坐一会儿觉得身子累,就靠在炕里边的躺柜上半躺下来。

俊袅啊——你说是个小子呢还是丫头?

林芝美在另一边笑嘻嘻地问道。这样的问话林芝美不知说了多少遍。

俊袅还是和过去一样回答道:谁知道呢——我们又看不见。

过去老人们说酸儿辣女,喜欢吃醋生下的就是儿子,喜欢吃辣呢就是丫头。俊袅——我看见你吃了好多柿子醋!

俊袅躺得也难受,翻个身说道:辣椒我也爱吃啊。

林芝美这下没话了,过一会儿说:管他呢小子丫头都喜欢,反正我要做奶奶啦。

石俊袅挖苦一声:夫人——总还是喜欢个小子啊!

林芝美不好意思地遮掩道:你这闺女——这个时候啦还叫我夫人,就不能改个口?

俊袅不好意思地低下头,她知道林芝美的意思,林芝美想让她和郭天佑一样叫她娘,可是俊袅怎么能张得开口呢?她和郭天佑还没有正儿八经地拜过天地啊。一想到这里,俊袅就没有话了,她就在心里狠狠地骂着郭天佑!她要做新嫁娘,披着红盖头,然后和郭天佑正式举行成亲之礼,可是这个男人却扔下她跑了!林芝美以及郭皓轩、杜小娟自从知道她怀上郭天佑的孩子后都对她变了样,大伙也在事实上认可了她和郭天佑的关系,但在俊袅心里好像总觉得有层窗户纸没有捅破,让她有种不自在的感觉。

这时院子里冀管家叫道:老东家——少爷来信啦!

林芝美和石俊袅一下坐起来。俊袅从窗户上看到郭皓轩小跑着去了院子里。院子里全是雪，冀管家和一个陌生人站在雪地里。来人和郭皓轩说着什么话，然后从肩膀上的褡裢里掏出东西递给郭皓轩。那人送完东西一抱拳转身离开。冀管家顶着雪花把客人送出去。

　　郭皓轩推开门进来：夫人啊——俊袅啊——天佑来信啦！

　　郭皓轩在门口跺一跺脚，把身上、脚上的雪抖落掉，然后举着一个布包来到炕沿边。林芝美、石俊袅都围上来。郭皓轩把布包打开，里面包着两封信，一封是给郭皓轩和林芝美的，一封是给石俊袅的。郭皓轩把石俊袅的信给了俊袅。俊袅接过来退到炕中间，她的手哆嗦着把信封打开，俊袅看到信上的第一句话"俊袅吾妻"就泪流满面。这是男人第一次以妻子的名义称呼她，也在信中正式给了她在郭家的名分。俊袅能认识不少字，也基本看懂了郭天佑的来信，郭天佑在信中简要介绍了自己别后的经历以及对俊袅的思念……俊袅看完信感觉自己这么长时间所受的委屈、不快、思念、怨恨，好像全在那一刻消失得无影无踪了。

　　郭皓轩把儿子给他和林芝美的信打开，林芝美端过油灯来，郭皓轩戴上老花镜，低低念道：

父亲母亲大人台鉴：
　　　接到这封信的时候可能正是年关晚上。你们不孝的儿子已于去年春天投奔了高树勋的新6师。当今之世，日寇猖獗，国家蒙难，儿子之所以弃笔从戎，前有决死队之经历，后有新6师之现状，无非为的是挽救国家民族于危难之际！
　　　……

　　吃了年夜晚，夜已经很深了。石俊袅躺在炕上睡不着觉。远处有零星的爆竹声传来。旁边的林芝美不再说话好像睡着了。今晚过去新的一年就要来到了,她真切地希望她的男人能够平安无事,她也希望能顺顺利利地生下肚子里的小宝宝。是啊,她就要做母亲了,她盼望这场让人心烦的战争能够快一点过去,然后她和郭天佑,以及他们共同的孩子一起平静地生活。俊袅也想到了宽嶂山里的爹和娘,还有那个让她一直惦记的哑巴弟弟。她也有好长时间没有回去过了,他们都好吧——等生完孩子后,她一定会回去看看的。

肚子里的孩子好像也睡着了,现在不再像白天那样闹腾。

俊袅就那样在黑暗中睁着眼胡思乱想着。

三

天气暖和以后,张二狗把俊娥和六斤送到了转角楼。太阳暖洋洋地照着,风从山沟里刮过。山坡上的茅草中开着蓝色、黄色、红色的小花,转角楼后面的连翘花也连成一片亮眼的金黄色。鬼子退走了,印钞厂又恢复了往日的热闹。战士们都紧张忙碌着,设计的专门进行设计,制版的就按照工艺流程制着模板……一切都有条不紊,制作好的半成品源源不断送入小寨那边的鉴定、完成部门,做完最后一道工序,钞票打包装箱,然后再运到八路军总部以及银行的各个办事处。休息下来的战士们每到下午还会在篮球场上打篮球,女人孩子们围在场子四周,孩子们的叫声、女人们的嬉笑声从篮球场上传到了磨石村的每个角落。

石老爹坐在院子里,他的周围是大大小小的石头。今年雨水足,屋后的庄稼长势喜人,外面也没有制作磨盘的生意,石老爹就坐在院子里开始凿刻石雷用的石头。他一手持一把石匠们专用的錾子,一手拿一个小锤子,一锤一锤凿着下面的石头。磨石村的石头除过坚硬外,还很有韧性。石老爹先把一块不规则的石头凿圆,一錾子下去,碎石屑溅起来,石头一点一点变成石老爹想要的样子。石头凿圆了，石老爹又在圆球的中间挖个洞。这是个细活，手中的錾子也换成一个小一些的，力道更要恰到好处，太大了石球开裂前功尽弃，太小了錾子吃不进去也没用。石球上的洞挖好了，等李德厚来了，装上黑药、雷管等等，就变成了一颗威力巨大的石雷。石老爹的石雷凿得又圆又精致，李德厚来了笑着说，石老爹啊——不用这么费功夫！只要把石头凿空能安装炸药就可以啦！石老爹后来制作的石雷就没有那么讲究了，顺其自然，凿空即可，于是就有了各种各样的石雷。这种石雷和山沟里的石头看不出两样，倒是增加了一种伪装性。石老爹干时间长了有些热，脱掉上衣后露出了黑红的肩膀。

大门上哑巴举着拨浪鼓跑进来，哑巴身后张二狗牵着那头灰黑骡子进了院子。骡子上坐着俊娥，俊娥的怀里抱着七八个月大的六斤。

石俊娥一进院子就喊开了：爹——娘——

石老爹抬起头来，几个月没见，俊娥吃得又白又胖，汗津津的脸上在太阳的照射下发着亮亮的光。

屋子里做饭的王秀云推开门小跑过来：哎哟哟——我们的大外孙六斤来啦！

张二狗一把把俊娥和六斤从骡子的背上抱下来。王秀云急忙去看俊娥怀中的六斤。

王秀云惊叫着：几个月没见，六斤又长大啦！

六斤正在俊娥怀里啃着小拳头，小眼睛看着头顶围过来的石老爹、王秀云。张二狗把骡子牵出院子拴在大门口，他摘下帽子摸着光光的头，黑红的脸膛上露着那种三十亩地一头牛，老婆孩子热炕头的满足和幸福。大伙都围在六斤的旁边，没人招呼张二狗，张二狗在大门口蹲下身子用帽子扇着头上的汗。

六斤的到来让转角楼一下热闹起来。晚上吃饭的时候大伙全挤到石老爹的屋子里。大伙轮流抱一抱六斤。母肥儿壮，俊娥奶水好，六斤吃得胖墩墩的，肉乎乎的脸蛋、小手让人见了无不爱怜。生命是多么惊奇和令人赞叹。每个人都是从这么小一点点长大的，在长大的过程中还要经历疾病、饥饿、灾害，直至现在仍在进行的战争。大伙都从六斤的身上看到了自己遥远的还没有记忆的过去。吴子谦抱着孩子看一看，他看着怀中的六斤，心里想着山那边的妻子董彩莲，也不知道彩莲给他怀上了孩子没有。肖必利一把把六斤从吴子谦手中夺去，肖必利不会抱孩子，孩子一下哭出来，孩子的哭声是那样底气十足和畅快淋漓。

孩子的一切都是大伙欣赏的地方，连哭声也成了称赞的理由：你瞧六斤的哭声——多响亮啊！

另一位说：这小子力气大，长大了一定是个机枪手！

……

不知什么时候哑巴把手中的拨浪鼓摇起来，拨浪鼓嘭嘭嘭的响声把屋子里的吵闹压下来，连肖必利怀中的六斤也停下了哭泣。

原来六斤也喜欢听拨浪鼓声。

肖必利把六斤抱过来：保明——快抱抱你的外甥！

哑巴跑过来扔掉手中的拨浪鼓把手伸开。

六斤好重啊，哑巴抱着六斤坐在炕上，这是个多小的人，毛茸茸肉乎乎的，就像小时候的大黄。哑巴正是豁牙牙露齿齿的年纪，看着举着小拳头的六斤忍不住笑出来，哑巴笑的时候露出了黑洞洞的嘴。六斤哇哇哇又大哭起来，连若烟捡起哑巴扔下的拨浪鼓急忙摇起来，六斤还是哭个没完。在地下和王秀云忙乱做饭的俊娥跳上炕，俊娥知道这小子可能是饿了，接过六斤便撩起上衣露出圆嘟嘟的奶子，六斤含住奶头很香甜地吃起来。俊娥做这些的时候没有一点难为情，地上站着的除过连若烟几个女兵都是大老爷们，肖必利几个便推搡着转过脸去。

正在这时李德厚和他的护卫班来了。

李德厚推开门喊着：这么热闹啊。

上次的金展会一连举办了二十多天，金展会在根据地获得巨大成功，大伙一传十十传百地传说着银行雄厚的实力，银行发行的冀钞也得以顺利推广。但金展会后很多人就打上了这批财宝的主意，国民党军队，山那边的土匪，日伪军等等。这些金银财宝在金展会后就被李德厚他们秘密押运到宽嶂沟，然后藏在宽嶂山沟中的天然石洞中。藏宝的地方只有李德厚等很少的人知道。宽嶂沟的山洞中不仅掩藏着这些贵重的金银，还掩藏着印钞厂各种印刷物资、印刷好的钞票等，特别是印刷物资，都是各地采购站、地下交通员等历尽千辛万苦运到宽嶂山的，为了防止鬼子破坏，这些物资都分散储存在不同的山洞中。为了保护金库中的金银钱币以及各个山洞中的印刷物资，李德厚和他的护卫班一直在暗中守护着那些山洞。

李德厚进来正好看见俊娥奶着六斤。六斤吃饱喝足了在俊娥的怀中呼呼睡去。连若烟举起手向李德厚做个小声说话的动作。李德厚蹑手蹑脚走过来，看着俊娥怀中的六斤露出憨憨的笑，他忍不住伸出手指头摸摸六斤的脸蛋，六斤的嘴角里散发出的是一种甜腻腻的奶腥味。李德厚抬起头正好和看他的俊娥撞在一起，李德厚不好意思地掉过脸去。俊娥知道她是李德厚救回来的，没有眼前这个男人，或许自己在山沟里冻死也未可知，哪里会有后面发生的一切事呢？俊娥再次感激地看着转过身去的李德厚。

张二狗放下俊娥母子返回石泉村，俊娥和六斤留下来住在转角楼。这里有母亲和她照料六斤，俊娥就一直住到小鬼子要来扫荡的八月十五才回去。俊娥和六斤住着的时候，哑巴哪里也不去，他就围着六斤转，给六斤摇拨浪鼓，还替二姐抱一抱六斤。六斤重，哑巴抱一会就累了，俊娥就让哑巴盘腿坐在炕上，然后把六斤放在哑巴的腿窝里。六斤睡着的时候，哑巴就趴在六斤的旁边看。六斤睡得呼呼不醒，哑巴悄悄拿手指头扒拉一下六斤的耳朵。六斤还是不醒来，哑巴再来一下。六斤没睡醒，被哑巴弄醒以后就是哇哇大哭。王秀云和二姐去了转角楼后的田地里，窑洞里只剩下哑巴和六斤，六斤大哭起来哑巴没了办法，摇拨浪鼓六斤哭，不摇拨浪鼓六斤也要哭，后来哑巴想起李德厚给他的糖块来，他把糖块放到六斤的嘴唇边，六斤不哭了。

转角楼院子里凿刻石雷的石老爹听见六斤哭泣，放下手中的錾子跑进来，看见六斤不哭了摸着哑巴的头。

什么时候哑巴才能长大呢？

石老爹想着，哑巴长大了也给他娶房媳妇回来，然后生几个就像六斤一样的大胖小子。只是不知道哑巴生下来的孩子会不会还是个哑巴？这是让石老爹非常忧心的事。石老爹手上全是石头粉末，手放在哑巴的头上，把哑巴的头发弄得黑一片白一片。

四

此时在黎城一带，八路军不仅建起了黄崖洞兵工厂、冀南银行等，还先后在百宝蛟、龙洞沟、西下庄、石壁底等村，建起了化学厂、被服厂、纺织厂、制药厂、酿酒坊、野战医院等，在吴家庄村还建起了卷烟厂、草帽子厂等，直至后来的造纸厂，彻底成了八路军总部及129师的供给基地。根据地的发展，特别是百团大战的爆发，让侵华日军如芒刺在背，必欲除之而后快。驻潞安的日军36师团筹集221、222、223三个联队，一个骑兵联队，一个炮兵联队，以及适宜山地作战的山地部队共计五千余人，于八月十五后从多路向黎城扑来。

秋天以后，特别是深秋以后，太行山中就很冷了，现在再加上秋雨，天气就更冷了。八路军总部、129师驻黎城各个单位以及中共黎城县委、县政府、县游击大队等先后向大山中转移，129师主力则转到外围待机歼敌。群众也在坚壁清野后向各个逃返的山沟里走去。

郭家大院里高捷成正和孟连长一行告别。冀南银行总部的驮队向山后进发，院子里是孟连长和百十号战士。天上下着雨，战士们仍然穿着单衣，大伙站在雨地里一动不动。高捷成和孟连长紧紧握握手。孟连长他们就要赶到宽嶂山去了，孟连长的任务就是务必将山中的印钞厂保护好。银行在漆树、石泉、磨石、青茶等村建有数个印钞厂，这些是银行大部分的家当啊，正如首长们说的，印钞厂不仅仅是关乎银行生死存亡的大事，而且更是关乎整个根据地几百万人生死存亡的大事。

高捷成低低说：拜托啦！

孟连长没有说话。鬼子来势汹汹，他知道这次任务的艰巨和困难，但这又算得了什么呢，几十年来，他不就是在这种枪林弹雨中生活过来的吗，什么样的大仗恶仗没有经见过呢？

孟连长一挥手：出发！

队伍向宽嶂山开去。高捷成和两个警卫员站在雨地里目送孟连长他们离去。宽嶂山就在远处的雨雾中，高大的山峰立在半天中。印钞厂建在山上就是为了防止鬼子破坏。这次鬼子来者不善，一场恶战恐怕在所难免。高捷成还要检查其他办事处转移情况，跳上马和两名警卫员向辽县方向奔去。

战斗是在这天的黄昏时分打响的。孟连长他们坚守在宽嶂山口的地堡里。孟连长来到山口后发现这里果然是一处一夫当关万夫莫开的所在。这里本来有八路军一个特务连把守，南面黄崖洞保卫战打响后，特务连紧急赶去增援，山口上的阵地就交给了孟连长。孟连长在地堡里布置了两个班的兵力，其余兵力则沿着山沟渐次展开。大伙爬上两面的山坡，挖好掩体后就把手榴弹一排一排摆放在掩体上，单等鬼子来了进行厮杀。

半下午的时候鬼子开始向宽嶂山口的八路军阵地进行炮击。炮弹呼啸着在大山前爆炸。鬼子的山炮、迫击炮一起射击，巨大的震耳欲聋的爆炸声连成一片。孟连长伏在半山坡上，烟雾笼罩了整个山沟。炸弹声过后，大批鬼子密密麻麻向山口上冲过来。山口地堡里的机枪突然响起来，然后是一排一排的子弹，冲到前面的鬼子纷纷倒下。鬼子们伏在地上开始还击。大量的手雷投掷到地堡前。地堡前挖有很深的壕沟，鬼子的手雷滚过来掉进地堡前的壕沟里，壕沟里积满了雨水，手雷在壕沟里爆炸后窜起高高的水柱。战斗持续到天黑以后，枪声逐渐稀落下来，鬼子退到山口前的西村吃饭休整。孟连长下到山沟里，地堡里牺牲了五六位战士，几位战士胳膊上、头上也负了伤。正对着山口的地堡受到了巨大的冲击，有几处坍塌的地方战士们正在搬运石头抢修。

这边的枪炮声安静下来，山那边黄崖洞方向还有炸弹的爆炸声。就在鬼子扑向宽嶂山的时候，另一路鬼子正在围攻黄崖洞兵工厂。守卫黄崖洞兵工厂的是八路军特务团，特务团利用有利地形与鬼子进行了八天八夜的血战，这就是被后世称赞的著名的黄崖洞保卫战。雨还在沥沥拉拉下着，到了后半夜又变成了雪花。天又黑又冷，风夹着雨一会儿又夹着雪抽打在大伙身上。那边几位战士把牺牲了的战友就地掩埋了，这边战士们在风雪中吃着干粮。他们的干粮是当地产的一种炒面，把黄豆、豌豆等豆子炒熟了，用石磨磨成面粉，抓一把用热水拌起来就可以食用了。现在他们正在宽嶂山的山口前，有的在地堡里，有的在山坡上的掩体里，附近的村民们早已经逃到更远的山里，大伙只能就着雨雪吃一点炒面。后半夜的时候，山上传来更不妙的消息，印钞厂已经全部转移了，武乡那边的鬼子正沿着左会山向这边移动。鬼子翻过左会山就到了宽嶂沟。鬼子从背后偷袭过来，再在这里坚守已经毫无意义了。

孟连长带着大伙悄悄向磨石村方向退去。

五

二狗出事那天是个半下午。

鬼子窜进宽嶂沟里后进行了疯狂的扫荡。他们见人就杀，见房子就烧，见东西就抢。好在大伙提前做了准备，粮食等贵重物品进行了掩埋，骡子、羊等家畜全被带走，鬼子冲进村里后一无所获。青茶村、磨石村、石泉村全冒起浓浓的黑烟。鬼子分成多个小队，一条沟一条沟进行拉网式搜山。

磨石村存贵大爷那几天正好生病，一连拉了几天肚子，存贵大爷几乎站也站不起来。鬼子窜进沟里后，存贵大爷打发两个儿子、儿媳和孙儿孙女们躲出去，他和老伴藏到了屋子背后储存土豆的地窖里。鬼子闯进院子后没有发现屋子背后的地窖。已经在地窖里躲藏了两天两夜的存贵大爷想喝一口热稀粥，半夜时分两个老人悄悄从屋后的地窖里爬出来，发现四周没有情况后回到前边的窑洞里。两个人不敢点灯，借着窗户外的雪光熬了一点稀饭。刚要喝粥听得有人翻墙进了院子，两个人伏在炕沿下大气也不敢出。存贵大爷以为是小鬼子来了，来人进来后才发现是两个儿子偷偷溜回来。两个儿子发现没有异常后，又把外面的两个儿媳和孙儿孙女叫进来。存贵大爷在黑暗中把孙儿孙女紧紧搂在怀里。大家几天没吃一口热饭了，熬好的稀饭一家人一人分了几口。

天很快就要亮了，存贵大爷让两个儿子赶快离开，小鬼子不知什么时候又会闯进来。

大儿子说：爹——要走我们一起走！

二儿子也说：你们留在家里我们不放心！

存贵大爷说：我和你娘上了年岁，小鬼来了要杀要剐由他！你们有孩子——赶快走！

两个儿子、儿媳和孩子们弯着腰溜出去。

存贵大爷两口子也准备返回屋子后面的地窖里。两个人刚推开门，听见村后面传来一声枪响，接着听见有人向这边跑过来，一会儿两个儿子、儿媳和孙儿孙女上气不接下气地跑进来。

爹——鬼子追过来啦！

大儿子脸色苍白。

二儿子返回去把大门关上。

存贵大爷急忙拉着孙儿孙女来到屋后的地窖前，两个儿子、儿媳和孙儿孙女全部跳下去。院子外面传来鬼子激烈的砸门声。存贵大爷把老伴放下去后盖上盖子。

地窖里大儿子喊道：爹！

儿媳妇喊着：爹——快下来！

孙儿、孙女的哭声：爷爷——爷爷！

存贵大爷不知哪来的力气，抱几捆玉米秸秆盖在地窖上后，又把旁边喂牲口的大木头槽子挪到玉米秸秆上。存贵大爷看看没有漏洞了拍拍手上的土走到屋子前面。鬼子们已哗啦砸开大门闯进来。

鬼子们窜进山沟里连个人影也没看见，现在抓住存贵大爷如获至宝。鬼子们想让存贵大爷交代出金库在的地方，同时带他们把八路军印钞厂掩埋的机器、物资挖出来。金展会的名声也传到鬼子的耳朵里，鬼子知道宽嶂山里不仅有八路军的印钞厂，还有八路军埋藏的金银财宝。存贵大爷从被鬼子抓住的那一刻就不说话，他们带存贵大爷来到转角楼，然后又来到转角楼后的篮球场——其实存贵大爷并不知道金库的真正位置，也不知道八路军把印钞厂藏在哪个山洞，他只知道八路军的印钞厂就在转角楼后，印钞厂的工人们住在转角楼里，他还给转角楼安装过门窗，但存贵大爷不说话，他不知道的不说，知道的也不说。存贵大爷的不说话惹恼了鬼子，鬼子一枪托把存贵大爷砸倒，然后几个鬼子拥上来拳打脚踢。存贵大爷本来肚子难受，或许是实在忍受不住了，突然从地上爬起来，一头向身边的鬼子撞去，鬼子没有防备，四仰八叉倒在地上。存贵大爷还要和另外一个鬼子拼命，旁边的鬼子已端着刺刀冲过来。

存贵大爷家的屋子被大火点燃，大火很快把屋子背后地窖上的玉米秸秆也燃着。山中有风，火越烧越旺……鬼子退走后，石老爹他们在村口的山坡下发现了存贵大爷的尸体，也在存贵大爷的地窖里发现了存贵大爷窒息而死的老伴、两个儿子、儿媳以及孙儿孙女。

张二狗和俊娥、六斤躲在石泉村南面的一条山沟里。他们本来想到磨石村和石老爹一家会合，后来情况紧急了就拐进旁边的这条山沟里。张二狗牵着灰黑骡子，骡子上坐着俊娥和六斤。这条山沟除过山顶上有树木外半山坡上全是光秃秃的石头。枪声不远不近地响着。张二狗催促着骡子快走，他想赶快找到一个藏身的地方躲起来。好不容易看见一个洞口模样的地方，张二狗拉着骡子急急忙忙爬上去。张二狗把洞口的茅草扒拉开，洞里挤满了逃难的群众，洞口上是一群惊恐不安的眼睛。二狗认出了人群中的一名妇女，那名妇女好像就是磨石村的，过去还逗过他，现在脸上抹着黑黑的灰，看着他不说话。里面实在再藏不下人，二狗拾起茅草把洞口遮掩住。

张二狗他们转过一个弯发现了前面的小树林子，张二狗四处看一看，发现四周只有那片树林子可以藏身。张二狗拉着骡子急急忙忙进了林子里。走了一上午，六斤也饿了，张二狗在一棵大树前停下脚步。俊娥把六斤递给张二狗，自己从骡子上爬下来。

六斤刚刚会说话，他只能发一个爹和娘的音。张二狗低下头看着六斤，六斤也看着满脸大汗的二狗。

张二狗说：六斤——叫一声爹！

六斤看看张二狗，嘴里突然迸出一个含混不清的字：爹！

张二狗高兴地叫起来：俊娥——六斤会叫爹啦！

俊娥也围上来：六斤——叫娘！

六斤又叫了一声：娘！

俊娥把六斤抱过来就亲吻个不停。六斤饿了，俊娥靠着大树坐下来，然后撩起衣服把奶头塞进六斤的嘴里。

张二狗把骡子拴在身后的大树上，从骡子背上取下带出来的干粮。张二狗他们带出来的干粮是几个干馒头，还有晒干了的咸菜，用猪尿泡做的水壶里还灌满了水。张二狗靠着俊娥坐下来，自己咬一口馒头，然后伸出手去喂一口俊娥。现在正是中午时分，太阳光线从树隙中射过来照在俊娥俊俏的脸庞上。张二狗侧过脸看着俊娥，心里感叹着俊娥的美。张二狗不会说话，但他心里明镜似的什么都明白。他能娶上俊娥那是八辈子烧了高香的事，他也知道俊娥并不愿意嫁给他，后来知道俊娥还因为这个事离家出走过，他只能用自己男人的温暖和爱来补偿俊娥。俊娥就是他的宝，他什么苦活累活也不用俊娥干，俊娥也慢慢被他的憨厚、真诚感动过来，特别是有了儿子六斤后，二狗能明显感觉到俊娥对他的态度。

那天晚上他们一家三口就住在树林里。大树下铺一块用山羊毛做好的黑毡子，他们三个人挤在毡子上，两个大人躺在两边，六斤夹在中间。大山中的夜晚特别冷，好在逃出来的时候骡子背上还搭着一块棉被窝，棉被窝盖在身上也不觉得有多冷。六斤颠簸了一天早早就睡着了，张二狗把胳膊伸过去，俊娥抬起脖子把头靠过来。张二狗的大手伸进俊娥的衣服里摸着俊娥光滑的脊背。

俊娥低低说：也不知小鬼子啥时候能离开？

小鬼子才窜过来，哪能一下离开呢？

张二狗跨过六斤和俊娥抱在一起。

两个人在黑暗中亲热着。

亲热一会儿，俊娥在张二狗的怀中抬起头：爹和娘也不知藏在哪里？

俊娥惦记着石老爹他们，还有哑巴，以及远在小寨的姐姐俊袅。战争把他们一家人分在了几个地方，有家不能回，有炕不能睡，只能躲在荒郊野外的树林里逃命。她受罪都无所谓，但六斤还是个婴儿啊，这么小就要跟着他们东奔西颠。

半夜的时候天上突然下起雨来，张二狗跳起来去骡子背上寻找遮雨的东西，翻找了半天才想起来，由于走得急，把遮雨的雨布忘了带出来了。俊娥把六斤抱起来来到大树下，张二狗把地上的黑羊毛毡子和被窝卷起来捆在骡子背上。外面很冷，雨又变成了雨夹雪，一会儿全是雪。张二狗知道需要赶快找一个能够躲避雨雪的山洞了，他和俊娥不要紧，六斤小，怕受不了。张二狗把俊娥母子抱到骡子背上，牵着骡子走出树林子。天已经亮起来，雪还在下着。二狗把外面套着的棉衣脱下来搭在俊娥头上。

几个人走了一段路，俊娥听见旁边的山坡上有人喊自己的名字：

俊娥——俊娥——

张二狗和俊娥都听到了喊声。张二狗停下脚步，向两面的山坡上望去，东面的山坡上露出一名八路军战士，那名战士正向他们这边招着手。张二狗拉着骡子急急忙忙爬上来，山坡上的大石头后面有一个天然的石洞，李德厚和他的护卫班正好隐藏在这个石洞里。大伙见了面都非常高兴，特别是俊娥，看见李德厚，看见这群八路军好像一下见了亲人似的，再也不用在外面担惊受怕了。石洞里暖和多了，俊娥抱着六斤坐在里边。张二狗跑出去把骡子拴在对面的一个山洼里。

一连几天安然无事。

李德厚他们晚上出去白天回来，一边暗中保护金库，一边借机骚扰宿营的鬼子。这天上午的时候李德厚趴在洞口上向前面望去，对面的山脊上出现了一队搜山的鬼子。鬼子们向那边的树林子走去。树林子那边很快响起密集的枪声。李德厚知道孟连长他们正在山中和鬼子周旋，那边响起的枪声很可能是孟连长他们的。李德厚一挥手，大伙弯着腰向枪响的地方跑去。

枪声很快就消失了，李德厚几个也没有返回石洞。枪声引来大批的鬼子。树林子里的鬼子遭到伏击全军覆没，小鬼子们四处寻找伏击他们的八路军。半下午的时候一队鬼子搜索到这边来了。鬼子们好像发现了山洼中的骡子，打着枪尖叫着向骡子包抄过去。张二狗躲在石头后面看着对面山洼中的骡子，鬼子们围住骡子四处寻找骡子的主人。有鬼子向这边试探着响了一枪，子弹顺着二狗旁边的石头飞过去。俊娥听到枪声，抱着六斤爬过来。

鬼子们向这边搜索过来。

张二狗返过脸看看俊娥和六斤。

鬼子们很快就会来到这里，这可如何是好！骡子被鬼子抢走了，俊娥抱着六斤哪能跑得动呢？

二狗脸色变白，话也结结巴巴的：俊娥——你和六斤躲在这里。我——我去把小鬼子引开！

俊娥一把拉住二狗：不——要跑一起跑！

二狗推开俊娥的手：再迟了就来不及啦——俊娥——把咱儿子照顾好！

二狗说完猫着腰跑出去，他向北面的山坡上跑去。山沟里的鬼子很快发现了山梁上跑着的张二狗，他们打着枪向张二狗追去。鬼子们不想打死二狗，鬼子们想抓一个活的，二狗身边子弹乱飞。

俊娥抱着六斤躲在石洞里，俊娥害怕六斤发出声音，她把奶头塞进六斤嘴里，六斤吃着奶睡着了。

枪声越来越远。

天很快黑下来。

俊娥在黑暗中瞪着眼。

她期盼着张二狗能够突然出现在山洞口。

六

哑巴这天晚上和石老爹偷偷摸回磨石村。

八路军一直在山中骚扰鬼子，鬼子们不敢在山上宿营，天一黑就退回到宽嶂山下的西村了。天黑以后石老爹拉着哑巴潜回转角楼。哑巴路过木匠存贵大爷家的时候，看到了被大火烧得面目全非的房屋。石老爹当时还不知道木匠全家遇难的消息，他站在院墙外看着狼藉的院子一言未发。天上又下起雨来，石老爹和哑巴先跑到转角楼后的印钞厂看了看，印钞厂显然受到了鬼子的破坏，门窗全部被拆掉，没有来得及转移的半成品被烧毁。哑巴看到篮球架子也被人推倒了，木头做的篮筐摔了个稀巴烂。转角楼的大门被鬼子砸开，几个屋内有鬼子们翻箱倒柜后的痕迹，东面窑洞里几口放粮食的大瓮倒在地上，瓮的四周是另一口大瓮被砸碎后散落的碎片。

哑巴和石老爹回到正屋的窑洞里，屋子里很暗，两个人不敢点灯。外面的雨还在淋淋拉拉下着，屋子里很冷。父子两个穿着衣服躺在土炕上。土炕好几天没有生火了，哑巴能感觉到土炕冰凉的感觉。

石老爹在黑暗中叹口气：这都是小鬼子们干的坏事啊！

哑巴返过脸看看另一边的石老爹。小鬼子们的糖块很甜，为什么要烧木匠家的房子呢？转角楼里似乎也有人来过，他们究竟是群什么样的人呢，就像糖纸上画的那样的人吗——细细的腿，细细的腰，圆圆的眼睛。哑巴想到了夏天草丛中的蚂蚱，蚂蚱的腿就很长很细，眼睛也是滴溜溜的圆。小鬼子是蚂蚱变的吗？哑巴想到这里嘴角露出笑来。

哑巴是在睡梦中被人们说话的声音吵醒的。哑巴睁开眼，发现身边的石老爹不见了。哑巴听见石老爹在院子里说话的声音。哑巴急忙爬起来，他从窗户上看到院子里挤满了黑压压的八路军。外面的雨不知什么时候又变成了雨夹雪，战士们湿透了的帽子上、衣服上又落满了雪。院子里来的正是孟连长他们，连续的作战，连续的转移，战士们已经疲惫到了极致。不少战士牺牲了，不少战士负了伤，他们仅有的一点炒面也早已吃完。更困难的是他们身上的子弹、手榴弹也所剩无几了。

孟连长满脸的胡须，在黑暗中说道：弟兄们几天没饭吃啦——可不可以熬一锅热粥呢？

石老爹他们进行了坚壁清野，粮食全部埋在了外面的地里，家里一点粮食也没有。

石老爹为难地说：家里的粮食全部埋在了外面。

石老爹为这句话一直后悔了好几年！他怎么就不能去外面挖一点回来呢？或者是挖一些土豆回来也好啊，给大伙弄一锅热乎乎的水煮土豆。眼前的这些战士已经饿了好几天，现在又冷又饿，他们急需哪怕一碗热汤或者热水也好啊。

孟连长没有再说话。黑暗中孟连长挥挥手，大家三个一伙五个一群地挤在转角楼四处的屋檐下。伤兵们全被搀扶进屋子里，没有受伤的士兵们靠在墙壁上躺下来。大伙实在是太累了，现在终于能在这里休息了，一靠在墙上便睡着了。天上的雪飘飘落落下来，院子里躺着的战士们很快覆满了一层雪。

石老爹返回屋子抱着头蹲在墙角里。

哑巴再次醒来的时候天已经微微发亮。石老爹招呼哑巴赶快下炕，小鬼子一会儿就会窜上来。两个人推开门，院子里的八路军不知什么时候已经离开了。院子里全是雪，远处的山坡上也变成了一片白色。两个人刚走出大门，就听到漆树村那边传来激烈的枪声。石老爹的眉头皱起来。石老爹知道孟连长他们可能遇上了麻烦。

孟连长是在黎明前把院子里的战士们叫起来的。天还很黑，前面的哨兵传过话来，山下的鬼子已经出动了。大伙立刻振作起来，趁着天还没有亮悄悄向山上走去。孟连长根本没想到，山下的一股鬼子一直在寻找他们，这股鬼子天还没有亮就悄悄出发了，来到磨石村的时候发现了雪地里乱七八糟的脚印，鬼子很快就追上了这支疲惫不堪的军队，双方立刻交火。孟连长他们边打便撤，路上不断有战士倒下。

孟连长的意思是想带领战士们爬上后面的山梁，然后转入武乡境内，寻找一个落脚点进行补充休整。大伙撤到这里的时候立刻向山梁上爬去，后面的追兵很快会追过来，但就在大伙爬到半山腰的时候，山梁上突然冒出黑压压的鬼子。鬼子们密集的子弹扫射过来。爬在前面的战士中弹倒下。大伙又顺着山坡滚下来。前有埋伏，后有追兵，身边的战士们几乎弹尽粮绝。孟连长打了几十年仗，第一次感到是如此绝望。他知道最后的时刻来到了，他对自己的牺牲倒是不足惜，他从参加革命的那一天起就抱定了必死的决心，他只是不想让身边的这些战友跟着他送死。他们已经圆满完成了保护印钞厂转移的任务，战士们也在山中给予鬼子狠狠打击。他后悔的是没有及早带领大家突围出去。他一直带兵打仗，受伤后保护过银行培训班的学员，身体康复后总部给了他一个连队的战士，他们连队的任务就是保护银行，保护银行的印钞厂。现在任务完成了，大家却陷入了绝境。再组织冲锋可能会带来更大的牺牲，不如乘着天还没有大亮让大伙分散突围。山上树木密集，又有各种山洞，能活一个是一个。孟连长想到这里，立刻下达命令，让大伙分散转移，找到藏身的地方就想方设法隐藏起来。大家都知道面临的困难，孟连长的话说完，大伙就各自向不同的方向突围出去。

　　孟连长没有走，他和几个受伤走不了的战士留下来，他们躲在一块石头后，不断地向山上山下的鬼子开枪射击。石头旁边放着一捆手榴弹，这是孟连长他们最后的决心。鬼子们的火力被吸引到这边。山下山上的鬼子们包抄过来。鬼子们打着枪，子弹射在孟连长躲藏的石头上发出乒乒乓乓的响声。四散突围的战士们依靠身边的树木跳跃着奔跑着。有的发现一个石洞立刻钻进去，有的藏到被雷击后的大树洞里，还有的躲在厚厚的树叶下面……突围出去的突围出去了，没有突围出去的躲在了大山的各种缝隙里，还有的倒在了鬼子射来的子弹中。大山中天气异常寒冷，战士们身着单衣，又几天没有进食，很多战士钻进去后就再也没有出来。一直到八十多年后的今天，当地人发现了山上八路军的遗骸后开始一一寻找，石头旁边、山洞中、大树下……躺着一具一具的白骨。这些战士连名字也没有留下来，他们的白骨以及白骨旁边生锈的枪支大刀，仍然在发现他们的地方保持着往日的战斗姿势。

　　山林中传来一声巨大的爆炸声。

这声音非常大,也传得非常远,以至于躲在另一条山沟里的哑巴也听得清清楚楚。这声爆炸在哑巴的记忆中留存了几十年,直至多少年后,他已经是一位白发苍苍的老人了,仍然时不时会被梦中的那声爆炸惊醒。

第八章　流动印钞厂

一

鬼子退走后张二狗也没有返回来。

石老爹组织人们沿着张二狗逃跑的山脊不断搜寻，但就是找不到张二狗的下落。活不见人，死不见尸，难道是被小鬼子抓走了？石老爹托人向潞安方面的鬼子打听，甚至连高捷成也让冀南银行潞安办事处的人帮着寻找，一点也没有张二狗的消息。张二狗就这样莫名其妙地失踪了。几十年后一个偶然的机会，张二狗的后人在一本日本的旧画报上找到了张二狗的消息。原来鬼子抓住张二狗后将他送到日本做了劳工，他在参加一次暴动的时候被警察射死在大海边。画报上报道的就是日本警察镇压这次暴动的详细情况，文中还配有暴动犯人的照片。那一年正好是昭和十九年，也就是小鬼子投降的前一年。

俊娥找不到张二狗哭得死去活来，她抱着六斤一次又一次去山沟里寻找。

二狗——你回来——

回来呀——二狗——

俊娥凄惨的喊声把磨石村男女老少的眼泪全部喊了出来。那个年代人们见到的听到的苦难还能少吗？木匠一家没了，张二狗没了……还有更多的人，今天活着明天可能就成了另外一个世界的人。他们替俊娥哭泣，也是在替那些无辜死难的人哭泣，更是为自己为家人不可预测的未来哭泣。

俊娥始终认为张二狗还活着，她不相信二狗真的会死去，二狗怎么能舍得离开她和六斤呢！六斤已经会叫爹了，张二狗刚刚听过六斤的一声喊叫，六斤还会增长很多本事，二狗应该看着他的儿子长大成人呀。二狗是个老实本分的人，小鬼子怎么能带走他乃至要处死他呢？俊娥坚信二狗有一天会突然出现在她和六斤的面前。

俊娥一直不想回石泉村自己的家。家里有二狗的衣服、被窝，有二狗使用的农具，院里院外几乎全是二狗的信息。她就抱着六斤住在转角楼里，过年的时候没有回去，开春了也没有回去，她实在无法面对那个没有二狗的家。二狗不在了，二狗的父母也伤心欲绝，他们理解俊娥，老两口想念孙子了就来转角楼看看六斤。

俊娥住在转角楼里一直沉默寡言。人们很难再听到俊娥爽朗的笑声和各种山曲儿小调。俊娥每天和娘一起给印钞厂的战士们做饭。六斤嘴里不仅会发出单个的词，还能站起来摇摇晃晃地走几步。俊娥忙起来的时候，照顾六斤的任务就落在舅舅哑巴的头上。天气暖和了，哑巴背着木头长枪拉着六斤的手走到转角楼的院子里。六斤一只手里还举着那个拨浪鼓，六斤走路不稳定，手中的拨浪鼓随着六斤的摇摆偶尔响动一下。过了年哑巴又长了一岁，个子也增高了不少，更重要的是哑巴手臂上也有了力量，六斤走累了的时候，哑巴还能把六斤抱起来，再后来还能背着六斤出来进去。

石老爹不忙的时候就坐在院子里凿那些石头。上次做的石雷壳子还堆在墙角里。李德厚回来后悔了好几次，说如果上次把这些石雷制作好，哪能让小鬼子轻易退走呢。李德厚吩咐石老爹多做一些，过几天他就把黑药和雷管带回来，下次绝不会让这些小鬼子有好果子吃。六斤可能走累了，坐在地上哇哇哭起来。哑巴给六斤摇动拨浪鼓，六斤还是哭，哑巴想把六斤背在背上，弄了几次没有成功。

坐在那边的石老爹走过来，抱起六斤放到哑巴的背上。六斤趴在舅舅的背上了，停下了哭泣。哑巴心里骂着六斤，真是个讨厌的小东西啊。哑巴背着六斤来到转角楼后的印钞厂。

印钞厂又安上了门窗，机器也从油篓沟拉回来，战士们出出进进各自忙乱着自己的事。篮球架子还在那边躺着。哑巴把六斤放下来。六斤一个人玩着拨浪鼓。哑巴望着印钞厂房子上被大火烧过的痕迹。木匠全家的死，特别是二姐俊娥的哭泣，让哑巴对小鬼子有了非常不好的印象。他那个时候年纪还小，实在不明白小鬼子的糖为什么那么甜，而做的事怎么那么让人痛恨呢？后来李德厚再给他糖块的时候，哑巴接过来就扔掉了。李德厚把哑巴扔掉的糖块拾起来塞到自己嘴巴里。李德厚说，小鬼子是小鬼子，糖块是糖块！但哑巴似乎再提不起对小鬼子的兴趣，这种恶劣的情绪一直影响了哑巴几十年。

舅——

六斤抬起头喊出个舅字。

六斤看着哑巴嘿嘿笑着。

六——斤！

哑巴反过脸看着六斤，嘴里下意识地喊出小外甥的名字。"六"字喊得清晰，"斤"出来的时候有些混浊，但还是让刚刚走过来的吴子谦听了个正着。

这是吴子谦第二次听到哑巴的发音，吴子谦蹲下身子看着哑巴，他还示意哑巴张大嘴，吴子谦仔细看着哑巴的喉咙。

正好连若烟跑过来，看到吴子谦的举动笑着问：保明的喉咙怎么啦——吴先生！

吴子谦站起来和连若烟说：保明不是哑巴。

连若烟笑起来：说什么呢？保明从小就不会说话。

吴子谦说：刚才说话了！

连若烟弯下腰惊讶地叫道：保明——你说话啦？

哑巴看着连若烟脸憋得通红，他想说话可嘴里发出来的还是呜呜呜的声音。

吴子谦把连若烟拉起来：这个事急不得！慢慢来，有时间了教一教保明发音。肖必利走了几天了？

肖必利又去了山那边。

连若烟担忧地说：是啊，走了好几天了。

旁边的哑巴背起六斤向前边的转角楼走去。六斤手里的拨浪鼓有一下没一下地响着。哑巴自己也非常沮丧，他恨不得在没人的地方扇自己几个耳光。他怎么就说不出话来呢？过去他没有什么感觉，他不说话还有一种和石老爹赌气的成分，随着年龄的增加，他有了说话的欲望，连六斤也能喊出舅舅，他怎么就说不出来呢？哑巴第一次为自己不会说话流出泪。哑巴腾不出手擦泪，泪水就一颗一颗砸在干巴巴的土路上。

吴子谦看见哑巴流出泪，他知道哑巴内心的想法。

该是帮帮孩子的时候了。

吴子谦想。

二

这一年的天异常怪。过了年一直没有下雨，肖必利翻过太行山就看到了这边的旱情。土路上是干干的灰层，远处的田野上是大片快要旱死的麦苗。往年这个时候正是麦子生长的季节，绿油油的麦子望也望不到边，现在不少麦子还没有抽出穗子就变黄、干死。肖必利向邢台西郊的吴子谦家走去。肖必利越走心情越沉重。山那边也一样旱，大山里的地基本上靠天吃饭，没有雨，旱得根本就种不进去。鬼子隔三岔五就来扫荡，天又这么旱，没有了收成，大伙怎样才能活下去啊？

按照吴子谦地图上的指示，肖必利很快来到邢台西郊吴子谦的家里。肖必利到的时候正好是个下午，太阳还是狠毒地照着，村街上的黄土路以及路两边用黄土砌起来的院墙、房屋都发着一种干燥的亮光。肖必利走到大门口，推一推大门，院子大门紧紧闭着。肖必利拿起门上的铁环哗啦哗啦响一下。一会儿院子正面的屋子里有人出来，可能是吴子谦的妻子董彩莲。

董彩莲疑惑地向外面问道：您是谁啊？

肖必利轻轻喊一声：大嫂——我是吴子谦的朋友。

院子里的董彩莲一听是吴子谦的朋友，急走几步把门打开。自从吴子谦上次回来后，一年多没有音信了，现在终于听到丈夫的消息，董彩莲的心怦怦乱跳。

肖必利看见门口站着的是一位当地人打扮的女人，衣服很破旧，脸上似乎还特意抹了几道灶坑里的灰。

董彩莲着急地问道：我男人——他怎么样啦？

是啊，外面在打仗，每天都死人，男人一年没有音信，他究竟还活着没有？

肖必利知道女人的担忧，笑着说：大嫂——我大哥活得好着呢！

女人听到男人活着的消息，脸上紧绷的神情马上松弛下来：快回家——快回家！娘——子谦有消息啦！

女人把身后的大门关上向屋子里喊着话。

屋子里吴子谦的娘推开门出来。老人满头白发，脸上是焦急的神色：子谦他没出事吧？

肖必利一把拉住老人的手，看见老人那种对远在外面儿子的担忧，鼻子一酸差点掉下泪来。由吴子谦的娘，肖必利想到他和连若烟的爹娘，他们一样出来好几年了，战火纷飞，音信隔绝，他们的爹娘难道能不想念他和若烟吗？漳河的对面就是他们的家乡，近在眼前却又像远在天边。

肖必利回到屋里一五一十地给吴子谦的母亲、妻子讲述着吴子谦在八路军印钞厂的神奇表现，告诉她们吴子谦怎么当上了厂长，然后又怎么带领大伙印出冀钞等等。肖必利连说带比画，说得两个女人忍不住笑出来。

肖必利说：吴大哥——那是我们八路军的这个！

肖必利伸出大拇指！

吴子谦的母亲抹着眼泪长长出口气：只要子谦活着就好。

肖必利说完把布包里包着的一块花布拿出来：这是吴大哥给嫂子的礼物！还有这个——

肖必利拿出一沓钞票按在吴子谦母亲的手里：这些钱先留着用。

吴子谦的母亲叫着：彩莲——你看我们只顾说话，快给这位肖先生做口饭吃。

董彩莲马上就要动手，肖必利拦住董彩莲：大嫂，下次来了叨扰！我到城里有事，天黑了就进不去啦。

肖必利说完离开吴子谦家，然后向邢台城里的德义恒走去。

天黑前肖必利来到邢台城里的德义恒。两个小伙计正在上店铺的门板，肖必利笑嘻嘻地拱手一揖：两位大哥请稍等一下。

两位伙计停下手中的活计看着商人打扮的肖必利，一位问道：掌柜的，有何贵干？

肖必利说道：有笔大生意，想见一下你们吕掌柜！

另一位看看肖必利疑惑地摇摇头：这年头哪有大生意可做！能有口饭吃就是老天爷开恩啦。

这位伙计说完摆摆手：跟我来吧。

肖必利随着这位小伙计来到德义恒后面的院子里。

小伙计喊道：吕掌柜——有客人来啦！

屋子里的吕掌柜正在用热水泡脚：把客人领进来吧。

肖必利推门进去，吕掌柜刚好把脚套在鞋里，看着进来的肖必利觉得好像没有见过：您是？

肖必利没有说话，掏出一张一元的冀钞递给吕掌柜，吕掌柜接过冀钞想到了来人的身份：您是梁先生——

肖必利接过话说：对——我是梁先生派过来的。

两个人提到的梁先生就是冀南银行发行部主任梁绍彭。自从上次别后吕掌柜一直没有见过这位梁兄弟。

吕掌柜高兴起来：这位先生怎么称呼？既然是梁兄弟的朋友，快上炕说话！

肖必利也不客气，脱了鞋撩起长袍跳到炕上，与吕掌柜分别坐在炕桌的两边。

肖必利说：我叫肖必利——是梁先生的部下！吕掌柜的大名在下早有耳闻，银行能够办起来吕掌柜功不可没！

吕掌柜摇着手说：肖先生过誉啦，举手之劳何足挂齿！快说说你们银行办得怎么样啦？

肖必利就把银行在大伙的支持下发展起来的情况和吕掌柜简要介绍一番：银行有了钞票就能买枪买炮，就能支持八路军打鬼子！

吕掌柜听了向后一靠身子，朝着窗户外面的小伙计喊道：上壶酒来——我要与肖先生痛饮几杯！

一会儿小伙计端来一碟花生米、一碟豆腐干、一碟炒鸡蛋。旁边放着一把锡壶两个酒杯。

吕掌柜给肖必利倒上酒：日子越来越难，几个家常小菜，肖先生不要嫌弃！来——为你们的银行干杯！

肖必利举起杯：不——吕掌柜，这是我们大家的银行！

吕掌柜喝完酒哈哈笑道：肖先生果然会说话。肖先生这次前来定有要事，需要吕某效力的地方尽管说话！

肖必利说道：吕掌柜果然爽快！

肖必利就把这次前来的目的告诉吕掌柜。肖必利说，去年鬼子扫荡后，银行受到不小损失，一些同志牺牲了，一些机器物资被鬼子烧毁了。现在银行正在恢复生产，但印刷物资极度缺乏，有些能找到替代品，但有些物资比如油墨等根本没办法，梁先生这次打发他来，就是想请吕掌柜帮忙，紧急采购一些急需物资。

这些物资能够弄一些回来，但这些都是违禁物品无法运出去啊！过去有吴子谦，但现在怎么能出去呢？吕掌柜没有说话。

肖必利猜到了吕掌柜的担忧：吴先生确实是个奇才，但吴先生的招数只能偶尔一用，再多了就露馅啦！这也是梁先生打发我过来的缘由！

吕掌柜看看眼前这位年轻的小兄弟，想到了上次来的梁绍彭。他们都年轻有为、意志坚决，打小鬼子还要靠这群年轻人啊！吕掌柜暗暗赞叹。两个人说起吴子谦，又谈起梁绍彭，越说越投机。

说到后来吕掌柜抬起头：东西的事我来办。

肖必利看着吕掌柜：运输的事我想办法！

吕掌柜和肖必利的手握在一起。

第二天，肖必利就到几个城门口转悠。城门口均有日伪军把守，出出进进的人，特别是鬼子觉得可疑的人，都要拦下来搜查一番。城门楼上是碉堡，大街上有鬼子的巡逻队。肖必利一连几天找不到出城的办法。肖必利想起吴子谦来，这家伙仿制的通行证竟然能够以假乱真，特别是上一次还制作了一张日军司令部的假命令，竟然真的就把鬼子的机器物资调运了出来，实在让人佩服！

这天上午肖必利又来到南门附近一座酒楼上，他在一个临街的窗户前坐下来，点了两盘凉菜两盘热菜后慢慢吃饭。正是中午时分，酒楼上的客人逐渐增多，有几个小鬼子也拐进来，坐在那边喝酒唱歌尽情嬉闹。肖必利坐的地方能看到前面的城门楼，他一边吃饭一边观察。楼下刚好几辆拉粪水的马车走过来，马车上拉的是用木头做成的粪罐子，粪罐子旁边插着一根长长的木勺子，粪罐子上面开着一个很小的口子，有的口子上盖着木头盖子，有的口子上什么也没有，随着马路的凸凹不平，口子上会溅出混浊的东西。拉粪车路过的时候酒楼上的店小二会急急忙忙把四周的窗户关上。肖必利桌前的窗户关得慢了一些，一股奇臭无比的气味窜了进来。屋子里的人都捂住鼻子骂着店小二。一位吃饭的鬼子站起来，嘴里骂骂咧咧着一脚踢倒跑过去的店小二。柜台后面一位掌柜模样的人急忙跑出来给鬼子赔着不是。那边一时乱成一团。

　　酒楼里非常危险，肖必利戴上帽子准备出去。肖必利站起来的时候不经意地看了一下那面的城门口，几辆粪车正慢悠悠地出了城门洞。肖必利心里一动，可不可以在这上面做做文章呢？肖必利连续观察几天，发现每两天粪车要进城拉一趟，更关键的是粪车所到之处几乎畅通无阻，特别是鬼子严把的城门口，守卫的日伪军看到粪车后立刻摆手放行。

　　肖必利立刻和吕掌柜合计一番，肖必利的意思是在粪车上做个机关，下面埋藏印刷物资，上面装上粪水后人不知鬼不觉地把东西运出去。

　　吕掌柜说：这些人可靠不可靠？

　　肖必利说：可靠了就用，不可靠了就换——沙河县那边有我们的人！

　　吕掌柜连连称赞：八路军里果然有能人啊——小鬼子岂有不败之理！

　　肖必利就这样圆满完成了这次采购任务。
　　回去后梁绍彭大加赞赏，夸奖肖必利胆大心细又足智多谋！
　　肖必利的这个办法用了好长时间，直至德义恒出事后才停了下来。

三

　　连续超负荷的运转，梁绍彭终于倒下身子。梁绍彭是在小寨南面的南陌村检查工作时病倒的。八路军野战医院已经转移到黎城北面一座叫广志山的大山里，冀南银行在南陌村也建起了发行部，情况好转后还在这里设立了印刷所。梁绍彭的胃口本来就不好，加上去年大半年的反扫荡，他一直咬着牙硬撑着。过了年他就觉得身体不舒服，来到南陌村后一头栽倒在地上再也爬不起来了。

梁绍彭醒过来时发现自己住在村中一位叫申春娥的家里。申春娥和她男人全在银行里做事，梁绍彭病倒后大伙七手八脚把他抬到这里。梁绍彭得的是一种叫伤寒病的病，当地人称打摆子，这种病发作起来一会儿热一会儿冷，热起来大冷的冬天浑身冒汗，冷起来几床棉被裹在身上也手脚冰凉。申春娥三十岁左右，现在正端着一碗小米粥一勺一勺喂着他。

几口热米汤下肚，梁绍彭有了精神：春娥——我睡了多长时间了？梁绍彭的身上盖着厚厚的被子，额头上还搭着一块湿毛巾。

春娥放下碗，用毛巾把梁绍彭嘴角流出来的米汤揩掉，然后又给他递过一勺，梁绍彭把勺子里的米汤咽下去。

春娥说：怪吓人的——首长已经睡了三天三夜啦！

梁绍彭也感觉睡了好长时间似的。是啊，连续的征战，连续的转移，多长时间没有这么安心地、肆无忌惮地大睡一回。他好像睡着了，又好像醒着。有时候他还能听到地上人们说话的声音，但更多的时候他一直在做梦。他梦到小时候生活的地方，他出生在湖南一个小业主家庭，后来十几岁的时候跟着红军走了，他来到了井冈山，又进行了千难万险的长征。再后来就是红军改编，然后又马不停蹄地奔赴太行山……

干旱持续蔓延，南陌村的村民也在八路军、游击队、银行同志们的帮助下挑水抗旱。大伙把河道里的河水一桶一桶挑到田间地头，然后再用碗、勺子一一浇到快要旱死的禾苗上。就在根据地军民积极抗旱的时候，华北日军司令部组织五万余日军向根据地扑来。日军先从冀中、冀南等平原地区扫荡，企图将八路军挤压到太行山中，然后再以重兵包围，将八路军总部、129师全部歼灭，同时将八路军的兵工厂、银行等各种抗日组织一扫而光。日军在空中有飞机配合，平原地区调动了大量装甲部队，攻入山地的日军还配有骑兵。更为险恶的是日军派出多支作战分队，深入太行山中专门袭击八路军的指挥机关。

这天天刚亮，申春娥从外面急急忙忙跑回来：不好了——不好了——鬼子打过来啦！

梁绍彭爬起来，头还有些晕，身子也很弱，他支起身子吃力地问：慢慢说——鬼子走到哪里了？

申春娥说：有支鬼子骑兵队伍从县城方向窜了过来。

梁绍彭撩开被窝就要下地，他摇晃一下差点栽倒，申春娥急忙扶住梁绍彭。

春娥——咱们回发行部！

梁绍彭不放心那里，发行部有大量钞票，这些都需要带走啊。

院子外面一片混乱。村里的群众拉着牲口、背着包袱向东崖底那边的山沟里跑去。前边已经传来枪声，山上的八路军、游击队在那边阻击日军。

发行部里同志们正在掩埋东西，一些钞票分开捆绑在大家的腰带上，梁绍彭和申春娥也各自绑了几捆。全收拾妥当了，却发现柜子里还放着一块制好的模板没有带走。这是块一尺见方的青石板，上面是制作好的钞票图案，一旦让钞票模板被鬼子抢去，鬼子就可以大量印刷冀钞，后果不堪设想！

梁绍彭让人把模板绑在自己背上，几个人还要和梁绍彭争抢，梁绍彭压低声音说：鬼子很快就会赶过来，大家分头隐蔽——出发！

大伙推开院门四散离去。

申春娥开始和她男人跑出去，一会儿又返回来，她不放心梁绍彭。梁绍彭身子虚弱，现在又背着一块青石板怎么能跑出去呢？青石板不大，但背在背上特别沉。申春娥扶着梁绍彭跑出来。两人刚跑出去，小鬼子的骑兵已经呐喊着冲了过来。

前面出不去了，两人又急忙跑到村后面。后面有一块冬小麦地，麦地里是长起来的麦苗。两个人想跑到麦子地里藏起来，眼看要跑过去了，后面四五个鬼子喊叫着追过来。申春娥一把把梁绍彭推倒在麦地里，然后自己掉转头向南边跑去。申春娥跑得很快，头上的长发也散开。后来梁绍彭想，可能是春娥的头发吸引了鬼子，鬼子们尖叫着向春娥追去。

梁绍彭爬到麦子边，他撩开眼前的麦苗看着跑到远处的申春娥。鬼子们看看追上了，申春娥突然返回身扔出几个黑乎乎的东西。鬼子们以为是手榴弹，勒转马头跑开，跑远了才发现没有爆炸。鬼子们又追过来，一名鬼子用马刀把申春娥扔过来的东西挑起来，花花绿绿的钞票天女散花一般飘落下来。

被作弄了的鬼子恼羞成怒，拍马追去。

申春娥被奔驰过来的马匹撞倒。

鬼子们往来奔驰。

鬼子马队踏起来的灰尘形成了一个巨大的雾团。

天黑以后梁绍彭从麦地里爬出来，他把青石板埋在一个安全的地方，然后一步一步爬到申春娥倒下的地方。申春娥已被鬼子马队踏得血肉模糊。梁绍彭伏在地上压抑地抽泣起来。他知道春娥全是为了救他而死。如果不是春娥，倒在这里的肯定是他。他用手一点一点挖坑，他不知道疼痛，也不知道哪里突然涌上来的力气，他把坑挖好后把春娥的尸体拖进去。

天非常黑。

村子里有鬼子们燃起的火堆。

梁绍彭慢慢站起来，他在黑暗中摸索着找到半截木棍，然后拄着棍子向北面的小寨走去。

梁绍彭一直活到了新中国成立以后。他在银行加倍工作，1954年病逝在武汉解放军医院里。

四

鬼子开始扫荡后，印钞厂就转移到油篓沟的石洞里。

油篓沟两边的山坡上除过大片大片的连翘花外，就是一棵又一棵的桃杏树。这些桃杏树都是野生的，既开花也结果，但果子的皮很薄，咬到嘴里有种非常涩的感觉。桃花快要谢了的时候杏树上的花又开了，黄的连翘花、粉红的桃花、白里夹着红的山杏花便把整条沟点缀得一片妖艳。

印钞厂所在的石洞就在桃杏树遮掩的山坡上。这个石洞还是哑巴带他们来的呢。洞口上有两棵巨大的山桃树，进了洞里便又是一番天地。进了洞不久就是一个比较开阔的地方，然后向后走去竟然直通到山对面的一条沟里，那条沟非常陡，出口就在悬崖上。这个发现让当时的肖必利非常吃惊，这简直比人工开凿的还理想，大自然的鬼斧神工实在让人难以想象。洞里还有两个岔洞，岔洞不深，走不多远就到了头。印钞厂转移过来后，机器就安装在那个比较宽阔的地方，人呢就住在两边的岔洞里。为了安全起见，洞前洞后都有人轮流放哨。一旦发现鬼子，大伙可以从后面的出口逃到另一条沟里。

鬼子扫荡一时半刻不会离去，大伙转移到这里后就架起机器开始生产。为了随时能转移，这边只带过来一台石印机，其他的机器掩藏在另外一个石洞里。山洞里比较暗，机器上面用树枝支起一盏电石灯。经过几年的磨合，大伙的配合也比较默契，印出钞票的成功率大大提高。当时银行在漆树、石泉、青茶以及南阳、冀南等地也建有印钞厂。有的印钞厂则把机器物资驮在骡子背上，鬼子来了拉起骡子就走，鬼子走了卸下机器就生产。因此鬼子虽然在根据地内横冲直撞，他们烧毁印钞厂的厂房，炸毁印钞厂的机器，杀害印钞厂的工人，企图釜底抽薪铲除掉冀南银行，但冀钞仍源源不断地流通到各个地方。后人把银行的这段经历称为流动的印钞厂、马背上的银行等等。

这天洞口放哨的任务落在连若烟的头上。连若烟坐在山洞口注视着远处。眼前是开得正艳的桃杏树，与金黄色的连翘花比起来，桃杏花显得更娇嫩俏丽。连若烟看到眼前的桃杏花想到了故乡的月季，由月季想到了父母亲。那年上学离开后就再也没有回去，他们还好吗？父亲还在为自己没有回去完婚而生气吗？连若烟的父亲在当地经营布匹生意，虽说不上有多富裕，但也衣食无忧。她的母亲长得小巧玲珑又知书达礼。父母就她一个孩子，她几乎就是父母亲唯一的骄傲和期盼。他们倾尽全力培养她，直至把她送入北平女子师范大学。她还记得那年父母亲送她上火车的情景。火车上挤满了人，父亲把手提箱从窗户上给她塞进来，火车启动了，她返回头看见了站台上逐渐消失的父母。

有人从背后蒙住了连若烟的眼。连若烟知道是肖必利，她坐在那里没有动。她喜欢肖必利，她能义无反顾地弃笔从戎，能毫无怨言地坚守在这大山中，有一多半的因素是肖必利。有肖必利在，她就有了快乐、期盼和未来！肖必利热情、正直、机敏，总是像一个大哥哥一般呵护着她、爱护着她，她也只有在肖必利的面前才感觉自己成了一个瘦弱的需要保护的小女孩。父母还没有见过肖必利，但她相信父母一定会理解她的选择，也会喜欢上这个能说会道又机智聪明的人。

肖必利放开手和连若烟并排坐在一起：怎么啦——一脸不高兴的样子？

连若烟没有回答肖必利。

肖必利笑嘻嘻地说：看来是又想我啦！

肖必利从山那边回来没几天就赶上了鬼子大扫荡。

连若烟鼻子里哼一声，故意说：想得美——我才不想你呢！

连若烟扭过脸，肖必利趁势亲一口跑去。

肖必利——

连若烟急得喊一句站起来。肖必利在前边的一棵桃树下和她扮着鬼脸。连若烟小跑着追过去，肖必利不见了。周围都是树，这些桃树又高又大，树上是密密麻麻的桃花。

桃花树上肖必利念道：去年今日此门中，人面桃花相映红。人面不知何处去，桃花依旧笑春风。

肖必利本来是想夸奖连若烟，但让连若烟听来，觉得肖必利是挖苦她。桃花正是凋谢的时候，桃花树下花瓣一片一片落下。连若烟背过身不理肖必利。

肖必利跳下树看着连若烟。

连若烟又转到这边。

肖必利跟着转过来，连若烟还要转身，肖必利两只手搭在连若烟的肩膀上：发生什么事啦？

连若烟说：我老啦！

肖必利放开手扑哧笑出来：啊我明白啦——落花无意，若烟有情。美人迟暮，奈何奈何！

连若烟扑上去就是几拳，肖必利接住连若烟的拳头，两个人互相看一眼。此时阳光透过桃花树隙正好照在连若烟的脸上。

肖必利忍不住夸奖道：若烟——你真美！

远处传来一声马匹的嘶鸣。

肖必利和连若烟侧过耳朵再听一次，那边果然有马匹的声音。肖必利暗叫不好，拉起连若烟就向山坡上跑去。跑到半山坡两个人停住脚步，肖必利扒拉开眼前的树枝向前面望去，山沟里窜进一支鬼子的马队。

连若烟大吃一惊，脸色也变白：我去告诉吴先生。

连若烟要向对面的山洞跑去，肖必利拉住连若烟：来不及啦！

肖必利拉起连若烟向北面跑去，跑了很远的地方，肖必利故意喊一声：连若烟——

山谷里很静，肖必利的喊声把树林里的鸟儿也惊起来。

连若烟吓一跳，不知道肖必利唱的哪出戏。

那边的鬼子听到了这边的喊声，打着枪喊叫着追过来，子弹嗖嗖嗖从肖必利和连若烟的头顶上飞去。山坡上树多，鬼子的马队根本跑不开，他们一边走一边拨拉身边的树枝。

肖必利看到鬼子上了钩，拉起连若烟急忙向前面跑去。他们弯着腰，从树的间隙中很快爬到山顶上。两个人再看后面的鬼子，鬼子们陷在了桃杏花中。有几个鬼子跳下马向山上追来。肖必利和连若烟翻下山梁找到一个山洞隐藏起来。鬼子们爬上山梁后什么也没有发现，胡乱打一阵子枪离去。

天快黑的时候肖必利和连若烟钻出来，他们爬上山梁后看到山沟里冒出滚滚浓烟。

难道是印钞厂出事了？

肖必利心里咯噔一下，吴先生他们应该听到了枪声，听到枪声会进行转移！

可能是埋藏机器物资的山洞被鬼子发现了！

肖必利和连若烟急忙跑下去。

肖必利担心的事还是发生了。

鬼子在搜山的过程中发现了银行埋在山洞里的石印机、切割机、打字机以及大批的纸张油墨等。鬼子们扔进几颗手雷后纸张油墨迅速燃烧起来，浓浓的黑烟也从山洞里钻出来升到半空中。

肖必利、连若烟跑下去的时候吴子谦和大伙正站在洞口边看着熊熊燃烧的大火。火太大，人们根本无法靠近。大火把好不容易弄回来的机器纸张油墨全部烧掉。

肖必利捂住眼慢慢蹲下身子。

五

哑巴跟着娘、二姐等躲藏在另一条山沟里。山洞不大，里面挤进二三十人，全是老人妇女孩子。石老爹和村里的男人被李德厚叫走了。大家白天藏在山洞里，晚上的时候才敢出来放放风。胆大一点的天黑了还偷偷跑回村子里，天明的时候再带些干粮返回来。

一连几天相安无事。

哑巴有了六斤倒是不寂寞，六斤一睁开眼就要找哑巴。六斤走路也稳当了，吃了俊娥的奶，喊着舅舅——舅舅——跑到哑巴这边。哑巴把背上的木头长枪摘下来，六斤拿了几次拿不起来。六斤不想玩舅舅的木枪了，想起舅舅的拨浪鼓，六斤伸出小手看着哑巴。哑巴知道六斤的意思，摸索一下衣服抬起头看着六斤。走得急，哑巴忘了把拨浪鼓带出来了。

六斤看看哑巴不给他拨浪鼓，嘴一咧哇哇哇哭出来。

王秀云走过来一把抱起六斤，嘴里还呵斥一声哑巴：哑巴哑巴啊——你是当舅舅的人啦——怎么惹得六斤哭呢？

哑巴不是不想给六斤拨浪鼓，他是没有带出来啊，哑巴急得想分辩几句，但张嘴却是一通呜呜呜的叫声。

王秀云怀里的六斤看着哑巴突然喊出一声：哑巴——

六斤稚嫩的叫声逗得山洞里的人都哈哈大笑起来。六斤以为自己有了什么得意的举动，也摇着小手咯咯咯地笑出来，嘴里一个劲儿地喊着：

哑巴——哑巴——

六斤的叫声逗得王秀云也笑出泪。

哑巴把木头长枪捡起来又背在背上。哑巴心里愤怒到了极点，但叫他哑巴的是他的外甥六斤呀，他无可奈何又无处发泄，把地上的石块踢一脚跑出去。哑巴踢起来的石头又砸在洞里面另一个孩子的身上，孩子被石头砸痛了，一下哭出来。

孩子背后的女人叫骂起来：哑巴哑巴——你踢起来的石头砸到我家孩子啦！

王秀云在背后叫着：哑巴——你要干啥去呢？真是个不省心的孩子啊！

出外面小解的二姐俊娥与村里另一位妇女拉着哑巴回到石洞，俊娥进了洞使劲摇着手，看见洞里还是乱哄哄的，俊娥大声喊一句：鬼子来啦！

女人的叫声、孩子的哭声突然停下来，洞里一下变得异常安静。大伙都知道鬼子发现了他们以后会有什么样的后果。他们村里木匠全家被害，南陌村二十几口人被鬼子烧死，俊娥的男人张二狗活不见人死不见尸——俊娥和几个妇女用柴火堵住洞口，山洞里一下变得黑乎乎的什么也看不见。

洞里变黑，六斤哭起来，六斤尖尖的哭声把洞里的人吓得大气也不敢出。

俊娥在黑暗中把六斤抱在怀里，然后撩起衣服把奶头塞到六斤的嘴里。六斤不吃奶，把奶头吐出来，俊娥又使劲把奶头塞进去。洞里这下安静下来。

哑巴在黑暗中睁着眼，他能听到洞里几十号人轻微的呼吸声。六斤叫他哑巴的愤怒也随着小鬼子的到来消失了。他还一直没有真正见过一个小鬼子，他只是在李德厚给他的糖纸上看过一个小鬼子的画像。人们是如此害怕小鬼子，嘴里每天都在叙述着各种关于小鬼子恐惧的传说。在哑巴的想象中，小鬼子可能不小，应该像庙宇中的神像一般，有着高大的身躯，圆圆的眼睛，手中还拿着奇形怪状又叫不上名字的武器。

山沟里好像有鬼子走过来，洞外传来鬼子们说话和走路的声音。洞里的人都屏住呼吸不敢出声，生怕弄出一点响动把鬼子招引过来。

哑巴倒是没有多少害怕，他其实想跑出去看看洞外的小鬼子，看看他们究竟长着什么样子。哑巴在这个时候突然想起他的大黄来，如果大黄在会怎么样呢？会像人一样害怕小鬼子吗？哑巴觉得大黄不会害怕，大黄一直很勇敢，就是见了狼，大黄也会义无反顾地猛扑上去。可是大黄——大黄就那么被爹杀了！哑巴想起大黄就对石老爹生起了各种不满！

山头上传来枪声，鬼子们打着枪追去。

天黑以后，洞外面安静下来，又过了很长时间，觉得外面安全了，俊娥和几个女人搬开洞口的柴火。山头上的月亮升起来了，月光照进黑黝黝的山洞里。一股清新的空气随着山风吹进闷热、浑浊的洞里面。

山坡上几个黑影下来。

俊娥低低喊道：谁？

那边传过话来：我——李德厚！

李德厚和几个八路军来到山洞里。大伙看见是八路军，都放松下来，有的人认得李德厚，急忙向李德厚打听着小鬼子退走的消息。

李德厚——小鬼子啥时候退走呢？

再不走我们就没吃的啦！

这种苦日子啥时候是个头呢？

……

李德厚宽慰着大伙：小鬼子蹦跶不了几天啦！

其实李德厚心里也没底，他也不知道这次小鬼子啥时候退去。小鬼子这次动员了这么多人马，拉网式寻找八路军，寻找八路军的银行、兵工厂、医院等等，他们怎么会轻易收手呢？小鬼子每天搜山，李德厚担心小鬼子发现了银行的金库以及金库中隐藏的金银财宝。宽嶂山里还藏有银行给各个印钞厂的印刷物资，为了防止鬼子找到，这些印刷物资分散藏在几个山洞里。李德厚已经知道了磨石村印钞厂遭受的损失，好几台印刷机，那么多紧要物资，被鬼子发现后，一把火就烧没了。李德厚和他的护卫班一直在山中暗中保护着这些洞库，一旦鬼子发现了洞库，特别是发现了金库后，他和护卫班一定会拼死保护。他的死以及护卫班的死都不足惜，只要能保护好金库以及其他仓库他们死而无憾！但金库以及其他几个仓库的地址只有李德厚全部掌握着，这是银行巨大的秘密，不能轻易让外人知道。可是鬼子一天天搜山，一天天逼近，自己万一牺牲了呢？

李德厚想把心中的秘密告诉给一位可靠的人，思来想去，把周围的人盘算了一遍，李德厚觉得石俊娥是比较理想的一位。他和身边的战友们随时都可能牺牲，石老爹也正随着他们护卫班行动，只有把洞库的秘密告诉了石俊娥，自己万一出事了，也会有人告诉高捷成、梁绍彭他们。

李德厚看见哑巴摸摸哑巴的头：保明快快长大——长大了好打鬼子！

哑巴抬起头看看胡子拉碴的李德厚。李德厚他们生活在野外，几天没有洗脸了，黑黑的脸上全是汗以及汗水黏着的泥土，身上的衣服也有被树枝剐破的洞。

李德厚摸摸裤兜，摸索半天什么也没有找到，然后露出白白的牙齿笑一笑。

李德厚喊声：俊娥——你出来一下。

李德厚说完话弯着腰钻出山洞。

俊娥看一眼走出去的李德厚，李德厚还没有单独和她说过话。李德厚是她的恩人，她感激李德厚，也想着用什么来报答这个不爱说话又一脸憨厚的八路军，但她一直没有机会，她甚至也没有和李德厚说过谢谢两个字。怀中的六斤吃饱喝足了又呼呼睡去。俊娥把六斤递给旁边的王秀云。

俊娥掠掠头发走出来。

李德厚在前面站着。

俊娥走过去问道：有啥吩咐的——你就说。

李德厚转过身看着俊娥：你要答应我一件事！

李德厚说话的时候一脸严肃。

俊娥还没有见过李德厚这个样子，知道李德厚说的事可能十分重要：你说吧。

李德厚说：这件事不能告诉任何人！

俊娥笑出来：啥事啦这么重要？

李德厚没有笑：我告诉你后你要牢牢记在心里，万不可告诉任何人，就是被小鬼子抓住了也不能说出半个字！如果我牺牲了——你就把我说的话告诉高捷成。

李德厚然后低声把金库以及山中几个仓库的位置悄悄告诉给石俊娥。石俊娥在黑暗中抬起头，她怎么能相信呢——就在她隐藏的山洞周围，竟然藏了这么多秘密！

李德厚再问一句：记住没有？

石俊娥默默回忆一下，觉得把李德厚交代的事全记住记牢靠了才使劲点点头。

李德厚一抱拳：拜托啦！然后和身边的几位战士向对面的山坡上爬去。

俊娥一直站在山洞口，等看不见李德厚几个了才返回石洞中。山洞里的人们已经进入睡梦中，周围一片长一声短一声的呼噜声。俊娥靠在洞壁上反而睡不着了，李德厚告诉给她的秘密像一块巨大的石头压在她的心上。她既高兴又担忧，高兴的是李德厚竟然如此信任她，担忧的是李德厚他们的生命安危，她也是第一次对二狗之外的一个男人突然有了这种牵挂。至于她能不能守护好这个秘密，乃至完成李德厚的托付，俊娥没有任何的担忧。她虽然是个女流之辈，但她一样知道与人交往一定要信守诺言，只要是她石俊娥答应了的事，那就一定要完成！

俊娥看看这边，王秀云抱着六斤睡得正香，那边的哑巴呢？俊娥使劲看了看，没有发现哑巴的身影。俊娥觉得哑巴可能是睡在石洞的里边去了,也没有在意,然后闭住眼慢慢睡去。

大伙谁也没有注意到哑巴悄悄溜了出去。

就在大伙都进入梦乡的时候哑巴正走在返回转角楼的路上。

月光很明亮,山中异常寂静,山沟里都是碎石头,哑巴借着月光踩着碎石头走去。哑巴想返回转角楼,六斤喜欢拨浪鼓,他想给那个小讨厌把拨浪鼓拿回来。是啊,那个小讨厌没有拨浪鼓就会哭。哭——哭——哭!一哭就没完没了,惹得人们心烦意乱!不过骂是骂,哑巴心里还真的喜欢这个小讨厌!胖乎乎的小手、嫩声嫩气的哭叫——这些都让哑巴对六斤有种说不出来的亲!

明天拿回去——小讨厌就不哭了吧?

哑巴背着木头长枪边走边想。

六

哑巴自己也没有想到事情会发展成另外一番样子。

那天晚上,哑巴回到转角楼该是后半夜了。磨石村里一片死寂。人们都已经逃走了,西斜的月亮照着脚下的土路。路过存贵大爷家的时候,哑巴还停下脚步,存贵大爷家被烧毁的窑洞上长出茂密的草,草长得比转角楼后的庄稼还旺盛和气派。田地里的玉米由于旱,好多种子没有发芽,长出来的也快被太阳烤干。哑巴常看见爹对着玉米地长吁短叹。月光下的转角楼黑黝黝地挺立在村口上。哑巴看见转角楼心里兴奋起来,自从逃进山沟里后他还没有回来过,过去逃返的时候有爹在,爹会偷偷带他回个一两次,现在爹给李德厚帮忙去了,娘和二姐一次也没有带他回来过。离开了几天,就好像离开了多少天似的,过去熟悉得再不能熟悉的院子,现在看见了竟然有一种熟悉而又陌生的感觉。

哑巴小跑着来到大门口,大门口是爹喜欢坐的那块大石头,月光照不进门洞里，门洞里很暗，大门上的木头门紧紧闭着。哑巴记得全家人逃走的时候爹还用一把锁子锁住了大门，走近前看一看，大门上并没有那把锁子。哑巴试着推了推，门悄无声息地打开了。院子里显然有人来过，院中间有点过火堆的痕迹。门窗和哑巴走的时候一样，都一一关闭着。哑巴记得拨浪鼓放在他和吴子谦住的屋子里。他几步就登上小二楼，然后推开他住的那间屋子的门。

哑巴推开门吃惊地站在门口。西边的月亮正好照在南边的二楼上。哑巴在月光下看到他的土炕上睡了一炕的人，一个挤着一个。这些人都是头在里边脚露在炕沿上，由于热鞋和袜子脱去了，一排大脚丫子散发着呛人的汗臭味。这些家伙们太累了，死猪一样睡着，粗粗的呼噜声此起彼伏。连对面山坡上的岗哨也没有发现幽灵一样窜进来的小哑巴。哑巴看见门口靠墙的地方立着一排长枪，他的那只红色的拨浪鼓就放在门对面的窗台上，哑巴立刻走过去，拿起拨浪鼓转身就往外面跑。他没有看到地上乱扔的大皮靴子，哑巴被一只大靴子绊倒，拨浪鼓甩出去发出亮亮的响声。

伴随着拨浪鼓的响声，屋子里的灯亮起来，院子里的灯亮起来，其他屋子里的灯也亮起来。哑巴哪里知道转角楼里竟住了整整上百号的鬼子。哑巴抬起头，他的脚前站着两个持着长枪的日军，一个人用鞋踩住哑巴的头，用哑巴听不懂的日语喊着话。哑巴听不明白头上的人喊叫什么，那人踩得他的头有些疼，他用手使劲地把那只大靴子推下去。哑巴站起来，看到土炕上睡觉的日军坐起来。这就是李德厚所说的小鬼子吗？哑巴好奇地打量着这些人。刚才踩他的那名鬼子把他背上的木头长枪抢过去，几个人围着那支木头长枪哈哈哈笑起来。更多的小鬼子爬上二楼，那些家伙们挤在门口看着这个自投罗网的"小八路"。

一会儿一个翻译走进来，翻译弯下腰问道：你是谁——是这家的主人吗？

哑巴看着翻译眼睛上的眼镜片子不说话。

翻译耐心地问道：你是小八路吗？翻译指一指地上扔着的木头长枪。

哑巴仍然没有出声，他看着翻译的眼镜片子低低笑出来。哑巴发出笑声是觉得这些小鬼子既不是他在糖纸上看到的样子，也不是他想象中的模样，没有三头六臂，也没有红头发圆眼睛，和李德厚他们并没有什么大的区别。哑巴看着眼前的小鬼子有点失望，他弯下腰捡起地上的拨浪鼓，然后举起来摇一摇，拨浪鼓嘭嘭嘭响起来。

翻译掏出一把糖块递给哑巴，哑巴看见了伸出手去，这些糖块花花绿绿，和李德厚给他的一模一样。

翻译把手缩回去：喜欢吗？

哑巴想说喜欢，嘴里发出的却是呜呜呜的声音。李德厚告诉过他，小鬼子是小鬼子，糖块是糖块。哑巴想要这些糖块，六斤哭的时候，给六斤抿一抿就不哭了。

翻译把糖块塞到哑巴手里摸摸哑巴的头站起来：这孩子是个哑巴。

哑巴有什么用呢？

门口的、炕上的鬼子们有些失望地散去。他们心中期盼的那种守株待兔以后意外得到"小八路"的喜悦很快就消散了。天已经大亮，鬼子们开始收拾行装，院子里的鬼子燃起火堆，火堆上吊着的是鬼子们的行军饭盒。翻译站在二楼上望着北面的大山若有所思。他想一想又返回屋子里，把地上的木头长枪捡起来挎在哑巴的肩膀上，然后拉着哑巴的手来到大门外。

翻译扬扬手，示意哑巴离开。

哑巴再次看看翻译，翻译笑眯眯地点点头。

哑巴后退着走几步，然后转过身向村子的后面跑去，他跑几步返回脸，翻译还站在大门口向他招着手。哑巴举着拨浪鼓边跑边摇，心情无比愉悦。他从来没有见过的小鬼子今天终于见到了，给六斤的拨浪鼓也拿在手上，更重要的是他得到了一大把糖块。过去李德厚给他的是一块，而且还是好长时间，有时候间隔大半年才能给一块，现在他一下得到这么多，够他和六斤吃好长时间了。

哑巴跑得很快，跑累了就走几步，脸蛋上红扑扑的全是汗。快到那条山沟的时候哑巴被石块绊倒。哑巴这次摔得不轻，他趴在地上半天没有起来，缓了好长时间，哑巴才爬起来。哑巴走前几步捡拾摔在前面的拨浪鼓，他弯下腰的时候看到了后面跟着上来的密密麻麻的鬼子队伍。哑巴惊得半天没有直起腰，他的头脑里突然冒出存贵爷爷家院子里的荒草来。前面的山洞里全是人，里面有娘，还有二姐石俊娥，更有那个爱哭闹的小讨厌——直至多少年后哑巴也不知道自己为什么就突然改变了主意，他捡起地上的拨浪鼓继续往前面走去。他走了很长的路，看见有一条山沟后拐了进去。哑巴走了没几步，石老爹突然从旁边的树林里蹿出来，哑巴还来不及喊叫石老爹已抱着他跑进树林里。哑巴手里的拨浪鼓掉在地上，哑巴喊叫着想让石老爹把他放下来，石老爹不理睬哑巴，几步蹿到半山坡上。就在这个时候，山沟里传来枪声，接着是轰隆隆的爆炸声。

石老爹停住脚步听一听，然后把哑巴放下来。

哑巴还想去捡回那只拨浪鼓。

石老爹说：保明——石雷很快就要爆炸了，咱们走！

石老爹拉着哑巴爬上山头，然后转过山梁躲在一棵大树后。那边的山沟里传来一声接一声的大爆炸。

后来哑巴才知道，李德厚在这条沟里布设了一个石雷阵，他把石老爹制作的上百颗石雷埋在山沟里，在进攻的路线上，在躲避的石头后……凡是能想到鬼子会去的地方全放上了石雷。上次吃了鬼子的亏，李德厚一直盼望着能为孟连长他们报仇！

爆炸声一直持续到太阳落山。窜进沟里的鬼子前进不得后退不得，向两边跑去也是轰隆隆的爆炸。

天黑以后山沟里复归于沉寂。

石老爹拉着哑巴走出来，他们先沿着山脊跑到北面的山梁上，李德厚他们就埋伏在那里。跑过去以后山梁上一个人也没有，山梁上有坑坑洼洼的炮弹坑。他们两个又原路返回，在回到树林里的时候，哑巴找到了掉在地上的那只拨浪鼓。拨浪鼓滚在树根子下面，哑巴一眼就看到了树叶下面红红的拨浪鼓。

石老爹拉着哑巴来到沟外面。月亮正好升上来。凉风吹过哑巴满是汗水的脸。石老爹说我们看看六斤去。石老爹说完背着手前面走着。哑巴摸了摸裤兜里的糖块，那些糖块还在。哑巴摇着拨浪鼓向走在前面的石老爹追去。

拨浪鼓的响声在山沟里传得很远很远。

第九章　高捷成之死

一

春天没雨,冬天不下雪,憋了一年的雨水终于在过年后淅淅沥沥下起来,开始下得小,时断时续,到后来就像掘开了闸口似的没完没了。这场大雨一直下了十五六天,下得山沟里洪水滚滚,石头、树木、死羊等随着洪水窜进山下边的河里。河里的水从来也没有这么大过,混浊的河水咆哮着翻滚着向山那边激荡而去。

郭家大院里,郭皓轩抄着手站在屋檐下。屋檐上是倾泻而下的水柱,院子里汇聚起来的雨水从下水道里簇拥着流去。这老天爷要下到什么时候啊。郭皓轩看着屋子外面的远山。外面雨雾蒙蒙,远处的大山在雨雾中露出一个剪影。去年旱了一年,好多地里颗粒无收,今年有了雨水,庄家终于能种下去了,可没想到下起来又没完没了。

爷爷——爷爷——

屋子里传来一个男孩子稚嫩的喊声,随着喊声屋后的门被推开,一个两三岁的小男孩跑出来。男孩子个子不高,圆圆的脸蛋,大大的眼睛,身上穿着专为他裁剪的小马褂。

小男孩抬起头看着郭皓轩。

哎哟——是我的大孙子丹丹来啦!

郭皓轩看着小男孩脸上终于露出笑来，他弯下腰一把抱起叫丹丹的小男孩。是啊，这是他们郭家的希望和未来，也是他郭皓轩的心肝宝贝！外出逃难也罢，商铺被小鬼子烧毁也罢，生活物资紧缺也罢，所有的困难和不快，随着丹丹的到来好像全部消失了。丹丹成了他们全家人在那些灰色日子里唯一的快乐！丹丹会笑了、丹丹会说话了、丹丹会走路了……丹丹的每一个细微变化都会让全家人惊喜好几天。郭皓轩知道，所有这一切都是俊袅带给他们的，他打心眼里感激俊袅。俊袅本来是伺候夫人林芝美的，哪想到和儿子郭天佑好上了呢？俊袅人长得俊，心地也善良，儿子和他说了要娶俊袅的时候他就没有反对过，现在有了丹丹，他的夫人林芝美也是一百八十度的大转弯，这正是他所要看到的。生活是如此艰难，一家人再闹个别扭，还能让人活下去吗？

爹——回家吃饭啦。

俊袅也走出来。俊袅改口已经好长时间了，俊袅生下丹丹后，林芝美说什么也要让俊袅改了口。俊袅是他们的儿媳妇，现在孙子也有了，哪有再生分的道理呢？过去她做得不好，她反对儿子和俊袅成婚，为这个事她后悔了很长时间，现在她要主动提出来，并主持个简单仪式，让俊袅彻底融入这个大家庭。俊袅记得那是她过生日的时候，林芝美和郭皓轩端坐在八仙桌子两边，杜小娟抱着丹丹坐在另一边，俊袅恭恭敬敬给郭皓轩、林芝美各敬一杯茶，她在敬茶的时候也第一次叫了郭皓轩、林芝美爹和娘。当时杜小娟还开她的玩笑，俊袅啊也该叫我一声啊。俊袅也欢欢喜喜地叫了杜小娟一声娘。

这么大了——还让爷爷抱？

俊袅把丹丹接过去，郭皓轩和俊袅、丹丹返回屋子里。屋子里的桌子上已经摆好早餐，有鸡蛋、花生米、和子饭，桌子旁边坐着林芝美、杜小娟。郭皓轩坐在桌子中间，俊袅抱着丹丹坐在林芝美的旁边。丹丹见了鸡蛋，喊叫着我要吃鸡蛋我要吃鸡蛋！好长时间没有吃鸡蛋了,丹丹看见鸡蛋叫起来。林芝美急忙给丹丹拿一颗,嘴里还念叨着,丹丹跟着我们受罪喽!一家人开始吃饭。

丹丹把鸡蛋咬了一口,抬起头看着俊袅:娘——爹爹怎么还不回来呢?

丹丹的一句问话让大伙都抬起头。郭天佑已经走了好几年了,俊袅无时无刻不在想念着天佑挂念着天佑,她怎么能不盼望着自己的男人早点回来呢?他们的儿子已经出生了,但郭天佑还从未见过丹丹,更不用说和孩子说句话了。孩子长这么大了还一直没有见过爹,现在孩子突然冒出这么一句话,俊袅的鼻子一酸差点哭出来。俊袅捂住鼻子弯着腰跑出去。丹丹看见娘跑出去了,嘴一咧也要哭。

林芝美把丹丹抱过来,一边拍着一边说:你爹打小鬼子去啦——打走小鬼子就回来啦!

郭天佑后来又给他们来过一封信,信中郭天佑说他们新6师已经扩展为新8军了,他也荣升为骑兵营营长,正率领全营弟兄们与鬼子血战呢。他随着部队东征西杀,在冀南、鲁西等地给予鬼子沉重打击。目前大军已经跨过漳河进入豫北地区作战。他在信中也表示非常想念爹娘和俊袅,军务繁忙实在抽不出时间回去,单等打败鬼子、赶走鬼子,他就会立刻回家与大家团聚。那个时候郭天佑还不知道他已经有了儿子,郭天佑在信中引用了一句"留取丹心照汗青"的诗句来表达自己保家卫国的赤胆忠心!也正是看到这句话,郭皓轩心中一动,给孙子起名郭齐麟,小名丹丹,他希望自己的孙儿能像麒麟一样成为国家的栋梁之材,也希望他能像他父亲一样"留取丹心照汗青"!

娘——娘——

丹丹向那边的屋子喊着。

俊袅擦掉眼里的泪低头进来。

丹丹挣脱林芝美的怀抱扑向俊袅。俊袅把丹丹接过来坐在椅子上。丹丹躺在俊袅的怀里撩起俊袅的衣服。俊袅背过身把奶头塞进丹丹的嘴里。郭皓轩、杜小娟低头吸溜和子饭。林芝美把盘子里的鸡蛋夹到俊袅的碗里。

外面的雨还在哗哗哗下着。

二

外面下大雨，哑巴和六斤只能在土炕上玩耍。六斤摇着拨浪鼓，哑巴趴在窗户上看着对面的山。山沟里是轰隆隆流下去的洪水，山坡上的树木灌木丛全笼罩在雨雾中。灌木丛中新增加的几个坟堆也被雨水灌得塌陷下去。哑巴知道那里又埋了几个新牺牲的八路军战士。上次李德厚的石雷阵虽然炸死大批鬼子，但他们护卫班也伤亡不小，六七名战士牺牲了，其他战士负了伤，李德厚被鬼子的一发炮弹炸得血肉模糊，直至现在也没有从炕上爬起来。

这段时间连若烟不忙了就拐进来教哑巴发音。

连若烟喊一声：爹！

哑巴也跟着喊：爹。

哑巴一开始发音混浊不清，慢慢地也能准确发出爹的读音。

连若烟又张开嘴：娘！

哑巴看着连若烟的嘴型：娘。

连若烟高兴地给哑巴竖个大拇指：再来一次，爹——

哑巴很认真地喊着：爹！

有时候肖必利也会加进他们的学习中。肖必利说：保明——跟着我说——我叫石保明！

哑巴张张嘴巴说不出这么多的字，土炕上玩耍的六斤在炕里边听见了，抬头就喊：我叫石保明！

六斤咬字清晰，逗得肖必利和连若烟笑起来。六斤站起来一边摇拨浪鼓，一边喊着：我叫石保明我叫石保明！

哑巴一把把六斤推倒，然后跳下地跑出去。身后的六斤委屈地哭起来，连若烟喊着：保明——外面那么大的雨你要去哪里？

肖必利把哭着的六斤抱起来，连若烟追到楼梯口，哑巴头也不回地跑到雨地里。

连若烟返回来埋怨肖必利：保明怎么能说那么多的字呢？

肖必利说：六斤不哭啦——我也是替保明急，盼着保明赶快会说话！

连若烟说：吴先生说得对，心急吃不上热豆腐！

肖必利看一眼连若烟不满意地说：怎么又是吴先生？吴先生长吴先生短，一口一个吴先生，难不成你——

连若烟打一拳肖必利笑出来：肖必利啊肖必利，我看你像个男子汉，你竟然也这么鼠肚鸡肠！

肖必利不好意思抬起头：六斤——咱们走！肖必利抱着六斤走到门口，想到什么了又返回来，趴在连若烟耳朵边低低说一句：结婚以后你也给我生个大胖儿子！

连若烟脸一下羞红，举手就打肖必利：美得你！

肖必利躲闪着在地上跑来跑去。怀里的六斤也学着连若烟的骂声叫着：美得你美得你！连若烟笑得眼泪都出来了。

哑巴跑下楼梯，大雨顷刻就从头顶上浇下来，他推开大门跑到雨地里。衣服很快就被大雨淋透，脸上哗哗哗流下来的不知是雨水还是泪水。他恨自己也恨那个小讨厌，他恨自己怎么就说不出话来，恨小讨厌是因为小讨厌会说话，小讨厌这么小竟然还会嘲弄他。哑巴弯下腰哭得稀里哗啦。他哭得是那么地伤心、委屈和彻底，他长这么大好像还从来没有这么肆意地号啕大哭过。他一直冷着脸，他的心里只有恨，他什么都恨，恨磨石村的老老少少，恨他的爹，就是对娘也没有多少好脸色。现在六斤的一句话把他彻底击倒了，他憋在心头多少年的恨也像这大雨一样哗啦啦流了出来。

雨地里传来二姐石俊娥的喊声：哑巴哑巴——雨这么大你在雨地里干啥呢？

石俊娥冒着大雨小跑过来，一把拉起哑巴，哑巴还有些不情愿，俊娥二话不说拉着哑巴跑回到转角楼的大门洞里。

俊娥把脸上的雨水抹掉，然后转过身推一把哑巴：雨这么大——你这是不要命了吗？

哑巴抬起袖子擦着眼里的泪，嘴里呜呜呜地哭起来。俊娥弯下腰抱住哑巴：哑巴哑巴你什么时候才能说话呀！你要快快长大，爹娘还全指望着你啊！

俊娥抱着哑巴，和哑巴一起流着泪。

院子里吴子谦小跑着过来。

吴子谦进了门洞里说道：李德厚怕是不行了。

俊娥站起来看一眼吴子谦。

吴子谦忧愁地看着外面的雨。其实李德厚被背回转角楼就不行了。鬼子的一发炮弹落在山头上，李德厚被炸弹掀起来又重重落下去，他的身上、脸上全是弹片，落下去后就昏迷不醒了。李德厚被背回来，石老爹还和几个人抬着他去找八路军的野战医院，那时候鬼子还在扫荡，八路军的野战医院早已经转移，他们几个又连夜把李德厚抬回转角楼。石老爹把青茶村的老中医请过来，老中医翻开李德厚的眼皮看看后退出去。老中医告诉石老爹，此人失血太多，危在旦夕！石老爹恳请老先生能出手相救！救人一命胜造七级浮屠啊！老中医写了一服方子推门离开。石老爹追出去，老中医说，先把血止住，然后把这服汤药喝下去，如果能有起色，就是这小伙子命不该绝！老中医的后半句话没有说。

李德厚躺在炕上俊娥几乎没日没夜地照顾他，把李德厚脸上的、身上的血一点一点擦掉，又把小米汤一口一口喂到李德厚的嘴里。李德厚的脸上、身上插进去十几片弹片，她流着泪一一拔出来，然后用一种止血的马皮泡涂在李德厚的伤口处。俊娥把擦洗李德厚身上的血水一盆一盆倒出去,血水把转角楼的整个院子都染红了。石老爹、吴子谦、肖必利等看着满院的血水说不出话来。一个人身上能有多少血,现在李德厚身上流了这么多血还能活下去吗?他们想尽一切办法给李德厚找来吃的,大伙期盼着能有奇迹出现!李德厚也似乎感受到了大家的热情,他也一直咬着牙坚持着。鬼子退走了,旧历年也到了。石老爹他们还想等过了这段时间再把李德厚送到八路军野战医院去,没想到李德厚的病情却急转直下。

俊娥、吴子谦、哑巴来到李德厚躺着的屋子里。屋子里石老爹、王秀云几个围着李德厚。大家看见俊娥进来了都让开空当。俊娥拉着哑巴的手走到炕沿边。哑巴瞪大眼看着炕上躺着的李德厚。李德厚是那么瘦,脸色是那么白,哑巴几乎不敢相信炕上躺着的就是过去那个嘻嘻哈哈给他糖块的人。李德厚看见哑巴脸上挤出笑。他伸出手想摸一摸哑巴的头发,伸出来又无力地垂下。哑巴把李德厚的手抓住,哑巴感觉李德厚的手是那么凉。

李德厚看看大家,眼角慢慢涌上两颗泪珠。他嗫嚅着想说一句话,但半天没有说出来。俊娥伏在李德厚的胸脯上,她听到了也听懂了李德厚的话。俊娥说:他说他麻烦大家啦。

李德厚看着俊娥,期望着俊娥不要忘了那天晚上他和她说过的话。

俊娥握住李德厚的手,然后郑重其事地点点头。

李德厚慢慢举起胳膊,他想给大伙敬个礼,手举到一半颓然坠下。

李德厚——

李德厚——

大伙七嘴八舌喊叫着。

南山坡上又多了一个坟包。

天已经黑下来，大雨变小，人们都已经回到转角楼。哑巴和二姐没有离开。二姐就那么傻呆呆地站在雨地里。二姐是李德厚救回来的，她对李德厚有种特别的情感，她一直想拼尽全力救活李德厚，但拖延几个月李德厚还是走了。

哑巴知道这个大哥哥一般的李德厚再也不会回来，再也不会像过去一样隔段时间给他小鬼子的糖块了。他心里像压了一块石头似的，又沉重又难受。

三

这天高捷成回到银行总部。鬼子连续扫荡给银行带来巨大损失，一些机器设备被破坏，一些同志牺牲在保卫银行的战斗中，一些办事处、印钞厂被烧毁，特别是那些死难的同志们，孟连长、李德厚、申春娥……高捷成一想起来心里如刀绞一般疼痛。申春娥是一位女同志，为了保护梁绍彭故意引诱鬼子离开，而自己却惨遭鬼子杀害。李德厚他们仅仅一个班的兵力，巧设地雷阵，炸死炸伤上百名鬼子，取得了宽嶂沟大捷，受到总部表彰！而李德厚和他护卫班的七八名战士却永远长眠在了宽嶂山上！还有上次牺牲的孟连长，一条山东汉子，掩护同志们突围后自己与鬼子同归于尽！银行正是因为有了这些可爱的同志才得以发展壮大的啊！他们从一无所有到今天的遍地开花，从刚刚起步到今天整个晋冀鲁豫抗日根据地的金融主力军，他们不仅发展经济保障供给，也与日伪进行了坚决的斗争。这些成绩的取得都是同志们用汗水乃至生命换来的啊！

根据他这次下去检查的情况看，虽然困难重重，但各个部门正在抓紧时间进行准备，用不了多长时间银行又会恢复到往昔热火朝天的工作中。经过几年的奋斗，大伙相信冀钞，使用冀钞，冀钞已经成了整个根据地唯一的合法货币。高捷成推开窗户，风吹着雨水飘落在他的脸上。远处是苍茫大山，院子里是倔强挺立的柿子树。雨过天晴，乌云终究要散去，胜利必将属于这些可爱的勇敢的战士。

身后梁绍彭捂着肚子从楼梯上上来。梁绍彭的身体还没有彻底恢复，脸色也显得有些苍白。梁绍彭爬上二楼，站在楼梯口不住地咳嗽。

高捷成转过身走过来，看着自己的这位老搭档心疼不已。几年前梁绍彭还是一副生龙活虎的样子，但由于繁重的工作，梁绍彭也病倒了。在高捷成眼里，梁绍彭是那种既能独当一面又任劳任怨的好伙伴好同志，只要是安排给他的任务他总能想尽一切办法去完成，不管有多苦多累，梁绍彭从来没有抱怨过一句。

喝了药没有？高捷成拍拍梁绍彭的背。

梁绍彭咳嗽一声点点头。

忙过这段时间，你去医院好好检查一遍，把身体养好了再回来！高捷成下了决心，一定要让梁绍彭把身上的病彻底治一治，再扛下去，小病就会拖成大病！

梁绍彭不咳嗽了，高捷成把梁绍彭扶到窗前的椅子上，外面有冷风，高捷成把窗户关上。

梁绍彭抬起头说：磨石村这次损失惨重啊。

高捷成没有说话，他在地上来回走几步，磨石村印钞厂的损失他在鬼子退走后就知道了，那么多机器那么多物资全部被毁，这个教训非常惨痛！他曾多次布置过，物资一定要分散储存，万不可把鸡蛋放在一个篮子里，肖必利啊肖必利你怎么就这么糊涂呢！

总部首长正在动员各个报刊社，希望他们把手头的印刷机捐给印钞厂！高捷成坐在梁绍彭对面的躺椅上。

梁绍彭惨白的脸上露出笑来：这下吴子谦的印钞厂有救啦。

高捷成说：银行关乎根据地的建设发展，关乎八路军的持久抗战，更关乎根据地几百万军民的吃穿用度，首长们无时无刻不在关心和支持银行的发展啊。

梁绍彭看一眼高捷成张张嘴似乎有话要说。

高捷成笑起来：你怎么和我也拿起心来？有什么话不能痛痛快快说呢！

梁绍彭叹口气：这次损失我也有责任！

高捷成说：责任是有也分个轻重！肖必利作为材料负责人，罪责不轻啊！

梁绍彭抬起头来恳求道：肖必利是难得的一员干将！小伙子足智多谋又机敏能干，假以时日必成大器！

高捷成知道梁绍彭欣赏肖必利，喜欢肖必利，也在重用肖必利。他也见过肖必利，小伙子确实聪明伶俐，但好钢也要一淬啊，不经风雨难见彩虹！让他反省一下，对他今后的人生会有帮助！

八路军执法队已经把肖必利关了禁闭。

高捷成说完站在窗前看着院子里的柿子树。

梁绍彭站起来：那么——你已经知道了——是执法队的廖队长亲自去抓的人！

他们都知道这个廖队长，秉公执法，一丝不苟。在根据地内除了首长们恐怕就数廖队长的知名度高了。

有人进来报告说吴子谦和连若烟从山上下来了。高捷成知道两人肯定也是为肖必利而来。高捷成抬起头从窗户上看出去，吴子谦和连若烟正冒雨站在院子里。

高捷成和梁绍彭下了楼。外面的雨还在沥沥拉拉下着。吴子谦、连若烟身上披着雨布，头上戴着草帽子，雨水顺着他们的草帽子、雨布流在脚跟前。

梁绍彭喊着：快回来快回来——话还没有喊完，被冷风一吹又剧烈地咳嗽起来。

高捷成跑到雨地里，想把两个人拉到屋子里。吴子谦甩开高捷成的手扑通跪下，后面的连若烟也扑通跪下。

吴子谦嘟囔一句：连我也一起抓起来吧！

连若烟只是哭泣，她伏在地上低低抽泣着，后来就放声地哭出来。肖必利犯了大错被关了禁闭，她怎么能离开肖必利呢？她和肖必利弃笔从戎投身八路军，为的就是打鬼子。这几年为了印钞厂的建设，为了购买印钞材料，肖必利出生入死，多次从死亡线上逃回来，今天怎么就因为一点过错而被关进自家的监牢里呢？连若烟实在想不明白。

高捷成跺一下脚喊道：你们好糊涂啊！家有家规国有国法，肖必利受到惩处自有应得！八路军严守军纪，赏罚分明，只有这样才能够上下一心搏命杀敌！也只有这样才能取得一个又一个重大胜利啊！如果我们有功不赏，有过不罚，八路军和过去的旧军阀有何区别？我们如何能战胜小鬼子呢？

高捷成自己也不知道怎么一下生那么大的气。他心里何尝不想替肖必利去求情，但他知道那样可能会害了肖必利！况且肖必利罪不至死，被关上一段时间禁闭就放回来了，怎么连这点挫折也受不了呢？和梁绍彭一样，高捷成也欣赏肖必利，欣赏他的一腔激情，欣赏他的随机应变，但高捷成总是对肖必利有种莫名其妙的担心。究竟不放心哪一点呢？高捷成后来想，可能还是觉得肖必利聪明有余而守拙不足、反应很快而沉稳不够。最近几年肖必利成长很快，但越是这样越是要走稳脚步啊。这次挫折正好让他反思一下，肖必利何等聪明之人，只要吸取教训，他一定会像梁绍彭及大伙期待的那样大器可成！银行要发展，银行要在金融斗争中取得最后的胜利，一样需要肖必利这样的才俊！吴子谦、肖必利、连若烟……他们才是银行真正的未来！

吴子谦和连若烟低着头离开。

梁绍彭捂着肚子将两个人送出去。

高捷成站着没有动，雨水从他头上一直浇到脚边。

四

山上连翘花开的时候二姐的歌声也在转角楼里响起来。世上的事总是要适可而止，缺了不行，过了也不行。就像天上的雨，旱的时候盼着下雨，下得多了又祈求天晴。一连半个月的大雨把人们的脸都快下得绿了。正如高捷成说的，乌云终会过去，雨停了太阳就出来了。太阳出来就把这些日子窝在人们心里的湿气、怨气、怒气一扫而光。天气一天天暖和了，山坡上的草绿了，树也绿了，各种小花，特别是转角楼后的连翘花，也在一夜过后开出耀眼的金黄！

哑巴在连若烟的陪伴、鼓励下，终于能清楚地发出几个字的读音。石老爹和王秀云也是第一次听到哑巴喊他们爹娘！尽管这声爹娘还不是那么清晰，但总算是张开了嘴，有了开始，就会有未来。石老爹抑制不住内心的喜悦，多少年了他一直苦恼哑巴不会说话，当年吴子谦告诉他哑巴不是哑巴的时候，他还一点也不相信这会是事实。现在自己终于也听到了哑巴的喊声，他怎么能不心花怒放呢？石老爹逢人就说，我儿子不是哑巴，我儿子会说话啦！

印钞厂的人们见了哑巴也说：哑巴——喊声爹！

哑巴便梗着脖子费尽力气喊一声：爹——

人们看着哑巴红扑扑的脸蛋都哈哈大笑起来。哑巴不明白大伙笑什么，但知道大伙并没有恶意，嘴里也跟着呵呵笑几声。哑巴受到鼓舞每天都有新的进步，他不仅能喊出爹、娘等声音，还能模糊不清地叫出六斤、二姐等字词。二姐俊娥看到弟弟的变化抱住哑巴亲个不停。哑巴啊哑巴，你怎么才叫出二姐来呢？

二姐的情绪明显有了变化。张二狗失踪后，特别是李德厚牺牲后，二姐很长时间没有笑脸。与她亲近的两个男人，一个失踪毫无音信，一个牺牲阴阳两隔，对于年轻的二姐来说，她承受了别人难以想象的痛苦。但日子还要过下去，六斤要抚养长大，李德厚委托她的事她也会义无反顾地去完成！前些日子高捷成带着八路军报社捐赠的几台印刷机来到转角楼。二姐向高捷成汇报了李德厚牺牲的详细经过。高捷成也拉住俊娥的手，代表银行感谢俊娥对李德厚的照顾以及为保守银行秘密所作的贡献！哑巴记得可能就是在高捷成上来的那天，二姐也成了一名光荣的八路军战士，成了冀南银行的一名仓库保管员。

哑巴知道二姐心情高兴不仅仅是他会叫她二姐，二姐更高兴的是她成了和李德厚一样的八路军。过去她是一个局外人，这些八路军住在转角楼，她力所能及地帮一些忙，现在她也和吴子谦、肖必利、连若烟等一样，是八路军冀南银行的一员。

二姐高兴了就开始哼一些山曲儿。有一次梁绍彭来到转角楼，梁绍彭认识俊娥，也知道俊娥会唱许多山曲儿。梁绍彭就鼓励俊娥现编现唱一些和打鬼子有关的山曲儿，一来消遣解闷，二来鼓舞大伙的士气。山曲儿的曲调不用变，填上内容就可以了。二姐试着唱了一首：

五月里来麦花香，
凶恶的鬼子来扫荡。
奸淫烧杀又抢粮，
家具骡马要抢光。
空室清野好主张，
粮食衣物要埋藏。
……

梁绍彭觉得歌词儿贴近实际，曲调儿又是大伙喜欢听的当地小调，就鼓励俊娥多唱几首，不仅自己唱，而且让印钞厂的战士们唱，让磨石村的男女老少们唱。生活太压抑了，鬼子没日没夜扫荡，他们没日没夜躲藏，不少人就牺牲在这大山中，他们急需吼一吼，把不快、愤懑、压抑喊出去，把坚持下去的意志和战胜敌人的豪气、勇气、信心喊回来。

连若烟本来就有文化，连若烟也在空闲的时候参与进来，连若烟编词，俊娥用山曲儿演唱，很快一首首的新山曲儿就在磨石村响起来。

> 别说这是根据地呀，
> 鬼子他不会来。
> 鬼子他也会来呀，
> 老乡你听明白。
> 上一次来扫荡呀，
> 狗日的好厉害！
> 放火把房子烧呀，
> 粮食都化成了灰。
> ……

大伙吃饭的时候全挤在石老爹的屋子里，吃完饭就开始跟着二姐唱这些新编的山曲儿。这些歌词是刚刚发生在鬼子扫荡中的事，也唤起了大家在反扫荡中所遭受的苦难的回忆，想到伤心事的时候大家泪流满面，想到八路军打了大胜仗，又忍不住开怀大笑。转角楼里很快就被歌声、笑声重新覆盖。二姐他们唱歌的时候，哑巴抱着六斤坐在一边听，六斤听不懂，好多时候六斤就坐在哑巴的怀中呼呼睡去。哑巴还说不出一句完整的话，他听着二姐的歌，嘴里只能发出呜呜呜的叫声。

有一天二姐把哑巴拉到大门外和他说：哑巴——明天你和二姐到山里转一转！这件事呢不要告诉任何人。

哑巴觉得二姐说话的时候颇为神秘，以前二姐张嘴就喊哑巴哑巴，有什么事了也是心直口快，不会有什么遮遮掩掩。这次把他拉到大门外说话，显然是不想让更多的人听到。

哑巴抬起头，他想问一问六斤是不是和他们一起去。哑巴的嘴里喊出一个"六"字。

二姐明白哑巴的意思：六斤小——走不动路。

哑巴很肯定地点点头。

哑巴和二姐一大早就进了山。哑巴背着那条木头长枪，跑几步就停下脚步在前边等着二姐。现在是宽嶂山中最美的季节，路两边的灌木丛、大树全部变绿，灌木丛中的连翘花、桃杏花以及各种叫不上名字的花次第开放。树上是鸟的叫声，有好看的蝴蝶扇着翅膀从哑巴的眼前飞过。二姐那天好像没心思看这些花，走一段路就站在高处分辨一下方向。

他们来到的第一个地方是条偏僻的山沟，二姐抬起头看着山坡上的树。哑巴到了这里觉得特别眼熟，他一下想起几年前石老爹和李德厚掩藏木头箱子的事，有一个木头箱子好像还从半空中掉下来过。哑巴来回走几步，发现旁边有一条大树根子从上面的石头缝隙中垂下来。哑巴抓住树根子三把两下窜到半山坡上，半山坡上有一个大石头伸出来形成的小平台，哑巴正好从大树旁边爬了上去。山坡上都是茂密的灌木丛。哑巴发现小平台旁边似乎有个洞，哑巴把灌木丛扒拉开，灌木丛后面果然露出一个很小的洞口。哑巴转过身示意下面的二姐爬上来。

二姐爬上来后和哑巴钻进灌木丛背后的石洞里。洞口小，但洞里面能站起身，洞不是很深，走几步两个人就发现了拐弯处堆放的木头箱子。哑巴一眼就认出了那些箱子，那天晚上石老爹、李德厚不就是背着这些箱子来到这里的吗？哑巴用手摸一摸箱子，箱子上是厚厚的灰尘。二姐弯下腰借着洞口上的光，数着箱子的数量。两个人从洞口钻出来，二姐把洞口的灌木丛又恢复到原来的样子。二姐看看哑巴，哑巴脸上、额头上、手上全是土。二姐不知道哑巴怎么就知道这里的秘密，弯下腰把哑巴脸上、额头上的汗擦掉。

哑巴——二姐摇着头比画着说，不能告诉任何人！

山上的风把二姐的头发吹乱，二姐的额头上沾着一片树叶，哑巴把二姐额头上的树叶拿下来。哑巴把树叶放到嘴上，用力一吹，树叶发出亮亮的响声。二姐站起来，看着四周，四周都是树和漫山遍野的灌木丛。两个人顺着原路返下来，二姐把两个人来过的痕迹处理一下，然后拉着哑巴爬上附近的一座山梁。他们一直沿着山脊走，看到前面有一个大石头后，二姐放开哑巴的手跑了过去。大石头后面原来也有一个石洞，洞里有一堆不起眼的干柴火，二姐把盖在上面的干柴火搬开后，露出下面掩藏的纸张油墨等物品。

那天哑巴和二姐返回转角楼时天已经黑下来。两个人在山上查看了六七个洞，每个洞里都掩藏着银行的物资。哑巴觉得山上可能还有，只是天色不早了，二姐没有再带他上去。二姐在返回来的路上一直没有说话，他能感觉到二姐沉甸甸的心情。二姐的仓库保管员保管的就是山洞中的物资，这些都是银行、印钞厂的心肝宝贝，二姐感觉到了一种巨大的责任和压力。二姐有些担心哑巴，也似乎有点后悔带着哑巴出来，这些巨大的秘密不该让一个孩子来掌握。快到家门口的时候，二姐停下脚步。

二姐弯下腰再次看着哑巴。月光下二姐的脸上满是肃穆的神色。哑巴知道二姐想和他说什么话。

哑巴把手指头伸出来。

二姐看见哑巴的动作，脸上一下露出笑意，这是他们经常玩的一种游戏，表示只要答应了对方就一定要遵守诺言。二姐也把手指头伸出来。哑巴的手指头和二姐的手指头钩在一起。

二姐嘴里念着：拉钩上吊，一百年不许变！

转角楼那边传来连若烟等唱山曲儿的声音。二姐和哑巴有了盟誓后也变得轻松了许多。二姐知道这个哑巴弟弟，他不会说话，但特别聪明，上次能把鬼子带进李德厚埋藏石雷的山沟里就说明了一切。

一天没见六斤，哑巴还有点想这个小讨厌。六斤在干什么呢？哑巴拉着二姐的手想。

五

翻过涉县索堡镇的大山就是河北内丘县。在内丘县西北有一个叫白鹿角的村庄。村庄四周全是大山，村子建在东面的山坡下，前面是哗哗哗流过去的河水。村子背山面水十分幽静。传说这里出过一只白鹿，白鹿在民间意为瑞兽，当地人把发现白鹿的山沟叫作鹿峪，把留下白鹿角的地方叫作白鹿角村。白鹿角村住着三四百口人，村中以刘、马、张姓村民居多。村中有一处刘家大院，大院为典型的北方四合院，院子内的正房坐东面西，四周是高大的院墙，院墙南面开着一个侧门，门不是很显眼，进了这个院门会看到一个更气派典雅的二门，二门向西，高大精致，砖雕上刻着八仙、鹿、葡萄等，门楣上刻着三个大字：懋厥德。懋厥德是懋修厥德的简化，出自朱熹《朝议大夫太素公遗像赞》：敬尔容止，如圭如璋。朱门望重，青史名扬。懋修厥德，长发其祥。意思是注重德行修为。进了这个二门才能看到这座四合院的全貌。正对二门的五间东房为正房，南北各三间厢房，西面也是带过道五间房子。正房建得比较高，门口有五级台阶，两边的砖雕上分别刻着"安分""守己"四个字。这处院子就是当时抗日区政府以及冀西游击队、129 师游击支队等的驻地。

这天晚上高捷成和两个警卫员来到刘家大院。他们是从山南边的索堡镇赶过来的，高捷成要在这边设立冀南银行的办事处。办事处实际就是银行的分支机构，当时为了迷惑鬼子全部叫作办事处，形势好转后陆续改名为支行、分行或者营业所等。区政府的几个负责人正等着高捷成，大伙见了面自有说不完的话。外面的天黑下来，几个人边吃饭边商量事情。大伙挤在一条土炕上，炕上有一张炕桌子，炕桌子上放着一盏油灯，油灯旁边是南瓜稀饭，一盆大烩菜，还有很少吃到的白面馒头。鬼子连年扫荡，加上根据地内的各种旱灾涝灾，高捷成他们已经很长时间没有吃过这么好的饭菜了。几个人详细谋划着办事处设立的地点、人员安排、保卫设施等。

　　商量完事快到后半夜了。区政府的同志们各自回去休息，两个警卫员喂完牲口后也在隔壁躺下来。高捷成自己反而没有了睡意，这也是他多年来养成的一种习惯，忙完一天的工作，同志们都休息去了，他才静下心来回想这一天的工作，特别是一些重大事情。他要把每一个细节都在头脑中过一个来回，反复推敲，反复思考，觉得哪里安排得不周到，哪里还有疏漏的地方，他会立刻记录下来，第二天天明后再重新进行安排部署。有些紧急的事情，他会立刻喊起警卫员，然后连夜进行完善。这是战争年代，一个疏漏，可能就会给银行带来重大损失乃至人员伤亡！

　　土炕烧得热乎乎的，高捷成的腰实在困得难受，他仰面朝天躺在土炕上，土炕的热很快穿过衣服侵入他疲惫不堪的腰。他把桌上的油灯吹灭，黑暗瞬间弥漫了整个屋子。他躺在那里半天没有动，他想完白天的工作，又想今后一段时间的任务。是啊，经过这些年的努力奋斗，银行已经在根据地内几十个县建立起支行、分行等办事机构，也在宽嶂山、小寨、南陌、冀南等地建起了印钞厂（所、队），正如首长们指示的那样，银行下一步的工作重点要逐步转移到扶持边区的生产上来，建立交易市场，促进物资供应，让边区人民有饭吃、有衣服穿。要坚决和日伪货币做斗争，伪钞流通进来，一方面扰乱金融秩序，另一方面也会使根据地内的紧缺物资流失出去，务必要让大家明白这些道理，只有大家明白了这些道理，才能坚决杜绝伪钞的使用，才能把冀钞的价格稳定下来啊。

　　把这些杂七杂八的工作想完了，他的头脑里突然想起远在福建的家。想到家，高捷成的心里突然升起一种说不清道不明的情绪。

白天忙工作，他的头脑里全是一件一件急需处理的事情，只有夜深人静，屋子里只剩下他一个人的时候，对亲人、对故乡的思念才以一种不可抑制的情绪弥漫到他的心头。桌上的公文包里还放着几年前他给家里人写的一封信以及他在延安时候留下的几张照片。他一直想寄回去，但这几年鬼子反复扫荡，他们不停地转移，不停地战斗，信和照片竟一直未能寄出去。他想起他的妻子蔡宝，他离开的时候他们刚刚结婚一年多的时间。妻子是典型的南方人长相，那时候多年轻啊，两个人都是二十岁左右，现在一晃十几年过去了。妻子又嫁人了没有？如果没有嫁人也该和自己一样满脸沧桑了吧？

儿子还活着吗？如果活着也该十来岁了。十来岁的男孩子也是个大小伙子了！想到儿子，高捷成在黑暗中露出笑脸。那个时候高捷成还不知道儿子已经起名叫高得胜了。得胜得胜——家里人盼望着他能得胜回家啊。儿子三个月大的时候他就离家出走了，长这么大了，他还没有听过儿子叫他一声爹，他也没有在儿子的成长中尽到一个做父亲的责任。想到这里高捷成内心对妻子对儿子充满了愧疚之情。没有国哪有家，他离家出走为的就是保家卫国，只要等到胜利之后了，国家得以保存，民族得以保留，他就可以回去和妻儿团聚了，只是不知道到那个时候妻儿究竟在不在人世了。

夜很深了，屋子里很静，窗外的大山中传来野兽的叫声。

天快明的时候高捷成迷迷糊糊睡着了，刚刚入睡便被村口上的枪声惊醒。

高捷成睁开眼，窗户上警卫员着急地喊道：有股鬼子偷袭过来啦！

高捷成立刻警觉地跳下地，背上公文包推门出来。天微微亮，村口上枪声激烈。天阴沉沉的，不知什么时候下起小雨来。区政府的人们已经从大院南面的侧门冲出去。院子里几匹战马喷着响鼻刨着蹄子，长年的战争让它们也有了敏锐的嗅觉，知道一场激烈的战斗可能马上到来。高捷成骑的是一匹枣红色的骏马，这匹战马已经陪伴了他好几年。高捷成走过去像和一个老伙计打招呼一样，拍拍马的脖子，然后翻身骑上去。三个人打马从南面的小门冲出去。刚冲出巷子口，便看到村口上黑压压的鬼子包抄过来。鬼子打着枪呐喊着扑上来，三个人举枪射击，前面的鬼子中弹倒下。三个人被迫退回到刘家大院。

　　三个人进了大院后把南面的小门关上。三个人拉着马退到二门里边。一名警卫员把二门也紧紧关住。南面的小门上已经传来激烈的砸门声。鬼子很快会破门而入。一名警卫员迅速弯下腰，让高捷成和另外一名战士蹬着他的肩头翻墙出去。高捷成跳出墙外，墙头上的警卫员伸出手把院子里的那名战士也拉上墙头。三个人急忙向大院后面的山坡上跑去。后面的鬼子追过来，子弹从三个人的头顶上飞去。三个人且战且退。高捷成回身射击，再要往前跑时脚步一趔趄摔倒在地。高捷成腹部中弹，一名警卫员背起高捷成就跑，另一名警卫员则躲在一块大石头后开枪阻击鬼子。

　　那名警卫员背着高捷成跑到半山坡上，后面的鬼子已经呐喊着追过来。高捷成知道后面的那名警卫员可能已经牺牲了，他已经负了重伤，这名警卫员背着他哪能突围出去呢？如果突围不出去两个人可能都会被鬼子抓住。公文包里还有八路军总部、129师司令部以及他们冀南银行的重要文件，这些绝不能落入鬼子手里啊。高捷成挣扎一下从警卫员的背上滚落下来。

　　他把背上的公文包和手中的短枪交给警卫员：快跑！

　　那名警卫员还要和他说什么，高捷成大声喊着：这是命令！

　　警卫员弯着腰跑进大山里。

　　高捷成慢慢爬到一棵大树后，子弹密集地射过来，子弹打在周围的石头和树上。天上还下着雨，雨水混合着从他腹部流出来的血，把周围的石头、土地、杂草都染红。他没想到生命的最后时刻就在这个早晨突然来到了，他还有好多事没有做啊，小鬼子还没有被赶走，胜利还没有到来，他还准备着回去看看那个已经十来岁的儿子呢！现在一切都来不及了，未竟的事业只能依靠梁绍彭、吴子谦、肖必利等同志们了，至于妻儿他实在是对不住他们了。鬼子们冲上来，高捷成靠着树摇晃着站起来，他想把手中的手榴弹扔出去，鬼子们明晃晃的刺刀已刺进他的胸膛里。

一个电闪过后，雨越下越大。一匹红色的骏马从村子里窜出来。那匹骏马在雨雾中极速地奔上村后的大山，它站在那里凝视着血泊中的主人一动不动。山下的鬼子打着枪追过来，骏马长鸣一声掉头向大山深处飞去。此后好多年，村民们总能看到这匹往来飞驰的骏马，它就像一个幽灵一样，始终在高捷成牺牲的地方不肯离去。

六

1943年6月26日，河北涉县索堡镇。中共中央北方局、晋冀鲁豫边区政府、冀南银行等部门在这里为高捷成举行了隆重的追悼大会。当时的《新华日报》在报道中写道：高行长自出掌冀南银行以来，开创了全区经济货币工作之典范，在对敌经济斗争与发展根据地生产事业上，有极大建树。噩耗传来，全区各界无不悲愤万分。晋冀鲁豫边区政府党政军领导人、八路军总部代表、129师代表、冀南银行代表等参加了这次追悼会。

梁绍彭也赶到了追悼会现场，他听到这个噩耗时跌坐在椅子上半天站不起来，这个和自己朝夕相处几年的兄长就这样离开大家了吗？他很长时间不敢相信这是个事实，在他的心目中高捷成永远是那么精力旺盛、激情澎湃！高捷成干什么事都是身先士卒、亲力亲为，记得有一次银行总部在转移时，大部队要蹚过一条刚刚结冰的河道，人们不敢走，从后面赶上来的高捷成立马跳下去，站在齐腰深的冰水中指挥大伙过河。高捷成是冀南银行的总经理，在梁绍彭的心目中，高捷成不仅是他们的领导，更是一位可以无话不说的兄长、朋友。现在这位兄长、朋友就这么突然牺牲了,梁绍彭心里的愤怒、难过、沮丧就可想而知了。

在人群中站着一位三十七八岁的八路军干部,中等个子,黑瘦脸膛,他叫赖勤,是冀南军区后勤部长兼冀南银行路东分行经理,现在总部已经任命他为冀南银行总经理,接替牺牲了的高捷成,继续领导冀南银行发展经济并与鬼子进行针锋相对的金融斗争。

赖勤是江西泰和县人,他和高捷成、梁绍彭等一样,是一位年轻的老革命了。少年时期,赖勤家境颇好,先后进入育贤初级小学、兴国平川中学读书,中学毕业后考入上海南洋医科大学,后因家庭经济困难被迫辍学。辍学后赖勤回家乡担任了一所小学的老师,同时参加当地的农民运动。二十四岁时加入中国工农红军并担任连队政治指导员。红军攻打吉安时,赖勤英勇杀敌,不幸负伤,伤愈后任红军随营学校大队政委。后调入中央革命军事委员会,任供给部秘书、保管库主任、副部长等职。红军进行万里长征时,赖勤任野战军供给处处长、野战司令部供给部军需处长、援西军供给部长等。红军改编为八路军后,赖勤任129师供给部政委,随后任冀南行政主任公署财政处长、冀南军区后勤部长、供给部政委、冀南银行路东分行经理等。现在他就要出任冀南银行的总经理了,赖勤感到一种沉甸甸的责任和压力。

追悼会上正在宣读悼词:高捷成同志生前在长期的革命工作中,表现出卓越的刻苦、认真、实事求是的工作作风,在银行干部中,无一人不敬佩他这种模范精神;在日常生活中是极其严肃的,而对人却十分和蔼。要继承烈士的遗志,学习高捷成同志艰苦卓绝、英勇奋斗,对党无限忠诚的高贵品格,化悲痛为力量,踏着烈士的血迹,奋勇前进,誓把抗日斗争和革命事业进行到底!

追悼会后高捷成的遗体安葬于索堡镇西面的石门村,1950年10月21日,迁葬于邯郸市晋冀鲁豫烈士陵园。远在福建漳州的高捷成家人,不久后收到了高捷成远在十几年前写给他们的那封信和信中夹着的两张照片。高捷成十来岁的儿子高得胜也在照片上见到了自己的父亲,妻子蔡宝为了永远纪念自己的丈夫后改名高蔡宝。

追悼会结束后赖勤走出会场,天上的雨刚刚停下来,对面巍峨的太行山高耸入云。冀南银行在高捷成等的率领下已经成为一个拥有几个区行、二十几个支行、一百多个县分行的庞大金融机构。他长期从事后勤工作,知道冀南银行在整个晋冀鲁豫根据地的地位和作用。正如刚才首长们说的,要继承烈士的遗志,化悲痛为力量,把抗日斗争和革命事业进行到底!对于他来说,那就是要和银行的全体同志一道,把银行坚定地办下去。高捷成同志已经把银行这篇大文章开了头,而且开得轰轰烈烈、气势磅礴,在发展根据地经济、支持八路军抗战、对敌金融斗争诸方面均取得了成绩,作为继任者他不能辜负首长们的期待,也不能让高捷成开创的银行事业半途而废,他只能用尽全力,克服种种困难,把银行的各项工作搞上去。

梁绍彭走出来,看到这边的赖勤,小跑过来举手敬礼:赖勤经理,绍彭向您报到!

赖勤回一个礼,然后紧紧握住梁绍彭的手。赖勤认识梁绍彭,也知道梁绍彭在冀南银行发展中所作的贡献,他是高捷成的得力助手,今后银行的发展仍然离不开梁绍彭他们的鼎力支持啊。

赖勤说:我正想见你呢!捷成同志牺牲了,我们大家心里都非常难过。但捷成同志开创的事业,我们这些同志有责任把他继承下来,并做得更好!

提到高捷成,梁绍彭眼圈泛红,他们从银行筹备的时候就奋战在一起,购买设备、寻找人才、印刷钞票、艰苦转移……过去所经历的那些就像发生在昨天一样,前段时间他们还因为肖必利进行过研究争论,现在已是阴阳两隔,那天的对话竟成了他们的永诀。

梁绍彭平息一下情绪:赖勤经理——何时赴任?

这几年赖勤一直在太行山这边工作,他急需要回到太行山根据地,回到冀南银行总部,熟悉情况,进入角色,开展工作。高捷成刚刚牺牲,银行的万千重担压在自己肩上,他恨不得立刻飞回去。

可否立刻出发?赖懑征询地看看梁绍彭。

梁绍彭看一眼赖懑,他在赖懑的眼睛里看到了对方急切、果毅、勇敢的神色。梁绍彭紧紧握一握赖懑的手。他们两个都用劲地握住了对方。不需要说话,也不需要示意,温度在传输给对方,力量和必胜的信念也在传输给对方。天还阴着,但就像高捷成说的,阴天过去就是晴天。高捷成牺牲了,无数个像高捷成一样的兄弟会站出来。

警卫员们已经牵过马来,几个人跳上马,喊声"驾",向太行山腹地奔去。

第十章　太行群英会

一

八路军执法队的禁闭室设在一个叫龙王庙的村子里,村子比较偏僻,住着四五十户人家。村子三面是壕沟,壕沟里是哗哗哗流过去的河水,只有村前面的一条土路通向外面。执法队征用的也是村中一户财主的院子,四面都是小二楼,关住大门谁也出不去。八路军犯了错误的干部战士就被关在这里坐禁闭。肖必利被廖队长带回来后就被关在南面的一间屋子里。

肖必利刚被关进来无论如何也接受不了。他满腔热情,一心报国,抗战全面爆发后又毅然决然地弃笔从戎投奔了八路军,现在怎么被关进自己人的监牢里呢?这——这——这是多么荒谬的一件事啊!肖必利大喊大叫,既不吃饭也不睡觉,一直叫着冤枉——冤枉!晚上的时候,廖队长把他叫过去。廖队长坐在桌子后面,低头翻看着桌上的材料,肖必利进来他也没有抬起头。关了一天,肖必利头发乱蓬蓬的,嘴唇上也因着急上火干裂开许多口子。

肖必利进来就喊:廖队长——我冤枉!

肖必利抱着膀子站在一边。

廖队长抬起头看看肖必利:冤枉——说说看,怎么冤枉你了。

肖必利走过来语气激烈地把这些年来,特别是投奔八路军以来所作所为——和廖队长道来。肖必利记忆力好，他回忆自己在银行培训班的学习情况，第一次把印钞材料拉上磨石村的艰难困苦，以及后来如何历尽艰辛从八路军各个采购站接运货物，直到冒着生命危险进入周边鬼子占领的城市秘密采购物资。肖必利一口气说了那么多，他也是第一次对自己这些年来的工作进行了一个回顾。是啊，没有功劳也有苦劳，这么多年出生入死，怎么换来一个坐自己人监牢的结局呢？肖必利说完了弯下身子委屈地呜呜呜哭起来。他越哭越伤心，哭得连自己也控制不住自己。

廖队长一直很耐心地听着肖必利的叙述，他一边听一边做一些记录，他一直等到肖必利哭够了哭痛快了，才站起来把旁边的一块毛巾递过去。肖必利接过毛巾擦一擦泪。

过了好一会儿，廖队长斟酌着字句说道：你是一位有抱负的青年，参军以来也做了大量有意义的工作，你付出的辛苦，你为银行立下的功劳，银行会记着，军队会记着，人民也会记着！

肖必利听到这些话抬起头看着廖队长。

廖队长弯下腰盯着肖必利：但是你有没有想过——你是读书人，也是明白道理的人，有功劳不等于你可以不遵守纪律啊！你是材料员，知道这些材料是多么来之不易，你也为购买这些材料付出了大量心血，也有许多和你一样的同志，为了购买这些材料付出了生命的代价！为了保护这些来之不易的物资，银行定下了不能放在一起的规矩。

肖必利张开嘴还想分辩几句，想说是为了方便印钞，想说是自己一时大意。廖队长伸出手没让肖必利说话，站起来在地上来回走几步。

肖必利的眼前又出现了那天在油篓沟里熊熊大火的场景，那么多的机器、那么多的物资被鬼子全部烧毁了。肖必利想到这里，两手抱住头痛苦地闭上眼。

那天肖必利回到屋子里无论如何睡不着觉。廖队长和他说过的话一直在耳边响着。功是功，过是过，自己身为八路军战士，为银行立下的功劳谁也不会抹杀，但同样因为自己一时糊涂犯下的大错谁也难以代替！肖必利直至这个时候才彻底清醒过来。损失这么多的物资，按纪律那是要杀头的啊！肖必利一下吓出一身冷汗，他爬起来走到窗户前，窗户外面一片漆黑。他在地上来回走着。他还年轻，在银行所从事的事业才刚刚开始，怎么能就这样稀里糊涂地死了呢？更重要的是他还有一位他心爱的女人，他怎么能舍得离开她呢？

想到连若烟，肖必利靠着墙壁坐在地上，连若烟笑眯眯的模样出现在他的眼前。两个人自从相识以后几乎从未分离过，他们一起学习，一起培训，一起参军，然后一起到了磨石村，虽然鬼子的扫荡如此频繁，他们的生活是如此艰难，但只要有若烟在，他就会有希望和未来，就会有无限的快乐和幸福。生活再苦，有若烟在，他就感觉不到苦。工作再累，有若烟等着，他浑身就充满了力量。上次在转角楼后的连翘花地里，若烟已经答应他了，等打败了小鬼子，把小鬼子赶出中国去，他们就举行盛大的婚礼。若烟说了，他们的婚房就用连翘花装扮，屋里屋外全是那金色的纯洁的连翘花。可是现在自己竟犯下了如此大错，该如何是好呢？肖必利在黑暗中狠狠扇着自己耳光，他后悔自己怎么能如此糊涂！也后悔自己当时怎么就没有听从吴子谦的意见。肖必利想高捷成、梁绍彭、吴子谦、连若烟不会不管他的，他们一定会想方设法为他说话，他只能祈求法外开恩，如果这次能活着出去，他一定会加倍努力工作，加倍小心纪律，再不做这种让人后悔一万次的事。

一连多少天没有事。有一天廖队长再次把肖必利叫进他的办公室。肖必利觉得可能廖队长要告诉他结果了，他忐忑不安地看着廖队长。廖队长黑着脸，背着手在他面前来回走几步，然后返过脸看着肖必利。

肖必利——你可听着！你的错按律当斩！念在你是初犯又多次

立功,关你半年禁闭好好反省一下自己!

肖必利二话没说走出去。他不再胡乱喊叫,他知道这是上上下下为他开脱的结果,他要好好珍惜这次死里逃生的机会,好好反省好好改造。肖必利按照要求参加执法队组织的学习、劳动等活动,他态度诚恳又能说会道,很快成为整个院子里的活跃分子。有时候执法队还组织一些文娱活动,肖必利和大伙一起唱完歌后,还要表演一些小节目,他扮演当地老太太说话走路的样子逗得从来不露笑脸的廖队长也忍不住哈哈笑出来。

龙王庙村地势高,村子里吃水比较困难,干旱的时候村里的那口水井的水位就会下降很多,不少村民就从河水里挑水吃。执法队每天也组织大伙挑水,肖必利思想转过弯后是真心实意地想改造自己,所以每次有挑水的活他都是抢着去做。肖必利从来没挑过水,第一次挑上水,他连步子也迈不开,水桶左右摇摆,他急走几步后没看清脚下的石头,一个踉跄连人带水桶滚下山坡。肖必利没有气馁,他爬起来从头再来,一次又一次,肖必利把水挑回去。经过几个月的锻炼,肖必利的脚下有了力量,肩膀上还磨起老茧,挑起水来也轻松自如了许多。

肖必利知道天上下雪的时候他就该回去了。

肖必利挑水的时候都要看看天上的太阳,他期盼着太阳快快落山,期盼着日子快快过去,也期盼着太行山的冬天能够早一点到来。

二

过了十一月,天气说冷就冷了。小寨村郭家大院里,赖憨坐在写字台前还在埋头写着东西。他写一会儿就会站起来在地上走几步,两只手互相搓一搓,时间长了手脚都快冻麻了。这里和冀南平原的气候还是有很大的差异,现在那边应该还是很热的时候,大家披件外套就可以了，在这里薄棉袄穿在身上也觉得不是很暖和。赖憨多次受伤，特别是早年红军攻打吉安的时候，他率领部队猛打猛冲，一颗迫击炮炮弹在身边爆炸后，他差点见了马克思，后来是医生把他从鬼门关上救回来的。醒过来后医生告诉他，有一块弹片离他的心脏就那么一点点，如果再插得深一些，他的命就保不住啦。后来虽然活下来了，但身体还是不如往昔了，近几年增长年岁后，以前做过手术的地方在天阴啦、下雨啦、变冷啦的时候都会有反应，有些地方隐隐作痛，有些地方还疼得特别厉害。就像现在，他在桌子前工作上一段时间，手脚冰凉不说，腹部还隐隐作痛。

院子里的柿子树上又挂满了红灯笼一般的柿子，他来的时候还刚刚开花，现在已经是果实累累了。自从来到总部后，他几乎一天也没有休息过，在梁绍彭的带领下走遍了冀南银行设在太岳、太行根据地的各个分支机构，也到宽嶂山上查看了漆树、石泉、磨石、青茶村的印钞厂以及建在山洞里的各种物资仓库。他每天回来都要记上一笔，这是他多年工作的一个习惯，有数据，有情况，也有他的分析、判断和思考。经过这半年多的了解，他对冀南银行的发展有了整体上的把握，对外形成了覆盖整个根据地的银行机构，对内建起了包括采购、印刷、发行等完整的生产链条。他一直在冀南抗日根据地工作，虽然兼任着冀南银行路东分行的经理，但他还没有这么全面地对银行进行过了解，也没有真正到大山深处的印钞厂调查研究过。这次去了宽嶂山，给赖憨留下非常深刻的印象，他回到总部几天睡不踏实，几次梦中醒来在地上踱步。银行要发展，印钞厂是根本啊！没有印钞厂就没有钞票，没有钞票，银行就无米下锅！可是为了防止鬼子破坏，印钞厂建在了那么偏僻的地方，没有机器，没有纸张油墨，甚至连设计人员、制版师傅也没有，还要迎接鬼子一次又一次的疯狂扫荡，就是在这样的条件下，大伙克服种种困难，愣是把不可能的事情变成了可能，把印不出来的票子印了出来，而且源源不断流通到根据地的各个角落，成为整个晋冀鲁豫根据地的主要流通货币。这是一群多么可爱的人啊，有他们在，银行何愁不能兴旺发达？小鬼子何愁赶不出中国？随着深入了解，赖勤也对高捷成有了更多的认识，过去如果把高捷成仅仅当成一位领导的话，现在是发自内心地敬佩和赞叹。高捷成已经为银行的建立和发展打出一片天地，作为继任者，他只能殚精竭虑，恪尽职守，和同志们一道把银行发展好，在对敌斗争中取得最后的胜利！

天快黑的时候，天上飘飘落落地下起雪来，雪花落在柿子上、地上很快就融化了，但过了一会儿院子里就变白了，掌灯时分整个院子乃至远处的大山全变成了白茫茫一片。赖勤把桌上的油灯点亮，又坐在写字台前搓搓手继续写着。按照首长们的指示，结合这段时间的调查研究，赖勤对银行下一步的发展、钞票的发行、对敌金融斗争都有了新的思路，他想把这些细细捋一遍，然后再征求大伙的意见，待总部批准后就马上实施。

赖勤刚写几个字，背后梁绍彭喊道：赖勤经理——你看谁来啦。

赖勤返过脸看到楼梯口的梁绍彭。赖勤来到总部后就住进了高捷成原来住的小二楼。楼梯口的梁绍彭笑嘻嘻地看着他。

赖勤从椅子上站起来：绍彭啊——我有了一些新的想法，正想找你合计合计呢。

梁绍彭说：你呀，和高捷成一个样，就是工作工作工作，也不关心关心别人！

梁绍彭闪开身子，赖勤的妻子范熙同背着行李包爬上楼梯。范熙同三十一二年纪，一身灰布军装，帽子下面是齐耳的短发，帽子上、肩膀上还有没有抖落尽的雪花，由于冷的缘故，两个圆脸蛋冻得红扑扑的。

赖勤惊讶地看着自己的妻子，他一点也没有想到她会突然出现在这里。范熙同在太行山那边的冀南根据地工作，组织上为了照顾受过重伤的赖勤，特意把她调到冀南银行总部。

范熙同举手敬礼：赖勤经理，范熙同前来报道！

范熙同把手中的介绍信递给赖憨。赖憨还恍恍惚惚地愣在那里。

梁绍彭把介绍信接过去：范熙同同志呢，我们发行部留下了——我说赖憨经理，你总不能让客人一直站着吧！好啦——你们夫妻叙叙旧，一会儿下来吃饭！我们给范同志接风洗尘。

梁绍彭拿着介绍信咚咚咚返下楼去。

屋子里只剩下赖憨和范熙同。自从赖憨上任以后，他们夫妻还一直没有见过面。赖憨看看妻子，走过去把妻子肩膀上的雪花拍落掉，然后看着妻子白净的面庞：这些日子辛苦你啦。

范熙同低低说一句：有啥辛苦的呢——你忙坏了吧？又瘦了许多。

范熙同心疼地看一眼赖憨，放下身后的背包开始整理屋子里乱七八糟的东西。赖憨坐在床前高捷成留下来的那把躺椅上，看着妻子的举动没有说话。妻子的到来，让他既惊讶又温暖，惊讶的是他没有想到组织上考虑得如此周全，温暖的是妻子总算又回到了自己身边。妻子来了，屋子显得也不是那么空荡荡地大了，好像也暖和了许多。

范熙同一边收拾一边问道：身体怎么样——没有再疼吧？

赖憨夸张地说：早好利落啦！太行山的小米饭养人，一点毛病也没有，像个壮小伙子！

范熙同看一眼赖憨嘟囔一句：还壮小伙子——快成了老头子啦！

赖憨受过伤，现在又挑起这么一副重担，加上这段时间的日夜操劳，三十七八的人，看上去足有五十多岁。脸又黑又瘦，头发也花白了许多。

这天的晚宴郭皓轩带着他的孙子郭齐麟也过来了。桌子上难得地摆上了几盘炒菜，还有郭皓轩带过来的柿子酒、柿子醋。赖憨和范熙同下来后，大伙一起站起来。梁绍彭给郭皓轩介绍了赖憨的夫人范熙同。

郭皓轩拉着郭齐麟指着赖懃说：丹丹——这位呢是赖大爷！

丹丹刚刚三岁多一点，大人一样穿着小马褂，小手一作揖：赖大爷好！

丹丹小小年纪，有模有样的做派逗得大家哈哈哈笑起来。

郭皓轩显然也是特别高兴，指着赖懃旁边的范熙同说：这位是赖大娘！

丹丹一样拱起小手：赖大娘好！

范熙同高高兴兴地答应一声。她也到了做娘的年龄了，但和赖懃结婚几年，正赶上鬼子轮番扫荡，聚少分多，竟一直没有怀上个孩子，现在看到这么乖巧、可爱的丹丹，范熙同一把把丹丹抱起来：这真是个小人精啊！

大伙坐好后，赖懃端起一杯柿子酒：高捷成经理已经牺牲大半年了，他是我们的好首长好兄弟，我们的第一杯酒就敬给高经理！

赖懃把酒洒在地上。梁绍彭听到高捷成的名字眼里忍不住要流出泪来。时间过得真快啊，一眨眼半年已经过去了。

郭皓轩叹息一声竖起大拇指：高先生一代英雄，郭某佩服之至！如若不是高先生及时相救，我儿的大腿可能不保！高先生有恩于我郭家啊！

大伙都和高捷成一起战斗多年，提起高捷成让大伙想起了过去在一起的艰苦岁月，有几个人背过身子抹眼泪。

过了一会儿，等大伙的情绪稳定下来，赖懃又提议第二杯酒：这第二杯呢，赖懃感谢各位在这段时间的辛勤工作和鼎力支持！高经理走了，但他开创的事业还需要我们大伙齐心协力干下去！不仅要干下去，还要干得漂亮干出成绩！

赖懃是给大伙说的，也是给他自己说的。他从走上这个岗位的那一刻起，就下定决心，克服一切困难，把银行工作搞好！把对敌金融斗争搞好！经过这半年多的了解，他的信心越来越足，有这么好的伙计们，有这么支持银行的根据地群众，还有北方局、边区政府、八路军等的坚强后盾,他没有理由不把银行办好啊!

第三杯的时候,赖勤说:第三杯酒呢,我提议大伙一起来敬郭掌柜!郭掌柜全力支持八路军,全力支持冀南银行,没有郭掌柜以及根据地群众的大力支持,我们的银行办不下去,我们的八路军也不可能取得一次又一次的反扫荡胜利!郭掌柜既出钱又出力,他不仅资助八路军办银行,还把儿子送上抗日战场!郭掌柜深明大义,令人敬佩!

郭皓轩没想到赖勤经理会说出这么一番话,心里也非常感动,站起来一抱拳说道:赖经理过誉了!郭某不才,但明白一个理儿,自古道国家有难匹夫有责!诸位将士皆是保家卫国的英雄好汉,连高先生这样的人都壮烈牺牲,郭某绵薄之力何足挂齿?郭某敬诸位将士一杯!

郭皓轩说的话情真意切,让在座的大家无不动容。

吃了饭赖勤和范熙同回到二楼的房间里。两个人感叹着根据地群众的爱国热情。一会儿郭皓轩打发冀管家给赖勤和范熙同送过一个火盆来,火盆里是烧得红红的木炭。火盆端进来,屋子里很快暖和起来。范熙同在那边铺开被窝。赖勤站在窗户前望着外面白茫茫的大雪没有说话。

三

旧历年在大雪中来到了转角楼。

鬼子连续进行几年大规模的扫荡后,特别是太平洋战争爆发后,华北的日军已经无力再组织动辄上万乃至数万人规模的疯狂扫荡,加之八路军、游击队、自卫队等各种抗日武装的不断壮大,根据地内进入一个相对平缓的发展时期。

转角楼大门洞两边贴上了红红的对联。对联是吴子谦写的:工人军人山里人，我们都是一家人。横批：为了抗战。对联的内容写的就是印钞厂的实际情况，管它对仗不对仗，大伙图个热闹喜庆就是。院子里还堆起一个大雪人，有人给雪人的鼻子下粘了一个翘着的八字胡须，再扣上一顶小鬼子的帽子，活脱脱一个滑稽的鬼子模样。哑巴拉着六斤围着大雪人跑来跑去。六斤脸蛋冻得又青又紫，鼻孔里流着鼻涕，举着拨浪鼓前面跑着。哑巴背着木头长枪，跟在后面。六斤与哑巴比起来，哑巴就是个大人了。哑巴不仅个子长高了，他还能发出两个字的读音。哑巴不是哑巴，但大伙好像叫惯口了，除过吴子谦、连若烟几个外，都叫他哑巴。连六斤也不叫他舅舅，张口就是哑巴——哑巴——六斤年纪还小，他根本不知道哑巴两个字的真实含义，他叫得又响又亮，逗得大伙哈哈大笑。哑巴年长了几岁，似乎也成长了不少，以前石老爹、王秀云叫他哑巴时会非常生气，现在听到六斤奶声奶气的喊声，倒呵呵呵地和大伙一起笑起来。

石老爹担任了村里的自卫队队长，他们从山沟里捡回几支鬼子丢弃的三八大盖，每天背着出来进去。现在正是农闲的时候，自卫队一边在山沟里练习射击，一边在木匠的院里制作石雷。自从上次李德厚摆了石雷阵后，石老爹一时声名大振，附近几个村的人，连县里的游击队也派人过来学习。石老爹就乐呵呵地教大伙制作石雷。今天是年三十了，石老爹安排几名自卫队员站岗放哨外，早早回到转角楼里。

六斤看见石老爹进来喊叫着：姥爷——姥爷——飞跑过去。

石老爹站在门洞里弯下腰等着六斤飞过来。石老爹满脸的笑，等六斤跑过来了，一把把六斤抱起来。石老爹把六斤高高举在头顶，六斤摇着拨浪鼓咯咯咯笑着。哑巴靠在大门洞上看着这边的石老爹和六斤。在哑巴的记忆中石老爹好像从来没有这么和他亲热过。他一直没有喜欢过爹，爹把大黄杀死后他对爹甚至产生了一种恨意！很长时间他都是生活在一个人的世界里，一个人跑出去，一个人跑回来，过去有大黄，在那些孤独的日子里，只有大黄很忠诚地陪伴着他，可是爹却那么狠心地把他的好朋友给除掉了。有一段时间他不想看见爹，甚至还有更恶毒的想法，希望爹出去后就再也不会回来。上次石老爹带他去参加金展会，那是爹第一次带他外出，爹对他很热情，他也试着想改变对爹的看法，也试着和爹亲近，但心里好像总有一个疙瘩没有解开。

石老爹抱着六斤笑呵呵地进了屋子，哑巴很无聊地走出大门洞外。街上的人们都忙乱着准备过年，那边的孩子们穿着新衣服跑来跑去。去年雨水足，大伙有了好收成。更重要的是小鬼子来的次数少了，前年小鬼子二十九了还来扫荡，大伙哪有心思过年呢？现在好不容易安定了下来，自是开心不少。年既是对过去的一个总结，也是对新的未来的期盼。过去的就让它过去吧，所有的苦难、死亡、不幸！新的一年就要到来，大伙希望在未来的日子里能听到更多胜利的消息，能有更多美好的日子。对于这些，哑巴似乎是个局外人，既没有期盼也没有失望，他不知道他的未来是什么。

哑巴坐在大门洞旁边的石头上望着对面山坡上的雪。吴子谦从转角楼后的印钞厂走过来，看见门口的哑巴蹲下身子和哑巴坐在一起。吴子谦顺着哑巴的目光看看对面，摸出石老爹给他的小烟锅头默默抽起来。哑巴在一天天长大，吴子谦来转角楼的时候，哑巴的个子还不是很高，几年过去了，哑巴不仅年岁增长了，个子也长高了不少。他本身就是个很聪明的孩子，现在随着年岁的增加，他已经有了更多的心思。这么大的孩子该是让他上学读书的时候了，鬼子连年扫荡，学校没有开学，自己要和若烟以及印钞厂其他的同志们帮助哑巴认字、说话、读书。吴子谦小时候家穷没有上过学，他非常羡慕肖必利、连若烟们，读过那么多的书，说起什么事来也是头头是道，现在不能让哑巴再吃不读书的亏。哑巴读了书，会明白许多道理，也会寻找到自己的未来。

你们两个怎么坐在这里呢？外面不冷吗？连若烟从转角楼后小

跑着过来，看到门洞里坐着的吴子谦和哑巴惊讶地叫着。

连若烟跑过来，把手上的毛线手套脱下来，捂住哑巴的两个脸蛋：吴先生——你是个大人了，怎么能带着保明坐在雪地里呢？你看看把保明冻成什么样子了。

连若烟的手又绵又暖和，哑巴看着连若烟嘴张开叫了一声：姐姐！

连若烟答应着把哑巴搂在怀里。

山路上一行人冒着大雪来到转角楼。前面的一名自卫队员跑进转角楼喊着：石老爹——有客人来啦！

门口的吴子谦、连若烟、哑巴站起来。吴子谦和连若烟认出上来的人是赖憨、梁绍彭、范熙同等几个人，后面还跟着几匹骡子，骡子上驮着银行总部带给大伙的慰问品。原来赖憨带着妻子、梁绍彭、几名警卫员等和印钞厂的同志们一起过年来了。

夜晚的转角楼里热闹非凡。赖憨给大伙带来了难得一见的半袋面粉，还有一大块羊肉，大伙一起动手包饺子。大伙一边干活一边唱歌。哑巴和六斤呢，自然是在炕上玩耍。二姐石俊娥这个时候自然是主角了。这是年轻人的世界，石老爹和王秀云抱回柴火地上烧水。

梁绍彭说：俊娥不仅是我们银行的保管员，还是我们银行的歌唱家呢！现在欢迎俊娥来一首！

俊娥正在和面，她抬起头就唱起来：

> 青青的草来蓝蓝的天，
> 太阳出来人马来。
> 你拿锄来我拿镰，
> 为了革命多种田。
> 你大娘，哎——

她婶婶,哟——
拿上军鞋到前线。
送军鞋、抬伤员,
妇女支前做贡献。

俊娥唱完了看着赖懃和范熙同:赖经理两口子冒着大雪来看望我们,欢迎他们两口子给我们表演一个节目。

大伙一起鼓起掌来。

赖懃摆摆手说:俊娥同志刚才唱得真好!嗓子好,内容也好,反映了根据地妇女们支援前线打鬼子的情形。我呢——不会唱歌,但我夫人范熙同同志会唱,而且我还知道范同志刚刚学会一首新歌,让范同志来一首!

范熙同包着饺子,听到赖懃这么介绍她脸一下羞红,她把包好的饺子放下,然后掠掠头发站起来:我唱得不如俊娥好,大伙不要笑话啊。

红日照遍了东方,
自由之神在纵情歌唱。
看吧!千山万壑,铜壁铁墙!
抗日的烽火燃烧在太行山上。
……

范熙同唱的是大家熟悉的《太行山上》,这首歌曲调低沉、雄壮,内容又是大家熟悉的战斗场景,唱起来是那么地有力量和振奋人心。大家很快就跟着范熙同一起唱起来。雄壮、豪迈的歌声从转角楼里传到磨石村上空。

连若烟一个人在转角楼的门口站着,她望着门前通向山外的土路默默无语。她多么盼望肖必利能在今晚回来啊。佳节思亲,大半年过去了，她和肖必利一直未能谋面。他什么时候才能回来呢？梁绍彭告诉过她，梁说肖必利很快就会回来的。可是很快是多快啊，她现在一天也嫌长。过去在一块儿她没有觉得肖必利怎么样，肖必利离开了，消失了，看不见了，她才觉得他是如此重要。他已经自觉不自觉地融入她的生命中了。

吴子谦走出来站在连若烟的身后：——肖必利——过几天就回来啦。

转角楼里是热闹的歌声，远处的村子里谁家在放过年的二踢脚。

但愿吧，但愿他能过几天回来。

连若烟心里默默念叨着。

四

冬天的雪终于盼来了，肖必利倒没有了往日的急切。大雪飘飘扬扬地落满了龙王庙的前前后后。廖队长通知他过了旧年就可以回去了。肖必利一直等着廖队长的这句话，当他真正听到这句话的时候，反而没有了那种急切、惊喜和马上离开的冲动。廖队长说完了，他在院子里站了好半天，任凭天上的雪落在头上、身上。他站了一会儿拿起铁锹把院子里的雪铲起来。这边铲完了，他又到了村子里。村子三面都是壕沟，南面有条通向外面的路。路上是厚厚的雪，肖必利又把路上的雪铲出一条通道。天上还下着雪，路刚刚露出来，雪花又很快覆盖了上去。肖必利返回去把铁锹放下，然后拿起扁担出了院子。壕沟里的水已经结了厚厚的冰，冰上现在也落满了雪。肖必利往前走几步就看到一个冰窟窿，那是村人们用来挑水的地方。冰窟窿上冒着热气，厚厚的冰层下面是继续往前涌动的河水。肖必利熟练地从冰窟窿里打上水。肖必利一直把执法队院子里的水缸全部挑满了才拍拍身上的雪返回自己的屋子。

天已经黑下来，肖必利没有点灯，他靠在墙上就那么在黑暗中静静地坐着。今天是旧历年的年三十了，执法队的小伙子们还在大门上挂了两只红灯笼，厨房里是大伙吃饭唱歌的声音。廖队长还打发人过来叫过肖必利，让他一起去参加执法队的联欢会，肖必利摆摆手没有去。过去他是这种活动的积极分子，但在那天晚上他哪里也不想去，只想坐在自己的屋子里一个人待着。外面的雪光从窗户上照在靠墙坐着的肖必利脸上。过去他是个小白脸，现在变得又瘦又黑，下巴上还长起密密的胡须，头发也好长时间没有理了。经过这半年多的劳动、学习、反思，肖必利一下变得沉默了许多。他长这么大还从来没有这么认真地回顾过过去，也从来没有这么认真地反思过自己的所作所为。过去一直忙，先是印刷钞票，后来鬼子反复扫荡，他几乎没有多少空暇，现在把一切工作放下来，每天除过吃饭外就是漫长的寂静。闻不到煤油、汽油、油墨等混合的气味，也没有了在敌占区购买印刷物资的惊心动魄，他能在夕阳西下后的长夜里，细细地回顾过去，品味过去，反思过去。他始终不怀疑自己的一腔热血，也正是在这种赤忱下，他和连若烟毅然决然地弃笔从戎。他想奔赴前线杀敌报国，尽管后来他被安排到印钞厂有过一段时间的不情愿，但当听了高捷成的演讲，特别是听了高捷成说的办银行就是打鬼子的动员后，他没有任何的抱怨，他心甘情愿地奔赴宽嶂山中的磨石村，和吴子谦等战友们白手起家，一步一步把印钞厂建起来，一步一步把钞票印出来，然后发行到根据地每一个角落。

他想起了因为不懂汽油特性而被大火烧死的李元德。李元德比肖必利还小一两岁，他牺牲的时候也就是十七八岁啊，在培训班学习了那么长时间，还没有印出一张钞票就倒在了大火中。自己第一次运输物资的时候也是个大雪天，大雪封山，宽嶂山的山路是那么难走。山沟里风大，又下着大雪，连常走山路的骡子也不肯向前。他和战友愣是牵着骡子回到转角楼。那名战友掉下山沟后差点送了命，后来命是抱住了，耳朵却冻坏了，直至现在战友的耳朵还残缺不全。他没有在敌占区游击区工作的经验，接收河南送过来的物资时是多么浅薄、幼稚和无知啊。现在他想，那位姓梁的地下交通员当时肯定笑话过他。幸运的是恰好遇到了郭掌柜的公子郭天佑，正好他们还在同一个大学读过书。不是亲身经历，他怎么能够相信世上的事就是那么地巧合呢？

外面的雪好像停下来了，执法队的小伙子们正在唱《大刀向鬼子们的头上砍去》。肖必利想起自己在转角楼唱这首歌的情形，也想起吴子谦用日语哼唱的《在太行山上》。想起这些他在黑暗中露出笑脸。那位姓梁的地下交通员以后再未见过，不知他还活着没有。老梁他们就在鬼子眼皮子底下工作，稍有不慎就可能惨遭不测。老梁多稳重多细心啊，与老梁相比，自己是多么不堪大用！肖必利想到这里心里怎么也不是个滋味！他去邢台购买过物资，深深知道这些物资的来之不易，可那天怎么就鬼使神差地把那么多物资放在一个山洞里呢？当时吴子谦还提醒了一下，自己的一念之差让鬼子把那么多珍贵的机器物资烧掉！大错已经铸成，这个教训将终生铭记！他也在这个时候才明白，那些干巴巴的纪律条例，是从一次次的教训中换来的啊！

已经是后半夜了，前面执法队的小伙子们也已散去。院子里一片寂静，大门口的岗哨在门口来回走动。肖必利站起来借着雪光把屋子里的东西收拾一遍，执法队的东西规整到一块，自己的私人物品收进一个包裹里。他再一次反复打量着这间住了半年多的屋子，一时竟有些留恋和不舍，就像他上学一样，从小学、中学，直至大学，每个地方都是人生的一个进步，这间屋子同样让他感受到了自己思想境界的蜕变和升华。回到转角楼后，他会把这些日子的思考一一告诉给若烟，特别是一些经验教训，不仅要告诉给若烟，还要告诉给印钞厂的每一个战友，让大伙在今后的生活战斗中能够少犯乃至不犯错误。

天明后他就会离开这里,离开龙王庙,然后回到宽嶂山里的转角楼了。不想还好,想起转角楼心里突然有了些许激动。离开已经大半年了,马上就要回去了,他竟那么想念转角楼,想念转角楼里的每一个人。若烟现在在干什么呢?她睡着了吗,她也一样在屋子里想念着他吗?若烟肯定在思念他。他心里明白,就像他爱着她一样,若烟也深深爱着他。他给她多少的思念和甜蜜,若烟也一样会有多少的牵挂和忧伤。这次因为自己的失误给两个人造成了这么多的思念之苦,回去后一定要加倍地补偿若烟。吴先生呢——这个天才又有了什么新的构思?这家伙天生一个制作钞票的料儿。哑巴会说话了吗?想起保明,肖必利靠在墙上叹口气。正如吴子谦说的,保明不是个哑巴,保明是发育不全,假以时日保明一定会张开嘴说出话来的。哑巴的年岁正在长大,孩子常年生活在一个人的世界里,孤独、寂寞、压抑,这么下去怎么可以呢?吴子谦、若烟正在教保明发音,他回去后也要加入教育哑巴的队伍里,在孩子的成长中助一臂之力。

远处轰隆隆传来飞机的马达声。

肖必利在黑暗中抬起头,他侧过耳朵仔细听一听,果然是飞机的声音。这几年鬼子的飞机不断袭扰根据地,肖必利几乎能从声音上分辨出哪些是侦察机,哪些是轰炸机。肖必利从传过来的声音上判断是鬼子的侦察机。鬼子的侦察机过后,往往会引来后面的轰炸机。肖必利心里骂着,大过年的,这些小鬼子也不让人安心过日子。声音很快从头顶上过去,远处传来飞机投下炸弹后的爆炸声和机枪的射击声。飞机的声音不知为什么又转回来,快到头顶上的时候,山沟里传来巨大的爆炸声,声音离得很近,爆炸声震动得窗户也嗡嗡作响。院子里执法队的战士们已经起来,几个人爬上屋顶架起机枪,一串串子弹射向黑暗的空中。

鬼子飞机的声音再次变大,肖必利刚站起来,一颗炮弹呼啸着落在院子里,随着巨大的爆炸声肖必利被一股强大的气流吹到后面,然后撞在后墙上重重落下来。肖必利睁开眼看到窗户上被炸开的巨大黑洞以及熊熊燃烧起来的大火。院子里跑出满身是火的人,更多的人开始用各种工具灭火。肖必利想喊叫但却怎么也喊不出来,他伸出手想招呼外面跑着的人,屋子顶上的砖瓦木石轰隆隆坠落下来。房子倒塌的声音很大,溅起的灰尘把院子里的人轰到一边。

廖队长从雪地里爬起来,看着倒塌后的屋子喊道:肖必利——

有人也喊着:肖必利——

没有人呼应,四周只有呼呼燃烧的大火声。

鬼子的飞机远去。

龙王庙村的大火映红了半边天。

五

天气暖和以后边区政府就下发了让各个部门选拔英雄的文件。当时的黎城,为了方便对敌斗争,黎城北部专门成立了一个黎北县。这届大会后来叫作太行山群英会,全称是:太行区第一届杀敌英雄、劳动英雄暨战绩、生产展览会。地点定在黎城北部的南委泉村召开。

1944年世界反法西斯战争取得决定性胜利,盟军进入全面反攻阶段。我国的抗日战争也到了关键时期。太行山根据地积极响应党中央、毛主席的号召,坚持战斗和生产结合,武力和劳动结合,在广泛开展敌后抗战的同时,积极进行大生产运动。为了推动全区更大规模的生产运动和杀敌运动,把英雄的旗帜插遍太行山区,鼓舞大家的抗日生产热情,坚定抗战必胜信念,太行区党委、晋冀鲁豫边区政府、太行军区等决定在这年的下半年举办太行群英会。

当时黎北县负责这次大会安保任务的警备司令员何正义在给各个指挥部、区公所、村公所的指示信中写道:

现在太行山上的劳动英雄、杀敌英雄们，要在黎北的南委泉来开个群英大会，同时很多漂亮的生产品和胜利品也要在这里展览。到时候还有很多的军事表演和话剧公演。这是我们太行山上一次很盛大的集会，这对我们根据地影响的扩大及对将来反攻准备上都有极其重大的作用。

但是回头我们又想到敌人是不喜欢我们做这些事的，我们开会的消息敌人一定知道，到时候他们可能向我们扫荡，来破坏我们大会的进行。事实上，敌伪数百余已在我黎北之东崖底、西井、彭庄等村进行了突击抢夺扫荡，眼下这股敌人已与襄武出动之敌二千余会合在蟠龙洪水，有回剿扫荡我们之可能。为了保证大会安全进行到胜利结束，黎北全县党政军民都有保卫大会的责任。我们想，黎北的党政军民一定乐意接受这一任务，发扬过去对敌斗争的优良传统，而勇敢地担负起这一任务。那么为了更好地完成这一任务，你们应该做些什么呢？我们提出以下几点：

第一，你们应当动员你们所领导的群众，马上进行空室清野，藏粮备战等工作，把一切笨重东西及不需用之东西全部藏起来，这一工作要切实地于11月15日以前做好，因为这一工作做好以后，一旦战争到来，你们才能全力地毫无牵挂地进行作战。

第二，你们应当在你们的民兵中切实进行政治动员，告诉他们这次大会在黎北开，黎北任何一个人都有保护大会的责任，那么民兵就更应该担负起这个责任，不要以为大会有队伍保护，用不到民兵，那是一种错误的想法。事实上，这次大会是非常需要你们的保护的。

第三，大会期间，黎北全县要实行全面戒严，各村岗哨一定要加紧，对来往行人不论军民只要没有正式路条，便不让他通行，并要把他的来踪去迹查问清楚。如果形迹可疑或查问不清的，就把他送到政府或军队去查问。此外，还应当不时地清查户口，各家有外来客人，一定先报告村公所。各货栈、客店也要对来往客人登记，政府要随时检查，以防汉奸混入。

第四，各级指挥部和民兵一定要把武器准备好，干粮准备好，准备随时参战，配合部队打击敌人。各指挥部还应把自己的工作计划一下，特别是情报工作，如果情报到来，一定要把确定的情报，随时报告部队。

第五，特别是你们的石雷、地雷，都要准备好，以便随时布置地雷来轰炸敌人。

以上的各项事情，请你们切切实实做好。如果敌人真敢来扰乱我们的大会，我们应当齐心协力地痛痛快快地打他一战。我们对你们的希望是很大的，请你们努力，祝你们胜利！

此致

敬礼！

何正义

1944 年 11 月

印钞厂也接到了银行总部的通知，那就是要选出代表印钞厂的英雄来。大伙一起推举吴子谦是印钞厂的英雄代表。吴子谦是他们的厂长，也是他们的印钞师傅，他不仅懂设计、会制版，对印刷也是十分精通。没有吴子谦，印钞厂根本无法运转。吴子谦来了这几年，精心设计票面，智夺鬼子机器，印刷银行钞票……为了印钞厂的建立和发展，可以说是任劳任怨、呕心沥血。他就是大伙心目中无可争议的英雄。大伙也想到了牺牲了的肖必利。想起肖必利大伙既痛心又惋惜。那是一个多么活泼、热情、可爱的人啊，有肖必利在的地方就是有笑声和开心的地方。肖必利总是那么乐观、好动、风趣，他打篮球，也唱歌、表演节目，特别是他的模仿才能，学什么像什么，表演的老太太惟妙惟肖，直至很多年后人们想起肖必利模仿老太太的样子仍然笑个不止。肖必利风趣幽默，工作起来也是机智勇敢，多次化险为夷把物资采购回来。如果他没有牺牲，他一样也是大伙心目中难得的一位智勇双全的英雄。

　　肖必利的坟墓就建在转角楼的南山坡上，那里掩埋着李元德、李德厚等死难的烈士。吴子谦被选为印钞厂的英雄后一个人悄悄来到南山坡上的墓地里。墓地上长满了半人高的茅草，茅草中还开着各种各样的花。肖必利墓的周围是开得金灿灿的连翘花。吴子谦知道这些连翘花是连若烟一棵一棵移植过来的。肖必利的去世对于连若烟来说几乎是毁灭性的打击，当这个消息一传回转角楼的时候，连若烟无论如何接受不了这个残酷的现实。她说什么也不让人们把肖必利埋进去，她说肖必利还活着，她要等着肖必利醒过来。吴子谦能想象到连若烟内心的悲苦，他在那段时间既为肖必利的死难过，也为连若烟悲伤过度而担忧。在大伙的心目中肖必利和连若烟几乎就是无比完美的一对，郎才女貌，健男靓女，比翼齐飞……什么美好的词汇用在他们身上也不为过。大伙都在等着吃他们的喜糖呢……肖必利突然就在鬼子这次偶然的轰炸中牺牲了。肖必利第二天就要返回到转角楼里了，可就是在他要回来的黎明前永远地和大伙再见了。世事难料，生命无常。谁也不知道人生的下一步究竟会发生怎样的变故。

　　吴子谦靠在肖必利的墓堆上躺下来，头上的天真蓝，鼻子旁边的连翘花散发着淡淡的香味。

　　老伙计啊——你躺在地下什么也不管了，可怜的若烟该怎么活下去呢？

　　吴子谦的两只眼里满是泪水。他那几天不放心连若烟，一个人蹲在楼门口吧嗒吧嗒抽着烟。有一天他看见连若烟神情恍惚地走出转角楼。他拉着哑巴在后面跟着出去。连若烟来到转角楼后的连翘花地里，采摘了那么多的连翘花，她闻着花，也和花流着泪叙述着她悲伤的内心。她哭完了哭够了，然后把连翘花天女散花一般撒在半空中。连若烟来到一棵大树后，把脖子里的红纱巾挂在树上。红纱巾是肖必利从敌占区的大城市里给她买回来的，连若烟要戴着它一起去寻找她心爱的爱人。连若烟把脖子套进去的时候，吴子谦和哑巴赶过来。连若烟看到吴子谦和哑巴后抱着哑巴号啕大哭。

吴子谦坐起来擦一擦眼角的泪。过段时间他就要去参加太行山的群英大会去了。各位老少爷们，吴子谦看你们来啦。他被大伙选为印钞厂的英雄，但他知道埋在地下的这些人才是真正的英雄。李元德、肖必利、李德厚和他的护卫班、孟连长和他的保卫连队、木匠和木匠全家……他是大家的代表，他既代表印钞厂，也代表这些死难了的老少爷们。

有人摇着拨浪鼓上来。吴子谦看见连若烟、哑巴、六斤走了过来。太阳正从西面的左会山头上落下去，黄昏的余光把连若烟、哑巴、六斤的身影拉得又暗又长。六斤手中的拨浪鼓嘭嘭嘭响着，响声敲击着每个人的心。吴子谦看见连若烟憔悴的脸上满是暗黄色的忧愁。他不知道这个可怜的女孩什么时候才能从这种伤痛中走出来。

山中的风刮过来，风把吴子谦头上的长发吹得一根一根直立起来。

六

太行山群英会如期在黎城北面的南委泉村召开。哑巴跟着石老爹去了大会场。这是石老爹第二次带着哑巴走出宽嶂山。六斤开始也吵着要来，二姐俊娥说什么也不同意石老爹带上他，六斤还小哪里能走那么远的路呢。二姐给哑巴换洗了一身新衣服，还把哑巴头上乱草一样的头发剪短许多。

哑巴和石老爹到南委泉时已是中午时分。那天的天气真好，几十年后哑巴仍然清晰地记着那天的天气，太阳明晃晃地照着，南委泉村上空的天也是那么蓝。会场设在南委泉村关帝庙前的河滩上。四周是几十面迎风招展的红旗，主席台两侧是中、苏、美、英国旗，台上悬挂着毛泽东、朱德、彭德怀、孙中山、斯大林、罗斯福、丘吉尔的巨幅画像。在哑巴的记忆中，几年前参加的金展会人就很多，但与这次的群英会相比显然差了许多。四周站满了看热闹的男女老少。负责维持秩序的八路军战士在人群外面疏导着前来的人流。

各分区部队、机关代表进入会场，接着是来自北平、天津、太原等地的士绅参观团和太行区参议会参议员们坐到了会场的固定位置上。然后是群众敲锣打鼓从关帝庙那边走过来。南委泉村附近几十个村的民兵和抬着花生、鸡蛋、梨、枣、柿子、鸡、猪、羊等向大会敬献礼物的群众陆续入场。人太多了，哑巴看不见会场里的情形。石老爹弯下腰把哑巴顶在肩膀上。哑巴坐到石老爹的肩膀上一下看到了整个会场。

就在这时会场的大喇叭上有人喊道：欢迎杀敌英雄、劳动英雄入场！

整个会场立刻沸腾起来，会场中间坐着的人们也立即起立，掌声、口哨声、呼喊声响成一片。

欢迎杀敌英雄——杀敌英雄是民族、国家的功臣！

欢迎劳动英雄——劳动英雄是新社会的主人！

欢迎模范工作者——模范工作者是群众的引线！

几百名杀敌英雄、劳动英雄、模范工作者在欢呼声中戴着大红花气势昂扬地走进会场。哑巴伸长脖子使劲看着，他终于看见了戴着大红花走过去的吴子谦。

哑巴摇着手兴奋地喊出一句：叔——叔——

哑巴的喊声连自己也吓一跳。哑巴的喊声融进了会场上巨大的欢呼声中。那边的吴子谦根本听不到哑巴的喊声。哑巴身下的石老爹却听得真真切切。哑巴的喊声把石老爹的眼泪一下就喊出来了！石老爹满头大汗，哑巴骑在他的脖子上，前面都是人，他其实什么也看不见，但儿子能看见就可以了。现在儿子这么畅畅亮亮地喊出这么一嗓子，好像把他压抑在胸中多少年的郁闷、憋屈、担忧全部喊了出去。他的两只手抓着哑巴的腿，眼角的泪一滴一滴砸在地上的灰尘里。他知道这是高兴的、幸福的泪。

会场上的大喇叭里传来大会主席李雪峰的声音：太行区第一届杀敌英雄、劳动英雄暨战绩、生产展览联合大会开幕！开幕的声音刚刚落下，那边有节奏地传来二十四响礼炮声。声音那么响亮，震得大地都在颤抖。礼炮响完，全体起立，向所有抗战阵亡将士及被日寇残杀的同胞致哀！

大会也在热烈的掌声中选出名誉主席团成员：毛泽东、朱德、彭德怀、滕代远、罗瑞卿、刘伯承、邓小平等。选出了大会主席团成员：李雪峰、戎伍胜、李达、申伯纯等。太行区党委书记李雪峰在大会讲话中总结了全区大生产运动的经验，要求英雄们在组织起来的运动中起到模范带头作用并作出更大贡献。晋冀鲁豫边区政府副主席戎伍胜报告了太行区军民一年来的生产成绩，要求大家从达到经济上自给自足的目的出发，更好地完成1945年的生产方针和计划。李达参谋长总结了七年多来太行区抗日部队英勇战斗的历程以及取得的成绩，向英雄们提出了加强自己提高自己，拥护政府保卫人民，把战斗和生产结合起来的要求和期望，并号召各位武状元要向文状元们学习。

那边还在讲话，石老爹拉着哑巴来到战绩和生产展览馆。在战绩展览馆里陈列了我军缴获日军的各种枪、炮、弹药、服装等武器物资，也展览了民兵自制的石雷、榆木枪、土炮等。哑巴看见这些石雷想起爹和村里的自卫队员们在木匠家做的石雷。石老爹看见他们做的石雷也在那边展示了出来。

石老爹指着一颗石雷笑眯眯地说：保明——你看这一颗，爹做的！

哑巴抬起头看看石老爹，石老爹弯着腰笑眯眯地看着展柜上摆着的那颗石雷。恰好赖勰和范熙同也到了这边参观，看见石老爹和哑巴热情地打着招呼。赖勰得知石老爹他们制作的石雷也被陈列出来，伸出大拇指夸奖石老爹是大英雄，鼓励石老爹把石雷制作好，和村里的民兵们一起保卫好印钞厂。石老爹受到赖勰的夸奖脸上不好意思地羞红。

石老爹摆着手：一个石匠一个石匠，哪里能和英雄们比呢。

哑巴看见范熙同的肚子凸起来。二姐怀六斤的时候也是这个样子，哑巴忍不住用手摸一摸范熙同圆鼓鼓的肚子。那里怀着和六斤一样的孩子吗？哑巴不知道。范熙同摸摸哑巴的头，摸索着掏出一块糖递给哑巴。赖勰和石老爹说完话，扶着范熙同向里面走去。范熙同走了几步返回脸和哑巴招着手。哑巴把糖块塞进嘴里，看着一扭一扭的范熙同融入那边的人群中。这年年底的时候范熙同顺利生下一个小女孩，意外的是突然得了产褥热症，加之缺医少药，不幸病逝。哑巴再没有见过范熙同，范和哑巴招手的模样也成了范留在哑巴记忆中的最后形象。

生产展览馆里展览的是太行区生产的各种农产品以及生产工具等等。

太行群英会是太行山根据地自抗战以来举办的一次大规模的展示活动，大会从这年的11月20日开始，一直到12月7日才闭幕，展览馆在大会闭幕后又延长七天结束。会后各地方、部队又都开展了欢迎英雄荣归大会，使群英会的精神传遍了整个太行区，也极大地提高了根据地军民取得抗日最后胜利的必胜信心和生产热情。

哑巴和石老爹返回转角楼的时候已经是后半夜了。哑巴回到小二楼上，石老爹推开正屋的门。

石老爹躺在炕上怎么也睡不着，群英会会场上欢呼英雄的声音仍然在他头脑中回荡。

旁边的王秀云迷迷糊糊地问道：怎么还不睡啊？

石老爹说：太激动了——睡不着啊！

王秀云不知道石老爹说什么，翻过身又呼呼睡去。她给印钞厂的年轻人们做了一天的饭，实在是太疲累了。

石老爹枕着双手面迎天望着黑乎乎的屋顶。

后半夜的月光透过窗户照在他发着亮光的脸上。

儿子哑巴不仅会喊爹、娘，今天还喊出了叔叔，这怎么能不让他高兴呢？儿子不是哑巴，儿子一定会爽快地说出话来的。另一件让他高兴的事是他制作的石雷竟也在群英会上展览出来。他是一个石匠，几十年来做过多少石器，没有一件有过这么高光的表现啊。做石匠也能成为英雄，那个石雷大王不就是戴着大红花的人吗？

看来时代是变了。

石老爹睁着眼兴奋地想着。

第十一章　代印中州票

一

群英会后吴子谦想回趟老家看看娘和彩莲。那年离开后一晃又是好几年了，他无时无刻不在惦记着山那边的家。家里有老娘、妻子，这是他在世上仅有的两个亲人。几次想回去看看，但每一次不是被鬼子的扫荡搅黄了，就是忙着印刷钞票离不开。他是印钞厂厂长，许多事需要他拍板定夺，图案的设计、模板的制作、印刷的工艺……都需要他和同志们反复推敲。当年的那批学员已经成长起来了，连若烟功底扎实，审美眼光也可以，在设计上基本能独当一面。还有肖必利——想起肖必利，吴子谦叹口气，多聪明的一个小伙子啊，幽默风趣还机智勇敢，不是肖必利，印钞厂哪能得到那么多急需的物资呢？

翻过太行山就进入了河北大平原。与太行山比起来，山这边又是一番光景。一眼望去，是看也看不到边的田野。不像在转角楼，抬头低头都是山，就是走出宽嶂山，到了小寨、到了西井、到了南委泉，同样四周还是大山。吴子谦生活了这么些年才明白，这些山是如此厚重和绵延不绝，八路军正是凭借这些巍峨的大山，才能在与鬼子的周旋中逐步壮大啊！小鬼子这几年下了多大的本钱，调动几万大军，配备飞机大炮装甲车，要多疯狂有多疯狂，但哪一次不是无功而返？八路军越打越多，根据地越扫荡越红火。吴子谦参加完大会后，还参加了专门为杀敌英雄、劳动英雄召开的座谈会，听到大伙的发言，他更能感觉到自己的不足，与这些英雄比起来，他觉得自己所做的一切根本不值一谈。他只能暗暗下着决心，日后加倍努力，期望着在下一次的群英会上，能像大伙一样成为一名真正的英雄。

这次回来吴子谦特意去西井镇买了一些柿子。上次他就和娘、彩莲许下了诺言。现在正是吃柿子的好时节，吴子谦选的柿子略微有些硬，老家那边热，拿回去正好就熟透了。娘的牙齿咬不了硬东西，熟透了的柿子又软又甜，薄薄的柿子皮后是爆满的柿子肉和柿子汁，只要撕开一个小口子，用嘴一吸溜，所有的柿子肉柿子汁便一股脑儿进了肚子。吴子谦来到太行山吃得最多、想念最多的就是柿子。这一年的吃完了，他就盼着下个年份的到来。等到柿子花开的时候吴子谦知道新鲜的柿子就要来到了。柿子花刚开的时候和连翘花一样发着金色的光。与连翘花不一样的是，秋天以后，特别是气候变冷以后，柿子花就变成了醉人的红色。郭家大院后面的柿子林，秋天以后就会变成火红的一片，远远望去像一片火烧云。吴子谦去总部办事的时候，常常站在山坡上，看看那片柿子树。在吴子谦的心里，那红色就是成熟、丰收、喜悦的象征。

天还早，吴子谦想去德义恒感谢一下吕掌柜。吕掌柜不仅把他解救出狱，这几年还一直在暗中照顾着娘和彩莲，时不时地打发小伙计给她们送米送面。吕掌柜如此厚义，吴子谦如何能忘怀？吴子谦进了邢台城买了一只道口烤鸡和两包点心向德义恒走去。正是下午时分，街上的人不是很多，德义恒还开着门，店铺里空荡荡的没有人。

吴子谦喊着：掌柜的——掌柜的——

柜台后面的小门里转出一位四五十岁的中年人，那人抬头看一下吴子谦问道：有何贵干？

吴子谦左右看一看想找到以前认识的那两个小伙计，那人不客气地呵斥道：看什么看？有事放屁，没事滚蛋！

吴子谦心下一沉，觉得吕掌柜他们可能出事了，他迟疑一下问道：吕掌柜？

里面传来打麻将的声音，有人喊着：肖队长！肖队长！

那人不耐烦地催促道：什么驴掌柜马掌柜，滚！

快天黑的时候吴子谦回到邢台西郊的村子里。他几乎是一路小跑着回来的。他有一种不好的预感，究竟是什么吴子谦自己也说不清楚。他在日伪印刷局做过事，后来又投奔了八路军，小鬼子知道后会放过娘和彩莲吗？吴子谦现在才后悔起来，应该把她们早点接过去啊，转角楼没有多余的屋子，哪怕就是在山坡上搭一间茅草房子也可以啊。吴子谦推开自己院子大门的时候，还是被眼前的情景震惊得合不拢嘴。院子正面那三间低矮的屋子早已被大火烧毁，呈现在吴子谦眼前的是黑乎乎的窗口、坍塌的屋顶和四处飞扬的落叶。吴子谦手中提着的烤鸡、点心掉在地上，吴子谦扑通跪下伏在地上半天没有起来。

月亮升起来。有一位路过的邻居大爷看到院子里的吴子谦后走进来，大爷进来看了看吴子谦又默默低着头出去，走到门口说一句，走吧——走得迟了——大爷没有把后半句话说出来。

原来吴子谦智取石印机的时候，没有打死那名二鬼子司机，这家伙是台湾人，醒过来后返回城里，一个偶然的机会来到德义恒，认出柜台后面的小伙计后带来鬼子宪兵队。吕掌柜、两个小伙计被杀，吴子谦的娘和妻子被鬼子烧死。

吴子谦坐在废墟前一直没有离开，清冷的月光照着他孤单的身影。他没有眼泪。这几年死的人还少吗？高捷成、孟连长、李德厚、肖必利、李元德、木匠全家，加上现在的吕掌柜、小伙计，还有娘和彩莲……过去他还能流出泪，或许是流得太多了，他现在哭不出来，也流不出泪来。他或多或少也有过这种担心，想着鬼子扫荡过后把娘和彩莲接到山那边去,但现在一切都来不及了。后悔、愤怒、复仇、痛苦……他不知道此时内心究竟是种怎样的情感,似乎都有又似乎什么也没有。他就那么一直坐在被烧毁的屋子旁边。

  远处传来鸡叫的时候,他把包袱里的大红花和从西井镇购买的新鲜柿子拿出来。大红花是给娘和妻子彩莲看的,他本来还想在彩莲跟前炫耀一番,你的男人也是响当当硬邦邦的大英雄,当然这句话他只能在背地里和彩莲说,但现在娘和彩莲都被鬼子烧死了,他连和彩莲吹嘘一下的机会也没有了。他把大红花放在前面,然后把柿子一一摆放在大红花后面。吴子谦对着烧毁的屋子叩了三个响头,站起来向西面的太行山走去。

  太阳升起来,阳光照在院子里的大红花和柿子上面。有风从太行山那边吹过来,柿子前面的大红花晃动着闪着耀眼的光。走到太行山口子上的吴子谦转回身向这边望着,那被烧毁了的家和邢台古城已经变成模糊的一片。

  别了,娘!

  彩莲,别了!

  吕掌柜——还有两位小兄弟!别了!

  你们不会白白死的,你们的仇一定会报的。高捷成以前说过,印钞票就是打鬼子,他过去还没有对这句话有更切身的体会理解,现在他明白了,也懂得了他工作的另外一番意义。

二

  1945年6月,太行山中的天气特别热,让大家更热的是好消息一个又一个传来。坚持抗战七八年的根据地人民终于盼来即将胜利的消息。然而赖勤在这个时候却突然病倒了。梁绍彭接到赖勤的信就从南陌那边赶过来。大热的天赖勤还盖着厚被子躺在病床上。他的身体本来就有病，担任冀南银行总经理后又夜以继日地工作，身体很快就吃不消了，范熙同的突然离去又成了压倒他的最后一根稻草。范熙同给他生下一个漂亮的小女儿，他也在快四十岁的时候终于当了爹，但这种做爹的喜悦还没有经过多长时间就被范熙同的产褥热弄得心烦意乱，虽然经过大家的种种努力，范熙同还是丢下他和刚刚出生的女儿走了。他一直记着妻子离开时的情景，范拉着他的手没说一句话，但他知道她的心意，她不想离开他和女儿，她想吩咐他把他们的孩子抚养成人，但最终妻子没说一句话就撒手离去了。他一直在外人面前刚强地挺着头，孩子有郭家的少夫人石俊裊帮着抚养，他自己把全部身心投入工作中，也或许在这种没完没了的工作中才能治愈他心中的伤痛。

根据地内发现了假钞，这是一件让人头疼的事。经过几个月的努力，他们查清楚了这是敌伪使出的又一条计谋。小鬼子几次扫荡没有除掉银行，没有除掉银行的印钞厂，他们又印制假钞来破坏银行的信誉。鬼子利用假钞不仅可以购买根据地本来就十分紧缺的物资，更可怕的是大量假币涌入直接贬低了冀钞的价值，让根据地内物价飞升经济崩溃。这些日子以来，他几乎和同志们白天黑夜商量对策。好在印钞厂有个吴子谦，吴子谦把冀钞几种版面的模板全部进行了修改，特别是在模板上做了许多防伪标志，用他的雕版技术在模板凹槽内刻下"太行山"三个肉眼看不见的小字。除过在源头上杜绝仿制外，他们加大了假钞打击力度，一经发现全部没收，追根溯源还抓获了一批敌特分子，然后坚决给予镇压。与假币的斗争刚刚见了成效，而他却再也支撑不下去了。

梁绍彭进来看见床上躺着的赖懃急忙走过来：怎么样——好点没有？

赖懃脸色苍白：我恐怕——这次扛不过去了。

赖懃说出的话虚软无力。梁绍彭握住赖懃的手，看着这位来了两年、累倒下的总部领导，心里非常难过。赖和他一样是从万里长征走过来的老同志，他们对抗日的胜利、未来新中国的建立有着坚定的信念。两年前的六月份，他把赖懋领到了大山中的银行总部，两年后的今天赖懋却病倒在这里。

梁绍彭故意轻松地说：人吃五谷杂粮，谁没有个头疼脑热呢？你就是累得厉害，这次去总部医院好好看一看，过段时间就活蹦乱跳的了。你看我，前几年不也病恹恹的，现在浑身上下没有半点毛病。

赖懋看看年轻、乐观的梁绍彭没有说话。

楼梯口上来一位战士报告，说准备送赖懋去八路军总医院的人马已全部到齐。

赖懋说：把我女儿抱来吧，我再看看她。

梁绍彭吩咐楼梯口的战士：快去把郭掌柜和少夫人请过来。

一会儿郭皓轩、郭皓轩的孙子郭齐麟、石俊袅和冀管家一伙人来到赖懋二楼的房间里。石俊袅怀中抱着一个五六个月大的婴儿，那孩子刚刚睡醒，躺在俊袅的怀里啃着小脚丫子。

俊袅把孩子放在赖懋的身边，赖懋支起身子看到襁褓中啃着脚丫子的孩子眼里的泪再也忍不住了，扑簌簌掉在孩子的身上、脸上。

俊袅说：孩子长大了不少呢。

赖懋扭过脸把眼角的泪擦掉：我和我夫人衷心感谢你们！

赖懋看着郭皓轩、石俊袅，喘口气说道：孩子就托付给你们了。你们就把她当成自己的孩子来养。

赖懋说着话，襁褓中的孩子哭起来。俊袅把孩子抱在怀中：俺娃不哭——俺娃乖！

孩子的哭声没有了。

郭皓轩小心地说着：首长尽管放心，有我们一口吃的就绝不会让孩子饿着！首长可否给孩子起个名呢？

赖懋又躺在枕头上，他的头脑中突然出现了那天群英会上看到的蓝蓝的天空。那天的天真蓝啊，他当时和妻子范熙同还赞叹不止。妻子还说过，将来胜利了，没有战争了，天一定永远是这样的蓝。

蓝色代表祥和、平静和纯洁。

赖勤爬起来说道：孩子就叫——蔚兰吧。

他希望他的孩子在未来的生活里永远没有战争，享受的是能吃饱肚子的日子和没有战争的和平的蓝天。

俊袅用手指点一下襁褓中蔚兰的小脸蛋：小宝贝啊——你有了名字啦——你叫蔚兰啦！

蔚兰一直在根据地生活到解放战争后，新中国成立后被银行的老干部从太行山中接到北京上学，直至考入大学。

小寨村口的小桥上站满了人。桥下是哗哗哗流过去的河水。远处传来河边洗衣服女子们的嬉闹声。赖勤躺在担架上。赖勤的警卫员抬着担架要去八路军总医院。

梁绍彭、郭皓轩等站在桥头上和赖勤招着手。

俊袅还喊着：蔚兰——快和爹爹再见！

俊袅把孩子抱起来，举着孩子嫩红的小手和赖勤告别着。

赖勤闭住眼离开小寨。

赖勤再没有回来，没过几天他就病逝在八路军白求恩总医院。他牺牲两个月后日本宣布无条件投降，伟大的抗日战争最终以中国人民的胜利而宣告结束，可赖勤却未能等到这个好消息的到来。赖勤病逝后被埋在涉县索堡镇高捷成墓的旁边，1950年一起迁葬到邯郸晋冀鲁豫烈士陵园。

8月15日这天是个很平静的日子。吴子谦和连若烟他们一大早起来就来到转角楼后的印钞厂。反假钞斗争刚刚取得胜利，新改版的冀钞，特别是做了更多防伪标志的模板已经制作完成。吴子谦本身就是做假币的高手，他懂得钞票最容易被对方仿制的弱点在哪里，所以他在版面设计上，特别是在模板的制作上刻了好多别人不易发现、不易模仿的暗记，日伪倾泻过来的假钞只要让银行的同志们看一看，就能识别出真假。同志们加班加点印刷钞票，新版的设有防伪标志的冀钞源源不断供应到根据地各个银行分支机构。

哑巴起来后来到院子里,刚把手中的拨浪鼓给了跑过来的六斤,就听到磨石村南面的青茶村传来震耳的锣鼓声和热烈的鞭炮声,接着北面的石泉村、漆树村也传来鞭炮声和猎人火枪发出的闷闷响声。石老爹和村里的自卫队员也呐喊着跑进转角楼,很快印钞厂的年轻人、磨石村的男女老少也开始喊叫着跑出来,大家都疯狂地呼喊着、蹦跳着,有的人敲着盆子,有的人把身上的衣服也扔到了半空中。哑巴开始不知道发生了什么事,更小的六斤也吃惊地看着周围几乎要发了疯的大人。

小鬼子投降啦——

小鬼子投降啦——

不知是谁站在转角楼前面的南山坡上高高喊着,他的声音在宽嶂山沟里反复回荡着。

吴子谦正坐在写字台前细细雕刻着模板,桌子上点着灯,连若烟推开他的办公室后外面热闹的喊叫声、锣鼓声、对空鸣枪声一起涌进这间窄小的屋子里。小鬼子真的投降了?吴子谦有点不相信地看着连若烟。连若烟拉着吴子谦就跑,两个人一起跑进转角楼的院子里,大伙叫着、跳着、互相拥抱着。

有一位同志把上身的衣服全部脱掉,躺在地上握着双拳狠狠叫着:小鬼子——我日你八辈祖宗!

连若烟又哭又笑地抱住吴子谦:吴先生——

连若烟叫一声然后伏在吴子谦的肩膀上呜呜呜地抽泣起来。

那天晚上大伙折腾了很晚才睡下。院子里没有了动静。吴子谦觉得整个世界都好像在此时此刻全部安静了下来。吴子谦在黑暗中举着小烟锅头。战争就这样结束了?小鬼子再也不会像过去那样横行霸道了?吴子谦总觉得有点恍惚和不相信。但这就是真切的事实,多少年了他一直盼望着这一天的到来,但当这一天真的到来时,他又觉得有些不够真实有些梦幻,总觉得有一种没有把什么抓在手里的踏实感!

叔叔——

黑暗中哑巴发出了声音。

吴子谦看看躺在那里的哑巴。

哑巴支起身子看着吴子谦,他想问问吴子谦,小鬼子真的不会再来了吗?二姐下午还问过他,小鬼子投降了,他的二姐夫张二狗会回来吗?

吴子谦摸着哑巴的头,小鬼子不会再来了。这句话是说给哑巴听的,同时也是说给他自己听的。好像只有这样不断地重复才能把这个胜利的日子固定下来。哑巴躺下身子,他的眼睛在黑暗中眨巴着。六斤一直没有爹,他好几次把姥爷石老爹叫成爹。二姐和六斤说,小鬼子投降了,你爹可能就回来了。二姐和六斤说话的时候,哑巴正好站在他们身后。

张二狗是个什么样子呢?

哑巴想起那年八月十五后张二狗娶亲时的样子。

三

天黑以后,俊枭抱着蔚兰回到东面的厢房里。丹丹跟在俊枭的身后,进了屋子后很自觉地爬上旁边的一张单人床。他把衣服一件一件脱下来,叠好后放到床前的椅子上,然后滋溜一下钻进被窝里。丹丹做这些的时候又熟练又认真。自从蔚兰来了以后,俊枭就顾不上照顾丹丹了,好多事需要他独立完成。

那边俊枭把蔚兰放在床上,一边拍着一边哼着催眠曲:

猫儿背着猴来了,
宝宝合眼睡觉了。

　　　　猫也睡，猴也睡，

　　　　耗子吓得不出声儿。

　　俊袅把蔚兰哄得睡着了，看见这边的丹丹还在黑暗中睁着眼，走过来摸着丹丹的头发：怎么还不睡觉呢？

　　丹丹没有回答俊袅的问话，双手放在肚子上，眼睛望着屋顶大人似的想着问题。俊袅坐在床边低头看着儿子丹丹，乌黑的头发，白净的脸蛋，特别是那双眼睛，与郭天佑长得越来越像。夫人林芝美说了好多次，说丹丹和他老子小时候一模一样，活脱脱一个再版的郭天佑。俊袅不知道郭天佑小时候长什么样子，但她从儿子的举止中看出了郭天佑的身影。郭天佑来信说，打跑鬼子就会回家来了，现在小鬼子投降了，也该回来了吧？自从那晚上离开后再也没有回来过，一走就是五六年，走的时候还没有丹丹，现在丹丹也快长成一个大人了。

　　娘——丹丹抬起头看着俊袅，爹什么时候回来呢？

　　是啊，什么时候回来呢？俊袅也不知道郭天佑哪天会回来。儿子长这么大了，还没有见过爹，也难怪孩子盼着他回来。但俊袅不想打击孩子的希望，俊袅说：你爹说过，打跑小鬼子就回来了。现在小鬼子投降了，你爹很快就会回来的。

　　丹丹听说爹很快就会回来，一下来了兴致，支起身子笑嘻嘻地说：我爹长什么样子呢？

　　好几年没见了俊袅也快忘记了郭天佑的形象，郭天佑在部队上，俊袅就给儿子描述着她想象中的郭天佑：你爹穿着军装，腰里呢挎着大洋刀，骑在马上好不威风啊！

　　丹丹说：我爹厉害吗？

　　俊袅说：把小鬼子也打跑了，能不厉害吗？

　　丹丹转身躺进被窝里，心中的疑惑娘都给了他回答，丹丹心满意足地闭上眼，刚闭一会儿又要张嘴问娘另外一些有关爹的事，俊袅伸出手指不让他说话：时候不早了，小孩子要睡觉。

丹丹闭上眼，过一会儿就发出轻微的有节奏的呼吸声。俊袅看见儿子睡着了，站起来轻手轻脚地走到这边。蔚兰有些热，小脚丫子露在外面。俊袅把小棉被拉起来盖在蔚兰的小脚丫子上。孩子无忧无虑地睡着，她哪里知道自己的爹和娘已经不在人世了呢！丹丹盼望着爹回来，可蔚兰呢？蔚兰懂事以后她能盼望回自己的爹娘吗？多可怜的孩子，生下没几天娘就没了，现在爹也突然离开，孩子怎么成长呢？那天首长说让她把蔚兰当成自己的孩子来养，首长不说她也会这么办，以后蔚兰就是她的女儿，她就是蔚兰的娘！

俊袅把桌上的油灯吹灭，黑暗一下弥漫了整个屋子。她借着窗上的光亮走到自己的床边。这张床是郭天佑以前用过的，儿子长了几岁后，俊袅就搬到这边来了。她睡在郭天佑的大床上，给儿子在那边支起一张床，现在有了蔚兰，俊袅又吩咐冀管家在她的床头边再放一张小床。俊袅坐在床上半天没有动。儿子的问话也勾起她对郭天佑的思念。白天忙，没有空暇，现在孩子们睡着了，有时间了，思念便慢慢侵上心头。

儿子想他爹，她又怎么能不想他呢？他是她的男人，尽管两个人还没有举办过拜堂仪式，但他们两个人是相爱的，现在郭家的上上下下也全接受了这个既成事实，俊袅就盼着郭天佑在打跑鬼子回到郭家大院后，两个人能堂堂正正举行一场婚礼。这是女人们一生中最重要的大事啊，她希望名正言顺地成为郭家的儿媳妇。好几年没有回转角楼了，她有个小小的心愿，那就是带上自己的夫君，拉着儿子丹丹，然后光光彩彩地回到磨石村。她和郭天佑的事一直没有和爹娘说过。说什么呢？说她未婚先孕——这不是丢自己的人吗？她以为郭天佑走个一年半载就会回来了，回来后她就带着他去见爹娘，去见磨石村的男女老少，可谁能想到，郭天佑一走就是这么多年。她托人给爹娘捎过话，她在郭家过得很好，不用惦记她。

俊袅脱了衣服钻进被窝里，被窝里有些凉，俊袅蜷缩着身子看着窗户上的白。外面月光很好，村前面河水流过去的声音传到这边来。以前郭天佑在山那边打仗，后来说过了黄河那边，现在在哪里呢？她现在想着他，也不知那个男人还记挂着她没有。

俊袅就那么在黑暗中胡思乱想着。

四

抗战刚刚结束，内战的危机很快就到来了。当时国共双方正在重庆举行和平谈判，国民党第二战区司令官阎锡山就指挥第19军军长史泽波率第19军、61军大部入侵晋东南，先后占领了八路军从日伪手中夺回来的襄垣、潞城以及被我军包围的长治、长子等县城，企图以此为依托扩占整个晋东南。为了以打促和，同时保卫抗战胜利果实，中共中央军事委员会命令晋冀鲁豫军区，坚决歼灭进入上党地区之敌，上党战役就此拉开序幕。晋冀鲁豫军区将抗战时期分散在各个根据地的部队结集为太行、太岳、冀南、冀鲁豫四个纵队，针对史泽波孤军深入的特点，调集太行、太岳、冀南三个纵队以及地方民兵等共三万余人向史军发起进攻。战役从这年的9月10日打响，至10月12日结束，共歼灭国民党军三万五千余人，取得上党战役的完全胜利。上党战役刚刚结束，国民党第十一战区副司令长官马法五、高树勋率领第30军、第40军、新8军共七个师的兵力沿平汉铁路再次向晋冀鲁豫边区发起进攻。为了瓦解敌人攻势，争取高树勋新8军起义，八路军敌工部人员秘密与高部接触。此时的郭天佑正好在新8军中担任骑兵团团长。

这天上午郭皓轩正给孙子丹丹讲述古诗词，连年打仗孩子不能去学校上课，郭皓轩就在家里教孙儿读书识字。他这天给孙儿讲的是陆游的一首诗。

示 儿

死去元知万事空，
但悲不见九州同。
王师北定中原日，
家祭无忘告乃翁。

郭皓轩摇头晃脑地念完了，给丹丹讲道：丹丹啊，人死去才知道世界上的万事万物都是空的。

丹丹读了不少古诗词，听了郭皓轩的解释突然睁大眼睛问道：爷爷——你也会死吗？

丹丹刚刚五岁多，他这个年纪还不明白死亡的真正含义。

郭皓轩从老花镜下面看着丹丹稚嫩的面庞，迟疑一下说道：爷爷一样会老——当然——郭皓轩没有把后面的话说完。死是一个不吉利的字眼，夫人林芝美已经病了一段时间，他不想说这个让人敏感、伤心和绝望的词汇。

门外冀管家的声音：老东家——有客人到了！

郭皓轩看着丹丹：丹丹——爷爷有客人，今天的课呢就上到这里。

丹丹听到可以玩耍去了，喊叫着：妹妹——妹妹——跑出屋子。郭皓轩刚站起来，梁绍彭领着一位八路军打扮的中年人进来。

梁绍彭看见郭皓轩老远处就伸出手：郭掌柜——几天没见，又来打扰啦！

郭皓轩把老花镜摘下来放在桌子上：梁先生过来打扰是郭某的荣幸啊。两位快快请坐。

几个人坐下后，冀管家给客人端过去茶水。

梁绍彭把身旁的中年人给郭皓轩介绍一番：这位是敌工部的范同志。范同志这次来呢有个不情之请，还望郭掌柜大力支持！

范同志和郭皓轩打过招呼后说明这次来意。原来他们打听到郭皓轩的儿子郭天佑正在新 8 军担任骑兵团团长。新 8 军是一支抗日队伍，他们和八路军密切配合打过许多胜仗。军长高树勋是一位立下赫赫战功的抗日将领，可是这次却不得不接受蒋介石的命令，跨过黄河进攻边区。

郭皓轩一拍桌子站起来：这不是自己人打自己人嘛！小鬼子刚刚投降，大伙安生日子没过几天又要燃起战火，真是岂有此理！

范同志说：贵公子正在高部担任团长，还请郭掌柜晓以大义，让公子看清形势，做出正确选择！

梁绍彭和范同志离开后，郭皓轩在屋子里来回走了很长时间，然后坐在桌前铺开纸张。他提起笔写道：

吾儿见信如面……

八路军敌工部的同志做新 8 军中层军官工作的同时，反对发动内战的高树勋将军也打发他的副官王定南与晋冀鲁豫军区司令部取得联系。军区参谋长李达也秘密赶到新 8 军驻地与高树勋见面。经过多方努力，1945 年 10 月 30 日，第十一战区副司令高树勋将军率新 8 军和河北民军在磁县北部的马头镇宣布起义。

平汉战役打响后，晋冀鲁豫军区调集六万余大军，以一部诱敌深入，主力则掩蔽于邯郸以南、平汉路两侧待机歼敌。10 月 24 日北进的国民党三个军进入包围圈，28 日发起总攻，经过一周激烈战斗，30 军、40 军各一部被歼灭。高树勋的新 8 军宣布起义。为了诱敌脱离阵地，以便在运动中歼灭残敌，我军主动撤开南面之围，将主力预伏于漳河以北地区。31 日第十一战区副司令马法五率 30 军、40 军残部南逃，进入我军伏击圈后全军覆没，马法五被俘，平汉战役结束。

旧历年马上就要到了，郭皓轩指挥冀管家把发旧了的红灯笼挂在屋檐下。这是抗战后迎来的第一个春节，郭皓轩想和家人好好过一个年。林芝美身体好了许多，坐在炕上和俊袅说着话。俊袅给蔚兰吃饱奶后把衣服放下来。蔚兰刚刚会走路，丹丹要拉着妹妹出去玩耍。

俊袅弯下腰吩咐丹丹：丹丹——你是哥哥，要照顾好妹妹！

丹丹懂事地点点头，然后拉着妹妹的小手走出去。

林芝美看着丹丹走出去的背影抹着眼泪。

俊袅看见了就说：娘——你怎么又流泪啦？

林芝美含着泪笑出来：想不到丹丹已经长这么大啦。我的身体——唉，不争气啦！

俊袅给林芝美梳起头发：娘的身体好着呢！等丹丹长大了，给你娶一房孙媳妇回来！看你乐呵不乐呵！

林芝美咳嗽一声高兴地说：只怕等不到那一天喽。俊袅啊——有没有天佑的消息呢？他不是说打跑小鬼子就回来吗？小鬼子投降这么长时间了，还没见他的影子。

俊袅抬起头看着门口的阳光，是啊，小鬼子投降这么长时间了也没有回来。谁知道他还在忙什么呢？打仗、打仗，没完没了地打仗，他就想着他的大将军，他就没有想着他还有个家吗？俊袅心里埋怨着，嘴里没有说话。林芝美返回头看看俊袅，转过脸也没有出声。她也是个女人。她理解俊袅的心情，自己的男人走了五六年了，能没有一点情绪吗？冬日的阳光从窗户上照进来。屋子里的两个女人谁也不说话。

此时在小寨南面的土路上，一队骑兵策马而来。

土路上没有雪，骑兵跑过去的时候扬起一片灰层。骑兵越来越近，轰隆隆的马蹄声也铺天盖地传过来。快到村前河上的小桥时，马队停下来。马队中间一位三十多岁的军官举起马鞭把帽子往上顶一顶。他的头上全是汗，右脸上有一道深深的疤痕，下巴上蓄着一抹胡须。这位军官就是俊袅盼了又盼的郭天佑。郭天佑的眼前是他再熟悉不过的村子。五六年前他正是从河边投奔高树勋的新6师的,当时父亲还在这里与自己告别,谁想到一走就是这么多年。

郭天佑跳下马,走到小桥上趴下来,然后把脸轻轻贴在桥上冰冷的石头上。他大口大口地呼吸着,这故乡的泥土、河水的气味。天是这么蓝,连太阳也感觉是如此温暖。他从踏上回家路的时候就觉得什么都是这么美好,大山、树木、河流、土地……这些过去每天看到的东西,现在看到了感觉是这么新鲜、温暖和亲切。过了小桥就是小寨,就是郭家大院了,他马上就要回到家了,心情却是如此激动和难以平静。

旁边一位士兵走过来把他扶起来,有风吹过去,他左臂的袖管子轻飘飘地飞起来。士兵想把他扶上身后的战马,郭天佑用右手推开士兵,然后大步流星地跨过小桥,走几步又小跑着向自己家的院子奔去。

郭家大院门口丹丹正和妹妹玩着。丹丹抬起头看到巷子里走来的郭天佑。郭天佑身后是牵着马匹的士兵们。丹丹拉着妹妹站起来,他很诧异地看着走过来的一身戎装的郭天佑。娘给他讲过,他的爹高大威猛,骑着高头大马,腰中挎着大洋刀,这个就是他的爹吗?

丹丹抬起头看着郭天佑问道:你是我爹吗?

郭天佑弯下腰摸摸丹丹的脸蛋:看来——你就是丹丹喽?

丹丹把郭天佑的手从脸上扒拉开,疑惑地问道:你怎么知道我叫丹丹?

郭天佑说:我不仅知道你的小名叫丹丹,我还知道你的大名是郭齐麟!

郭天佑说完一把把丹丹抱到怀里,嘴里喃喃着:儿子——我就是你的爹——郭天佑!

丹丹一把推开郭天佑,看一看郭天佑,转身跑进院子里,边跑边喊:娘——娘——我爹回来啦——

蔚兰看见小哥哥跑走了，嘴一咧哇哇哇大哭起来。

郭天佑抱起蔚兰跨过门槛进了院子。

屋檐下听到丹丹喊声的郭皓轩、杜小娟、冀管家都站在那里。另一间屋子的门推开，石俊袤推着林芝美也出来。郭天佑抱着蔚兰站在大门口，郭皓轩他们站在屋檐下。一家人盼了又盼，现在突然见面了，双方竟不知道该如何说话，大家站在那里半天没有动，只有蔚兰哇哇哇的哭声在太阳光下传得很远很远。

郭天佑喊声：爹——娘——扑通跪下。

世界在此时停止了运转。

五

旧历年过去，天气一天天暖和了。

赖懃病逝后，冀南银行总经理先是由冀南银行副总经理胡景沄担任，后由晋冀鲁豫边区政府副主席戎伍胜兼任。为了适应新的形势发展需要，冀南银行总部也从小寨迁移到涉县索堡镇，后来又搬到涉县北面的武安，邯郸解放后又从武安搬到邯郸市。磨石村的印钞厂也整编到太行印钞二厂，后太行印钞一厂和太行印钞二厂与其他几个部门合并为冀南银行第一印钞厂。小鬼子投降后，根据地相对安全了，印钞厂的不少设备从宽嶂山转移到南陌等地，上党战役、平汉战役爆发后，又担心遭到敌人破坏，磨石村还留有部分设备继续进行生产。

吴子谦、连若烟他们在转角楼后的印钞厂忙乱着，屋子里石俊娥和娘给印钞厂的同志们做着中午饭。她们做的是玉米面饼子，把玉米面和起来，再捏成饼子状，然后放在锅边烙熟后就可以了。娘两个一边做饭一边说着话。

俊娥说：娘——我爹也没说啥时候回来？

抗战胜利后，黎城和黎北县合在了一起。县委号召各村组织民兵支援前线作战。石老爹和村里的民兵们一起参加了县里组织的支前大队，随着部队东西征战。石老爹走了半年多了，一直没有回来。

王秀兰叫一声：你那个爹啊——就数他积极！也不看自己多大岁数了，和年轻人一起去凑热闹。

俊娥纠正娘的话：那不是凑热闹！娘，那是支前。

王秀兰看一眼俊娥：你爹走的时候说，走个个把月就回来了。他那人说话没准头！

俊娥扑哧笑出来，爹是去支前，哪能说回来就回来呢？俊娥看娘一眼没再说话。

王秀云看见俊娥不说话，直起身说：俊娥——有没有二狗的消息？

张二狗活不见人死不见尸，怎么就蒸汽一样消失得无踪无影了呢？别的男人或者回来或者有了别的消息，唯独张二狗什么情况也没有。

王秀云看着俊娥年轻的面庞，低低地说：你还年轻——也不能这么等下去吧？

俊娥看娘一眼，不高兴地说：娘——你这是说的什么话！我生是二狗的人，死也是二狗的鬼！你甭想别的歪主意！

俊娥说完一甩手咚咚咚推门出去。外面阳光暖烘烘地照着，俊娥坐在门口的台阶上呜呜呜地哭泣。

王秀云跟出来站在门口说：俊娥——娘也没有别的意思，你不用难过。

俊娥头也没抬只是低低地抽泣着。

哑巴和六斤一大早就拉着大黄跑出去了。抗战胜利了，石老爹从山下给哑巴抱回一只毛色发黄的小狗来。过去怕引来鬼子，石老爹处理掉了哑巴的好伙伴大黄。哑巴一直埋怨他仇视他，他也非常内疚，所以一听到鬼子投降的消息后就从宽嶂山下的西村给哑巴抱回这只小狗来。哑巴把这条小狗仍然叫大黄。

六斤说：大黄不大啊——怎么叫大黄呢？

哑巴不屑地看一眼六斤，心里说一句：小黄长大了不就是大黄吗？你懂个屁！

大黄仍然是当地的那种土狗，哑巴有了新的伙伴，每天和六斤天不亮就拉着大黄跑到转角楼后的山坡上。他和六斤前面跑，大黄在后面跟着。大黄小，跑得不快，跟不上哑巴和六斤。哑巴和六斤躲在前面的大树后，大黄追上了看不见它的两个小伙伴了，左右瞅一瞅，小跑到土丘上四处张望着，显得一脸的焦急和无奈，然后朝着看不见的远处抬起头汪汪汪地叫着。

后面的六斤忍耐不住喊一声：大黄！

大黄立刻转过身来，箭一般射过来。大黄个子小，又长得胖乎乎的，被树根绊倒，肉球似的尖叫着滚到哑巴和六斤的脚跟前。大黄翻个身站起来，看到两个小主人兴奋地在两人的脚边转来转去。时候不早了，哑巴和六斤向转角楼这边跑回来。

哑巴和六斤刚跑到木匠家的院子前，看到山路上来了一队八路军战士。他们似乎走了很长的路，走到转角楼门口散散落落坐在四周，有几位进了院子里。哑巴很长时间没见过这么多八路军了，进入反攻后，特别是鬼子投降后，八路军大队人马很少上来。大黄追上来，站在哑巴脚旁看着那边的人，觉得这些人很陌生，然后汪汪汪叫起来。

俊娥哭了一会儿坐起来，心里骂着张二狗，死到哪里去了——再回来了也不理他！想亲？没门！

俊娥一直以为张二狗还活着。

俊娥听见门外有人说话的声音，抬起头看见四五位八路军战士进来，前面一位连长模样的人问道：谁是石俊娥？

俊娥擦擦眼急忙站起来：我就是石俊娥！

连长伸出手握住俊娥的手：可找到你了俊娥同志！俊娥——你到

这边来。

连长拉着俊娥来到西屋前面：俊娥同志——我们是特务连的，受总部委托要把金库的货物押运回山那边。还得辛苦你一趟啊。

俊娥不好意思地笑一笑：不辛苦不辛苦，这是我的分内工作。现在正是吃饭时候，让大伙吃了饭再去怎么样？

连长看看天色：俊娥同志，任务紧急饭就免了——我们这就出发吧。

俊娥掠掠头发：好！咱们走。

俊娥走到大门口和回来的哑巴、六斤碰到一块儿，屋子后面王秀云也推开门出来：俊娥——怎么不让同志们吃了饭再离开呢？

俊娥说：任务急顾不上吃饭了。

六斤拦住俊娥：娘——我也想去。

俊娥看看六斤和哑巴：那就一起去吧，完成任务回来吃饭。俊娥拉着六斤的手，哑巴带着大黄一伙人向转角楼旁边的山路走去。走到木匠家门口时，俊娥想起还没有看到总部的介绍信，在前边停住脚步等着后边的连长上来。

怎么不走了？连长问道。

俊娥伸出手。

连长说：要什么呢？俊娥同志。

——总部的介绍信啊！俊娥擦擦头上的汗。

连长摆摆手：首长说了这次任务重要口头传达即可。

俊娥没说话继续往前走去，走了一会儿俊娥停下脚步，拉过哑巴说道：哑巴——六斤小走不动，你把六斤送回去吧。还有一件事二姐忘了，大姐说给爹抓上药了，你去把药拿回来。

二姐说完把六斤交到哑巴手里，六斤还要哭闹，俊娥伸手就是几巴掌：哭哭哭成天就是哭！打死你算啦！

二姐从来没这么打过六斤，六斤坐在地上越发哭闹起来。俊娥头也不回地离去。

哑巴看着远去的二姐喊道：二姐！

哑巴心里不明白二姐为什么要打六斤，也不明白爹支前走了好几个月了大姐给爹抓什么药呢？哑巴把六斤送回转角楼，娘也不明白二姐的意思，只是吩咐哑巴快去快回，顺便看看你大姐。

哑巴出现在郭家大院门口时让大姐石俊袅吃惊不小，更让石俊袅吃惊的是哑巴会说话了。

哑巴站在大门口喊道：大姐——

石俊袅正端着盆水出来，看见门口站着的满头大汗的哑巴惊讶地叫起来：哑巴——你会说话啦？老天爷！你怎么过来啦——有急事吗？俊袅放下盆子擦擦手上的水，走过来弯下腰看着哑巴。

哑巴看着大姐，好长时间没见了，大姐似乎没有多少变化。哑巴说：药——给爹的药呢？

哑巴的问话让俊袅一头雾水，俊袅着急地说：什么药啊？爹病得厉害吗？

哑巴说，爹没有病，爹好着呢，爹去支前去啦。二姐说你给爹抓上药啦。

爹没有病抓的什么药啊？哑巴莫名其妙的话让俊袅大为疑惑。俊袅拉着哑巴回到东面的屋子里，她不知道家里究竟发生什么事了，想让郭天佑替她分析一下。郭天佑正躺在躺椅上逗着蔚兰，看见俊袅和哑巴进来抬起头。哑巴也是第一次见到这个大姐夫，大姐夫穿着白白的衬衫，脸上有一道明显的刀疤。

俊袅说：这是我弟弟！

俊袅把哑巴拉到胸前，两只手放在哑巴的肩膀上。

俊袅伸过头和哑巴说：快叫姐夫！

哑巴不相信地返回脸，眼前这个带着刀疤的男人怎么就突然成了他的姐夫？

俊袅热切地看着他：叫啊——

哑巴返过脸看着郭天佑低低嘟囔一句：姐夫！

俊袅抱住哑巴：我弟弟会说话啦！

郭天佑站起来，把怀中的蔚兰递给俊袅，弯下腰看着哑巴：你弟弟不是不会说话吗？奇迹奇迹！

这时丹丹喊着：妹妹——妹妹——

丹丹推开门跑进来，看见屋子里的生人，走到俊袅身边。

俊袅说：丹丹——这是你舅舅，快叫舅舅啊！

丹丹怯生生地看着哑巴，哑巴也看着这个和六斤差不多年纪的小男孩，是大姐生下的孩子吗？哑巴什么也不知道。

丹丹叫一声：舅舅！

哑巴看着丹丹咧开嘴笑出来。哑巴怀里还揣着那个拨浪鼓，掏出拨浪鼓看着丹丹摇一摇。

丹丹走过来：舅舅——我可以玩一玩吗？

哑巴很大气地把拨浪鼓递过去。

丹丹接过来摇一摇，声声是如此好听，连俊袅怀里的蔚兰也伸出手。

俊袅把蔚兰放在地上：丹丹——你带着妹妹出去玩一会，娘和你舅舅有事商量。

丹丹拉着妹妹摇着拨浪鼓：走喽——走喽——

丹丹拉着蔚兰出去后，俊袅把哑巴说的话告诉了郭天佑。郭天佑在地上走几步，俊娥怎么会说这么一句莫名其妙的话呢？郭天佑弯下腰看着哑巴，想详细问一问俊娥是在什么情况下说的这句话。门外梁绍彭已急匆匆闯进来。

郭团长——梁绍彭推开门喊着。

郭天佑站起来和梁绍彭握握手：有何事兄弟可以效劳？

梁绍彭说：军情紧急，不然不会劳动大驾！

原来梁绍彭接到报告，一伙假扮八路军的国民党散军窜入宽嶂山。这群家伙袭击了涉县一家银行，又窜进宽嶂山里企图偷袭银行金库。

郭天佑和梁绍彭带着郭天佑的骑兵排急速奔向宽嶂山。

哑巴和大姐俊袅是在天黑后赶回转角楼的。吴子谦、连若烟、王秀云都知道山中发生了什么情况。山中响了一下午的枪声。天黑以后枪声稀落下来。大伙没心思吃饭，蹲在院子里等着山里的人回来。他们都为俊娥的安全担忧着。那么多的乱军，俊娥一个女人，怎么能应付得了呢？

六斤和哑巴坐在南面二楼的土炕上。

六斤睡醒了想娘了，看着外面黑漆漆的天问道：哑巴——我娘呢？

哑巴看见六斤想起另一个外甥丹丹：你有了弟弟——六斤！

六斤没接哑巴的话：我娘怎么还不回来呢？

哑巴看看外面的天，是啊二姐该回来了。他现在才明白了二姐当时的苦心。二姐可能感觉到了这伙"八路军"有问题，但她又没办法明说，只能编个理由让他出去送信儿。

快半夜的时候大姐夫郭天佑、梁绍彭等返回转角楼，大姐夫的两个骑兵用树枝扎起的担架抬回血肉模糊的二姐。二姐发现这伙八路军有问题后一直带着这伙人在山中转悠，郭天佑的骑兵追上去，这群家伙慌了神儿，二姐在被他们押着逃跑的过程中跳下崖头。乱军大部被消灭，剩余几个四散而逃。

二姐昏迷不醒。

大伙抬着二姐连夜赶往八路军总医院。

梁绍彭安慰王秀云：俊娥会醒过来的。

六斤哭喊着要去追远去的二姐：——我要娘！

王秀云抱着六斤不说话。

郭天佑、俊袅、梁绍彭等大队人马离开转角楼。

磨石村又归于一片宁静之中。

吴子谦把六斤抱起来，连若烟扶着王秀云的胳膊，大伙回到转角楼的院子里。

哑巴坐在二楼的门口一直没有动。他盼着二姐能早点好起来，要不然六斤该怎么活下去呢？

六

没过多长时间，吴子谦接到银行总部的命令，让他马上设计几款中州农民银行的钞票。

此时随着解放战争的进行，由八路军、新四军等武装力量改编的解放军开始进入战略反攻阶段。1947年6月底，刘伯承、邓小平率领的晋冀鲁豫野战军从鲁西南突破黄河天险，千里跃进大别山；8月22日陈赓、谢富治率领另一支晋冀鲁豫野战军挺进豫西；9月7日陈毅、粟裕率领华东野战军挺进豫皖苏区，三路大军成品字形阵势驰骋中原，先后建立了豫鄂、皖西、桐柏、江汉、豫陕鄂等解放区，巩固扩大了豫皖苏解放区。随着胜利的到来，各个解放区不断扩大，形成一个拥有四千多万人口的中原解放区。为了解决军需供应和财政开支，中共中央中原局在1948年1月25日作出了《关于发行中州农民银行钞票的决定》，规定：中州钞为中原局所属各区统一的本位币，一切财政税收、公私交易、供给制度，均以中州钞为本位，其法定价格为中州钞二百元合银洋一元。

早在晋冀鲁豫野战军南下的时候，冀南银行总部就接到命令，要提前设计、制作一批中州农民银行钞票，为日后解放区的发展做好准备。吴子谦是冀南银行的印钞专家，这个任务自然而然落到了他的头上。

这天连若烟刚起来，吴子谦就把她叫过去。

若烟啊——我们又有新的任务啦。吴子谦桌上的灯还亮着，旁边是纸、笔，还有揉成团的废弃的纸张。连若烟知道这个工作狂可能又一夜没睡。

若烟靠在门上：什么急事让你熬个通宵？

吴子谦指着桌上的设计图稿说：要设计一批中州币！你是中州人，正好向你请教！

若烟拿过桌上的图稿看了看，摇着头说：中州币中州币——可是没有一点中州的元素啊！

吴子谦说：这不请教你来啦？

连若烟说：我试一试，最后你把关。

连若烟拿着吴子谦的设计底稿离去。

连若烟回到房间里坐在那里好长时间没有动。解放军跨过黄河打到她的家乡去了，爹娘他们的好日子就会来到了，只是不知道两个人现在还好吗？他们还在埋怨他们女儿的任性吗？世事变幻，经历坎坷，特别是经历肖必利的牺牲后，连若烟一下成熟了许多，过去不理解的事现在理解了，过去不想做的事现在也不反感了，就是过去爹娘给她包办婚姻的事，她也能理解了爹娘的良苦用心。等那边解放了，就请几天假回去看看他们。

窗台上的瓶子里插着一把娇艳的连翘花。连若烟看着瓶子里的花想到那次和肖必利在连翘花地里看到的天。天是那么蓝，中州解放后就是和平、安宁，那边的天一样是祥和的蓝色。连若烟想到这里，头脑里有了设计的灵感，钞票的底色就是这纯洁的、祥和的蓝色，图案是有中州特色的建筑。

连若烟坐在桌子前拿起笔开始细细勾勒图案，图案勾勒好，又在图案四周设计装饰的花纹。花纹就是连翘花的样子，端庄、典雅而又富有生命的活力。

连若烟设计完后，站起来细细端详。这还是一个黑白的草稿，她想象着用颜色印出来后的效果。钞票就是她的作品，钞票流通过去，她的爹娘也可能用到，只是他们哪里能想到，这是他们女儿设计的啊。

连若烟又一连设计了好几种面额的钞票图案，有二十元、五十元、一百元三种，后来总部又让设计了二元、五元、十元的。连若烟设计完，吴子谦再进行完善补充。定稿后吴子谦又不分昼夜制作出印钞的模板，此后发给各个印钞厂开始印刷。

当时太行区在黎城的源泉、石壁底等地建起了上千人的太行山造纸厂，专门为冀南银行生产造币专用的印钞纸。

1947年底，冀南银行副行长陈希愈带着冀南银行支援的大批银圆、印制好的中州币、从冀南银行各个部门抽调的工作人员以及部分印钞机、印钞物资秘密进入中原地区。1948年初，中原解放区开始在条件成熟的地方先成立中州农民银行分行。1948年8月23日，中州农民银行正式成立，陈希愈担任总经理。银行总部设在河南省宝丰县赵官营村，后迁入许昌禹县，年底搬迁至郑州。中国人民银行成立后，改为中国人民银行中原区行。

第十二章　设计人民币

一

林芝美又挺了几个月还是撒手而去了。郭皓轩请来的老中医说，林夫人油尽灯熄，她一直在挺着啊。郭皓轩知道妻子这是一直在等着儿子郭天佑。现在儿子回来了，尽管儿子脸上有疤痕，一条胳膊也没有了，但儿子总算是保下命来了。多少人血洒沙场，还能有什么不知足的呢？最担心的事没有了，林芝美在那天晚上睡着后就再也没有醒过来。

林芝美没有醒过来还是丹丹发现的，丹丹早上推开奶奶的卧室喊着：奶奶——奶奶——

林芝美以前早就高兴地应答起来了：我的宝贝孙子来啦！

但这天早上躺在那里半天没有动。

丹丹还跑过去推一推炕上睡着的奶奶，奶奶的白发垂在枕头上，任凭丹丹怎么摇动，林芝美就是没有动静。

丹丹的喊声让郭皓轩、杜小娟等跑过来，大伙过来后才知道林芝美已经悄悄离开了他们。

林芝美的墓地就选在郭家大院后面的柿子林里。正是柿子树开花的季节，金色的、小喇叭似的柿子花连缀成一片旺盛的景象。郭皓轩带着全家人站在新建起来的墓冢旁。郭天佑仍然跪在那里没有爬起来。有娘在他永远是个孩子，娘不在了他就成大人了。娘一直病魔缠身，能坚强地活下来，就是盼望着他能够回来。现在娘永远地离他而去，想起娘对自己的种种，郭天佑心里既难受又自责。难受的是娘没了，自责的是娘生病的这么多年他很少有时间回来陪娘。过去是上学，战争爆发后他又四处打仗，特别是打仗这几年，娘是怎样从那种担惊受怕中熬过来的啊。

郭皓轩说：儿子——起来吧！你也不用自责！自古道，忠孝不能两全，你为国尽忠，你娘不会怪怨你的。

郭天佑叩了三个头站起来。

一家人向山坡下面的郭家大院走去。

丹丹似乎现在才明白过来，奶奶埋进去后就再也不会出来了，他也可能在此时才懂得了死到底是怎么回事。

郭皓轩的手拉着丹丹。

丹丹抬起头问道：爷爷——奶奶还会回来吗？

郭皓轩站住脚步，他弯下腰摸着丹丹的头：奶奶去了另一个世界，她不会回来了。

丹丹哇地哭出来：我要奶奶！奶奶——

丹丹转过身喊叫着。大人们都没有说话，阳光白花花地照着山坡上的一家人。山上的风把丹丹的叫声吹到那边的柿子林里。

这天晚上郭天佑躺在床上怎么也睡不着。儿子丹丹、女儿蔚兰都在那边睡着了，身边的俊袅也发出香甜的鼾声。月光透过窗户照在俊袅的脸上。俊袅的脸上是那种知足后的平静和幸福。她的一只手抓着郭天佑，似乎梦见了什么嘴角还露着微微的笑。男人回来了，儿子丹丹、女儿蔚兰也在一天天长大，作为一个女人，俊袅还有何求？如果问她什么是幸福的话，俊袅肯定会回答她眼前生活的这种现状就是幸福。郭天佑很感激俊袅，这么多年母亲和儿子全靠俊袅照顾，俊袅付出了许多，而作为儿子、丈夫、父亲的他，却对这个家、对妻子、对儿女们所尽的责任很少很少。部队已经来电,他明天就要返回部队,然后参加解放南方各省战役,但他却怎么也不忍心和俊裛说出他就要返回部队的话。

这一走什么时候再能回来,郭天佑自己也不知道。打仗就会有牺牲,万一自己牺牲了再也回不来,爹和俊裛他们又该如何生活下去呢?如果真的出现了那种情况,这个家的全部重担可就都压在俊裛的肩膀上了。爹年纪越来越大,杜小娟也不年轻了,孩子们还小,只有俊裛才能支撑起这个家!他知道俊裛的心思,她想和他举办一次热闹隆重的婚礼,然后名正言顺地成为他们郭家的儿媳妇。他回来的时候也有这个打算,先是俊娥那边出了事,后来娘又病故,现在自己马上就要返回部队了,竟没有一点时间来满足妻子这个小小的愿望!再回来又是何年何月?

俊裛醒过来看见旁边的郭天佑还没有睡着,仰起头问道:怎么还没睡啊?

郭天佑没有说话,用胳膊把俊裛紧紧抱在怀里。他使劲亲吻着她。

俊裛感觉到郭天佑眼里湿漉漉的,推开郭天佑在黑暗中看着他:今天是怎么了?一天心事重重的样子!是不是有话要和我说?

郭天佑没有说话,还想把俊裛抱过来。

俊裛推开郭天佑的手,她已经猜到了郭天佑想说的话,转过身把脊背给了郭天佑。

是不是要回队伍上?过一会儿俊裛低低问道。

俊裛说话的声音不高。她知道男人总有一天要离开,只是不知道会是哪一天。说心里话,她一天也不想让男人走开,他是她的丈夫、丹丹和蔚兰的父亲,家里需要他。但她也知道,男人是队伍上的人,他有自己的事业,她不可能把他拦在屋子里。可男人真的要离开了,她心里一下就涌起无限的忧伤。男人走了,这个家就全丢给她了。她要面对无数孤独的夜晚,还有孩子们的成长,老人们的老去……

郭天佑把头抵在她的脊背上。

过了好一会儿,郭天佑说:又要——辛苦你啦!

俊袅说:哪天——再回来呢?

哪天能回来呢?上次离开的时候说是一年半载,可一走就是五六年。这一次也将又是一番血雨腥风的岁月。但愿能早日解放全中国,到那时他就再也不用打仗了,再也不用离开家了。

三年五载吧——或许也用不了——新中国成立了——我就回来啦!郭天佑直起腰斟酌着字眼说。

他给俊袅许着愿:到时候——我们气气派派、热热闹闹办它一场盛大婚礼!

男人这一走恐怕又是好几年,他每天面对的又是枪林弹雨的日子,自己再难也没有男人难!男人这一离开,好多年后才能再次相拥。想到这里俊袅转过身把男人紧紧抱在怀里,她疯狂地亲吻着男人的眼睛、脸蛋、嘴巴,她呼吸着男人身上特有的气味。

俊袅平静下来说道:我啥也不要——我只要你——平平安安回来!

两个人谁也没再说话。

窗子上已经发白。

远处有鸡鸣叫的声音。

二

1947 年秋解放战争进入战略进攻阶段,几大解放区逐渐连成一片,各解放区之间的物资交流和商贸往来日益频繁。人民解放军的大兵团作战也需要各解放区相互支援密切合作。早在 1947 年 1 月 3 日中共中央就发出"关于召开华北财政经济工作会议的指示"。经过一段时间的筹备，3月份华北财经工作会议在邯郸召开，会议决定各区货币应互相支援，便利兑换，在临近地区混合流通。混合流通区内，各区货币可以自由兑换、自由流通、自定比价、自由携带。为了统一协调华北各解放区财经工作，1947年4月16日中共中央决定成立华北财经办事处：为着争取长期战争的胜利，中央决定在太行成立华北财经办事处，统一华北各解放区财经政策，调剂各区财经关系和收支，并决定以董必武同志为办事处主任，由华东、五台、太行、晋绥各派一得力代表为副主任并经常参加办事处工作，人选望即由各区提出电告。1947年9月14日中共中央华东局致电华北财办：建议立即成立联合银行或解放银行，以适应战争，越快越好。10月2日华北财经办事处根据这个建议致电中共中央，建议组建中央银行，发行统一货币，银行的名称拟定为中国人民银行。10月18日中共中央复电：目前建立统一的银行是否有点过早。进行准备工作是必要的。至于银行名称，可以用中国人民银行。华北财经办事处接到中共中央的复电后，经研究决定成立中国人民银行筹备处，华北财办副主任南汉宸兼筹备处主任，开始进行货币设计和机构筹建工作。

当时解放区有陕甘宁边区银行、西北农民银行、晋察冀边区银行、冀南银行、北海银行等，设计人民币的任务就分配到了这些银行的设计人员身上。吴子谦听完梁绍彭给他布置的任务后，好长时间平静不下来。他设计制作过好多钞票，特别是投入八路军以来，冀南银行的钞票大多出自他手，前段时间还和连若烟联手为中州农民银行设计印制了钞票，但他知道这一次绝对非同小可！这是为未来的新中国设计钞票啊，这必将成为一个永远值得炫耀的历史！他们既是历史的见证者，更是这个历史的创造者。这次设计不仅有他们，还有其他银行的伙计们。梁绍彭说了，首长们说谁设计的好未来的人民币就用谁的设计。也可以说这是他们这些同行之间的一次大比拼、大决赛！他一直有一种不服输的性格，现在来到这样一个紧要关口，他哪能不使出浑身的本事来呢？

　　印钞厂的大量设备已经搬迁到交通更便利的南陌村去了，转角楼里一下显得冷清和空旷了许多。吴子谦举着小烟锅头抽着烟。旁边躺着的哑巴正呼呼大睡。过去自己就是一个被人瞧不起的小印童，后来还因为制作假钞被抓进大牢，幸亏有了八路军的搭救，他才一步步走到今天。未来的新中国一定是一个和平的国家，没有战争，没有杀戮，没有东奔西跑的四处逃命——未来的新中国也一定是一个人人有地种，都能吃饱饭，都能穿上衣服的国家，没有冷冻饥饿，有的只是温暖和幸福……他想了许多未来的设想，这些都是他钞票设计的主题。他希望大伙拿到这些新钞票的时候，就能感受到美好未来的无限可能。

　　至于新钞票的底色，吴子谦想到了连若烟喜欢的蔚蓝色。他记得赖憨行长也特别喜欢蓝色，还专门把自己的女儿起名为蔚兰。蓝色纯洁、典雅、祥和，他也非常喜欢蓝色，但他此时此刻不知为什么头脑里总是闪耀着秋后柿子林中那火烧云一般的红色。中国人喜欢红色，红色代表热烈、喜庆、吉祥，对，还有胜利！他想到胜利就对红色有了一种别样的迷恋。他们历尽艰难取得了抗日战争的胜利，也必将取得新的解放战争的胜利，未来也要取得建设新中国的胜利！以胜利的红色做基调，这一定是大家共同的愿望！他设计的新钞票怎么能没有胜利的元素呢？怎么能没有大家共同的期盼呢？这一点天明以后一定和若烟讲清楚。

　　防伪设置做些什么好呢？冀钞出现假币后吴子谦在制版的时候用自己的雕刻技术，在凹槽中刻进去看也看不清的太行山三字。这次刻些什么内容呢——新中国？人民币？解放军？想到解放军，吴子谦知道现在解放军正在各个战线上向国军发起进攻，大片大片的区域被解放，到处都写着"打倒蒋介石，解放全中国"的标语。吴子谦想到这句标语，微微笑起来。是啊，解放全中国这是大伙都在翘首以盼的大事。

哑巴睁开眼看见那边坐着的吴子谦：叔叔——想出来没有？

哑巴知道吴子谦想什么。

吴子谦把烟锅头从嘴里抽出来，胸有成竹地说：想好啦——保明。

哑巴说：你说说——这新中国是个什么样子呢？

门上有人敲门，门外的连若烟说道：我可以进去吗？听到你们俩说话，我也是实在睡不着啊。

吴子谦看见连若烟进来高兴地说：我还正想叫你呢！若烟——我有了一些想法，你读的书多，咱们合计合计。

吴子谦就把他刚才想到的和连若烟一一道来。连若烟在地上一边听一边走来走去思考着，听到哪里了站下来和吴子谦讨论一番。

哑巴听不懂他们的话，仰躺在土炕上想着心事。未来和现在一样吗？未来究竟是个什么样子呢？能像吴子谦说的那样好吗？哑巴刚刚走出宽嶂山几次，他实在想不到还有什么比吴子谦说的更好的未来。

三

冀南银行总部搬走后，后面的屋子空出来，郭皓轩就想着在那里建一所小学校。原来他给村里建的小学校被鬼子扫荡时烧毁了。最初的打算是教丹丹、蔚兰念书，后来一想索性建一所学校算了，村里的孩子们，还有附近的孩子们，都可以过来念书。小鬼子打跑了，新中国也很快要建立，以后需要读书人来建设，孩子们不读书怎么行呢？土改开始前郭皓轩就听儿子的话把家里的土地分给了过去的租户，剩余的那些铺子公私合营后也逐步变成了供销合作社。学校建起来，他是校长，杜小娟和石俊袅是学校的老师，冀管家是学校的总务，后来又请了几位老师，学校就热热闹闹办了起来。郭皓轩和俊袅开玩笑说，我们也是自食其力的劳动者了。

由于长年打仗,学校来的孩子们年龄参差不齐,最大的有十四五岁,小的仅仅两三岁。俊枭上课的时候就把蔚兰也放在下面的凳子上。俊枭认的字还是郭天佑教她的,郭天佑教的时候以教诗词为主,一边读诗,一边识字,一边学文化。俊枭就把郭天佑教她识字的这一套办法用过来。

> 白日依山尽,
> 黄河入海流。
> 欲穷千里目,
> 更上一层楼。

俊枭念一句,下面的孩子们跟着念一句。念完了,就是孩子们杂乱无章的背诵声。

一会儿蔚兰哭起来。

丹丹站起来喊一声:娘——妹妹哭啦。

屋子里喧闹的读书声静下来,孩子们都看着哭泣的蔚兰。

俊枭急忙跑过去:怎么啦,蔚兰?

蔚兰用小手揉着眼睛:娘——我要吃奶!

屋子里的孩子们哄地大笑起来。

俊枭摆摆手:下课啦!

下课喽——下课喽——

孩子们喊叫着飞到院子里。

俊枭把蔚兰抱在怀里,炉子上有热着的羊奶,蔚兰吃饱了在俊枭怀里呼呼睡去。外面是孩子们玩耍的嬉闹声,屋子里俊枭抱着蔚兰坐在那里。

俊枭的头脑中也偶尔会闪过郭天佑的身影。

战争发生在更远的南方。

也不知道男人现在到了什么地方。

四

　　吴子谦和连若烟的图案设计好了，印刷却出现了问题。他们设计了五元、十元、二十元几种面额的人民币，有蓝天下牧羊的图案，也有在田野上奔驰的火车形象。未来的新中国要进行大规模建设，工人农民是主要的建设者，为此他们还设计了以工人农民为主角的钞票图案。吴子谦也在凹槽中刻下了"解放全中国"几个看不见的小字，作为防伪标识。按照要求，钞票设计出来还要印一些样票出来，送审通过后，才可以大量印刷。

　　吴子谦是制版高手，制出模板后亲自进行试印。转角楼后的印钞厂里还留有一台小型石印机，但连续印了几次都以失败告终。出现的问题是图案的色彩模糊不清。过去印刷冀钞以及中州币时，基本是以单色为主，没有出现过色彩模糊的情况，现在设计的人民币有了套色，他们想印出更漂亮更端庄大气的新钞票来，可是却出现了这么个问题。屋子的地上、墙角里扔的全是废弃的人民币样票。

　　吴子谦一个人蹲在屋子门口举着烟锅头。外面飘飘落落下着雪，院子里、前面的山坡上全是白白的雪。篮球架子还立在那边的空地上。

　　连若烟冒着雪从转角楼那边走过来，她期待着能有奇迹出现。

　　连若烟搓着手问道：怎么样——印出来没有？

　　吴子谦没有说话，连若烟进屋里拿出一张废弃的样票出来，图案模糊不清，根本拿不出手。

　　真是奇了怪了！钞票印出来样子也很清晰，放上一晚上，图案就出现了问题。

　　第二天天没有亮吴子谦就来到转角楼后面的印钞厂。当时他们取暖用的是当地的一种炉子，吴子谦这次没有点火，就在冰冷的屋子里试印了一批钞票。钞票印出来图案很清晰，放了一晚上仍然没有变化！吴子谦终于明白了，票子出现的问题可能和屋子里的土火炉子有关，火炉子冒出的气体和某种颜料发生了化学反应。

样票试印成功后送到了银行总部，过了一段时间上面批复下来，吴子谦和连若烟设计的四种面额的钞票获得通过。当时印钞厂的机器已转运到了南陌一带。中国人民银行还没有成立，印制人民币均为秘密进行。工人们就拉上窗帘日夜不停地印刷钞票。天寒地冻，还不能生土火炉子取暖，大批钞票印刷出来。

1947年11月石家庄获得解放，晋察冀和晋冀鲁豫两大解放区连成一片。1948年两大解放区合并为华北人民政府，晋察冀边区银行和冀南银行也合并为华北银行，南汉宸担任华北银行总经理，晋察冀边区票停止发行，冀钞成为两大解放区的本位币。原晋察冀边区印钞厂整编为华北银行印刷一局，冀南银行的印钞厂整编为华北银行印刷二局。梁绍彭担任印刷二局局长。

其时，印钞厂经过这么多年的发展不仅拥有大小石印机，还有脚蹬铅印机、裁切机等等。工人们就住在南陌的群众家里，为了方便工人们生活购物，村里还专门成立了供销社。印刷好的钞票要运输到河北那边。运输的都是骡马，货送到后牵骡马的脚夫还能领到一元钱的补助，二角钱买个烧饼，一角钱买碗汤，还有不少剩余，人们争着去送货。村里只好组织起骡马运输队，轮流排号，按序差遣，把整包整包的钞票运过去。

五

1948年上半年，根据中共中央的指示，华北人民政府召开了华北金融贸易工作会议。当时由于解放军胜利反攻，各大解放区基本连成一片，贸易往来和物资交流日益发展，统一解放区的货币尤其迫切，会议就金融贸易和发行新的全国统一的货币问题进行了研究。会议分析了当时的政治、军事、经济形势，认为立即成立中国人民银行、发行统一的货币条件尚不成熟。在中国人民银行没有成立的情况下，决定总的原则是先统一本区之货币，然后由北而南，先是东北和华北，其次是西北和中原，然后是华西和华南，最后以中国人民银行之本位币发行实现全国之大统一。

华北金融贸易工作会议后不久，解放战争取得重大胜利，东北全境解放，淮海战役取得胜利，东北野战军入关，平津解放在即。为了适应政治、经济、军事形势的大发展，1948年11月18日，华北人民政府第三次政务会议作出决定：发行统一的货币，现已刻不容缓，应立即成立中国人民银行，并任命南汉宸为中国人民银行总经理，一面电商各区，一面加速准备。为了促进解放区工农业生产和商品流通的发展，支援大兵团作战，支持新区城市工商业的恢复，华北人民政府于1948年11月22日发布命令，统一华北、华东、西北三区货币，决定把华北银行、北海银行、西北农民银行合并为中国人民银行，并于1948年12月1日发行人民币，作为华北、华东、西北三区的本位币，统一流通，为建立全国统一的人民币市场奠定基础。

华北人民政府发布布告：

> 为适应国民经济建设之需要，特商得山东省政府、陕甘宁、晋绥两边区政府同意，现统一华北、华东、西北三区货币，决定：
>
> 一、华北银行、北海银行、西北农民银行，合并为中国人民银行，以原华北银行为总行，所有三行发行之货币，及其一切债权债务，均由中国人民银行负责承受。
>
> 二、于本年12月1日起，发行中国人民钞票（以下简称新币），定为华北、华东、西北三区的本位币，统一流

通，所有公私款项收付及一切交易，均以新币为本位币，新币发行之后，原各种旧币逐渐收回，旧币未收回之前，与新币固定比价，照旧流通，不得拒用，新旧币比价规定如下：

（一）新币对冀币、北海币均为一比一百，即中国人民银行钞票一元，等于冀南银行钞票或北海银行钞票一百元。

（二）新币对边币为一比一千，即中国人民银行钞票一元，等于晋察冀边区银行钞票一千元。

（三）新币对西农币为一比二千，即中国人民银行钞票一元，等于西北农民银行钞票二千元。

以上规定如有拒绝使用或私定比价，投机取巧，扰乱金融者，一经查获，定严惩不贷。除另行布告周知外，仰即遵照。

此令。

1948年12月1日，中国人民银行在石家庄宣告成立。同一天人民币正式发行。

据后来统计，第一版人民币共发行了十二种面额的六十二种钞票。冀南银行印钞厂印制了一部分面额的人民币，还有其他银行的印钞厂也为人民币的诞生作出了贡献。

中国人民银行成立后，冀南银行完成了它的历史使命。原冀南银行印钞厂，后来整编为华北银行第二印刷局。中国人民银行成立后，华北银行第二印刷局，改编为中国人民银行第二印刷局。北平、天津解放后，第二印刷局搬迁至天津。印刷工人也陆续离开太行山进入北平、天津等各大城市，直至1950年原冀南银行印钞人员才从太行山老根据地全部撤离完毕。

第十三章　走进新时代

一

　　1949年10月1日，中华人民共和国成立。太行山中的黎城与全国其他解放区一样，敲锣打鼓成为一片沸腾的海洋。历经千辛万苦，革命终于胜利了，特别是老区的人民，在付出巨大的牺牲后，终于盼到了这一天。死亡、苦难、无数的艰辛一直压抑在大家的心头，这一天终于得到了彻底的释放。革命胜利了！一个崭新的中国成立了！美好的未来正如冉冉升起的太阳一样给人以温暖、力量和无数的期盼！

　　吴子谦和连若烟把他们结婚的日子也定在这一天。他们上午参加了县城的隆重庆祝大会，和大伙一起举着小旗开始游行庆祝。大街上是满满的人流，大伙都穿着新衣服，像过一个盛大的节日一样，脸上发着兴奋的、亮亮的光。两边的店铺都插上了红旗，大一些的铺子前都是敲锣打鼓的人们，附近的村民还把旱船、高跷、秧歌等各种文艺表演带到大街上。旁边有一个照相馆，人们争先恐后地挤着进去照相。有一家人的，也有新结婚的小两口，还有穿着整齐军装的军人。连若烟拉着吴子谦也进去了。这是一个特殊的日子，他们希望以这样的形式留下美好的记忆。

　　吴子谦和连若烟下午的时候返回转角楼。他们的婚房定在了转角楼后的印钞厂里。里面的机器全部搬走了，几天前磨石村几个和印钞厂的小伙子暗恋的姑娘就在这里和她们的心上人举行了简单的集体婚礼。吴子谦是婚礼的主持人，几对年轻人站在那里，村里的男女老少围在周围，当吴子谦喊完夫妻对拜后，年轻人开始分发喜糖、唱歌跳舞、互相祝福。

吴子谦和连若烟的婚房选在靠里面的那间厂房里。前些日子吴子谦就开始收拾起来，先是盘了一条土炕，然后用废弃的人民币把整个屋子糊起来，屋子顶上、墙壁上、土炕上全是大片大片的红的、蓝的人民币。连若烟从转角楼后的山坡上采摘回几束开得正艳的连翘花，她把连翘花摆在婚房的窗台上。那是她多少年前的一个梦，她盼望着结婚的那一天婚房里外全是娇艳的连翘花。现在她就要结婚了，想起肖必利，她只能轻轻地叹息一声。连翘花摆放在窗台上，屋子里便溢满了连翘花淡淡的清香。

天暗下来后，祝福的人们纷纷离去。婚房里的灯亮起来。热闹了一下午的院子逐渐沉寂下来，工人已经全部撤走，吴子谦和连若烟也已经接到命令，他们结婚后也要去中国人民银行总部报到。就要离开宽嶂山，离开转角楼，还有转角楼后的印钞厂了，吴子谦心里竟是无限的留恋。自从投奔了八路军后，他就一直奋战在这里，细细算起来已经快十年光景了。印钞厂从一无所有到设备齐全，从设计印制冀钞，到中州票，直到今天发行到全国的人民币，这一切就像做梦一样。这么些年来多少人牺牲了，高捷成、赖勋、孟连长、李德厚、肖必利、李元德、木匠，还有吕掌柜、他自己的娘和妻子，以及那么多不知名的战士们。今天的胜利是多少人用鲜血和生命换来的啊。

他是幸运者，经历那么多苦难后终于活了下来，他亲眼看到了抗日战争的胜利，解放战争的胜利，直至今天新中国的成立。这是国家的喜庆日子，也是他和连若烟的喜庆日子。连若烟是多好的姑娘，聪明伶俐又多才多艺，她和肖必利本来是那么般配的一对，可谁能想到会出现这么一个结果呢？他一直把连若烟当作妹妹来看待，当肖必利牺牲，他的妻子老娘也被鬼子烧死后，两个人也在互相的关心和支持中逐步靠近。现在他们就要在这么一个普天同庆的日子里结为夫妻了，吴子谦能不激动和高兴吗？

前面是黑黝黝的大山，院子里只有婚房的屋子里发出温暖的亮光。吴子谦推开门进去，炕沿边连若烟顶着那块红纱巾坐在那里。灯光的照耀下，屋子里显出梦幻般的色彩，红的、蓝的人民币，金黄色的连翘花，炕上暖和的新被窝，更重要的是炕沿边坐着的顶着红纱巾的连若烟。过去他们是战友、同事和无话不说的朋友，今天他们就要结为一起生活和相伴的夫妻了，两个人似乎都有些紧张和不自然。吴子谦紧挨着连若烟坐在一起，他能闻到连若烟身上好闻的连翘花的香味。

吴子谦把灯吹灭。两个人谁也没说话。

远处传来人们庆祝新中国成立的鞭炮声。

新的时代来到了，他们的新生活也马上要开始了，吴子谦想得更多的是今后怎么能更好地照顾这个妹妹一般的女孩子。这不仅是他的责任，也是替牺牲了的肖必利必须完成的责任。

连若烟的手在黑暗中触碰到他的手，两个人的手慢慢握在一起。

一切的一切都要重新开始了。

吴子谦在黑暗中想。

二

哑巴把吴子谦和连若烟送走后一个人坐在转角楼的大门口。吴子谦和他说过好多次，革命胜利了，他们希望哑巴和他们一起离开转角楼，然后到大城市参加新中国的建设。哑巴始终没有答应吴子谦。那一次连若烟也劝过他，说去大山的外面会有更好的发展。哑巴很平静地摇摇头。石老爹自从支前离开后一直没有回来，二姐身体康复后也和六斤去了天津，她过去是印钞厂的保管员，到了天津仍然是第二印刷局的保管员。大姐夫在南京那边安了家，大姐和丹丹、蔚兰去南京和大姐夫团圆去了。娘的年纪大了，哪里也去不了，石老爹走的时候曾经吩咐过他，保明——你是儿子，爹走后你要把家和你娘照顾好。他也有跟着印钞厂离去的念头，但他走后，娘怎么办呢？这个家怎么办呢？娘一直给印钞厂做饭，过去总是那么忙，现在印钞厂搬走了，她一下清闲下来，清闲下来的娘每天就是呼呼大睡，似乎要把多少年欠缺下的觉补起来似的。娘明显地老了，头发花白，腰也弯曲，走路也慢了许多。

哑巴脚旁边躺着大黄，大黄已经由一条小黄狗变成了一只威风凛凛的大黄狗。大黄是哑巴一点一点喂养大的，和他小时候的那只大黄一样，现在这只大黄也是他最忠诚的伙伴。他走到哪里，大黄跟到哪里，他有什么心事了也是和大黄交流。

大黄——你说——我应该离开吗？

他不止一次和大黄探讨过，大黄每次都是傻乎乎地看着他。

哑巴站起来走到转角楼后的印钞厂里。大黄站起来跟在后面，走几步又小跑起来。印钞厂里一个人也没有，印钞厂前面的空地上篮球架子还孤零零地立在那里。哑巴走过去摸一摸篮球架子。过去这里多热闹啊，每天下午的时候，印钞厂的年轻人脱了上衣露着光膀子打篮球，四周是老人女人孩子们。印钞厂厂房上的窗户纸有的已经撕开口子，那边吴子谦和连若烟结婚时的大红喜字还在窗子上贴着。院子里的废纸被风吹起来，旋转着飞到半空中。

转角楼后的山坡上就是那漫山遍野的连翘花。哑巴带着大黄一口气跑上去。连翘花就像当年一样，肆意地展示着自己大团大团浓烈的黄。他记得肖必利和连若烟常常在这里约会看花，肖必利埋在了转角楼南面的山坡上，连若烟和吴子谦结婚后也到了更远的大城市。连翘花后是高大巍峨的太行山。热闹了十几年的印钞厂搬走了，寂静又重新回到了山沟里。

哑巴有些累，靠着一块大石头坐下来。大黄跑出去又转回来，卧在哑巴的身边吐着舌头看着自己的主人。哑巴向前面的磨石村望去，散散落落的房子陷在明明亮亮的太阳光下。

磨石村前是层层叠叠的群山。

哑巴、大黄也慢慢和寂静的大山融为一体。

三

哑巴一直没有离开宽嶂山，中华人民共和国成立后先后经历了互助组、合作化、"大跃进"、人民公社、"文化大革命"、改革开放，直至现在的新时代。他一直在宽嶂山里做一位普普通通的农民，先是打发了母亲，后来自己成家立业，再后来孩子们长大后离开宽嶂山。他和老伴仍然住在转角楼里。老伴去世后，转角楼里只剩下他一个人。他的年龄越来越大，常常坐在转角楼门口的大石头上回忆过去发生的那些事。没事的时候他也会蹒跚着去对面山坡上看看埋着的那些老伙计。孟连长、李德厚、肖必利、李元德、木匠……他站在那里的时候会想到几十年前这些老伙计在转角楼里生活的场景。年纪越来越大了，哑巴的女儿把他接到了县城宽敞明亮的家里。

我是2021年的时候在县城见到哑巴大爷的。见他之前我去过一趟宽嶂山，当年的山路已经铺上了水泥，山口前八路军修筑的地堡还很完整地矗立在那里。磨石村的人大部分搬迁到了山外面，许多房子没人住，有的院里长起一人高的茅草。我也在村口看到了那座略显苍凉的转角楼。转角楼的大门上挂着一把锁头，门口的大石头上立着一块东倒西歪的牌匾，上面写着冀南银行印钞二队字样。当时的印钞厂也叫过印钞队、印钞所。转角楼后的空地上有几台推土机正在作业，轰隆隆的推土机声在寂静的山沟里传得很远。当地一家开发商正在施工，他们要在原来冀南银行印钞厂的位置上建设一个有关冀南银行的红色旅游景点。远处山坡上漫山遍野的连翘花仍然摇曳在夕阳的余晖里。

第二天上午，我在当地朋友的带领下见到了哑巴大爷。大爷已经九十五六岁了，他的身体还很硬朗，高高的个子，瘦瘦的身体，满脸的皱纹显示着大爷所经历过的沧桑岁月。大爷站在门口等着我们。

大爷闺女住的是县城新农村建设统一设计的那种平板房，客厅很大，正面是一台大彩电，大彩电上面贴着一张用塑料纸印刷的毛泽东主席画像。大爷知道我想了解当年印钞厂的情况后，沉默了一会。是啊，过去那些经历像山一样沉甸甸地压在老人的心头，他很少给人讲过去所经历的那些不堪往事。最近几年有银行的同志，也有报纸、电视台的记者，不断来采访老人，老人精神好的时候就给他们讲一些过去经历的片段。

不知是那天精神好还是心情不错，老人打开了尘封几十年的记忆，他从他的名字来历讲起，讲八路军拉着骡子第一次到转角楼的情形，讲印钞厂前面的篮球场，讲李德厚给他的糖块，还有肖必利运回来的富士山牌印钞纸……老人讲完的时候已是下午时分。他讲完的时候仍然沉浸在几十年前的记忆中。老人眼中没有泪，也没再说话，眼中流露出的是像大山一样平静、安稳和沉默的神色。

石老爹——后来回来了吗？

我低低问一句。

老人看我一眼摇摇头。

过了好一会儿老人说：没回来——支前走了后就再也没有回来。后来有回来的人说，他见过我爹——他说我爹是在过江的时候掉进水里去的。

从老人家出来，外面阳光明媚，小区的广场上是正在扭秧歌的大爷大娘们，远处是川流不息的汽车声，更远的远处是映在蓝天下的太行山。高速路口处一辆一辆旅游大巴下来,天南地北的游客要去参观当年八路军在太行山的悬崖峭壁上修建的兵工厂。我知道黄崖洞的背后就是宽嶂山,无数的英雄在那里用他们的青春、激情和生命谱写过同样惊心动魄的篇章,假以时日,转角楼、磨石村、宽嶂山一样会成为人们探寻历史、追访英雄、爬山旅游的好去处。

我离开黎城的时候天已经黑下来。

汽车钻入太行山中的高速路。

我的头脑中一直晃动着老人给我描述的几十年前那段英雄辈出、血雨腥风的岁月……

附录：小说中相关人物原型简历

高捷成：1909年出生在福建省龙溪海澄县，即今天漳州市龙海区，1926年赴广东参加国民革命军，任第一军宣传员，同年随北伐军回到漳州，参与组织农民协会，开展农民运动。1928年考入厦门大学攻读经济学，后在其叔父开办的百川银庄担任出纳，暗中用银庄资金资助共产党领导的闽南赤卫军。1932年在漳州参加中国工农红军，同年5月加入中国共产党，在中央苏区参加财经工作。1934年10月参加长征。抗日战争全面爆发后随129师赴晋东南地区，1938年任冀南税务总局局长，1939年秋任冀南银行总经理及政委，创建和发展了冀南银行。1943年5月14日在河北内丘县与敌人遭遇，不幸壮烈殉国，时年三十四岁。

赖　勋：1906年出生在江苏省泰和县，1925年考入上海南洋医科大学。1927年参加方志敏在南昌举办的农民训练班并加入中国共产党。1929年参加红军，任独立二团宣传员、宣传科长、红三军连政治指导员。1932年任中央军委供给部秘书、副部长等。中央红军开始长征后任野战司令部供给处长、供给部军需处长。抗日战争全面爆发后，任129师供给部政委，后调任冀南行政主任公署财经处长、冀南军区后勤部长兼政委、冀南银行路东分行经理。高捷成牺牲后担任冀南银行总经理，1944年兼任太行区工商总局监察委员。1945年6月在抗战胜利前夕因积劳成疾病逝在八路军总医院。

梁绍彭： 1912年出生在湖南耒阳，1929年加入中国工农红军，1939年担任八路军129师供给处出纳科科长，冀南银行成立后担任发行部主任，1948年冀南银行与晋察冀边区银行合并为华北银行后，冀南银行印钞厂整编为华北银行第二印刷局，梁绍彭担任总行发行处处长、第二印刷局局长，同年中国人民银行成立后，华北银行第二印刷局改编为中国人民银行第二印刷局，梁担任局长。1954年病逝在武汉解放军医院。

陈希愈： 1911年出生在山西霍州贾孟村，1937年毕业于北平师范大学体育系。曾任冀南银行副总经理、八路军野战卫生部副部长，中州农民银行总经理。中华人民共和国成立后历任中国人民银行中南区行行长，中共中央中南局财贸委员会副主任，中国人民银行副行长，财政部副部长兼中国人民银行行长等，2000年病逝。

胡景沄： 1909年出生在山西文水县，1931年毕业于山西银行专科学校，1937年参加八路军，1938年加入中国共产党。曾任冀南银行副总经理、总经理、太行工商管理总局局长、瑞华银行行长、华北银行副总经理。中华人民共和国成立后历任中国人民银行副行长、中国农业银行行长、中国人民保险公司总经理等，1995年逝世。

林厚德： 小说中李德厚的原型，是一位老红军战士，冀南银行成立后为银行的金库保管员。

肖利必： 小说中肖必利的原型，原为冀南银行材料员。

张裕民： 小说中吴子谦的原型，原为冀南银行印钞厂技师。

李石保： 小说中"哑巴"石保明的原型，山西省长治市黎城县宽嶂山人，抗战时期冀南银行印钞厂就建在他家院子里，亲眼见证了冀南银行印钞厂的建立和发展。目前老人仍然健在，今年已经九十五岁。

其他人物略。

后记：向英雄致敬

前些日子我去当年八路军总部所在地武乡县观看了实景话剧演出《太行山上》，内容讲述的是根据地人民在国家危难之际挺身而出、舍生忘死、英勇斗争的感人故事。里面有一句台词记忆颇深：哪有什么天生的英雄，他们都是普普通通的中华儿女！黎城与武乡一山之隔，抗日战争时期，这里一样是八路军总部、129师活动的主要区域。据资料记载，仅黎城一县，八路军就在这里建有兵工厂、被服厂、炸药厂、制药厂、印钞厂、造纸厂、草帽厂、制酒厂、野战医院等几十家机构，成为整个晋冀鲁豫抗日根据地的后勤基地。就像实景话剧《太行山上》演出的那样，黎城人民、武乡人民乃至整个太行山区人民，在抵御外侮、保家卫国的抗日大潮中，前仆后继、英勇献身，为抗日战争的伟大胜利，为中华人民共和国的成立，作出了巨大的贡献。

人们提起黎城可能印象最深的就是黎城的黄崖洞。黄崖洞地势奇特、风景壮丽，特别是发生在抗日战争时期的黄崖洞保卫战，更是以其英勇悲壮而蜚声中外。黄崖洞抗战时期是八路军总部在太行山中建立的兵工厂。人们不知道的是，就在黄崖洞的背后，同样有一条充满英雄传奇的大山沟——它就是黎城北部的宽嶂山。宽嶂山雄伟险峻，里面沟壑纵横、崎岖难行。这里正是当年八路军总部、129 师建立的冀南银行印钞厂所在地。冀南银行正式成立于 1939 年 10 月份，至 1948 年 12 月 1 日中国人民银行成立时为止，印钞厂从筹备到最后撤离，前后在黎城活动了十多年时间。他们从一无所有，到工种齐全，从印刷冀南票到制作中州钞，直到后来人民币的设计、制作、印刷，可以说是整个人民币诞生的见证者和创造者。冀南银行印钞厂创建之初，正是抗日战争最困难的时期，国民政府排挤打压，日伪汉奸严密封锁，没有机器，没有纸墨，甚至连一个会制版的师傅也没有——更为紧张的是日寇频繁的"扫荡"，印钞工人就是在这种极端困难的情况下，奇迹般印制出了冀南票、中州钞、人民币，支撑了根据地建设，支持了八路军持久抗战，支援了刘邓大军的千里跃进大别山，直至中华人民共和国的成立。1948 年上半年冀南银行与晋察冀边区银行合并成立了华北银行，冀南银行印钞厂整编为华北银行第二印刷局。1948 年 12 月华北银行、北海银行、西北农民银行合并为中国人民银行后，华北银行第二印刷局变更为中国人民银行第二印刷局。至此，在黎城战斗了十多年的冀南银行印钞厂在完成了它的一系列使命后迁出了太行山。

自 2017 年开始我多次去往黎城，也多次去当年冀南银行印钞厂的遗址参观访问。群山耸峙，荒草萋萋，当你站在依然保存完好的银行地堡、印钞厂厂房、总部旧址等遗址前时，似乎仍能感受到当年印钞厂热火朝天又艰苦卓绝的战斗氛围。当年印钞厂的工人都是年轻的八路军战士，他们来自全国各地，为了与敌进行针锋相对的金融斗争，辗转来到太行山中。冀南银行的首任行长高捷成是福建漳州人，他参加过中华苏维埃共和国国家银行的创建，是我党早期的金融专家，抗日战争全面爆发后，随 129 师来到晋东南地区，领导并创建了冀南银行及冀南银行印钞厂，白手起家，逐步壮大，为根据地的建立和发展建立了不朽功勋。1943 年在反"扫荡"斗争中壮烈殉国，年仅三十四岁。第二任行长叫赖勤，是江苏泰和县人，长期从事后勤工作，先后担任过红军野战司令部供给处长、供给部军需处长、八路军 129 师供给部政委、冀南行政主任公署财经处长、冀南军区后勤部长兼政委、冀南银行路东分行经理等，高捷成牺牲后担任冀南银行总经理；上任以后，恪尽职守，积劳成疾，于抗战胜利前夕的 1945 年 6 月病逝在八路军总医院，年仅三十九岁。还有一位不知名的八路军小战士，来到印钞厂后因为不熟悉汽油的特性，在操作过程中引发大火，不幸遇难。1942 年日军对根据地进行了疯狂大"扫荡"，为了保护印钞厂，八路军的一个连队弹尽粮绝后分散突围，许多战士就冻死在了太行山上。八十多年后的今天，当当地人找寻到他们的遗骸时，他们的遗骸乃至遗骸旁边的枪支大刀似乎仍然保持着当年的战斗姿势。还有印钞、守银、采购、运输等与银行有关的人员，都在那场特殊而又险绝的战争中奉献了自己的青春、智慧和生命。

　　银行、印钞厂的建立和发展同样离不开人民的支持。我在采访中无数次被当年根据地人民那种甘于奉献、英勇无畏的精神所感动。我在当地的一位收藏者手中看到一张发黄的契约书，这张契约书的内容是全村村民决不当亡国奴、决不做狗汉奸的誓言状，誓言状上密密麻麻按满了村民们的血手印，透过这张誓言状你能感受到根据地人民那种在国家危难之际所迸发出的同仇敌忾、视死如归的英雄气概。黎城北面有一个叫孔家峧的地方，地势偏僻，十分隐蔽，村中的棋盘院是当年中共中央北方局、八路军总部、129 师司令部的秘密驻扎地，我党早期的高级将领朱德、彭德怀、刘伯承、邓小平、杨尚昆等都曾在这里战斗生活过。八路军撤退时曾将许多重要文件、账簿等让棋盘院的主人保存。这家主人接受任务后一直严守秘密，他们一直等待着当年安排任务的那名八路军战士回来，从抗日战争到解放战争，从中华人民共和国成立到改革开放，祖孙三代一直等了七十多年。或许当年给他们安排任务的那位八路军战士早已经牺牲了，但他们就是那么遵守自己的诺言，不管世事如何变换，严守纪律，严守秘密，誓死完成任务的忠诚、担当、牺牲精神却始终如一！

2021年的时候我在黎城采访到一位当年建立印钞厂的见证者，老先生名叫李石保，时年九十四岁，他就是黎城北面宽嶂山村民，冀南银行印钞厂就建在他家的院子里，他亲眼见证了印钞厂的建立和发展，亲身感受到当年印钞厂所经历的血雨腥风的岁月，他以及他的家人、村民的命运也在支持、帮助印钞厂的逐步壮大中发生了巨大变化。一些人牺牲了，一些人在革命胜利后迁出大山沟。李石保全家从父母亲、几个姐姐以及他自己都自觉不自觉地参与到了那场伟大的变革中，为冀南银行印钞厂的发展，为抗日战争的最终胜利，为中华人民共和国的成立，做出了一位普通中国人所应做的贡献。李石保因为要照顾年迈的母亲没有跟随部队离开大山，他一直生活在祖辈们生活过的大山中，日出而作日落而息，就像他身后赖以生存的大山一样，沉默寡言，平凡而日常。他青少年时期所经历的那段或热烈或悲壮的岁月，也在太行山的四季变换中平淡成一种遥远的记忆。

采访完李石保老人我很长时间不能平息内心的波澜。我一直想写一部反映冀南银行、冀南银行印钞厂建立、发展历史，一部反映我们日常生活中到处使用的人民币艰难诞生历史的长篇小说。但越深入了解越感觉到那段历史的浩如烟海，也越来越感觉到那代人特别是那代金融人所体现的英雄气概、英雄气节、英雄精神的弥足珍贵！英雄是一个民族一个国家的领路人，他们是在国家、民族危难之际挺身而出、舍生忘死的人！是一个民族一个国家赖以生存、发展、壮大的精神支撑！没有英雄是一个民族的悲哀，而有了英雄又不懂得爱护英雄、珍惜英雄，则是这个民族更大的悲哀！人民币诞生的历史也是一个英雄辈出的历史！那些身处一线的战士们是英雄，那些支持银行、帮助银行、服务银行的人民大众同样是那个时代的英雄！就像李石保和他的家人一样，正是有了这千千万万默默无闻的英雄，人民币得以诞生，中华人民共和国得以成立，中华民族得以复兴！

　　人民币的诞生是一个划时代的历史大事件。长篇小说《英雄年代》讲述的就是我党早期金融人从创建冀南银行、冀南银行印钞厂，到中国人民银行、中国人民银行第二印刷局成立，从印刷、发行冀南票，到设计、印刷中州钞直至人民币诞生的故事，从一个侧面展示了那代人所呈现的英雄创举、英雄情怀、英雄精神。也由此，李石保老人成了我小说中贯穿始终的人物形象"哑巴"的原型。有了这样一个人物的确立，我便打开了一扇窥探历史、叙述历史的窗口，并由此而铺叙成这部长篇小说。正如《太行山上》的台词所说：哪有什么天生的英雄，他们都是普普通通的中华儿女！

　　向历史致敬！

　　向英雄致敬！

2021年7月18日提纲完成。

2022年2月14日至4月30日初稿完成。

2022年6月28日第二稿于太原。

2022年7月12日第三稿于黎城。

2022年7月22日第四稿于太原。

2023年3月14日第五稿于太原。

2023年4月6日第六稿于太原。

图书在版编目（CIP）数据

英雄年代 / 张卫平著 .—北京：作家出版社；太原：北岳文艺出版社，2024.5

ISBN 978-7-5212-2855-7

Ⅰ.①英… Ⅱ.①张… Ⅲ.①长篇小说—中国—当代 Ⅳ.① I247.5

中国国家版本馆 CIP 数据核字（2024）第 089647 号

英雄年代

作　　者：	张卫平
责任编辑：	张　平　王朝军
装帧设计：	书游记

出版发行：作家出版社有限公司　北岳文艺出版社有限责任公司
社　　址：北京农展馆南里 10 号　　邮　　编：100125
电话传真：86-10-65067186（发行中心及邮购部）
　　　　　86-10-65004079（总编室）
E-mail:zuojia @ zuojia.net.cn
http://www.zuojiachubanshe.com
印　　刷：唐山嘉德印刷有限公司
成品尺寸：152×230
字　　数：285 千
印　　张：21.25
版　　次：2024 年 5 月第 1 版
印　　次：2024 年 5 月第 1 次印刷
ISBN 978-7-5212-2855-7
定　　价：68.00 元

作家版图书，版权所有，侵权必究。
作家版图书，印装错误可随时退换。